개미들

개미들

초판 1쇄 찍은 날 2014년 1월 14일
초판 1쇄 펴낸 날 2014년 2월 3일

지 은 이 | 아진
펴 낸 이 | 서경석
편 집 장 | 권태완
편 집 책 임 | 어정원
디 자 인 | 신현아

펴 낸 곳 | 도서출판 청어람
등록번호 | 제1081-1-89호
등록일자 | 1999. 5. 31
어람번호 | 제10-0019호

주소 | 경기도 부천시 원미구 부일로 483번길 40 서경B/D 3F (우) 420-822
전화 | 032-656-4452 **팩스** | 032-656-4453
http://www.chungeoram.com
E-mail | chungeorambook@daum.net
NAVER CAFE | http://cafe.naver.com/goldpenclub

ISBN 978-89-251-3665-3 04810
ISBN 978-89-251-3663-9 (SET)

GOLDPEN CLUB NOVEL 014

2

아진 장편 소설

황금펜 클럽 GOLD

차례

Ⅱ부

챕터9

_악의

"허허, 가관이네."

"저 양반, 저번에 우리 동네에서 출마하지 않았었나?"

"그랬죠."

직장인이든 학생이든 어떤 일을 하는 사람이라면 당연히 기다릴 수밖에 없는 시간. 그것이 바로 점심시간이다. 일과시간의 중간에 걸쳐진 심신을 쉬게 할 수 있는 시간이니 말이다.

그 점심시간. 백반 집에 모여 앉은 공장의 직원들은 TV를 보며 이야기를 나누고 있었다.

"에이, 대체 저놈들은 돈을 어디다 쓰려고 저러나 몰라? 보니까 의원들 연금도 한 달에 몇 백씩 나오더만. 지옥 가서 염라대왕이라도 매수하려나?"

"검찰 새끼들을 매수하겠지. 제대로 벌 받기나 하겠어?"

다른 이들을 착취하고 등쳐먹으며 괴롭히는 악당들은 모두 힘이 있는 자들뿐이다. 정말 힘이 없는 자는 커다란 악당조차 되지 못하는 것이 현실이다. 그렇기에 소시민들로서는 그런 악당들에게 할 수 있는 것은 없었다. 그저 저주를, 욕을 퍼부을 뿐.

"하여튼 남보다 있는 놈들이 더한다니까. 안 그래, 수영 씨?"

식탁에 고개를 처박고 있던 수영은 화들짝 놀라며 자신을 부른 쪽을 돌아봤다.

"예?"

그 멍한 반응에 중년의 직원은 가볍게 혀를 찼다.

"이 사람. 어째 오늘 하루 종일 정신이 빠져가지고는. 괜찮은 거야? 무슨 일 있어?"

수영은 고개를 저었다.

"아뇨, 별일없습니다."

직원은 수영이 고개를 돌리고 젓가락질을 하자 약간 못마땅한 기색을 흘렸다. 하지만 곧 수영의 냉랭한 반응은 잊어버린 듯 다른 동료와 이야기를 계속했다.

'미치겠네.'

하지만, 사실은 그 말대로였다. 수영은 방금 무슨 대화가 오가고 있는지도 알지 못할 정도로 엉뚱한 곳에 정신이 가 있었다.

'그 전화는 대체 뭐였지?'

이틀 전에 걸려온 그 기묘한 전화. 수영은 이틀 동안 고민에 고민을 계속했지만 아무런 결론도 나오지 않았다. 약간의 실마리조차 없었다. 몸의 피로는 풀렸지만 내리 이틀을 그렇게 고민에 빠져 있었던 탓에 머리는 더 피곤했다.

'화연 씨가 왜 그런 소릴 한 거야?'

그 목소리는 분명 화연임에 틀림없다. 하지만 그 목소리가 한 말. 그 내용은 도저히 화연이라고는 볼 수 없는 것이었다. 화연은 수영이 개미로서 일을 하기 훨씬 오래전부터 자기 자신의 복수를 위해 여왕개미에게 복종했고, 수영을 개미에 끌어들인 여자다.

그런데 그 여자가 그런 말을 할 리가 없지 않는가?

'여왕개미가 날 속이고 있다는 건 뭐고?'

지금 수영이 하는 일은 전적으로 여왕개미가 모든 것을 설계한다. 수영은 단지 그것을 행동으로 옮길 뿐. 비록 서로 이해하지 못하고 납득 못하는 부분도 있지만, 일단은 한 목표를 두고 서로 믿어야 하는 관계인 것이다.

그런데 화연의 말대로라면 수영은 더 이상 한 발도 움직일 수가 없게 된다.

'그게 진짜 화연 씨라면 말이지.'

어쩌면 누군가가 화연을 사칭해서 수영에게 여왕개미를 배신하게 하려는 것일 수도 있다.

여왕개미에게 대적하는 어떤 세력 같은 것이 있을 수도 있는 일이다. 만약 그런 것이라면 여왕개미에게 상의를 하는 것이 옳다.

하지만, 만약 그게 정말이라면?

여왕개미가 수영을 속이고 있고, 믿지 말아야 한다면?

'미치겠네.'

수영은 머리를 감쌌다. 모순이다. 딜레마다. 어떤 것이 옳은지도 알 수 없었기에, 누군가에게 조언을 구할 수도 없었기에 더더욱 머리가 아팠다. 이 고민에 빠져 있었던 탓에 심지어 도식에게 왔던 그 기분 나쁜 전화조차 까맣게 잊었을 정도였다.

'일도 해야 되는데.'

휴식은 어제로 끝. 당장 오늘 밤 여왕개미가 설계해 둔 일이 하나 잡혀 있었다. 이틀 밤을 쉬고 난 뒤에 다시 치르는 복귀전이다. 그런데 이렇게 상대를 신뢰하지 못하고 마음이 흔들리는 상태에서 무슨 일을 한단 말인가.

'미룬다고 해볼까.'

만약 그렇다면 대체 무슨 핑계로?

수영은 곧 자신의 생각이 말도 안 되는 것이라는 것을 깨닫고 한숨을 내쉬었다.

"뭐야, 저거?"

"탈선?"

그때 갑자기 주변이 시끌거리기 시작했다. 생각에 빠져 밥숟갈도 제대로 뜨지 않고 있던 수영도 갑작스러운 웅성거림에 놀라 고개를 들었다. 식당 안의 사람들의 눈은 모두 TV를 향해 있었다.

[…큰 인명 피해가 발생해 현재 구조 작업이 이뤄지고 있다고 합니다. 상하행선의 열차 운행에 차질이 빚어지는 것은 물론, 가족 친지의 소식을 확인하기 위해 각 역에 시민들이 모여들고 있다고 합니다. 자세한 내용을 듣기 위해 현장에 나가 있는 취재 기자 연결합니다. 박상익 기자.]

"아줌마, 볼륨 좀 높여보세요."

누군가의 말에 카운터에 앉아 있던 중년 여성이 재빨리 리모컨을 조작했다. 그사이 화면에 양복을 입은 젊은 기자의 모습이 비춰졌다.

[네, 저는 지금 금정 터널에 나와 있습니다.]

[박상익 기자. 어쩌다가 이런 사고가 발생한 겁니까?]

[오늘 오전 8시. 부산에서 서울로 향하던 KTX열차가 막 금정터널을 빠져나오며 탈선하는 사고가 벌어졌습니다. 코레일 측은 이 사고가 누군가가 금정 터널의 마지막 구간에 설치한 H빔 구조물 때문에 발생했다고 발표하며, 경찰에 수사를 의뢰했습니다.]

화면에 한 량이 탈선한 채 허리가 꺾여 나간 듯한 KTX열차의 모습이 비춰지자 가게 안의 모두는 입을 다물지 못했다.

"누가 뭘 설치했다고?"

"어떤 미친놈이 저런 짓거리를……."

모두가 혀를 차고 얼굴을 찡그리는 사이에도 뉴스는 이어졌다.

[큰 인명 피해가 발생했다죠? 구조는 어떻게 이뤄지고 있습니까?]

[사고로 인해 KTX에 탑승하고 있던 승객 백삼십삼 명 중 여덟 명이 사망하고 서른두 명이 중상을 입는 등 심각한 인명 피해가 발생했습니다. 아직 구조 작업이 진행 중이라 피해는 더욱 커질

것으로 예상되는데요. 사망자 중에는 선거 활동을 위해 부산 지역으로 이동하던 공안당 차태기 의원이 포함되어 있어, 경찰은 이 탈선사고를 일으킨 범인이 차태기 의원을 노린 것이 아닌지 수사를 확대하고 있습니다.]

가게 안의 사람들은 서로를 바라보며 웅성거렸다.

"차태기?"

"몰라? 10년 전쯤에 대선 때 계룡건설에서 차째로 돈 받았던 그놈."

"아아, 그놈 말이구만."

"그래, 참 하늘이 무심하진 않네."

"그건 아니지. 다른 죽은 사람들은 뭔 개죽음이야?"

"근데 경찰이라는 놈들이 국회의원부터 챙기고 있네, 참. 윗대가리들이 시켰겠지?"

"그러게. 에이, 더럽다. 더러워."

사실 부패한 의원이라면 가장 원한관계가 많을 만한 인물이니 경찰이 그쪽을 먼저 조사하는 것이 당연했지만 말이다. 수영은 그런 말을 해서 분위기를 깨는 대신 입술을 깨물었다. 순간 머릿속에 열이 확 올라왔다.

'대체 뭐하는 자식이야?'

수영은 비통한 표정으로 TV를 바라봤다. 무엇 때문인지 모르겠지만 고의로 죄도 없는 자들을 죽이고 상처 입히다니. 대체 어느 정도의 악당이어야지 저런 짓을 한단 말인가. 저런 뉴스를 볼 때마다 수영은 정신의 한 부분이 무너지는 것같이 충격을 받곤

했다.

아무리 일을 해도 악당은 줄지 않는다. 오히려 늘어난다. 마치 목을 자르면 두 개의 머리가 돋아나는 히드라처럼 말이다.

아무리 살과 뼈를 깎아가며 그 일을 해도 보람이 느껴지지가 않았다.

'젠장, 정말 그만둬 버려?'

머릿속에 그 정체불명의 목소리가 했던 말이 다시 떠올랐다. 어차피 보람도 없는, 바다에 먹물 한두 방울을 떨어뜨리는 것 같은 의미없는 일이다. 그런데 의심을 품고 그 진의에 괴로워하면서까지 이 일을 해야 한단 말인가?

"아~ 진짜. 킬러J는 그래도 죽을 만한 놈들만 죽였지. 어떤 새낀지 몰라도 참 가관이네."

그때 누군가가 툭 던진 말에 수영의 눈이 살짝 크게 떠졌다.

"킬러J?"

"그 예전에 그런 놈 있었잖아? 몇 년 전이더라. 어쨌든 그 다른 나쁜 놈들 죽이고 다닌 그놈 말야."

"아, 그 연쇄살인마? 정신병원에서 탈출하다가 죽었다던가?"

"그랬을걸."

그 말에 누군가가 시큰둥하게 중얼거렸다.

"안 그래도 죽어야 될 놈들 넘쳐 나는데 엉뚱한 사람만 죽고 말야. 하늘도 무심하시지."

"누가 엉뚱하게 죽어? 설마 킬러J?"

"에이, 그건 아니지. 그래도 살인자잖아?"

누군가의 말에 젊은 직원 중 하나가 발끈하며 말했다.

“나쁜 놈들이 죽는 건데 뭐 어때요? 어차피 법이라고 해봐야 뭐 제대로 하지도 않잖아요. 당장 깡패 같은 새끼들이 활개 치면서 돌아다녀도 경찰들은 아무것도 안 하는데. 킬러J가 하는 짓은 속 시원하기라도 했죠. 솔직히 자기가 착하게 살면 킬러J 같은 인간은 무섭거나 할 것도 없잖아요?”

그 젊은 직원이 다른 이들에게 동의를 구하듯 사방을 둘러보자, 모두 조심스레 서로를 바라봤다.

“으음, 뭐 그렇긴 하지?”

“하긴, 요즘처럼 뒤숭숭할 때는 그런 놈이라도 있었으면 싶기도 해. 저쪽 어디더라. XX거리 쪽 있지? 거기에서도 뭐 깡패가 죽었다던데.”

익숙한 거리 이름이었다. 바로 얼마 전에 수영이 조병규를 처리한 곳이었으니까.

“깡패 같은 새끼들 죽은 게 뭐가 뒤숭숭해?”

“아니아니, 그게 아니라. 나도 소문으로 들었는데. 깡패들끼리 세력다툼 하다가 죽었다더라고. 그러다가 우리 같은 일반인들한테도 피해 올 수도 있잖아?”

“그래? 에이, 그냥 지들끼리 싸우다가 다 죽어버렸으면 좋겠구만.”

수영은 그럴 일은 없을 것이라는 걸 알고 있었다. 깡패들이 죽은 것은 세력다툼 때문이 아니고, 상대편 조직원들에게 살해된 것도 아니다.

수영은 누가 그런 일을 했는지, 어째서 그런 일을 한 것인지 아주 잘 알고 있었다. 여기저기다가 말하면서 다닐 수는 없지만 말이다.

"까놓고 저거 저지른 놈도 말야. 잡혀봤자 무기징역이나 그럴 거 아냐? 죽은 사람이 몇인데."

누군가가 TV를 가리키며 말하자 모두는 고개를 끄덕였다.

"누구 죽여도 기껏해야 징역 몇 년이고. 죗값이 너무 가볍지."

"요즘은 무슨. 옛날에도 그랬지, 이 사람아. 특히 돈 있고 권력 있는 놈들은 더 그렇고."

수영은 미묘한 표정으로 말없이 수저를 놀렸다.

사실 공장을 다니며 직원들의 대화에 귀를 기울이면 이런 소리를 듣는 건 어려운 것이 아니다. 사회의 아래층에서 사는 이들은 언제나 부조리함에 치를 떨고, 그 부조리함을 이용하는 자들을 미워하고 있기 때문이다.

물론 그걸 굳이 정의라는 듣기 좋은 이름으로 포장할 수 없다는 건 알고 있다. 그건 그저 남을 짓밟으며 자기 배를 불리는 자들을 향한 복수심과 질투일 뿐이다.

하지만 그것이 나쁜가?

"흠흠, 다들 편하게 말하는 건 좋은데."

상사의 목소리가 들려오자 직원들은 말소리를 죽이며 그쪽을 돌아봤다. 식탁의 맨 머리에 앉아 가만히 말만 듣고 있던 진수는 모두의 주의를 돌리듯 말했다.

"점심시간 다 끝나겠구만. 슬슬 먹고 일어나자고. 그런 말은 공장 들어가서 해도 되니까 말이야."

"어? 벌써 시간이……."

"아, 뉴스 보느라 시간 가는지도 몰랐네."

모두가 입을 다물고 수저를 움직이는 모습에 수영도 묵묵히 고개를 숙여 밥그릇을 뒤적거렸다. 한쪽으로 기울어 있던 마음이 직원들의 대화에 다시 슬금슬금 가운데로 움직이고 있었다.

감정적으로 생각하지 않는다면 악은 히드라 같은 것이 아니다. 하나를 없애면 둘이 나타나는 게 아니라, 하나를 없애도 둘이 남아 있을 뿐이다. 만약 그 하나조차 없애지 않았다면 악은 셋이었을 것이다. 수영의 일이 아주 헛일이라고 할 수는 없었다.

그렇기에 이 일을 무조건적으로 부정할 수는 없다. 침몰해 가는 배에서 물을 퍼내는 것같이 힘들고 겉으로는 허무해 보이는 일이라는 건 맞다. 하지만 물을 퍼낸 만큼 그 배가 더 오래 떠 있는 것은 분명한 사실이다.

그러다 보면 세상 역시 조금씩 변해가는 것이다.

'그럼 진짜 어쩌지?'

그렇게 마음을 먹자 고민이 원상태로 되돌아왔다. 이대로 계속 이 일을 할 것인지. 아니면 그만둘 것인지, 어느 것 하나도 선택할 수 없는 양자택일의 길로 말이다.

"수영 씨?"

자신을 부르는 목소리에 수영은 고개를 들었다. 걱정스러운 표정이 가득한 진수의 얼굴이 보였다.

"수영 씨, 괜찮아? 어디 아픈가?"

"아뇨, 괜찮습니다."

수영은 애써 태연한 척 숟가락을 움직여 입에 빠르게 밥을 퍼 넣기 시작했다. 하지만 수영의 머리는 여전히 복잡했다. 입으로 들어가는 음식의 맛을 알 수 없었다.

*　　*　　*

"어? 오늘? 이 근처에서?"

막 사물함을 닫던 수영은 약간 놀란 듯 반문했다.

[엉, 그 근처에서 약속이 잡혀 있었거든? 이게 너무 늦어서 회사 끝날 시간까지 계속 잡혀 있었어. 이대로 퇴근해도 될 것 같은데. 그러면 시간 좀 남을 것 같아서.]

"그래?"

수영은 가볍게 눈을 찌푸렸다

[왜 그래? 너 지금 퇴근하는 거 아냐?]

"아니, 그게……."

당장 오늘 저녁에는 일이 있다. 늦도록 술을 마시거나 할 수는 없었다.

[시간 없으면 저녁만 먹지, 뭐. 오랜만에 얼굴이라도 보자는 거니까.]

기준의 얼굴도 본 지 오래된 것이 사실이었다. 일을 하느라 말이다.

"그래? 그럼 그럴까. 아, 수고하셨습니다."

스쳐 가는 직원에게 간단한 인사를 던진 수영은 잠시 내려놨던 핸드폰을 다시 귀에 붙였다.

"그럼 언제 볼까?"

[저번에 갔던 고깃집 있지? 거기서 보자. 어차피 저녁만 먹을 거니까. 어디 보자… 그래도 이쪽 정리는 하고 가야 되니까 20분

후쯤 어때?]

“그래, 그럼 먼저 가 있을게.”

전화를 끊은 수영은 피식 웃었다.

“쓸데없이 신경 쓰기는…….”

이런저런 일이 있고 요 근래에는 수영의 일 때문에 사이가 소원해지긴 했지만, 여전히 기준은 수영을 챙기며 가끔이나마 얼굴을 보려 하는 고마운 친구였다. 그런 기준의 행동이 가끔 부담스럽게 느껴질 때도 있었지만, 그래도 그런 배려가 고마웠다.

공장 문을 나온 수영은 쏟아져 나오는 인파에 섞여 보도를 걸었다.

“20분이면 걸어가도 되려나? 택시 타기에는 거리가 가깝고…….”

약간 즐거워진 기분으로 혼잣말을 중얼거리던 수영은 순간 얼굴을 굳히며 뒤를 돌아봤다.

“뭐야?”

막 수영의 몸으로 뻗어오던 팔이 옆으로 밀려났다.

“어?”

막 수영의 어깨에 손을 짚으려 했던 남자는 놀란 기색을 감추지 못했다. 그는 분명히 기척을 내지 않고 몰래 다가왔다. 수영을 놀래키기 위해서. 당연히 손을 뻗는 것도 조심하던 참이었다. 조용한 곳이라면 모를까, 차도 다니고 사람도 다니는 도로에서 이 정도로 날카로운 반응을 보이는 건 어지간히 예민하지 않고서는 불가능했다.

“어떻게 알았… 아아.”

여전히 굳어 있는 수영의 얼굴에 그는 재빨리 표정을 바꿨다.

"야, 오랜만이다."

악수를 하자는 듯 내밀어진 손과 남자의 얼굴을 번갈아보던 수영은 눈을 살짝 찡그렸다. 이 친한 척하려는 남자의 얼굴은 수영의 기억에 없었다.

하지만 그 목소리는 요 근래에 분명 들어본 적이 있는 것이었다. 화연의 전화 때문에 잊고 있었지만 말이다.

"도식이?"

상대가 왜 자신의 앞에 나타났는지는 어렵지 않게 알 수 있었고, 그 용건은 수영으로서는 받아들이기 싫은 것이었다.

무엇보다 기준의 말대로라면 도식은 수영에게 있어서 그다지 기분 좋지 않은 추억의 주인공. 그런 인간이 눈앞에 찾아왔다는 것 자체가 껄끄러웠다.

"그래, 오랜만이지?"

수영은 팔짱을 꼈다. 노골적이고 확실한 거절이다. 너무나 냉랭한 그 반응에 도식은 멋쩍은 듯 슬며시 손을 거뒀다.

"아, 음. 몇 년 만이더라. 13년인가?"

"인터뷰 같은 거 안 한다고 했잖아."

수영은 가벼운 인사를 주고받거나 하지도 않았다. 무슨 용건이냐고 묻지도 않았다.

순간적으로 본론을 찔린 도식은 할 말을 잊은 듯 굳어버렸고, 수영은 그대로 몸을 돌렸다.

"잘 가라."

"야, 잠깐만!"

도식은 앞을 향해 묵묵히 걸어가는 수영의 뒤를 따라 걸으며 다급한 듯 말을 이었다.

"그야 너도 그때 언론에 당한 걸 보면 날 못 믿는 것도 이해는 해. 하지만 생각해 봐. 너 그때 죽었다고 오보 내고서도 특종 냈다고 아무렇게나 싸지른 기자 놈들이 밉지도 않냐? 아, 그래. 나도 기자는 맞는데. 난 그렇게 해놓고 입 싹 씻는 건 병신 짓이라고 생각하거든? 돈 어쩌고 한 게 기분 나쁘게 틀렸다면 미안한데, 너도 피해를 입은 만큼 뭔가 받아야 할 거 아냐. 나? 그야 뭐 이거면 특종은 낼 수 있을지도 모르지만. 그렇다고 내가 이득이 되는 건 아냐. 생각해 봐봐. 엉? 내가 이거 막 이렇게 사건 파헤치면, 응? 다른 데서 날 어떻게 볼 것 같아? 엿 먹은 언론들이 가만히 있을 리가 없잖아. 나 가만 안 둘 거라고. 난 그런 것까지 각오하고 널 인터뷰하러 온 거야. 왜 그런지 알아? 이게 옳다고 생각하기 때문이라고."

말이 이어졌지만 수영은 아무 말도 하지 않았다.

그런 수영의 모습에 도식은 잠시 말을 삼키며 이를 갈았다.

'이 새끼가. 사람이 얌전히 나가니까 아주 기가 살았네?'

상대를 살살 달래거나 사정하는 것은 마음에 들지 않았다. 매번 하던 대로, 상처 입어 약해진 육식동물이나 무력한 초식동물을 마음껏 물어뜯어 특종을 뽑아내던 때처럼, 당장에라도 카메라를 뽑아 들고 수영의 사진을 찍은 다음 마음대로 기사를 써 내리고 싶었다.

하지만 그렇게 하기엔 지금은 자료가 너무나도 적다. 특종을 뽑기 위해서 남은 유일한 길은 수영뿐. 그것 때문에 이 익숙하지도 않은 짓을 하고 있는 것이다. 일을 물거품으로 만들 수도 없으니 일단은 참아야 했다.

"옛날에도 너 맨날 이게 옳으니 어쩌니 하면서 불의를 못 참네 어쩌네 했었잖아. 너라면 내가 지금 뭔 말을 하는지……."

수영의 발이 멈췄다.

"…알 텐데?"

열변을 토하던 도식은 말을 멈췄다. 그리고 뒤를 향한 수영의 얼굴을 마주봤다.

빈말로라도 수영의 얼굴은 감동하거나 한 것이 아니었다. 오히려 적대감이 느껴졌다.

"후."

잠시 턱을 살짝 쳐들고 실눈을 뜬 채 도식을 바라보던 수영은 노골적인 한심함이 섞인 한숨을 내쉬었다. 그러더니 도로변으로 다가가 저 건너편에서 달려오는 차들을 향해 손을 흔들었다. 그게 무엇을 의미하는지 생각하던 도식은 순간 얼굴을 일그러뜨렸다.

"야! 사람이 말을 하는데 뭐하자는 예의야, 그게?"

도식은 택시를 잡으려 하는 수영의 어깨에 손을 뻗었다. 하지만 그 손이 닿기도 전에 수영의 몸이 자연스럽게 움직였다.

"어?"

팔목이 잡힌 도식은 의아해할 틈도 없이 손목을 따라 타고 올라오는 찌릿한 고통에 그 자리에 주저앉았다.

"아야야야야!"

팔목의 관절이 가동영역 이상으로 뒤틀리자 느껴지는 고통.

도식은 본능적으로 온몸을 비틀어 신경을 직접 누르는 그 고통을 최소화하려 하며 비명을 내질렀다. 그 비명에 반응하듯 사방에서 시선이 쏟아지자 수영은 비로소 그 팔을 놓았다.

"으, 으으!"

또다시 팔이라도 잡힐까 뒤로 몇 발 물러선 도식은 아직 사라지지 않은 아픔에 이를 갈았다.

"야 이, 미친놈아! 아무리 그래도 갑자기 사람 팔을 꺾는 게 어딨어?"

하지만 수영은 전혀 신경을 쓰지 않았다. 그저 잠시 속도를 줄였다가 곁을 스쳐 지나가는 택시를 힐끔거리며 혀를 찰 뿐이었다.

"이……!"

도식은 어금니가 으스러질 정도로 강하게 이를 악물었다.

저 눈. 저 표정. 명백히, 자신을 버러지같이 보고 있다는 의미였다. 용서할 수 없다. 겨우 기삿거리밖에 안 되는 고깃덩이가, 포식자인 자신을 저런 눈으로 바라보고 있다는 것이.

"이 새끼가!"

순간 도식의 머릿속에서 뭔가가 끊어졌다.

"그러니까 왜 하기 싫은 거냐고! 이 병신아! 돈도 벌 수 있고, 너한테 나쁠 건 아무것도 없는데 대체 왜! 돈 필요 없어? 유명해지고 싶지 않냐고!"

주변의 시선도 상관하지 않고 포효하는 도식을 약간 놀란 눈으로 바라보던 수영은 피식 웃었다. 무표정과 짜증 이외에는 도식에게 처음으로 보여주는 감정이 스민 얼굴이었다.

"윽."

그 웃음에 도식은 정신을 차렸다. 끝까지 계속 연기를 했어야 했는데. 중간에 참지 못하고 본성을 드러내 버린 것은 실책이다. 하지만 아직 수습할 수 있을지도 몰랐다. 도식은 다시 얼굴의 분노를 살짝 누그러뜨리며 목소리를 낮췄다.

"예전에 나랑 너랑 사이가 안 좋았던 건 알지만. 십 몇 년 전 일이잖아? 나도 변했어. 옛날처럼 약한 놈들 괴롭히면서 좋아하거나 하진 않는다고. 난 지금 사회정의를 위해서……."

수영은 여전히 쓰게 웃는 얼굴로 손을 흔들어 도식의 말허리를 끊었다. 그리고 도식의 앞에 바짝 다가갔다.

"난 말야."

숨결이 닿을 거리까지 얼굴을 들이민 수영은 주변에 들리지 않을 정도로 작게 속삭였다.

"너 같은 악당 놈들이 하는 말을 너무 많이 들어봐서 그게 진짜로 하는 소린지 가짜로 하는 소린지 정도는 알거든. 변했다고? 나 솔직히 초등학교 때 일은 기억 못하긴 하는데, 너 하는 말 들어보면 예나 지금이나 달라진 건 없을 것 같다?"

"뭐? 내가 뭘 어쨌다고 그런 막말을……."

"너 속이 시꺼먼 게 훤히 다 보인다고. 아무리 입에 발린 말로 떠들어봤자 네가 말하는 거 거짓말이란 거 뻔히 다 안단 말이다. 그냥 가. 너 같은 새끼랑은 별로 엮이고 싶지 않으니까."

말허리를 잘리고 입을 다물고 있던 도식은 이를 악물었다. 수영의 얼굴은 전혀 흔들림이 없었다. 도식의 말에 절대 속지 않으리라는 것은 너무나도 확실히 알 수 있었다.

그렇다면 도식에게 남은 패는 하나뿐이었다.

"허 참. 그렇게 막말 하면서까지 싫다고 하니까 별수없긴 한데."

팔짱을 낀 도식은 본성을 드러내듯 빈정거리며 말했다.

"난 기자라고. 기사를 쓸 의무란 게 있거든? 네가 거절해 봤자 난 이대로 조사를 해서 기자를 쓸 거야. 기왕 그럴 거면 네 의견이라도 좀 들어간 기사가 나가는 게 좋지 않을까?"

협박이다. 도식에게 있어서 가장 유용한 전법이자 가장 즐겨 쓰는 전법이기도 했다.

누구든 아픈 곳을 잡히면 약한 모습을 보일 수밖에 없다. 그리고 그 아픔을 없애기 위해서 그때 당장은 자신에게 불리한 일이라도 한다.

물론 그 이후에 자신에게 아픔을 준 대상과의 사이는 나빠지겠지만 말이다.

"안 그래? 그냥 내 맘대로 쓰면 무슨 기사가 나올지……."

은근한 협박을 늘어놓던 또다시 말을 멈췄다. 그리고 순간 온몸을 부르르 떨었다.

"어? 뭐야?"

자신의 닭살 돋은 손을 힐끔 쳐다본 도식은 믿을 수 없다는 듯 수영을 돌아봤다.

"너… 읏!"

알 수 없는 말을 중얼거리며 몸을 떨던 도식은 한 발, 두 발 수영에게서 멀어졌다.

그러고는 곧장 몸을 돌리더니 방금까지 걸어왔던 길을 따라 뛰었다. 도망가듯 자리를 피하는 도식의 뒷모습에 수영은 당황스러운 듯 머리를 긁적였다.

"왜 저러지?"

이상한 반응이었다. 수영은 혹시 뒤에 누군가 있나 싶어 주변을 둘러봤지만 당연하게도 딱히 눈에 띄는 사람은 보이지 않았다.

하지만 그런 의문도 잠시, 뭔가를 깨달은 수영은 곤란한 표정으로 입술을 꾹 깨물었다.

'기자라…….'

왜 갑자기 사라진 것인지는 알 수 없다. 하지만 분명한 것은 도식은 사라지기 전 했던 말처럼 기사를 쓰기 위해 수영을 추적할 것이라는 사실이다. 이미 수영이 일하는 공장이나 핸드폰의 전화번호도 알아냈을 정도니 뭘 더 캐낼 수 있을지 알 수가 없었다.

수영은 진화를 빼 들었다. 그리고 잠시 망설이다가 단축번호 3번을 눌렀다.

[별일이군요. 먼저 전화를 걸 때도 다 있고.]

익숙한 변조된 목소리에 수영은 주변을 돌아보며 걷기 시작했다.

"나도 딱히 전화 걸고 싶진 않았는데. 용건이 생겨서."

[뭡니까?]

"기자가 붙었어. 예전에 내 친구라는데. 내가 죽었던 때 일을 취재하려는 것 같아. 이 일에 대해서는 모르겠지만 계속 날 따라다니다 보면……."

[언젠가 일을 하는 장면을 들킬 수도 있다?]

여왕개미의 어림짐작은 정답이었다. 도식의 정보력이 어디까지 뻗어 있는지는 알 수는 없지만, 스토킹이라도 당하다가 일을 하는 현장이라도 발각되면 끝장이었다.

"그래, 그러니까 일단 오늘 일은 중지하는 게 좋지 않을까? 좀 더 상황을 보고 일정을 잡는 게 좋을 것 같은데."

[아뇨, 일은 예정대로 합니다.]

"들키기라도 하면?"

[걱정하지 않아도 됩니다. 그런 기자 같은 놈은 따라오지 못할 정도로 일을 짤 테니까.]

말이 끝남과 동시에 전화가 끊기는 전자음이 노골적으로 들려왔다. 수영은 전화가 정말 끊긴 것인지 확인하는 대신 조용히 전화의 종료 버튼을 누르고 주머니에 넣었다.

"그게 말처럼 쉽게 될 것 같진 않은데."

그렇다면 다른 방법이 있지 않을까.

"응?"

가늘게 뜨고 있던 눈을 깜빡인 수영은 끔찍하다는 듯 몸을 부르르 떨었다.

"무슨 이런 끔찍한……."

도식이 무슨 죽을죄를 지었는지도 알지 못하면서 그런 생각을 하다니. 그건 그냥 개인적인 원한에 의한 살인에 불과하지 않은가.

"나 왜 이러지 요즘? 너무 물들었나."

다시 한 번 몸을 부르르 떨어서 한순간 머릿속에 스친 끔찍한 생각을 떼어낸 수영은 몇 번이나 뒤를 돌아보며 기준과 약속한 곳을 향해 걷기 시작했다. 쓸데없는 곳에서 시간을 낭비했지만, 그래도 아직 기준보다 먼저 도착할 수 있을 것 같았다.

*　　*　　*

"어서 오세… 요?"

알바생은 문을 거칠게 열고 들어오는 남자에게 인사를 던졌다가 목소리를 죽였다.

"으으으으으으윽!"

편의점에 뛰어 들어온 남자는 신음을 흘리며 손가락을 세워 자신의 머리를 긁었다. 손톱에 피가 맺힐 정도의 자해였다.

"어? 어어?"

그렇게 머리를 긁던 남자는 갑자기 눈을 돌려 알바생을 노려봤다. 그 미친 짓 같은 남자의 모습에 조금 섬뜩한 느낌을 느낀 알바생은 반사적으로 카운터 아래에 있는 버튼에 손을 가져갔다. 혹시라도 모를 불상사를 대비하기 위해서였다.

하지만 다행히도 그런 일은 일어나지 않았다.

잠시 후 가쁘게 숨을 내쉬던 남자는 냉장고에서 커피캔 하나를 꺼내더니 카운터로 다가왔다. 알바생은 남자가 내미는 커피캔을 더듬거리며 바코드를 찍었다.

"7, 700원입니다."

거칠게 천 원짜리 한 장을 알바생에게 집어던진 남자는 커피캔을 집어 들고 편의점 밖으로 나갔다.

밖으로 나간 후에도 불안한 눈으로 사방을 두리번거리던 남자는 겨우 숨을 고르고 편의점 앞의 연석에 주저앉았다.

“대체 뭐야, 그 새끼.”

노식은 붉으락푸르락하는 얼굴로 주변을 둘러봤다.

낄낄거리고 있는 이놈도, 울고 있는 저년도, 도식의 눈에는 똑같이 보였다. 저들은 모두 병든 가젤이다. 자신을 외적에게서 지킬 힘조차 없는 불쌍한 초식동물들.

“제대로 보이잖아. 그런데 대체 왜 갑자기…….”

도식은 혼잣말을 중얼거리며 차가운 캔커피를 쭉 들이켰다.

무슨 일을 막론하고 어떠한 경험, 그것도 수많은 경험은 인간에게 어떤 능력을 부여한다.

도식도 그랬다. 어릴 때부터 항상 자신보다 강한 자들의 상처를 헤집고 약자를 괴롭혀 온 경험은, 도식에게 눈앞의 상대가 건드려도 좋을 만한 먹잇감인지 아닌지를 분별할 수 있는 직감을 부여했다. 마치 일류 요리사가 슬쩍 보는 것만으로 신선한 재료를 구분해 내는 것과 같이 말이다.

그것을 뭐라 부르든 상관없지만, 도식은 그 능력으로, 지금까지 수많은 특종을 뽑아냈다.

상처 입어서 더 이상 자신을 보호할 수 없는 약해진 육식동물들을 구분해 내고, 누구보다 빠르게 그들의 약점을 사정없이 물어뜯어 고깃덩이를 착취해 내는 것이다.

얼마 전 김지호에게 했던 것처럼.

“대체 뭐야, 그놈.”

비어버린 캔을 옆으로 내려놓은 도식은 손톱을 물어뜯었다. 분명 먼발치에서 바라본 수영은, 그리고 오늘 접근했을 때의 수영은 그저 평범한 초식동물. 흔히 육식동물의 먹잇감이 되는 약한 자 중 하나로 보였다.

그런데 갑자기, 그렇다, 갑자기라고 해야 옳았다.

도식이 은근한 비꼼과 함께 가벼운 협박을 날렸을 때, 수영에게서 느껴지는 위험도는 순간 질을 달리했다.

지금까지 도식이 만나온 수많은 위험한 인간들. 사람을 몇이나 죽인 의심이 가는 조직폭력배. 수십 수백 명의 고혈을 빨아 자신의 배를 불린 사업가. 단돈 100만 원에도 사람을 거침없이 죽여주는 불법체류자. 그들과 비교해도 수영에게서 느껴진 위험도의 질은 떨어지지 않았다. 오히려 한 단계 더 위였던 것 같은 기분도 들었다.

분노와 치욕 때문에 이가 갈렸지만, 도식은 그곳을 피했다. 자존심을 굽히는 것은 어려웠지만, 그 무엇보다 지금까지 자신을 지탱해 준 직감을 무시할 수 없었다.

지금 이 남자와 접촉하는 것은 위험하다, 라는 직감을 말이다.

"대체 뭐야? 죽었다가 살아나면 사람이 바뀐다거나 그런 거야?"

도식은 수영이 한번 죽었던 사람이라는 것을 알고 있었다. 그것도 킬러J, 정주신이라는 최고 최악의 살인마에게. 그런 괴물에게 죽었다가 살아 돌아왔기에 그런 기운을 풍기는 것일 수도 있다. 하지만 뭔가 탐탁지 않았다.

인간의 본질은 쉽게 바뀌지 않는다. 죽었다 살아났다고 해도 말이다.

"뭔가 더 있을 텐데, 뭔가가."

하늘 높은 줄 모르고 솟아오르는 위험도와 함께 특종의 향기가 더더욱 짙어진다.

하지만, 매력적이진 않다.

그런 알 수 없는 위험에 뛰어드는 것 자체가 도식에게는 그다지 끌리는 선택지는 아니었다. 지금까지 도식은 어디까지나 영리하게 자신이 괴롭힐 수 있는 약자에게서만 특종을 뜯어냈다. 그렇지 않았다면 이미 도식은 조폭에게 납치되어 바다에 던져지거나 산에 파묻혔을지도 몰랐다. 직감을 거부하고 위험한 핏빛 안개 속으로 머리를 들이밀 이유는 없었다.

"이대로 접어야 되나? 이대로 기사를 내봤자 특별할 것도 없고……. 부장이나 국장 새끼가 뭐라고 할지 모르는데."

도식은 땅을 보고 다리를 떨며 계속 혼잣말을 중얼거렸다. 도식은 자존심이 높고 잔인한 인간이지만 동시에 신중하고 겁이 많았다.

아깝지만, 정말로 아쉽지만 답은 이미 정해져 있었다.

"아, 씨발. 지금이라도 다른 기사 찾아봐야 되나? 일단 부장새끼 입을 틀어막으려면……."

그렇게 계속 땅을 보고 있던 도식은 누군가의 발 한 쌍이 자신의 앞에서 멈춰 서는 것을 봤다. 화려하지 않은 여성용 단화였다. 잠시 그렇게 신발을 주시하던 도식은 그 발이 한참 동안 자신의 앞에서 떠나지 않자 천천히 고개를 들었다.

'누구지?'

쭉 뻗은 다리와 검은색 긴 치마, 그리고 정체불명의 종이봉투를 쥐고 있는 손, 맨 위의 얼굴이 차례차례 도식의 눈 안으로 들어왔다. 그 신발의 주인은 도식이 자신과 눈을 마주치자 가만히 입을 열었다.

"김도식 씨?"

"아, 음. 누구시죠?"

그 여성은 담담한 어조로 말했다.

"그쪽이 알고 싶어 할 만한 이야기가 있는데. 잠깐 시간 괜찮을까요?"

*　　*　　*

[살기 좋은 아파트. 하늘집에서 12시를 알려드립니다. 띠, 띠, 띠, 띵—]

"아아아아. 벌써 12시야?"

수영은 라디오를 끄고 대시보드에 떠올라 있는 디지털 숫자를 확인했다. 거기에 찍혀 있는 숫자는 분명 '12:00'. 수영은 주머니에 손을 넣은 채 시트에 몸을 파묻었다.

"이제 10분쯤 남았나."

수영은 머릿속으로 여왕개미가 설계한 일의 세세한 부분을 다시 떠올렸다. 이제 곧 일을 시작해야 했다. 이런 기분으로 제대로 일을 할 수 있을지도 알 수 없었지만.

오늘 밤은 그다지 즐겁지 않았다. 오랜만에 기준과 만나 대화를 나누긴 했지만 문제는 그 전. 기억에도 없는 쓰레기 동창 기자가 문제다. 식사 내내 기준과 함께 도식에 대한 험담을 늘어놨지만, 그래도 기분이 풀리진 않았다.

"딱 그런 냄새가 났었단 말야……."

수영은 코를 가볍게 훌쩍거렸다. 이 일을 하면서 알게 된 거짓말쟁이, 남 귀한 줄 모르는 쓰레기들에게서 느껴지는 특별한 악취 말이다. 얼굴을 대한 순간 누릇하게 느낄 수 있었다. 전화에서 들었던 그 가식적인 목소리에 갑자기 기분이 상했던 것은, 기준에게서 들은 도식의 악평 때문만이 아니라는 사실을.

도식은 분명 수많은 사람의 고혈을 빨아낸 전적이 있는 악당이다. 캐보면 분명히 뭔가가 나온다. 그런 확신이 들 정도였다.

"정말 없겠지, 그놈?"

수영은 몸을 비틀어 검게 선탠되어 있는 유리창 밖을 돌아봤다. 지금 이 차가 주차되어 있는 곳은 통행량이 그다지 많지 않은 사거리에서 약간 떨어진 갓길. 일단 당장 눈에 보이는 인기척은 없었지만 불안감은 어쩔 수 없었다.

"뭐 알아서 한다고 했으니. 일단은 믿을 수밖에 없겠지만."

일에 관해서 여왕개미는 완벽하다. 비록 설계도를 보는 단계에서는 정신이 나간 게 아닌지 의심될 정도지만, 일단 그 모든 일이 차례대로 조립되는 것을 보면 감탄사가 절로 나왔다. 그야말로 인간을 머리꼭대기 위에 앉아 조종하는 것처럼 보일 정도였다. 지금은 여왕개미가 그런 기자가 자신이 설계한 일을 망가뜨리지 않게 조치를 취했을 것이라는 걸 믿을 수밖에 없었다.

"12시 4분."

이제 정말로 집중할 시간이었다. 이번 일은 특히 화려한데다가, 처음으로 시도하는 위험도가 높은 방법이었다.

"후우."

수영은 머릿속에서 잡념을 지우고 언덕 아래에 내려다보이는 교차로를 주시했다. 좌우에서 접근하는 차들이 아주 잘 보이는 곳이었다.

"큰 차. 큰 차가……."

수영은 교차로를 지나가는 차들을 하나하나 조심스레 살폈다.

오늘 목적은 여자들에게 빚을 지워 퇴폐업소에 공급하는 쓰레기들이다. 여왕개미의 말대로라면 저 언덕 아래에 있는 조그마한 골목의 노래방이 그중 하나. 이미 몇 십 분 전쯤 저 노래방에 들어간 개미가 도우미를 요구했을 것이다.

오차는 있겠지만 이제 곧 그 조직폭력배들이 봉고에 여자들을 싣고 이곳으로 올 예정이었다.

노릴 것은 그 여자들을 이곳에 데려올 작은 조직의 대장이다.

"저건가?"

저 아래에서 천천히 우회전을 하는 12인승 승합차가 모습을 드러냈다. 곧 그 골목의 앞에 완전히 멈춰 선 승합차에서 여자들이 내렸다. 하나, 둘, 셋, 넷. 총 네 명의 여자가 차에서 내리자 조수석에서 한 남자가 내렸다. 밤인데도 선글라스를 쓴 천박해 보이는 메마른 남자. 그는 우물쭈물하는 여자들을 향해 손찌검을 할 듯 손을 쳐들었다. 그러자 여자들은 깜짝 놀라며 골목길 안으로 뛰어 들어갔다.

멀리서도 보였다. 악귀같이 웃으며 다시 조수석에 올라타려 하는 남자의 모습이.

"언제까지 웃나 보자고."

수영은 혼잣말을 중얼거리며 마스크를 뒤집어쓴 다음 조수석에 놓여 있는 바이크 헬멧을 겹쳐 썼다. 차 키를 돌려 시동을 걸자 낡은 중형차의 엔진이 낮은 신음 소리를 흘렸다. 안전벨트를 다시 한 번 확인한 수영은 핸들을 꽉 움켜잡고 크게 심호흡했다.

타이밍이 중요하다. 수영은 기어를 넣었다. 엑셀을 천천히 밟자 차는 그대로 언덕 아래를 향해 조용히 미끄러지듯 굴러가기 시작했다.

천천히 유턴하고 있는 승합차를 향해서.

"쿼!"

격돌의 순간. 안전벨트가 아무런 효능도 발휘하지 않았는지 의심될 정도의 충격이 수영의 전신을 흔들었다. 가슴뼈가 짓눌리고 폐가 우그러들며, 저녁에 먹었던 것이 위액과 함께 입 밖으로 분출될 것 같았다. 멍해진 귀에는 아무것도 들리지 않았다.

"크……."

수영은 억눌린 신음을 뱉어내며 질끈 감고 있던 눈을 떴다. 눈앞이 흐릿했지만 곧 그건 원상태로 되돌아왔다. 모든 안전조치는 다 취했고 당연하게도 이 고통은 오래가지 않는다. 격돌한 순간의 속도도 겨우 시속 20킬로미터 정도일 것이다.

몇 초 정도 숨을 몰아쉬며 고통을 삭이던 수영은 신체의 말단을 움직였다. 손? 발? 아무런 이상도, 특별한 고통도 느껴지지 않았다.

"으으으윽."

신음과 함께 고개를 든 수영은 주변을 돌아봤다. 수영이 몰던 차는 마치 단두대에 올려진 목을 치는 것처럼 조수석에 박혀 있었다.

"으, 어떤 새끼야!"

포효하는 것 같은 울부짖음이 들려왔다. 승합차의 조수석 쪽이다. 당연했다. 이 사고는 어디까지나 발을 묶어두기 위한 것. 만약 이 사고로 적을 죽이려 했다면 더욱 속도를 냈어야 했을 것이고, 수영 또한 만만찮은 피해를 입었을 것이다.

"그래도 아프잖아. 젠장, 꼭 계획을 이렇게 만들어야 돼?"

수영은 조수석 쪽에 단단히 고정되어 있던 상자를 열었다. 거기엔 깨지지 않도록 신문지에 스티로폼으로 포장되어 있는 유리병이 들어 있었다. 병 입구에는 천으로 만들어진 심지가 박혀 있고 짙은 기름 냄새가 나는 두 개의 유리병이었다. 안전벨트를 푼 수영은 문을 열고 밖으로 나왔다. 차 밖에 나오자 주변 상황이 똑똑히 보였다.

막 노래방에 들어가려 하던 사십대의 아줌마들과 날카로운 눈으로 수영을 바라보며 욕지거리를 쏟아내고 있는 조수석의 남자, 그리고 어안이 벙벙한 얼굴의 운전석의 남자, 사고가 났는데도 차를 세우지도 않고 그대로 스쳐 지나가는 타인들.

"이 새끼가! 사람 무시해? 엉?"

승합차의 조수석을 힐끔 쳐다본 수영은 말없이 주머니에서 라이터를 꺼냈다. 그리고 유리병에 불을 붙였다.

"화염병? 그런 걸로 겁주면 내가 쫄……."

수영은 화염병을 조금 전까지 자신이 앉아 있던 운전석에 집어 던졌다. 강렬한 화염이 피어오르자 골목 쪽에서 높은 비명이 울려 퍼졌다. 그리고 그와 동시에 수영을 향해 쏟아지던 욕지거리가 더욱 강해졌다.

"야, 야이! 미친 새끼가? 뭐하는 거야? 협박이냐!"

수영은 그 말을 무시하고 운전석 쪽으로 다가갔다. 그리고 친절하게도 문을 열고 옆으로 비켜 선 채 말했다.

"안 죽고 싶으면 나와."

"어? 어어어?"

운전석에 있던 남자는 당황한 듯 조수석의 남자와 수영을 번갈아봤다. 지금 자신이 정말로 어떻게 행동해야 할지 판단하지 못하는 것 같았다. 수영은 한숨을 내쉬며 아직 불이 붙어 있지 않은 나머지 유리병에 라이터를 가져다 댔다.

"안 나오지? 그럼 같이 타죽을래?"

"으아악!"

수영의 재촉과 심지에 불이 붙은 화염병의 모습에 그 남자는 괴성을 내지르며 밖으로 뛰쳐나왔다. 밖으로 나오다가 바닥을 나뒹군 그 남자는 아스팔트에 긁혀 피가 철철 흐르는 얼굴로 무릎으로 기어 차에서 멀어졌다.

그를 한심하게 쳐다보던 수영은 다시 목표를 향해 시선을 돌렸다.

"깡패들 의리라고 해봤자 이 정도지. 아, 조동주 맞지?"

계속 수영을 향해 욕을 내뱉던 동주가 순간 입을 다물었다. 하지만 허세는 멈추지 않았다. 동주는 수영이 손에 든 화염병의 불타는 심지를 힐끔거리며 욕지거리를 내뱉었다.

"야이……! 이 씨발놈이? 야, 너 뭐하는 거야! 너 빨리 이 새끼 잡아! 빨리!"

하지만 이미 차 밖으로 도망간 동주의 부하는 그의 외침에도 불구하고 턱을 덜덜 떨 뿐 움직이지 못했다.

"이런 씨……!"

수영은 운전석 밖으로 뛰쳐나오려 하는 동주의 모습에 뒤로 슬쩍 물러났다. 그리고 열려 있던 문을 발로 걷어찼다.

"브아아아아아아아악!"

막 문가에 대고 있던 동주의 손가락이 잘려 나가듯 으깨졌다. 수영은 손을 잡고 몸을 움츠리는 동주를 보며 빠르게 말을 이었다.

"부정 안 하는 거 보니까 일단 맞고. 지금까지 사채 쓴 아줌마나 여대생들 데려다가 몸 팔아먹도록 시킨 거. 사채 못 갚아서 목매단 사람들한테 침 뱉은 거. 다 맞지? 그리고 일단 예의상 묻는 건데, 죄 뉘우칠 생각 없는 것도 맞고?"

"어으으으으! 씨발! 씨바아알! 이 개새끼! 죽여 버릴 거야!"

"그건 맘대로 해. 할 수 있으면. 어쨌든 다시 묻는 건데 뉘우칠 생각은……."

수영은 동주가 칼을 빼 드는 것을 보며 한숨을 내쉬었다.

"없지? 나도 참. 어차피 뻔한 걸 왜 매번 묻는지……. 아아, 어쨌든."

동주는 문가에 서 있는 수영에게 칼을 휘둘렀다. 하지만 수영은 이미 칼에 닿지 않는 곳에 물러서 있었다.

"미안하지 않아서 미안하다."

"어? 어어어? 이, 이 개새끼가 뭐하……!"

마지막까지 설마 수영이 그런 짓은 하지 않을 거라고 생각했던 것일까. 당연하다. 폭력으로 먹고사는 깡패라고 해도 상대를 그렇게 쉽게 죽이는 짓은 하지 않는다. 여러모로 귀찮은 일이 생긴다는 것을 알기 때문이다.

"으아아아아악!"

하지만 수영은 범인의 선을 아득히 넘어 있었다. 수영은 화염병에서 불꽃이 튀어나와 동주의 전신을 감싸는 것을 보며 그 열기를 피하듯 슬쩍 몸을 돌렸다.

"……!"

불은 사방으로 튄 기름을 따라 생명이 있는 것처럼 순식간에 퍼져 나갔다. 타오르는 화염은 인간의 목소리와 비명을 순식간에 집어삼키며 육체에 휘감겼다. 운전석에 앉아 고통스러운 듯 발버둥치던 동주는 그대로 밖으로 굴러 나왔다.

"……!"

동주는 소리를 지르려 했다. 하지만 그의 목에 들어가는 것은 공기가 아닌 화염. 순식간에 식도와 폐를 불살라 버리는 압도적인 화염의 폭력에 그는 문자 그대로 무릎을 꿇었다. 그리고 고통스러운 듯 양손으로 목을 쥐며 바닥을 나뒹굴었다.

"야."

고통스러운 기색이 역력하게 산 채로 타들어가는 동주를 공포에 질린 눈으로 바라보고 있던 부하는 깜짝 놀라며 양손을 모았다.

"예? 예! 주, 죽이지 마세요! 제발, 제발! 잘못했어요!"

하지만 부하가 눈을 돌린 곳에는 이미 수영은 없었다. 어느새 저 옆쪽에 있는 전봇대에 세워져 있는 오토바이의 시동을 켜고 다리를 걸치고 있었다.

수영은 점점 더 시커멓게 타들어가는 인간 모양의 숯 검댕을 향해 손가락질했다.

“이런 꼴 안 당하고 싶으면. 착하게 살아라. 응?”

미친 듯이 고개를 끄덕이는 부하에게서 고개를 돌린 수영은 그대로 엑셀을 당겼다.

오토바이는 목격자를 그 자리에 남겨둔 채 그대로 어둠 속을 향해 내달렸다. 그곳에 있는 누구도 수영을 잡으려는 생각조차 하지 못했다.

*　　*　　*

[어딥니까?]

“일 잘됐냐고는 안 물어?”

[소방차와 경찰차가 그쪽에 도착했다는 연락을 받았습니다. 수영 씨가 일을 잘했으니까 그런 거겠죠. 지금 어딥니까?]

막 오토바이에서 내린 수영은 번호판에 붙어 있는 검은 종이를 떼며 말했다.

“지금 막 도착했는데. 이거 이대로 세워두면 되는 거지?”

[그렇습니다. 회수하러 갈 사람이 바로 근처에 있으니 헬멧과 열쇠는 그대로 두고 다음 포인트로 이동하세요. 그럼 목격자들은 어떻습니까. 몇 명이나 있었죠?]

“다섯 명 이상. 신경 썼으니까 내 얼굴 본 사람은 없을걸. 그런데.”

마지막으로 주변을 조심스럽게 살핀 수영은 헬멧을 오토바이 손잡이에 걸어두고 조심스레 그곳에서 몸을 피했다.

“왜 이번엔 일을 이렇게 번거롭게 한 거야? 일부러 목격자들까지 만들지를 않나. 눈에 띄게 불 같은 걸 쓰질 않나.”

[겁을 주기 위해서입니다.]

“겁? 누구를?”

[조동주가 속해 있는 조직이죠. 작은 깡패 조직이니 보스가 죽은 이상 금방 와해되겠지만. 그 뒤를 따라 일을 해보려는 놈이 있을 수 있으니까요. 일종의 경고 같은 거죠.]

“그건 그런가…….”

여왕개미의 말에도 수긍이 갔다. 원래 개미의 일은 원한을 갚는 것이지만, 애초에 원한을 가질 일 자체가 생기지 않게 할 수 있다면 그것이 가장 좋은 일일 테니까. 알았다는 듯 고개를 끄덕이던 수영은 문득 뭔가를 떠올리고 다시 질문을 던졌다.

“그러고 보니 조폭 비율이 높네? 요즘.”

[조폭 비율이 높다니요. 그건 무슨 소리죠?]

“그러니까.”

그때 뒤쪽에서 오토바이의 엔진 소리가 울리더니 이윽고 저 먼 곳으로 사라졌다. 익숙한 엔진 소리로 봐서 누군가가 조금 전 수영이 몰던 오토바이를 몰고 사라진 듯했다. 잠시 말을 멈췄던 수영은 계속 큰길가를 향해 걸으며 말했다.

“요즘 내가 한 일 말야. 오늘까지 합하면 연속 여섯 건이 조폭인데?”

여왕개미는 답이 없었다.

“그게 아니더라도 조폭 비율이 높잖아. 두 달 전에 일이 바빠지면서부터 처리한 인간들 중에 한 삼분의 이는 조폭인 것 같은

데. 꼭 조폭 아니라도 악당들은 많잖아?"

가만히 수영의 말을 듣던 여왕개미는 별것 아니라는 듯 말했다.

[생각해 보니 그렇군요. 어쩔 수 없지요. 조폭은 기회를 잡기 매우 쉬운 목표니까요. 죄를 뉘우칠 생각 없이 일이라고 하면서 계속 죄를 지으며 다니니. 다른 쥐새끼들은 모두 몸을 사립니다. 함부로 밖에서 돌아다니질 않죠.]

"그건 그렇지만 예전에는 애들 강간하는 변태 놈들이나 사기꾼들도 있었는데 요즘은……."

[그래서 불만인 겁니까?]

불쾌하다는 감정이 섞인 변조된 목소리에 수영은 입을 다물었다.

[나는 어떤 종류의 죄를 지었냐를 두고 처단할 인간을 골고루 뽑는 게 아닙니다. 어떻게 하면 최대한 일이 부담 없이 진행될지를 보고 작전을 설계하죠. 그게 싫다면 수영 씨가 얼마나 위험하든 상관없이 골고루 일을 짜보겠습니다. 괜찮다면 말이죠.]

수영이 입을 열지 않는 사이 여왕개미는 날카롭게 가시가 돋친 어투로 말을 이어갔다.

[자살하고 싶은 게 아니라면 그런 것에 신경 쓰지 마세요. 일을 그만두고 싶다면 언제든지 나가도 말리지 않겠습니다.]

"화연 씨처럼?"

풍선에서 바람이 빠지는 것 같은 짧은 한숨 소리가 들려왔다.

[그렇습니다.]

그 말을 끝으로 여왕개미는 입을 다물었다. 그렇게 약간의 시간이 흐른 후, 흥분한 것 같은 숨소리만 들려오던 전화기 건너편에서 평소와 같은 차분한 목소리가 흘러나왔다.

[곧 있으면 수영 씨를 실어다 줄 개미가 그쪽에 도착할 겁니다. 다음 일은 내일 말해주겠습니다. 오늘은 들어가서 쉬세요.」

말이 떨어지기 무섭게 저 멀리서 달려온 택시가 속도를 낮추더니 수영의 앞에 멈춰 섰다. 말없이 전화를 끊은 수영은 택시에 몸을 실었다. 목적지도 말하지 않았지만 택시는 소리없이 움직이기 시작했다.

백미러를 통해 눈이 살짝 마주치긴 했지만, 수영은 아무 말도 하지 않았다. 개미끼리는 서로 접점이 없는 편이 좋았다. 대신 수영은 끊긴 핸드폰을 내려다보며 생각에 잠겼다.

'신경 쓰지 말라고?'

그 말 자체는 분명 논리적이다. 법 무서운 줄 모르고 돌아다니는 조폭들이라면 처리할 기회를 잡는 것도 쉽고, 개미로서는 쉽게 기회를 잡을 수 있는 일을 빠르게 처리하는 것이 좋을 테니까.

하지만 수영은 그 논리적인 대답이 마음에 들지 않았다. 직감적으로 알 수 있었기 때문이다.

'그럼 왜 거짓말을 하는데?'

옅기는 하지만 도식의 전화를 받았던 때와 비슷한 불쾌감이 들었다.

지금까지는 여왕개미의 어투에 익숙해진 탓에 느끼지 못했지만, 도식을 만나 엉겁결에 그 능력을 깨달은 지금은 알 수 있었다. 수영은 확신했다. 말하는 모든 것이 거짓말은 아니겠지만 여왕개미는 분명 수영에게 숨기고 있는 것이 있었다.

'그 말이… 정말인가?'

의심이 점점 깊어져 간다. 그럴수록 수영의 마음속에서는 어떤 욕망이 커져 갔다.

만나고 싶다. 의심의 씨앗을 뿌린 그 장본인을 만나서 모든 것을 털어놓고 왜 그런 거냐고, 그 말은 진실이냐고 묻고 싶었다.

"화연 씨……."

수영은 입술을 깨물며 핸드폰을 만지작거렸다.

*　　　*　　　*

"어때? 잘되어가?"

자신을 돌아보는 도식의 얼굴을 본 부장은 움찔 놀라며 턱을 뒤로 당겼다.

"응? 표정이 왜 그래. 뭐 이상한 약 같은 거라도 먹었어?"

"그런~ 건 아니고요."

입이 귀에 걸릴 듯이 웃고 있던 도식은 입가를 문질렀다.

"사실 일이 잘 안 풀릴 것 같아서 말입니다."

"뭐? 두 달이나 부어놓고 잘 안 된다고? 근데 뭐가 좋아서 웃고 있어. 미쳤냐?"

도식은 벌컥 화를 내는 부장에게 손을 흔들며 웃었다.

"그러니까 그 일은 잘 안 됐는데. 그런 건 비교도 안 될 끝내줄 특종이 생겼단 말입니다."

"끝내주는 특종?"

의심하는 기색이 역력한 부장의 얼굴도 웃어넘겼다. 지금이라면 누구에게 무슨 말을 듣더라도 그냥 넘어갈 수 있을 것 같았다.

"안 믿을 거면 믿지 마십쇼. 기자는 기사로 말하는 거니까."

"갑자기 이상한 이야기를 하니까 그렇지. 무슨 기산데 그래?"

의미심장하게 웃던 도식은 부장에게 종이 뭉치를 내밀었다. 반은 의심스러운, 반은 호기심이 찬 눈으로 파일을 받아 든 부장은 그 묵직한 종이 뭉치를 대충 넘겼다.

"뭐야 이거? 웬 사건 스크랩이야? 이 앞은 오래전 거구만. 복사본인가? 이쪽은 직접 스크랩한 거고. 이쪽은 몇 달 전 거네?"

"요 몇 개월 사이에 일어난 실종, 사망사고, 살인사건들이잖습니까."

"그래, 그건 나도 보면 알아. 근데 이게 왜?"

자리에서 일어난 도식은 누가 듣기라도 할 듯 주변을 둘러봤다. 그리고 부장의 귀에 대고 속삭였다.

"그게 한 놈이 저지른 일이라면 어떻습니까?"

부장의 얼굴이 굳었다. 그 역시 오랫동안 언론계에 발을 담그고 있었지만, 그런 일을 한 살인자는 딱 한 명밖에 생각나지 않았다.

"뭐? 설마 그럼… 킬러J? 누가 그 살인마를 흉내 내고 있다고?"

도식은 손가락을 세워 의미심장하게 흔들었다.

"아뇨, 아니죠. 명실상부 2대짼니다."

"허, 허어?"

"모방범 같은 게 아니라 진짜 그 후계자라고요."

도식은 다시 다리를 꼬고 앉았다.

"게다가 그 킬러J의 후계자가 피해자 중 유일하게 살아남은 한 명이라면? 또 킬러J를 후원해 주고 있는 놈들이 있다면?"

부장의 얼굴이 총천연색으로 물들었다. 무슨 말을 해야 할지 필사적으로 생각해 내던 부장은 마침내 붉게 물든 얼굴로 작은 목소리로 비명 같은 외침을 내뱉었다.

"진짜 뒤를 봐주는 사람이 있었다고? 하긴, 정주신이 혼자 그 일을 하기에 너무 어리다는 소리는 많았었지만……. 아니, 그런데, 정수영이? 그 죽은 놈?"

"에에, 아직 비밀입니다. 아직 진짜일지 어쩔지는 몰라요. 확실한 건 조금 더 조사해 봐야 해요. 아, 이거 부장님한테밖에 말 안 했으니까, 혹시라도 누가 이거 먼저 채가거나 하면 국장님한테 꼰지를 겁니다? 부장님이 여기저기에 말하고 다녔다고."

그 농담에 부장은 웃음을 감추지 못하면서도 더더욱 목소리를 낮췄다.

"야, 야, 야! 이, 이게 진짜라면 정말 대박……. 아니, 그런데 이런 걸 어떻게 알아낸 거야?"

그 말에 도식의 눈썹이 가볍게 꿈틀거렸다.

"그야 뭐~ 평소 인덕이라고 해두죠."

도식에게 인덕이라고는 눈을 씻고 찾아도 찾아볼 수 없다는 걸 알고 있었지만, 부장에게 있어서 그건 정말 아무래도 상관없는 것이었다. 그야말로 초대박 특종이었다. 그것도 이런 삼류 신문사에서 낸다고 해도 어정쩡하게 묻히지 않고 폭발할 진짜 특종.

"그래? 그, 그래. 뭐가 됐든. 단독으로 낼 거지? 언제쯤 낼 수 있는데?"

"에이, 한참 남았죠. 일단 조사하고 기사부터 써놔야 할 거 아닙니까. 그리고 경찰에 신고한 다음에 잡히는 거 딱 찍어서! 올리면 끝장나지 않겠어요?”

음흉한 도식의 표정에 부장은 고개를 끄덕였다.

“알았다. 그래. 그럼 기사 쓸 때 말해. 1면 비워둘 테니까.”

“옙, 알겠습니다. 그러니까 국장님한테는 시간 좀 더 벌어주시고요. 아셨죠?”

“그래, 그럴게. 잘해봐라. 알았지?”

부장은 고개를 돌려 버리는 도식의 곁에 파일을 올려두고 마른침을 삼키며 뒤로 물러갔다. 도식은 부장이 저 뒤로 걸어가면서도 자신을 힐끔거리는 것을 알 수 있었다.

“돼지 같은 새끼. 그렇게 좋나?”

도식은 혼잣말을 중얼거리며 부장이 내려놓은 파일을 집어 들었다. 이건 도식이 만든 것이 아니다. 몇 시간 전 만난 여성에게 받은 것이었다.

도식과 접촉한 그 여성은 말했다. 지금 이 나라에는 억울한 사람들이 모인 피해자 연대가 존재하며, 수영은 그들의 대리인으로서 살인을 하고 있다고. 6개월 사이에 벌어진 수많은 살인사건이나 실종사건은 그들의 짓이며 과거 킬러J도 그 피해자 연대의 복수 대리인이었다고 말이다.

도식은 여성이 내민 스크랩북의 복사본을 보면서도 믿지 않았다.

마치 영화나 만화 속에 나오는 비밀결사와 같이 현실이라고는 볼 수 없는 너무나도 황당무계한 이야기였다. 때문에 도식은 이 여자가 수영의 전 여자친구나 스토커이고, 해코지하기 위해서 헛소리를 꾸민 게 아닌가 하고 생각했을 정도였다.

하지만 그 여성은 자신의 말이 진실이라는 증거라며 다른 이야기를 꺼냈다. 바로 2개월 전쯤에 있었던 김지호 살인사건의 범인이 자신과 수영이라는 것이었다.

물론, 그것만으로 그게 진짜라고는 믿을 수 없다. 하지만 도식은 그 여성이 일반에는 공표되지 않는 세세한 침투 방법과 도주 방법, 직접 사건 현장을 보지 않았다면 알 수 없을 생생한 상황 설명을 한 시점에서 그 말을 믿기로 결심했다.

만약 그게 진짜라면 그야말로 대박이고, 가짜라고 해도 조사하는 데 걸린 시간 약간을 버리는 것뿐이니까 말이다.

"피해자가 살인자가 되고… 그 살인자의 뒤를 봐주는 놈들까지 말이지. 이건 정말……."

일단 이것이 진짜인지 밝혀내고 그것을 기사로 쓸 만한 재료를 모으는 것은 어렵지 않을 것이다. 그 여성이 준 자료로 인해 뼈대는 이미 잡혀 있다.

도식이 할 일은 거기에 살을 덧붙이는 것뿐이다.

"아아, 진짜. 이런 대박기사는 처음인데."

도식은 희열에 물든 얼굴로 볼펜머리를 자근자근 씹었다.

일단 진실을 가리는 법은 아주 간단하다. 수영이 저지른다고 하는 사건이 일어나는 빈도가 잦기 때문이다. 그 여성의 말이 진짜라면 며칠만 수영을 미행하면 꼬리를 잡을 수 있다.

어쩌면 살인사건 현장을 찍을 수 있을지도 몰랐다. 정말로 수영이 킬러J의 후계자라면 희생되는 이들도 모두 악당들일 테니 희생자가 생겼다는 것에 양심의 가책을 느낄 일도 없다.

그렇게 모든 것을 밝혀낸 후, 적당한 비극과 스토리를 조미료로 삼아 특종 기사를 써 내리면 된다. 지금까지 한국에서 누구도 써보지 못한 그런 기사를 말이다.

디리리리링—

그때 전화가 울렸다. 화면을 보자 발신번호 표시제한이 떠 있었다.

도식은 거침없이 그 전화를 받았다.

"누구십니까?"

[저예요. 아까 만났던…….]

"아아, 예!"

그 목소리를 기억해 낸 도식은 자신도 모르게 소리를 쳤다가 주변의 시선에 목소리를 낮췄다.

"무슨 일이신가요?"

[숨겨뒀던 증거를 찾았어요. 이걸 전해 드리고 싶은데요.]

도식의 눈이 커졌다.

"아, 그래요. 그래. 괜찮으십니까?"

[아직까지는요. 지금 만나주실 수 있을까요?]

그 말에 도식은 시계를 올려다봤다. 12시 5분. 심야다. 하지만 시간은 상관없었다. 지금 도식에게 있어서 황금만큼 중요한 증거가 있다고 하지 않는가. 이런 상황에서 괜히 튕기고 보는 병신 같은 짓을 할 생각은 눈곱만치도 없었다.

도식은 의자에 걸쳐져 있는 옷을 급히 입으며 말했다.

"예, 괜찮습니다. 그럼 어디서?"

[20분 후에. 아까 거기서 보죠.]

"알겠습니다. 최대한 빨리 가죠."

전화를 끊은 도식은 재빨리 카메라와 수첩을 챙겼다. 호박이 넝쿨째 굴러들어오는 것도 모자라, 호박이 하나 더 굴러오는 셈이다. 이 기회를 놓칠 수 없었다.

"뭐? 차사고요? 야, 사건이다! 누가 차에 기름 뿌리고 불붙였대."

"사건이야?"

"그래, 이 근처니까 얼마 안 걸리겠네."

그때 도식의 뒤쪽이 갑자기 시끌시끌해졌다. 그쪽을 슬쩍 보자 전화를 잡은 기자 몇이 바쁘게 움직이고 있는 것이 보였다.

"데스크에 말해놔. 현장에서 취재해서 곧바로 메일 보낼 테니까."

"알았어. 얼른 가기나 해."

도식은 소란스러워진 신문사의 분위기에도 휩쓸리지 않고 들뜬 얼굴로 중얼거렸다.

"좋아좋아좋아좋아. 다들 바쁘구만. 아주 좋다고."

그런 잡다한 기사가 많아질수록, 어디서나 볼 수 있는 사건사고 기사가 많을수록, 이 특종은 더더욱 빛을 발하게 될 것이다. 마치 쓰레기 속의 진주처럼 말이다.

카메라와 가방을 챙긴 도식은 누가 볼세라 주변을 둘러봤다. 그러고는 그 여성에게 받았던 파일북을 책상 아래에 넣고 자물쇠를 채웠다.

"그럼 가볼까?"

택시를 타면 금방이다. 시간에 늦는 일은 없을 것이다.

도식이 엘리베이터 쪽으로 다가가자 디지털 숫자가 1을 가리키고 있었다. 아마 조금 전 방화사건이 어쩌고 하는 것을 취재하러 내려간 기자 때문이리라. 평소라면 욕지거리를 내뱉으며 화를 냈겠지만, 지금 도식의 기분은 최고였다. 도식은 웃는 얼굴로 가방을 어깨에 메며 버튼을 눌렀다.

디리리리링—

그때 다시 전화가 울렸다. 또 그 익명의 여성인가? 화들짝 놀란 얼굴로 전화기를 본 도식은 순간 어깨에 힘이 쭉 빠지는 것을 느꼈다.

"크으."

조금 전과 같은 발신번호 표시제한 번호가 아닌, 어떤 이름이 떠 있었다. 바로 기준이었다.

말 그대로 편의상 저장해 놓은 것일 뿐인 상대에게서 전화가 왔다는 것. 무슨 말이 나올지 너무나도 뻔하게 예상이 됐다. 그 전화를 받을까 말까 잠시 고민하던 도식은 결국 혀를 차며 통화 버튼을 눌렀다.

"여보세요?"

[야, 너 수영이 귀찮게 하지 말라니까 대체 뭐하는 짓이야?]

혹시나 했더니 역시나라던가. 도식은 천장을 올려다보며 어이없는 표정을 짓다가 짐짓 표정을 바꾸며 반가운 듯 말했다.

"어, 그래. 반갑다 기준이. 그런데 뭔 소리야?"

[인사는 됐고. 너 인간적으로 너무한 거 아냐? 동창들한테 전화해서 수영이 일 캐내려고 했다면서? 게다가 오늘은 수영이 보고 인터뷰니 뭐니 했다면서. 너도 기자면 수영이가 뭔 일을 당했

는지 알 텐데, 왜 그걸 건드리려고 해?]

도식이 혀를 차고 있을 때 엘리베이터가 도착했다. 도식은 멈춘 엘리베이터에 올라타며 태연히 대답했다.

"그게 기자의 숙명이란다."

[그러니까 네 사정이야 어떻든 수영이를 귀찮게 하지 말라는 거잖아!]

"야, 김기준."

1층 버튼, 그리고 닫기 버튼을 누른 도식은 열이 나는 듯 와이셔츠의 단추를 하나 풀었다.

"네가 뭐 수영이 애인이라도 되냐?"

[이게 농담할 문제냐? 너 진짜 너무한 거 아냐?]

"그리고 됐어. 지금은 그놈 그런 걸로 인터뷰할 맘도 없으니까."

[뭐?]

그 당황해하는 목소리를 듣자 장난스러운 기분이 고개를 들었다.

"너 말야. 수영이랑 친하다고 했지? 그럼 너 그 괴물이 무슨 짓 하고 다니는 줄은 알아?"

[괴물? 너 무슨 소리 하는 거야? 수영이가 왜 괴물이야?]

도식은 노골적으로 기준을 비웃었다.

"그래. 알 리가 없지. 미안하지만 나도 더 말해줄 수는 없는 일이라."

[그게 뭔 소리냐고. 똑바로 말 안 해?]

그 외침에 도식은 그저 웃었다. 도식은 기준의 인생도 망가뜨릴 수 있었다. 그 괴물의 둘도 없는 친구라는 식으로 기사를 쓰기만 하면, 나머지는 하이에나들이 알아서 물어뜯어 줄 테니까. 생각해 보면 그쪽도 재미있을 것 같았다.

그 누구도 아닌 자신이 기사를 어떻게 쓰냐에 따라 누군가의 운명이 결정 난다.

타인의 운명을 손 위에 올려놓고 굴릴 수 있다는 것이 이렇게 즐거울 수 없었다.

"모르면 계속 그 괴물이랑 붙어서 다니든가. 나중에 기사나 봐라."

그사이 엘리베이터가 멈췄다. 도식은 여전히 웃으며 엘리베이터 밖으로 발을 내밀었다.

"응?"

어깨에 가벼운 충격이 전해졌다. 고개를 들자 엘리베이터에 타려 하던 탑승객의 얼굴이 보였다. 평범한 얼굴의, 택배사의 마크가 새겨진 조끼를 입고 있는 남자였다.

"아, 이거 죄송합니다."

대답은 없었다. 사람도 들어갈 것 같은 커다란 상자를 엘리베이터 바닥에 내려놓은 그 청년은 도식을 힐끔 쳐다보더니 곧장 닫힘 버튼을 눌렀다. 문이 닫히고 엘리베이터가 위로 올라가자 도식은 투덜거리며 고개를 돌렸다.

"뭐, 저런 놈이……."

택배원의 매너없는 모습에 잠시 기분이 나빠졌지만 이내 그 기분은 사라졌다. 전화 너머로 당황한 기색이 역력한 목소리가 들려왔기 때문이었다.

[야, 김도식!]

"그래그래. 벌써 밤 12신데 잘 자고, 잘 출근해라. 알았지?"

잔뜩 비꼬며 전화를 끊은 도식은 건물을 나가 주변을 둘러봤다. 마침 저 앞에 있는 택시에서 누군가가 막 내리고 있었다. 좋은 타이밍이다. 도식은 미소가 떠오른 얼굴로 택시의 뒷자리에 올라탔다. 지금 이 순간 세상이 자신을 중심으로 돌아가고 있는 것 같았다.

"어서 오세요."

"공단 쪽으로 갑시다."

도식은 웃음을 감추듯 입가를 손으로 감싸며 어둠이 내려앉는 창밖을 내다봤다.

하지만 그 웃음은 오래가지 못했다.

"응? 뭐야, 이거?"

막 앞으로 움직이던 택시가 흔들렸다. 택시 자체의 문제가 아니라는 건 금방 알 수 있었다. 강렬한 폭음이, 흔들린 공기와 진동이 택시에 부딪힌 것이었다. 깜짝 놀라 사방을 두리번거리던 도식은 뒷좌석의 창문 쪽을 통해 밖을 봤다. 조금 전 이 택시가 있던 자리에 무슨 조각 같은 것이 떨어지고 있었다.

도식은 몸을 낮춰 위쪽을 올려다봤다. 저 위, 건물의 5층에서 연기가 피어나고 있었다. 그렇다. 몇 번이나 층을 세어봤지만 확실했다. 5층이다.

조금 전 도식이 있었던 사무실이 있는 층이었다.

순간 도식의 머릿속이 새하얗게 변했다.

"멈춰!"

지금 당장 가야 하는 곳이 어딘지는 알고 있었다. 하지만 당장 눈앞에 그동안 자신이 만들어놓은 보금자리가 불타고 있는 모습은 무시할 수 없었다.

"뭐하는 거야? 빨리 멈추라니까!"

도식은 거칠게 기사의 어깨를 잡았다. 그러자 기사는 비로소 차를 멈췄다. 그러고는 도식을 향해 얼굴을 돌렸다.

"어?"

기사는 한 손으로는 코와 입을 가리고, 다른 손으로는 도식을 향해 뭔가를 겨누고 있었다.

"당신 뭐……!"

도식이 뭐라고 외치기도 전 치익거리는 소리와 함께 무엇인가가 분무됐다.

"윽! 에, 에……."

반사적으로 그것을 들이마신 도식은 재채기를 할 듯 숨을 몇 번 들이켰다. 하지만 재채기를 하지는 못했다. 순식간에 의지가 물에 녹듯 사라지고 세상이 뒤집혔다. 하지만 그것도 잠시. 마치 누군가가 머릿속의 퓨즈를 잡아 뜯어버린 듯 세상이 급격히 어두워졌다.

"어어어어어어……?"

도식은 그대로 뒷좌석에 쓰러졌다. 그러고는 움직이지 않았다.

살짝 눈을 찡그리고 도식의 가슴이 작게 부풀었다가 내려갔다 하는 것을 확인한 택시 기사는 손에 들고 있던 스프레이를 조수석에 내려놨다. 그러고는 뒷좌석의 창문을 열어 공기를 환기시키며 조용히 액셀을 밟아 차를 다시 출발시켰다.

챕터10
_붕괴

"으, 진짜. 대체 그놈은 왜 자꾸 그래?"

신호에 발이 잡혀 앞을 보고 있던 기준은 문득 어젯밤의 전화를 떠올리고 짜증을 내며 한숨을 푹 내쉬었다.

어젯밤 오랜만에 만난 수영이 꺼낸 말은 충격적이었다. 두 달 전 혹시나 도식이 기사를 쓰기 위해 수영을 스토킹하거나 하지 않을까 걱정했었는데, 그것이 현실로 다가왔기 때문이었다.

"아무리 그래도 초등학교 동창끼리인데 말야."

가차없다고 해야 할까, 인정이 없다고 해야 할까. 식사 내내 험담을 늘어놨지만 도저히 기분이 풀리지 않았다. 수영과 헤어진 후 집으로 돌아와서도 그 기분은 여전했다.

그렇기에 기준은 도식에게 전화를 걸었다. 그리고 수영을 쫓아다닌 것에 대해 따지려 했다.

하지만 도식의 반응은 의외였다.

"괴물이라니 대체 무슨 소리야?"

더 이상 수영을 인터뷰할 생각도 없다고 한 건 좋다. 그런데 그런 이상한 험담이라니. 기준으로서는 이해도 납득도 가지 않았다. 열심히 일하며 잘살고 있는 수영에게 그게 무슨 망발이란 말인가. 기준은 그 뒤로도 도식에게 다시 전화를 했지만 받지 않았다. 처음 몇 번 정도는 신호라도 울렸지만, 나중에는 핸드폰마저 꺼져 있었다.

그때 신호가 바뀌었다. 기준은 엑셀을 슬며시 밟아 차를 출발시키려 했다.

[…다음 뉴스입니다. 어젯밤 12시 30분쯤, XX시 XX동에 위치한 조동일보의 5층에서 폭발이 일어나 한 명의 사망자와 세 명의 부상자가 발생했습니다. 경찰은 누군가가 엘리베이터에서 내려 상자를 놓고 도주한 후, 그 상자에서 폭발이 일어났다는 목격자의 증언을 토대로 사제폭탄에 의한 테러의 가능성을 염두에 두고 수사에 촉각을 곤두세우고 있습…….]

빠아아앙—!

뒤에서 들려온 경적 소리에 뉴스의 뒷부분이 먹혔다. 라디오에서 흘러나오는 뉴스를 듣고 순간 엑셀을 밟는 것을 잊었던 기준은 기겁하며 차를 출발시켰다.

"조동일보? 도식이네 신문사잖아?"

핸들을 잡고 있던 팔이 떨리자 차가 좌우로 흔들리는 것 같았다. 기준은 재빨리 팔에 힘을 불어넣었다. 그러고는 주머니에서 핸드폰을 꺼내 가장 최근 통화목록을 올린 후 통화하기를 눌렀다.

[전화기가 꺼져 있어 삐 소리 후 소리샘…….]

"뭐야, 대체?"

도식은 여전히 전화를 받지 않았다. 기준은 비명 같은 외침을 내질렀다. 어쩌면 부상을 입어서 입원해 있느라 핸드폰을 꺼놨을 수도 있다. 아니면 혹시 그 한 명의 사망자라는 것이 도식을 말하는 것일까?

기준은 살짝 떨리는 턱을 꽉 깨물었다.

"망할 놈. 진짜……."

도식이 몸담은 신문사는 더러운 방법으로 취재하기로 유명한 3류 신문사였다. 어떤 수를 써서든 특종 거리를 잡는 것은 물론이고, 혹은 취재한 것이 잘못된다 하더라도 정정조차 하지 않는 황색언론. 누군가에게 원한을 사는 것도 이상한 일이 아니다. 그야말로 업보라고 할 수 있을지도 몰랐다.

"사람 약점만 물어뜯고 다니더니. 꼴좋게 됐네."

하지만, 말은 그렇게 할지라도 기준의 얼굴은 웃고 있지 않았다. 기준은 지극히 평범한 인간이었다. 사람이 죽고 다친 일을 노골적으로 즐길 만한 신경은 없었다. 그것도 아무리 악인이라고 해도 자신과 안면이 있는 인간이라면 더더욱 그렇다.

"멍청한 놈. 왜 하필 그런 신문사에 들어가서 사람들 약점만 캐내다가……."

그때 뭔가가 기준의 머리에 떠올랐다. 기준은 그 신문사에 원한을 가지고 있는, 정확히는 이대로 일이 진행될 경우 앞으로 원한을 가지게 될 인간을 알고 있었다.

그렇다. 만약 수영이 그런 상황을 미리 막기 위해 이런 일을 저지른 것이라면?

"대체 무슨 생각을 하는 거야?"

그러나 곧 기준은 고개를 내저었다. 수영이 그런 일을 했을 리가 없다.

어젯밤은 자신과 함께 있었지 않았는가.

비록 사건이 벌어지기 전, 11시쯤에 헤어지긴 했지만 말이다.

"…으."

일단 의심이 생기자 꼬리에 꼬리를 물고 이상한 생각이 떠올랐다. 수상하게 보자면 얼마든지 떠올릴 것은 많다. 예전 진명을 처리하고 자신을 구해줬을 때 보여줬던 범상치 않은 모습부터 그렇다. 게다가 하필 신문사가 테러당한 그날이 도식이 수영의 인터뷰를 시도한 그날이라는 것이 너무나도 걸렸다.

억누를 수 없을 정도로 떠오르는 망상에 핸드폰을 노려보던 기준은 결국 단축키를 눌렀다.

[여보세요? 아침부터 웬일이야?]

"아, 수영아."

막 인사를 던진 기준은 애써 평정을 가장하며 인사를 던졌다.

"어제는 잘 들어갔어?"

[어제? 어, 뭐… 응. 잘 들어갔어. 그런데 왜?]

마른침을 삼킨 기준은 띄엄띄엄 입을 열었다.

“아, 그러니까… 그거. 뉴스 봤어? 들었어? 어제 새벽에 말야. 도식이네 신문사에 누가 폭탄 던졌나 보더라고.”

[응? 그래? 못 들었었는데. 아침에 버스 타는데 뉴스를 안 틀어놓더라.]

대수롭지 않은 듯 답하는 수영의 목소리에 도식은 머뭇거리면서도 계속 말을 이었다.

“도식이도 전화를 안 받고……. 그러니까 어제 짜증나서 욕하려고 전화했었거든? 근데 전화 끊은 이후로는 다시 안 받더라고. 핸드폰도 꺼져 있고. 무슨 일 생긴 거 아닐까 싶기도 한데.”

[잘됐네.]

그 무덤덤한 대답에 순간 기준은 자신의 귀를 의심하며 입을 다물었다.

잘됐다고? 지금 수영이 정말로 그렇게 말했단 말인가?

“잘됐다고?”

[응? 그렇잖아. 예전에도 애들 괴롭히고 다녔다며. 그리고 어제 보니까 기사 쓰는 것도 양심적으로 쓸 것 같지 않더라. 어쨌든 다행이네. 나도 더 이상 귀찮게 못할 거고.]

수영은 기준의 반문에 너무나도 평온하게 답했다. 순간 할 말을 잊을 정도로 차갑고 비인간적이다. 거기에는 조금의 동정이나 망설임도 실려 있지 않았다. 오히려 기준이 왜 반문한지도 눈치채지 못한 것같이 느껴질 정도였다.

‘괴물?’

어젯밤 도식이 한 말이 머릿속을 스쳤다. 기준은 몸을 한 차례 떨었다.

[그런데 그 말 하려고 전화한 거야?]

그때 수화기 건너편에서 들려온 목소리가 기준에게 다시 말을 걸었다.

"응? 응, 그런데."

[그래, 말해줘서 고맙다. 아침부터 바쁠 텐데.]

"어, 응."

[근데 지금 출근 중이면 운전 중 아냐? 야, 너 운전 중에 뭔 통화야.]

지금 수영의 말투에는 조금 전 느껴졌던 그 차가움은 없었다. 하지만 기준은 조금 전과 같이 태연하게 말을 잇지 못했다.

"아니, 그게 사실……."

[전화할 거면 차 세워놓고 하라고, 이 자식아. 그러다가 사고 난다? 얼른 끊고 운전에나 집중해. 나 끊는다.]

일방적으로 전화가 끊기자 기준은 오히려 한도의 한숨을 내쉬었다.

"잘됐다고?"

기준은 운전대를 꽉 움켜잡았다.

예전에 수영은 기준이 나쁜 놈들은 다 죽어야 한다고 할 때도 오히려 그런 말이 못마땅한 듯한 반응을 보이곤 했다. 기준은 그걸 당연하게 생각했다. 그 킬러J에게 살해당할 뻔한 경험이 있는 이상, 누군가를 죽인다는 말에 거부감을 드러내는 것이 오히려 당연하지 않은가.

그런데 오늘은 달랐다. 수영은 그런 냉정한 말을 거리낌없이 내뱉었다. 그것도 그 대상이 생판 모르는 악당이 아니라 얼굴도 알고 있는 동창인데도.

알 수 없는 불안감에 기준은 신음을 내뱉었다.

"대체 뭐가 어떻게 돌아가는 거야?"

*　　*　　*

수영과 기준이 만난 것은 정말로 우연이었다.

차가 고장 나서 평소에는 타지도 않는 버스노선을 탄 기준은 의자에 앉아 있는 수영을 발견했다. 사실 초등학교를 졸업한 후에는 얼굴 한 번 보지 못했으니 알아보지 못하는 게 당연했지만, 초등학교 때의 수영을 영웅처럼 기억하고 있던 기준은, 곧장 그 변한 얼굴을 알아봤다.

거의 15년 정도 만에 보는 수영은 많은 곳이 달라져 있었다. 어릴 때 보였던 그 정의에 불타는 모습은 온데간데없이 그저 삶에 찌들어 지친 보통 사람으로 보였다. 심지어 수영은 초등학교 때의 추억을 잊어버려 학교의 친구들은 물론 기준조차 기억하지 못했다.

하지만 고향에서 멀리 떨어진 이 타지에서 만난 옛 친구가 반갑다는 것은 변하지 않는 사실이었다. 게다가 지인이라고는 직장 동료들밖에 없는 상황에서 사회의 룰에 얽매이지 않은 순수한 친구라는 관계는 희귀했다.

기준은 수영과 친하게 지내려 노력했고, 처음에는 기준의 연락을 귀찮아하던 수영도 서서히 마음을 열었다. 약간 다르지만 톱니처럼 맞물리는 성격 탓이었을까. 몇 년이 흐르자 둘은 어느새 친우가 되었다. 문자 그대로 뼛골을 빼줘도 아깝지 않을 친우가 말이다.

그렇기에 기준은 수영의 그 기묘한 반응이 신경 쓰였다. 자신에게 과거의 그 아픈 기억조차 말해주는 친우가, 자신의 살인조차 그렇게 감싸준 친우가 이상하게 변했다는 이질감이 머릿속을 찔러댔다.

"김 대리?"

"예?"

멍청하게 반문하며 고개를 든 기준은 재빨리 입을 막았다. 그리고 자신을 이상한 눈으로 바라보는 과장을 향해 머리를 숙였다.

"죄송합니다."

"음, 뭐 걱정이라도 있나? 며칠 전부터 집중력이 떨어진 것 같은데. 자네답지 않게 말이야."

"그게……."

"알아서 잘 해결해 봐. 그러다가 윗분들이 보기라도 하면 큰일이라는 거 모를 정도는 아니잖아?"

기준의 보고서에 결재 도장을 찍은 과장은 손을 흔들었다.

"어쨌든 보고서는 이대로 올려도 될 것 같구만. 됐어. 가서 일 봐."

"예, 과장님."

기준은 살짝 고개를 숙여 보이고 과장에게서 물러났다.

기준은 문득 시선을 느끼고 그쪽을 바라봤다. 자신을 힐끔거리고 있던 다른 직원들이 재빨리 눈을 피하는 것이 보였다. 잠시 입술을 깨물고 서 있던 기준은 문 쪽을 향해 걸어 나가며 짧게 말했다.

"커피 한잔하고 올게요."

기준은 그대로 사무실 밖으로 나섰다. 그리고 저 안쪽에 설치되어 있는 흡연실 겸 휴게실 쪽으로 향했다.

"후우."

다행히 흡연실에는 아무도 없었다. 마음껏 깊은 한숨을 내쉰 기준은 커피 한 잔을 뽑았다. 그리고 담배 냄새가 짙게 밴 의자에 앉아 창밖을 내다봤다.

과장은 며칠 전이라고 애매모호하게 말했지만 기준은 알고 있었다. 나흘째다. 나흘 전 아침, 수영에게 전화를 한 후부터 누구에게도 말할 수 없는 이 기분 나쁜 고민은 계속되고 있었다.

수영과 통화한 바로 그날. 기준은 개인적으로 폭발사건의 피해자를 찾아가서 상황을 물었다. 부상자들의 증언으로는 도식이 사건이 일어나기 전 누군가를 만나기 위해 신문사를 나갔다고 했다. 그리고 그날 저녁 발표된 경찰조사를 봐도 사망자나 부상자 중에 도식은 없었다. 그렇다는 것은 도식이 실종됐다는 의미이기도 했다. 그렇기에 기준은 안도했다.

진명이 죽은 후 사라져 표면적으로 실종되었던 것을 기억해 내기 전까지는 말이다.

처음에는 신문사의 폭발. 그다음에는 도식의 실종. 어떻게 보면 전혀 연관이 없는 것 같았지만, 만약 그게 수영이 한 짓이라면? 기준과 만난 것도 단순히 알리바이를 만들기 위해서라면?

"아악, 진짜."

기준은 뒷머리를 벽에 살짝 부딪쳤다.

소설도 아니고 그 무슨 허무맹랑한 망상이란 말인가. 오히려 겨우 그 말 한마디 때문에 이런 생각까지 하는 자신이 이상하게 느껴졌다.

하지만 몇 달 전, 수영이 진명의 시체를 쥐도 새도 모르게 처리하고 경찰까지 속인 것 또한 사실이다. 그건 기준이 알지 못하던 수영의 의외의 부분이기도 했다. 물론 기준은 여전히 수영을 둘도 없는 친우라고 생각했지만, 동시에 무섭다고도 느끼고 있었다.

그래서일까. 한 번 생긴 의심은 나흘 동안 눈덩이처럼 점점 커졌다. 도저히 기준의 의지로는 멈출 수 없을 정도로.

"수영이가 그럴 리가 없잖아. 대체 뭔 이상한 생각을 하는 거냐고."

기준은 머리를 쥐어뜯었다. 아무리 아니라고 해도 의심은 멈추지 않았다.

다른 생각을 하다가도 연이어 이상한 망상이 떠올랐고, 그것은 기준의 집중력을 계속 흩뜨려 놨다. 오늘 아침에는 운전을 하며 이런저런 망상을 떠올리다가 사고를 낼 뻔하기도 했다.

이 의심을 멈춰야 한다는 것은 분명했다. 어떻게 하면 이 고민을 끝장낼 수 있을지 초조하게 종이컵을 만지작거리던 기준은 뭔가를 결심한 듯 고개를 들었다.

"그래, 이렇게 된 이상!"

기준은 전화기를 들어 올렸다. 자신이 생각할 수 있는 방법 중에서 이제 남은 것은 하나밖에 없었다.

"여보세요?"

[웬일이야? 이런 어정쩡한 시간에 전화를 다 하고.]

익숙한 목소리가 들려왔다. 기준은 목소리를 가다듬었다.

"어, 수영아. 아니, 별건 아니고."

잠시 말을 끊고 다시 한 번 깊게 심호흡을 한 기준은 진지하게 말했다.

"중요한 이야기가 있는데 말야."

[별건 아닌데 중요한 이야기라고? 뭔 소리야?]

"어? 아니, 그러니까."

가벼운 코웃음에 당황한 기준은 자신도 모르게 의자에서 일어났다.

"아니, 그러니까 진짜 별건 아닌데. 그래도 진짜 중요한 이야기거든?"

[대체 뭔 소리래.]

의아해하는 수영의 중얼거림에 기준은 입술을 꾹 깨물었다. 따지고 보면 정말로 별것이 아닌 이야기다. 하지만 동시에 중요한 이야기기도 했다.

수영에게 진실을 묻는다면 수영은 당연하게도 무슨 헛소리냐면서 그냥 웃어버릴 것이다. 그렇기 때문에 그것은 별것이 아닌 이야기다. 하지만 수영에게 직접 그 고민을 부정당한다면 기준은 더 이상 이상한 생각을 하지 않게 된다. 그렇기에 중요한 이야기이기도 했다.

[어쨌든 말해봐. 대체 무슨 일인데?]

"그러니까 그게……."

막 말을 하려 하던 기준은 다시 입을 다물었다. 전화로 할 만한 이야기는 아니다. 비겁하지 않은가. 만약 수영이 그 말을 듣고 화를 낸다면 한 대쯤 얻어맞을 각오 정도는 해야 했다. 세다가 눈 앞에서 직접 들어야 나중에라도 얼버무렸다거나 하는 의심이 다시 고개를 들 일이 없을 것 같기도 했다.

"…만나서 이야기하자. 괜찮지?"

[어? 만나서?]

기준의 말에 수영은 의아한 것 같았지만 결국 알겠다는 듯 말했다.

[뭐, 괜찮긴 한데.]

"그럼 좀 조용한 데서. 그러니까……."

머릿속으로 다른 사람과 거의 격리된 이야기할 만한 곳을 찾던 기준은 자신도 모르게 탄성을 흘렸다.

"그래, 너희 집 어때?"

[집? 우리 집? 상관이야 없다만. 그럼 언제?]

기준은 마른침을 삼키며 조심스럽게 말했다.

"오늘 괜찮냐?"

[오늘? 음…….]

잠시 뭔가를 생각하는 듯하던 수영은 이내 순순히 말했다.

[그래, 뭐. 오늘은 잔업도 없고… 괜찮을 것 같다. 그러면 일 끝나고 우리 집으로 와. 난 8시쯤 되어야 들어갈 수 있을 것 같으니까. 대충 시간 맞춰서 와라.]

약간 주제넘은 요구였을지도 모르지만 수영은 간단히 그 조건을 승낙했다. 너무 일이 쉽게 풀리자 맥이 풀려 어깨를 늘어뜨리고 있던 기준은 재빨리 말을 덧붙였다.

"어, 그래. 술이랑 안주는 내가 사갈게."

[그래, 그럼. 밤에 보자.]

기준은 전화가 끊긴 핸드폰을 내려다봤다.

도대체 왜 자신이 이렇게까지 철저하게 하려 하는 건지 알 수 없었다. 겨우 그런 말 한마디에 이 정도까지 마음이 흐트러진 이유도 말이다. 하지만, 그 이유야 어찌 됐든 오늘밤 그 고민은 끝난다. 전화기를 주머니에 넣은 기준은 식은 커피를 쭉 마시고 빈 컵을 휴지통에 던졌다.

그리고 다시 한 번 자신도 모르게 혼잣말을 중얼거렸다.

"진짜 아니겠지, 설마?"

*　　*　　*

다행히 오늘은 외근도 약속도 없었다. 부하들이 올린 서류를 체크하고 수정하거나 앞으로 일의 방향 등에 대해 회의한 것이 전부였다.

집중력 저하는 여전했지만 부하들이 평소와 다르게 실수가 좀 많은 기준을 이상하게 생각했을 뿐, 별다른 문제는 생기지 않았다. 그렇게 오후 일과 시간을 흘려보낸 기준은 퇴근시간이 되자마자 자리에서 일어나 옷과 가방을 챙겼다.

"수고하셨습니다. 먼저 퇴근하겠습니다."

"어? 응, 그래. 내일 보세."

"대리님, 안녕히 가세요."

과장의 대답과 함께 여기저기서 부하들의 인사가 날아들었다.

“아, 그래. 내일 보자고. 응.”

기준은 그 인사에 손을 흔들어 답하며 문을 박차고 밖으로 뛰쳐나갔다. 폭풍 같은 기준의 모습에 직원들은 서로를 바라보며 작은 목소리로 수군거렸다.

“김 대리님 좀 이상하네.”

“그러게. 집에 무슨 일 있나?”

“애라도 아픈 거 아냐?”

하지만 기준은 그 말을 듣지 못했다. 이미 그때 기준은 지하층으로 가는 엘리베이터에 몸을 싣고 있었다.

다행히 퇴근을 늦추는 일도 생기지 않았다. 모든 게 일사천리였다.

지하주차장에서 차를 몰고 나온 기준은 그대로 수영의 집이 있는 방향으로 향했다. 수영의 집 위치는 알고 있었다. 사실 아주 잘 아는 편이다. 결혼 초기에 부부싸움을 하고 몇 번 신세를 진 적도 있었다. 차로 운전하면 겨우 20분밖에 걸리지 않을 거리이기도 했다. 불과 몇 달 전에도 온 적이 있었다.

퇴근시간이라 차는 조금 막혔지만, 기준은 어렵지 않게 수영의 집 근처의 길로 접어들었다.

“뭐, 대충 대어놔도 되겠지?”

길가의 빈 공간에 슬그머니 차를 주차한 기준은 엔진을 끄고 시계를 확인했다. 아직 7시가 되지 않은 이른 시간이다. 수영이 8시나 되어서 돌아온다고 했으니 아직 한 시간 이상 남은 셈이었다.

"너무 일찍 왔나?"

뭔가 할 일은 없을까. 운전석에 팔짱을 끼고 앉아 있던 기준은 뭔가 생각난 듯 고개를 들었다.

"아, 맞다. 술."

차에서 나온 기준은 문을 잠그고 주변을 둘러봤다. 바로 코앞에 편의점이 있었지만, 기준은 발을 돌렸다. 편의점에서 먹을거리를 사면 수영은 항상 뭐라고 하곤 했다. 쓸데없이 돈을 더 쓴다고 말이다.

그렇게 큰길을 따라 조금 걸어가자 생각대로 작은 마트가 보였다. 그렇게 마트에 들어가 적당히 과자 몇 봉지와 맥주 네 병을 골라 든 기준은 계산대로 향했다.

"부족하면 뭐 시키든 사오든 하면 되니까."

비닐봉지를 들고 막 마트를 나오며 혼잣말을 중얼거리던 기준은 핸드폰이 울리는 것을 눈치챘다. 기준은 핸드폰을 꺼내서 화면에 새겨져 있는 이름을 확인했다. 수영이었다.

"응, 왜?"

[너 지금 어디야?]

"지금? 막 너희 집 근처에 있는 마트에서 술 사서 나오는 중인데."

[뭐? 벌써? 으…….]

수영은 신음 소리를 흘렸다. 좋지 않은 징조다. 기준은 곤란해하는 기색이 역력한 수영의 목소리에 발을 멈췄다.

"왜 그래? 무슨 일 있어?"

[아니 그게, 갑자기 일… 이 생겨서. 오늘 안 될 것 같은데. 어

쩌지?]

이번에는 기준이 신음을 흘릴 차례였다. 신음과 함께 깊은 한숨을 내쉰 기준은 어깨를 축 늘어뜨렸다. 그리고 하소연하듯 말했다.

"아까는 괜찮다며?"

[나도 그럴 줄 알았는데. 갑자기 이렇게 됐네. 미안하다. 내일 보면 안 될까?]

"좀 늦게라도 보면 안 돼?"

[그게 일이 터진 게 좀 커서. 엄청 늦을 것 같거든. 새벽 1시쯤에나 끝날 것 같은데. 그래도 괜찮아?]

기준은 눈살을 찌푸렸다. 이렇게 또 의문이 풀리는 것이 미뤄지는가.

"그래, 그러면 어쩔 수 없지."

[미안하다, 진짜. 그럼 내일 보자.]

끊긴 전화기를 한참을 바라보던 기준은 다시 한숨을 내쉬었다.

"뭐가 제대로 되는 게 하나도 없어, 진짜."

그렇게 혼잣말을 중얼거린 후에도 한참 동안이나 그 자리에 못 박힌 듯 서 있던 기준은 마침내 발을 뗐다. 다시 차로 돌아간 기준은 차문을 열고 조수석에 봉지를 올려둔 후 운전대를 잡았다. 그러고는 문득 생각난 듯 조수석의 비닐봉지를 바라봤다.

"이건 여기다 놔둘 수도 없고……."

그렇다고 술과 안주를 집에 가져갔다가 다시 아침에 들고 나오는 것도 웃긴 일이다. 운전대를 손가락으로 두드리던 기준은 결심한 듯 다시 그 비닐봉지를 들고 차 밖으로 나왔다. 어차피 나중에라도 이곳에서 볼 거라면, 수영의 집에 있는 냉장고에 넣어두면 되지 않는가.

다행히 수영의 집은 전자자물쇠를 쓰고 있었고 기준은 그 비밀번호를 알고 있었다. 몇 달 사이에 비밀번호를 바꿨거나 하지 않았다면 말이다.

건물 안으로 들어간 기준은 약간 어색한 듯 계단을 올랐다.

"묘하게 오랜만이긴 한데……."

기준은 넘버플레이트를 보호하고 있는 커버를 위로 올리고 비밀번호를 눌렀다. 그러자 예상대로 경쾌한 전자음과 함께 자물쇠가 풀렸다. 손잡이를 비틀어 문을 연 기준은 조심스레 그 안쪽으로 고개를 들이밀었다.

"아무도 없지?"

자신과는 다른 타인의 체취가 스며 있는 집 냄새에 기준은 깊게 심호흡을 하며 집 안으로 들어섰다. 문을 닫고 불을 켠 기준은 방 안을 둘러봤다. 가구의 배치, 쌓여 있는 먼지 등 몇 달 전과 다른 게 없었다.

"냉장고에 다 들어가겠지?"

방을 가로질러서 베란다에 있는 작은 냉장고로 다가간 기준은 쪼그려 앉아 문을 열었다. 거의 텅 비어 있는 냉장고에는 맥주 몇 캔밖에 들어 있지 않았다.

"나 참. 이 자식은 밥이나 제대로 먹고 다니나?"

가볍게 혀를 찬 기준은 봉지에서 꺼낸 맥주병을 냉장고에 넣었다. 그리고 과자가 들어 있는 봉지를 흔들며 다시 방 안으로 들어왔다.

"이건 그냥 책상에다가 놔둬야겠네."

별 생각 없이 책상 위에 과자봉지를 내려놓던 기준은 문득 책상 한가운데에 놓여 있는 두꺼운 스크랩북을 바라봤다. 방 안의 풍경은 몇 달 전과 다른 게 거의 없었지만, 책 한 권 찾아보기 힘든 수영의 집에 이런 두꺼운 스크랩북이 있다는 것은 뭔가 어색했다.

"무슨 공부라도 하나, 이놈?"

별 생각 없이 스크랩북을 집어 든 기준은 페이지를 넘겼다. 한 장, 그리고 또 한 장. 그렇게 페이지를 넘기던 기준의 얼굴이 딱딱하게 굳어갔다.

"뭐야, 이거?"

수많은 범죄자에 대한 기사 모음. 그중에는 기준의 기억에 있는 사건도 있었다. 여자를 납치해 강간 살해한 택시 기사나 수억 원의 투자자들을 모아 잠적했던 사기꾼 등. 사회적으로 반향이 컸던 사건들이니 기억하는 것도 당연했다.

하지만 그 무엇보다도 기준이 이들을 기억하는 이유. 그 이유는 간단하다. 별다른 죄과도 치르지 않고 석방된 이들이 마치 천벌을 받은 듯 누군가에게 살해당했기 때문이다.

바로 킬러J에게.

"대체 이런 걸 왜……."

그 사건이 모두 킬러J의 희생자가 아닌가 하는 생각이 들자 뱃속 깊은 곳에서 알 수 없는 공포가 스멀스멀 치밀어 올랐다. 하지만 기준은 뭔가에 홀리기라도 한 듯 계속 페이지를 넘겼다. 스크랩북에 스크랩된 사건들은 어느 선을 기점으로 갑자기 연도가 바뀌었다. 마치 몇 년을 훌쩍 뛰어넘은 것 같았다.

"8… 9개월 전이잖아?"

기준은 마른침을 삼켰다. 스크랩이 다시 시작된 것은 바로 이진명이 죽은 그날로부터 약 한 달 후쯤. 그 후 몇 개월은 띄엄띄엄했지만, 그 뒤에 있는 스크랩의 밀도는 끔찍할 정도였다. 겨우 몇 달 사이에 스무 명 가까이 되는 인간의 죽음이 스크랩되어 있었다.

"어?"

책장을 넘기던 기준은 오싹함을 느꼈다. 기준은 다시 앞으로 페이지를 뒤돌려 꼼꼼히 날짜를 살피기 시작했다.

"7월 8일… 이날도 그렇고. 8월 18일… 이날도야?"

진명이 죽은 후에는 진명의 몫까지 기준이 떠맡아 바쁘게 일했기 때문에, 그 사이사이에 있었던 한가한 날은 어느 정도 기억하고 있었다. 그리고 그때마다 기준은 수영과 만나려 했지만, 수영은 그때마다 일이 있다면서 거절했다. 스크랩북에 있는 범죄자들이 행방불명되거나 살해당한 날짜는, 수영이 기준의 만남을 거절한 날짜와 겹쳐 있었다.

"대체 뭐야, 이거!"

기준은 자신도 모르게 비명과도 같은 외침을 내질렀다.

"대체 뭐냐고……."

너무나 놀란 나머지 바닥에 스크랩북을 떨어뜨린 기준은 떨리는 눈으로 그것을 내려다봤다.

혼란스러웠다. 어째서 수영은 킬러J의, 그리고 그 이후에 벌어진 사건들을 스크랩해 둔 것일까. 이 증거가 있는 한, 백보 양보한다고 해도 수영이 이 일에 연관이 있다는 것은 분명했다.

떨리는 손으로 떨어진 스크랩북을 주우려 하던 기준은 문득 기척을 느꼈다. 누군가가 계단을 걸어 올라와 복도를 걸어오고 있었다. 기준은 파랗게 질린 채 문을 바라봤다. 그 발소리는 복도를 그대로 걸어오더니 문 앞에 멈춰 섰다. 누굴까. 옆집 사람일까?

"수영이냐?"

기준은 스크랩북을 집어 들고 떨리는 목소리로 질문을 던졌다.

달칵. 삑삑삑삑.

대답 대신 커버를 여는 소리와 비밀번호 울리는 소리가 곧장 이어졌다. 기준은 반사적으로 시계를 돌아봤다. 7시 10분. 아직 수영이 오기에는 먼 시간이다. 아니, 그 이전에 수영은 오늘 밤 일이 있다고 해서 약속도 미루지 않았는가.

'누구지, 대체?'

기준은 주먹을 움켜쥐며 뒤로 물러났다.

정체를 알 수 없는 누군가가 문고리를 비틀어 열고 있었다.

* * *

"살려주세요, 제발. 제가 다 잘못했습니다. 제발요."

꼬리가 달려 있다면 흔들었을 것 같은 모습이었지만 그런 남자의 태도는 어찌 되든 상관없었다. 수영은 삼단봉으로 남자의 뒤통수를 툭툭 건드렸다.

"그건 됐고. 너 그러니까 대체."

몇 십 분 전쯤. 수영은 여왕개미의 말대로 시 외곽의 공사현장에 도착했다. 목표는 압수품을 범죄자에게 흘리는 부패경찰과 그에게 빌붙은 마약판매상. 여왕개미의 말에 따르면 경찰이 홀로 인적이 드문 곳으로 오는 것은 거의 찾아볼 수 없는 절호의 기회였기에, 정보가 들어오자마자 엄청나게 급하게 설계된 일이었다.

공사장 구석에 숨어 있던 수영은 둘이 나타나자 곧장 행동을 개시했다.

남자를 새총으로 공격해 일시적으로 무력화시키고 부패경찰을 먼저 처리한다. 그리고 아직 무력화에서 벗어나지 못한 남자를 마무리한다. 나쁘지 않는 계획이었다. 실제로 부패경찰은 이미 전기충격기에 마비되고 배가 갈려 죽어가는 중이었다.

문제는 이 남자였다. 맨 처음 새총으로 공격을 받았던 남자는 수영이 마무리하기 전에 어떤 말을 내뱉었다.

"너! 너냐? 네가 그… 딸딸이파랑 동주파를 끝장낸 그놈이야? 아니, 그분이세요?"

마치 수영의 정체, 혹은 존재를 알고 있는 것 같은 그 외침. 그렇기에 수영은 마무리를 멈췄다. 정보가 필요했다.

"날 어떻게 아는데? 똑바로 말해봐. 안 그러면 죽인다?"

말해도 죽일 거지만. 본심을 약간 감춘 수영의 질문에 남자는 고개를 살며시 들어 올리더니 턱을 떨며 말했다.

"예? 예, 저기. 그 농수파의 똘마니가 말해서… 그, 그리고 요즘 소문이 파다합니다요. 어깨들을 골라서 죽이고 다니는 어떤 미친… 아니 어떤 정의로운 분이 있다고요."

남자의 말에 수영은 비로소 알겠다는 듯 고개를 끄덕였다.

"아아, 맞다. 저번에 그놈은 살려줬지. 하긴, 그때는 목격자도 꽤 있었으니……."

다행이다. 아직 수영의 정체가 밝혀지거나 한 건 아닌 것이다. 그저 여왕개미의 의도대로 조폭들 사이에 이름 모를 공포가 번져 나가고 있을 뿐.

"형님, 제발요. 앞으로 착하게 살겠습니다. 제발, 제발 목숨만은!"

머리를 숙이고 굽실거리는 남자의 모습에 약간의 동정이 들긴 했지만, 그렇다고 해서 수영의 마음이 흔들리진 않았다. 이 남자도 분명 목표 중 하나였다. 지금까지 수많은 사람을 마약으로 중독시킨 쓰레기로서.

우우우웅—

그때 전화가 울렸다. 머리 위로 들어 올렸던 팔을 내린 수영은 전화를 확인했다. 곧 눈을 찡그리고 통화 버튼을 누른 수영은 짜증이 역력한 어투로 외쳤다.

"이런 일 있을 때는 먼저 전화하지 말라고 몇 번을 말해? 끝나면 알아서 전화하잖아."

[큰일이 생겼습니다.]

여왕개미의 진지한 목소리는 수영에게 그 소식이 보통 일이 아니라는 것을 각인시켰다. 주변을 둘러본 수영은 목소리를 죽이고 조용히 말했다.

"큰일? 무슨 큰일이야 갑자기?"

[안 좋은 소식이 두 가지나 있습니다.]

"두 가지나? 대체 무슨… 윽?"

수영은 정강이에서 느껴지는 둔탁한 충격에 몸을 움찔거리며 아래를 내려다봤다.

어느새 품속에서 칼을 빼 들어 수영의 정강이를 후비려 했던 남자의 얼굴이 다시 공포에 물들었다. 수영에겐 다행히도 칼이 옷 아래에 대고 있던 다리 보호대를 뚫지 못한 것 같았다.

그 칼과 남자. 그리고 찢겨져 나간 바지 자락을 번갈아보던 수영은 이를 악물었다.

"잠깐만. 마무리 좀 하고."

남자는 수영이 가볍게 흔드는 삼단봉을 보며 엉덩이로 바닥을 비볐다.

"아, 안 돼. 안 돼! 제발, 형님!"

"진짜 내가 이 일 하면서 매번 느끼는 거지만. 너희는 정말로 구제할 가치가 없는 것 같다. 응?"

처참한 비명이 울려 퍼지기 시작했다.

"악! 악! 억!"

"요즘은, 미안하지 않아서, 미안한, 생각도, 안 든다, 이, 쓰레기들아!"

비명 소리와 함께 살이 찢어지고 뼈가 부러지는 감각이 삼단봉을 타고 손안에 스며들었다. 몇 번이나 몸을 꿈틀거리던 남자는 어느 순간부터 더 이상 움직이지 않았다.

"후우."

머리를 감싸던 남자의 손가락과 팔, 그리고 두개골을 완전히 박살 내놓은 수영은 비로소 가쁜 숨을 가다듬으며 저 옆에 떨어져 있던 나이프를 집어 들었다. 그러고는 남자의 손에 한 번 쥐어 지문을 찍은 다음 다시 아무렇게나 옆으로 내던졌다.

마지막으로 남자를 두들겨 패는 데 쓰인 삼단봉을 부패경찰의 시체에 쥐어준 수영은 바닥에 널브러져 있는 두 시체를 번갈아 봤다.

"이쯤이면 됐나?"

돈과 마약 관계로 얽혀 있던 범죄자와 경찰이 싸우다가 사망. 그것이 여왕개미가 마련한 시나리오였다.

사실 조금 생각해 보면 이상함을 느낄 것이다. 하지만 다소 의문이 있어도 상관없다. 세세한 조작도 필요없었다. 경찰에서도 약간의 정황 증거만 있으면 거기에 맞춰 이 불명예스러운 사건을 부랴부랴 덮어버릴 게 틀림없기 때문이었다. 경찰 살해라는 초유의 사건이라고 해도 말이다.

"그럼 이쪽은 이제 됐고."

수영은 일을 마무리하는 사이 주머니에 넣어왔던 핸드폰을 꺼내 귀에 가져다 댔다.

"뭔데? 대체 무슨 일이야?"

[일단 사실… 아니, 솔직하게 말하죠. 나는 수영 씨의 방을 감시하고 있었습니다.]

"뭐?"

순간 눈이 번쩍 떠지는 것 같았다.

"감시? 장난해?"

[수영 씨를 보호하기 위해서였습니다. 수영 씨는 개미에서 중요한 역할을 맡고 있으니까요. 어떤 일이 일어나더라도 대응하기 위해서 필요한 것이었습니다.]

"대체 언제부터? 어떻게?"

[수영 씨가 이 일을 하게 되면서부터입니다. 난 수영 씨의 옆방에 개미들을 살게 했습니다. 알고 있겠지만 그 건물의 벽은 얇죠. 누가 오고가는지 정도는 옆방에서도 충분히 알 수 있었습니다.]

그 역겹지만 솔직한 대답에 수영은 신음을 흘렸다.

"그래, 일단 그건 그렇다고 치고. 왜 그런 이야기를 지금 하는 거야?"

[몇 시간 전 누군가가 수영 씨의 집으로 들어갔습니다.]

그 말에 수영의 눈이 살짝 커졌다.

"누가? 도둑이?"

[아뇨, 수영 씨의 친구입니다. 김기준이라고 했었지요?]

그 말을 듣는 순간 수영의 눈앞이 검게 물들었다. 순간 이성을 잃은 수영은 주변에 신경 쓰지 않고 괴성을 내질렀다.

"너 기준이한테 무슨 짓을 한 거야!"

오만 생각이 머릿속을 다 스쳐 지나갔다. 어째서 기준이 집에 들어왔는지, 그리고 그 기준을 여왕개미가 어떻게 했을 것인지.

하지만 수영이 뭔가를 더 생각하기도 전, 여왕개미는 담담하게 말했다.

[김기준은 수영 씨의 집 도어락 비밀번호를 아는 것 같더군요. 어쨌거나, 목적은 모르겠지만 김기준은 수영 씨의 방에 들어갔습니다. 아무것도 찾지 못했다면 상관없었겠지만, 문제는 김기준이 뭔가를 찾아냈다는 겁니다.]

"찾아내다니? 뭘? 나는 이 일에 관련된 흉기 같은 건 집에 놔두지도 않았는데?"

[흉기가 다가 아니죠. 잊었습니까? 수영 씨는 다른 그 무엇보다 위험한 걸 집에 두고 있었다는 걸 말입니다.]

"대체 뭘 말하는 거야? 위험한 거라니 난……."

[스크랩북 말입니다.]

순간 수영은 입을 다물었다. 온몸에서 피가 흘러나가는 것같이 체온이 빠져나갔다. 그렇다. 여왕개미의 말대로다. 경찰에게 넘어가 봤자 그게 실질적인 증거는 되지 못하겠지만, 기준에게라면 위험했다. 너무나도.

[김기준은 수영 씨가 주신이의 뒤를 이어서 정리한 그 스크랩북을 보고 뭔가를 눈치채 버린 것 같더군요. 일이 그렇게 됐기 때문에 어쩔 수 없었습니다. 혹시라도 김기준이 경찰에 신고하면 수영 씨의 신변에 문제가 생길 테니, 일단 방에 대기하고 있던 개미에게 잡아두라고 시켰죠.]

수영은 신음을 흘리며 머리를 감쌌다.

큰일이다. 기준이 이 일을 알게 됐다면 어떻게든 해야 했다.

만약 기준이 경찰에 이 일에 대해서 말하게 된다면, 수영에게 남은 길은 몇 개 되지 않을 것이다. 그대로 경찰에 잡혀 들어가든지, 아니면 영원히 경찰에게서 도망 다니든지.

물론 다른 방법도 있었다.

수영은 절대로 선택하지 않겠지만, 여왕개미는 선택할지도 모르는 최악의 방법이 말이다.

그걸 막기 위해서라도 반드시. 반드시 설득해야 했다.

'쉬울까? 쉬울지도 몰라. 나한테 진 빚도 있고. 원래 기준이도 킬러J 찬성파잖아. 그래, 힘들진 않을 거야. 분명해.'

하지만 수영이 그렇게 홀로 중얼거리는 사이 여왕개미는 말을 이었다.

[사실 오늘 일이 끝난 후에 수영 씨에게 말해서 설득하게 하거나 할 셈이었습니다만…….]

말꼬리를 흘리는 여왕개미의 중얼거림에 오싹함을 느끼고 다급하게 외쳤다.

"만? 만이라니? 무슨 일이라도 생긴 거야? 기준이한테 무슨 짓을 하기라도 했어?"

그 말에 여왕개미는 조용히 말했다.

[아뇨, 다만 김기준을 설득하거나 하는 것이 의미가 없어졌을 뿐입니다.]

"그건 또 무슨 소리야? 왜?"

[두 번째 나쁜 소식 때문입니다만… 이쪽 링크를 봐보세요.]

수영은 여왕개미가 메시지로 띄운 링크를 가볍게 터치했다. 뉴스 속보의 링크였다.

"대체 뭘 보라는 거야?"

투덜거림도 잠시. 로딩이 끝나자 인터넷 기사가 수영의 눈앞에 펼쳐졌다.

[…A씨는 과거 김지호 씨에게 학대를 받은 것에 원한을 품고 살인을 저지른 것으로 경찰은 판단하고 있다. 뺑소니 차량에 치인 채로 자수한 A씨는 현재 병원에서 의식 불명 상태로 치료 중이며, 경찰은 정신을 잃기 전 A씨가 김지호 살인사건에 공범이 있다고 주장한 것에 촉각을 곤두세우고 A씨가 의식을 차리는 즉시 추가 진술을 요청할 것으로 알려졌다. A씨의 검거로 인해 미궁에 빠져 있던 김지호 살인사건의 실마리가 풀릴 것으로 예상된다.]

"어?"

눈앞이 깜깜해지던 아까와는 다른 절망감. 갑자기 다리 아래가 텅 비어버린 것 같았다.

끝없이 나락으로 추락하는 것 같은 감각에 수영은 몸을 비틀거렸다. 조금이라도 다리에 힘을 빼면 스쿠터와 함께 쓰러져 버릴 것 같은 불쾌한 현기증이 머릿속을 맴돌았다.

수영은 부들거리는 손으로 핸드폰을 들어 올렸다. 그리고 강렬히 두근거리는 가슴을 누르며 쥐어 짜내듯 중얼거렸다.

"이게… 무슨 일이야? 학대? 설마 이 A씨라는 게……."

[그 설마가 맞습니다.]

수영은 고개를 내저었다.

"그럴 리가 없어! 이걸 믿으라고?"

[화연 씨가 배신을 한 거죠.]

부정하는 수영의 말허리를 단숨에 끊은 여왕개미는 조용히 말을 이어갔다.

[사실 얼마 전부터 그런 기색이 있었습니다. 갑자기 이곳으로 돌아오더니 우리의 정체에 대해서 밝히려 했지요. 그래서 우리 쪽에서 그 이유를 묻고 회유하려 했지만, 결국 헛수고였군요. 내가 보낸 개미에게서 도망치다가 대로변에서 차에 치여 병원에 실려 간 후, 경찰을 불러서 자수했다고 합니다.]

식은땀이 흘렀다. 수영이 아는 한 여왕개미를 제외하면 개미에 대해서 화연보다 잘 아는 인간은 없다. 무엇보다 화연은 수영이 했던 모든 일에 대해 알고 있지 않은가. 그런데 그 화연이 만약 모든 것을 불어버린다면?

[김기준을 설득할 필요가 없어졌다는 건 이래서 그런 겁니다.]

그 말의 진의를 눈치챈 수영은 이를 악물었다. 이미 화연이 경찰에 넘어가 버렸다. 수영을 철창에 집어넣을 수 있는 모든 정보를 가진 여자가 말이다.

이런 상황에서는 기준이 수영에 대한 것을 경찰에 말하든 입을 다물든, 아무런 의미도 없었다.

[다행히 화연 씨도 개미에 대한 핵심적인 내용은 모릅니다. 혹여 본 적이 있는 개미들을 잡으려고 해봤자 이미 알리바이가 성립이 되어 있는 사람들뿐이고, 그들이 만에 하나 공포를 못 이겨 실토한다고 해봤자 다른 연결 고리를 찾을 수가 없죠. 문제는 수영 씨, 당신입니다.]

"그렇겠지……."

수영의 중얼거림을 들었는지 어쨌는지 알 수 없었지만 여왕개미가 말을 이어갔다.

[화연 씨가 개미에 대한 것을 전부 말한다면 모든 것을 숨기고 있는 나와는 달리 수영 씨는 분명 잡히게 될 겁니다. 어쩌면 경찰이 이미 수영 씨의 집을 감시하고 있을지도 모르죠.]

언젠가 이런 날이 올 것 같았다. 하지만, 만약 그런 날이 온다고 해도 적어도 뭔가 전조가 있고, 몸을 피할 수 있는 시간이 있을 거라고 생각하고 있었다.

그런데 이건 너무 갑작스러웠다. 지금까지 쌓아온 평범한 삶이 이렇게 한순간에, 허무하게 무너질 거라곤 생각조차 하지 못했다.

게다가 그것이 자신과 가장 가까웠던, 한때는 누구보다도 신뢰했던 사람의 배신 때문이라니.

수영은 이를 악물고 혼잣말을 중얼거렸다.

"왜지? 왜 그런 소리까지 해놓고 개미를… 날 배신해?"

도저히 이해가 가지 않았다. 며칠 전의 그 전화는 대체 뭐였단 말인가? 여왕개미를 믿지 말라고 해놓고선, 왜 이제 와서 이런 짓을 했냐는 말이다.

[수영 씨? 듣고 있습니까?]

수영은 수화기 너머에서 들리는 목소리에 깊게 숨을 들이켰다.

"듣고 있어."

짧게 대답한 수영은 심호흡을 계속하며 두근거리는 심장을 진정시키려 애썼다.

배신당한 사실에 마음이 찢어질 것같이 아팠지만, 이건 현실이다. 현실에서 도망갈 수는 없다. 화연이 모든 걸 털어놓는 순간 경찰은 수영을 쫓을 것이다. 이 현실은 어떻게 해서든 극복해 내야 했다.

[다시 예전처럼 신중하게 하는 방법으로 돌아가야겠군요. 일단 우리 같은 조직이 있다는 것이 알려지는 것만으로도 경찰들은 눈에 불을 켤 테니까요. 난 조직을 좀 더 깊숙하게 숨길 겁니다. 그리고 앞으로는 더욱더 신중하게 일을 설계해야겠죠. 경찰이 우리의 그림자도 보지 못하게 말입니다. 효율은 떨어지겠지만……. 어쨌든.]

잠시 말을 끊은 여왕은 수영의 등을 떠밀듯 질문을 던졌다.

[수영 씨는 이제 어떻게 할 겁니까?]

경찰에 자수하고 죗값을 치르든지, 아니면 도망치든지, 그 둘 중 하나다. 하지만 어느 쪽도 쉽게 택할 수 없는 길이다. 수영은 거기에 쉽게 답할 수 없었다.

[수영 씨?]

수영은 자신을 부르는 여왕개미의 목소리에 답하지 못하고 핸드폰을 끊었다.

"윽……."

수영은 허물어지듯 바닥에 쓰러졌다. 양 손가락이 바닥을 움켜쥐듯 긁었지만 손안에 모이는 건 더러운 흙뿐. 뭔가를 생각하려 했지만 아무런 생각도 들지 않았다. 오로지 그저 절망, 절망뿐이었다.

바닥에 이마를 댄 수영은 이를 악물었다. 그리고 쥐어짜내는 목소리로 외쳤다.

"왜 이렇게 된 거야, 대체!"

*　　*　　*

대체 왜 이렇게 된 것일까.

그건 이 일을 시작하면서부터 당연한 일었을지도 몰랐다. 피할 수 없었던 수순 같은 것 말이다. 하지만 좀 더 치밀하게 행동했다면 괜찮지 않았을까. 어쩌면 다른 길이 있지 않았을까.

"정수영 씨?"

시간이 얼마나 흐른 것일까. 혼자만의 생각에 빠져 있던 수영은 슬쩍 눈을 들었다.

"어디 있습니까? 사장님이 보냈습니다. 어서 나오세요."

저 앞에 한밤중에 낀 선글라스가 특히 괴상하게 보이는, 마치 운동선수 같은 남자가 서서 사방을 향해 속삭이듯 외치고 있었다. 그런 남자를 관찰하듯 바라보고 있던 수영은 슬며시 허리를 펴고 일어났다.

"윽."

쌓여 있는 자재 그늘 아래에 숨어 있던 수영이 모습을 드러내자 남자는 깜짝 놀란 듯 신음 소리를 내뱉었다. 하지만 곧 자신을 향한 그 지치고 절망한 시선의 주인이 수영이라는 것을 확인한 듯 공사장 입구에 세워져 있는 승합차를 가리켰다.

"저 차에 타면 됩니다. 다른 개미가 기다리고 있습니다. 그리고 여기까지 타고 온 스쿠터는 어디에 있습니까? 회수하라는 명령을 받았는데요."

수영은 손가락으로 공사장 한쪽 구석을 가리킨 후 비틀거리며 발을 옮겼다.

열린 문 안에 들어가자 또 다른 남자가 앉아 있는 것이 보였다. 그는 수영이 자신의 건너편에 앉자 손에 쥐고 있던 것을 내밀었다.

"이걸 써주시죠."

수영의 뒤를 따라 승합차에 올라탄 남자는 두건을 내밀었다. 말이 두건이지, 얼굴 전체를 뒤덮는 주머니 같은 것이었다.

"이건……."

그게 뭘 의미하는지는 알 수 있다. 어이없긴 했지만 수영은 웃지 않았다. 대신 담담히 그 두건을 받아 들고 머리에 썼다.

남자는 수영의 눈앞에 손을 흔들어 완전히 시야가 차단되어 있는 것을 확인했다. 그러고는 뒤쪽을 돌아보고 있는 운전석의 남자에게 고개를 끄덕였다.

'후우.'

멈춰 있던 차가 움직이기 시작하자 수영은 의자에 등을 기대며 한숨을 내쉬었다. 약간의 불안감은 여전히 남아 있었지만, 아무것도 보이지 않게 되자 오히려 침착해졌다.

한 시간 전쯤, 전화를 끊고 고민에 빠져 있던 수영은 마침내 결론을 내렸다. 도망가야 한다. 다른 길은 없었다. 최소한 여왕개미에게 의존해서 다른 신분을 만드는 것이 최선이었다. 그러려면 지금 이 삶의 모든 것을 버려야 한다. 심지어 얼굴조차도.

정수영이라는 인간이 사라지는 것에 대한 불안감은 있었다. 그동안 쌓아온 인생의 모든 것이 사라진다. 그렇게 되면 사회적으로는 죽은 것이나 다름없게 되는 것이다. 당장 내일부터 어떻게, 뭘 하고 살아야 할지, 공장 일은 어떻게 될지, 도저히 진정을 할 수가 없었다.

하지만 그 무엇보다도 가장 마음에 걸리는 것. 그중에서도 가장 특별한 인연이 마음에 걸렸다. 가족도 애인도 없는 수영에게 있어서 유일하게 사생활까지 관여하고 있는 친우. 그 친우에게만은 마지막으로 모든 걸 털어놓고 싶었다.

그렇기에 수영은 모든 것을 정리하기 전에 마지막으로 기준과 만나고 싶다고 했고, 여왕개미는 그 요구를 받아들였다. 마침 그 기준이 자신의 손안에 있으니 잘됐다면서.

그리고 한 시간이 지난 후, 지금 수영은 정체불명의 남자들에게 이끌려 승합차에 타고 있었다. 수영으로서는 이 차가 어디로 향하는지 전혀 알 수 없었다. 영화 같은 데서는 주인공들이 달리는 거리나 좌회전, 우회전 등을 기억해서 경로를 파악한다지만, 수영에게는 그런 능력도, 정신도 없었다. 그저 조용히 차에 실려갈 뿐이었다.

그렇게 시간이 어느 정도나 흘렀을까, 수영은 몸이 덜컹거림과 동시에 차가 급경사를 타고 아래로 내려가고 있다는 것을 느꼈다.

"도착했습니다. 벗어도 됩니다."

차가 멈춘 후, 나지막한 목소리에 수영은 얼굴에 쓰고 있던 두건을 쓰고 창밖을 살폈다. 어떤 건물의 지하주차장이다. 그것도 규모가 꽤 컸다.

'오래된 빌딩 같은 덴가?'

기둥에 가 있는 금이나 벗겨진 도장, 간신히 몇 군데만 설치된 형광등. 어딜 보든 폐허 같은 느낌이었다. 그렇게 슬며시 주변을 살피던 수영은 핸드폰이 울리는 것을 느끼고 주머니에 손을 넣었다.

[어떻습니까? 개미의 아지트는.]

수영은 다시 한 번 주변을 둘러봤다.

"엉망인데."

통화기 너머에서 웃음소리가 들려왔다.

[맘에 들지 않습니까? 그래도 앞으로 한동안 지내야 할 곳이니 익숙해지는 게 좋을 겁니다.]

그랬다. 오늘부터 수영은 이곳에선 숨어서 지내야 한다. 경찰의 눈을 피하기 위해서다. 심지어 수영은 이곳이 어딘지도 몰랐지만 선택의 여지는 없었다.

[낡긴 했어도 원래 커다란 모텔이었던 곳이라 살 만할 겁니다. 인터넷도 되고, TV도 있지요. 냉난방도 완벽합니다. 외출도 물론 자유롭게 해도 됩니다. 다만 이곳을 나가고 돌아올 때는 눈을 가리겠지만 말입니다.]

그 말에 수영은 콧방귀를 뀌었다.

"그렇게 날 못 믿으면서 굳이 아지트 같은 곳에다가 감금시키려고 하는 이유가 뭐야? 이 기회에 얼굴이나 보여주고 천천히 신뢰를 쌓아보려고?"

전화 너머에서 또다시 웃는 소리가 들렸다. 수영은 그 웃음의 의미를 알 수 있었다. 가소로움이다.

"그래, 그럴 리가 없겠지. 그건 그렇고."

수영은 주차장을 둘러보며 질문을 던졌다.

"기준이는? 손끝 하나 안 댔겠지?"

[물론이죠. 나로서도 수영 씨에게 협력을 바라고 있는데, 괜히 그런 일을 해서 기분을 상하게 할 이유는 없죠. 지금은 묶어놨습니다만, 약속한 대로 대화가 끝나면 풀어주겠습니다.]

그 말에 수영은 안도의 한숨을 내쉬었다.

"그래. 그럼 기준이 지금 어디 있어?"

[거기 있는 병정개미가 김기준을 가두어둔 방으로 안내할 겁니다.]

"병정개미?"

수영은 자신의 옆쪽에 서 있는 두 명의 남자를 힐끔거렸다.

"이 아저씨들?"

[그렇습니다. 그들은 말하자면 내 손과 발……. 개미의 중추와도 같은 이들입니다. 내 모든 생각을 이해하고 전심전력으로 도와주고 있습니다.]

그건 수영에게 있어서 금시초문이었다.

수영이 아는 한 개미는, 여왕개미가 계획을 짜서 개미들에게 일을 시키고, 수영이 마무리하는 구조로 성립된다. 그렇기에 수영은 그 말을 곧바로 이해할 수가 없었다.

"중추? 이 아저씨들이?"

이들이 보통 개미가 아니라는 것은 분명했다. 무엇보다 수영은 물론이고 화연도 몰랐던 아지트를 알고 있다는 것만 봐도 여왕개미가 이들을 얼마나 신뢰하고 있는지 알 수 있었다. 하지만 개미의 중추라니. 그건 대체 무슨 소리란 말인가?

[수영 씨는 당신이 만능이라고 생각합니까?]

그 반문에 수영은 당황해했다.

"응? 아니, 그게 아닌 거야 나도 알지만. 개미라는 건……."

[수영 씨가 알 필요가 없어서 말하지 않았을 뿐입니다. 목표의 감시, 조사, 그리고 간혹 필요한 물리력의 동원 등. 일반인들에게 시키지 못할 일은 많습니다. 게다가 내 계획이 아무리 완벽하다고 해도 수많은 변수가 있죠. 길을 막아놨는데도 그 길을 가려 하는 통행인들이 있는가 하면, 목표가 겁을 먹고 엉뚱한 방향으로 도망갈 수도 있습니다. 만에 하나 주차시켜 놓은 도주 수단이 견인될 가능성도 있죠. 지금까지 누가 그 모든 상황을 막아줬을 것 같습니까?]

등골이 오싹거렸다. 수영은 자신도 모르게 병정개미들을 둘러봤다. 그들은 수영과 눈이 마주쳤지만 미동도 하지 않았다. 그저 기둥처럼 그 자리에 꼿꼿이 서 있을 뿐이었다.

"그래."

수영은 거대한 무언가에 짓눌리는 것 같은 기분에 반사적으로 허리를 꼿꼿이 폈다.

어렴풋이 느껴졌다. 지금까지 알고 있던 개미라는 조직은 그야말로 일부일 뿐이라는 것이.

여왕개미가 만든 이 조직은 수영의 상상보다 훨씬 더 깊고 어두운 곳까지 가지를 뻗치고 있다는 것이 말이다.

"대충 무슨 소린지 알아듣겠어."

[이해했다니 됐습니다.]

한참 열변을 토해내던 여왕개미는 다시 평소처럼 조용하게 말했다.

[다시 말하죠. 그 두 명이 수영 씨를 김기준이 있는 곳으로 안내할 겁니다. 혹시라도 엉뚱한 짓 할 생각은 하지 마세요. 무슨 일이 있어도 수영 씨를 해치지 말라는 명령 같은 건 따로 내리지 않았으니까요.]

수영은 전화를 끊고 혼잣말을 중얼거렸다.

"무사하고 싶으면 얌전히 말 들으란 거구만."

두꺼운 옷을 입고 있음에도 불구하고 드러나는 떡 벌어진 어깨와 튼실한 체격. 어딘가 군인 같아 보이는 묘한 분위기. 분명 병정이라는 말이 붙어도 손색이 없어 보이는 남자들이다. 게다가 여왕개미의 말을 무조건적으로 따르는 이들이라면, 수영이 뭔가 문제를 일으켰을 때는 가차없이 덤벼들 것이다.

"그럼 가시죠."

수영이 전화를 끊자 병정개미 하나가 앞서서 걷기 시작했다. 수영은 자신과 약간 거리를 두고 뒤에 서 있는 남자를 힐끔거린 후 짧은 한숨을 내쉬었다.

'앞뒤로 감시하겠다, 이거군.'

다행히도, 수영은 이들에게서 도망쳐 다른 수를 꾸밀 생각 따위는 없었다. 수영의 머릿속에는 온통 기준의 안전과 이런 정체 모를 조직에 완벽하게 코가 꿰여 버린 자신의 앞날에 대한 걱정뿐이었다.

수영과 그 앞뒤에 선 남자는 지하 주차장에서 건물 안으로 들어가는 작은 문을 지났다. 하지만 계단을 앞에 두고 그들은 위로 올라가지 않았다. 오히려 아래로 향했다.

"아."

막 계단에 발을 내디디려던 수영이 벽에 손을 짚으며 비틀거리자 남자는 뒤를 돌아봤다. 수영은 말없이 자신을 돌아보는 남자를 마주보다가 벽에서 손을 뗐다. 그러자 남자는 다시 앞을 바라보며 계단을 내려가기 시작했다.

수영은 얌전히 그 뒤를 따르며 마음속으로 중얼거렸다.

'예전에도 이런 적이 있었지.'

갑자기 머릿속을 꿰뚫은 어지러움의 정체. 그건 데자뷰였다. 8개월 전쯤, 수영은 화연과 함께 이렇게 지하실로 내려가고 있었다.

'이번에는 나쁜 놈을 설득하는 게 아니긴 하지만.'

하지만 결정적으로 인생 그 자체를 바꾸는 시작이 된다는 것은 그때나 이때나 비슷했다.

지하실 막다른 곳에 다다른 남자는 열쇠로 문을 열었다. 그러고는 온통 어둠뿐인 문 건너편으로 들어갔다.

곧 파식거리는 소리와 함께 흰색 형광등이 켜졌다. 거대하고 녹슨 기계. 녹슨 금속통 같은 것이 마치 죽은 듯 침묵하고 있는 넓은 방. 수영은 그곳이 원래 어떤 용도로 쓰이는 곳인지 알 수 있었다. 아마도 이곳은 이 낡은 건물의 냉방, 난방 조절 시설일 것이다.

하지만, 그건 지금의 수영에게 아무래도 상관없는 일이었다.

수영이 이곳에 온 목적이자 이유, 그 넓은 방 한가운데에 의자에 묶여 있는 남자가 문소리에 놀란 듯 고개를 들었다.

"읍? 읍?"

쓴웃음이 절로 나왔다. 그런 기준의 모습은 왠지 8개월 전의 그날과 겹쳐 보였다.

"기준아."

머리에 씌워져 있는 두건 탓에 목소리가 제대로 들리지 않은 걸까. 기준은 수영의 부름에도 대답하지 않았다.

"나가 있겠습니다."

수영은 뒤를 돌아봤다. 두 남자는 그대로 문 밖으로 나갔다. 곧이어 문이 잠기는 소리가 들려오자 수영은 쓰게 웃었다. 신뢰라고는 눈곱만치도 없는 관계라는 것이 새삼 느껴졌다.

깊게 심호흡을 한 수영은 고개를 돌렸다. 그리고 기준을 향해 다가갔다.

"읍! 읍읍!"

기준이 소스라치게 놀란 듯 고개를 쳐들었다. 그럴 만도 했다. 납치당해 이런 곳에 가둬져 있다가 갑자기 기척이 느껴졌으니 당연한 반응이다. 전신을 몸부림치는 기준을 잠시 바라보던 수영은 재빠르게 손을 뻗었다. 그러고는 마구 흔들리는 기준의 머리를 팔로 감아 한순간에 제압한 다음 조용히 말했다.

"나야. 가만히 좀 있어봐."

목소리를 알아들은 것일까. 수영의 팔에 잡혀 있던 기준의 머리가 부르르 떨리더니 이윽고 움직임을 멈췄다. 수영은 기준의 머리를 휘감고 있던 팔을 슬그머니 떼어냈다.

"그거 벗겨줄게. 알았지?"

그 말도 제대로 들렸는지 기준은 고개를 끄덕였다. 조심스럽게 두건을 벗긴 수영은 안대와 재갈을 마저 풀어낸 후 뒤로 한 걸음 물러섰다.

"수영이 너 대체… 윽!"

막 눈을 치켜뜨고 외치려 하던 기준이 희미한 형광등 빛에 눈을 질끈 감으며 고개를 돌렸다. 수영은 자신이 등지고 있는 머리 위의 형광등을 힐끔거렸다.

"눈 아프면 불 꺼?"

"뭐? 어, 아니. 그, 그것보다……."

잠시 몸을 부르르 떨던 기준은 수영을 올려다봤다.

"네가 왜 여기 있어?"

그 표정과 물음이 뭘 의미하는가. 그것을 알아차린 수영은 입을 다물었다 기준은 수영의 모습을 보고 당황해하지 않았다. 그 목소리도 이미 확신한 기색이 역력했다. 사실 그럴 만도 했다. 몇 시간이나 이곳에 홀로 갇혀 있었다면 답을 추론해 낼 시간은 충분했을 테니까.

대답이 돌아오지 않자 기준은 고개를 살짝 숙이고 말을 이어갔다.

"너랑 통화했을 때 이미 집 앞이었어. 술이랑 안주도 이미 사 버렸고. 그래서 그거 너희 집에다 두고 가려다가… 봐버렸어."

잠시 말을 멈추고 마른침을 삼킨 기준은 고개를 들었다.

"그거… 네가 한 짓이야? 응? 설마, 아니지? 응?"

그 목소리에서 이미 확신하고 있으면서도 썩은 동아줄을 붙잡는 것 같은 희망이 느껴졌다.

더 이상 입을 다문 채로 그 헛된 희망을 품도록 놔둘 수는 없었다. 이제 모든 것을 털어놓고 설득해야 할 시간이다.

수영은 목에 걸려 있는 뭔가를 억지로 밀어내며 짧게 답했다.

“맞는데.”

기준의 얼굴이 공포에 질렸다. 기준은 턱을 떨며 수영을 올려다봤다.

“여, 역시. 도식이도 이걸 눈치채서… 죽였어?”

“어? 응?”

수영은 순간 자신의 귀를 의심했다. 어째서 그 쓰레기의 이야기가 여기에서 나온단 말인가?

“대체 여기서 그놈 이야기가 왜 나와?”

“도식이도 네가 행방불명시킨 걸로 하고, 죽인 거 아니냐고!”

방 안이 울릴 정도로 크게 외친 기준이 고개를 쳐들더니 이를 악물고 몸을 부르르 떨었다. 그 모습을 보자니 맥이 탁 풀렸다. 친우이긴 하지만 타인에게 처음으로 진실을 말할 것을 각오하고 있었는데 이게 갑자기 무슨 소리란 말인가.

“아니, 잠깐만.”

수영은 앞으로 손을 뻗어 기준의 입을 막았다.

“네가 지금 무슨 생각을 한 건지는 알겠는데. 난 도식이한테 손 댄 적 없어. 그, 뭐, 나 만난 그날에 신문사가 폭탄 테러 당해서 어떻게 된 거잖아? 난 그 시간에 다른 놈 처리하고 있었는데.”

그 말에 기준은 약간 열이 빠진 얼굴로 눈을 깜빡였다.

“다른 놈?”

“그래, 너도 뉴스 봤을 거 아냐. 조폭 놈이 대로에서 불타죽었다는 뉴스. 난 그거 하느라고 바빴단 말야. 애초에 난 그날 이후로 도식이 얼굴도 못 봤어.”

그 말에 기준은 눈을 굴리며 어깨를 살짝 늘어뜨렸다.

"하, 하지만… 그럼 난 왜 납치한 거야? 나도 이걸 알게 되서 처리하려고……."

수영은 신음을 흘리며 이마를 눌렀다. 이대로라면 이야기하기에 글렀다는 건 어렵지 않게 알 수 있었다. 그럴 만도 하다. 평범한 소시민이 갑자기 납치되어서 이런 데서 몇 시간이나 묶여 있었다. 게다가 기준은 상당한 새가슴이다. 공포에 반쯤 돌아버린 것도 당연했다.

하지만 이대로 있을 수는 없는 노릇이었다.

"가만히 있어봐."

"어? 뭐! 뭐하려는 거야! 야!"

기준은 수영이 칼을 뽑아 들고 가까이 다가오자 소스라치게 놀라며 몸부림을 쳤다. 하지만 수영은 기준이 의자째 넘어지기도 전에 이미 기준의 어깨를 붙잡고 있었다.

"으아아아악! 으아악! 사람 살려! 사람 살려!"

미친 듯이 괴성을 내지르던 기준은 의자에서 벌떡 일어나더니 그대로 의자를 수영을 향해 던졌다. 재빨리 팔을 들어 올려 의자를 막은 수영은 묵직한 아픔에 눈을 찡그리며 툴툴거렸다.

"진정해라, 좀. 멍청아."

"으아아아……. 어? 어어?"

막 괴성을 내지르던 기준은 의자와 자신의 팔, 그리고 수영을 번갈아보며 소리를 멈췄다. 수영은 기준의 팔과 다리를 묶고 있던 박스테이프를 잘라낸 칼을 저 구석으로 던졌다. 그리고 양손을 머리 위로 살짝 쳐들었다.

"됐지? 나 이제 아무것도 없다?"

"뭐? 뭐야?"

수영은 옆에 쓰러져 있는 의자를 똑바로 세우고 그 위에 앉았다.

"그러니까 좀 진정하라고. 너 죽일 거였으면 아까 찔렀지. 솔직히 날 그런 식으로 봤다는 게 화나긴 하는데. 상황이 의심할 만했으니까 봐줄게."

혼란스러운 얼굴로 수영을 바라보던 기준은 뒤로 슬금슬금 물러나더니 다리에 힘이 빠진 듯 털썩 주저앉았다.

"이, 이! 너 같으면 갑자기 납치되어서 이런 데 끌려왔는데!"

그렇게 일갈한 기준은 씩씩거리며 수영을 노려봤다. 그렇게 기준과 서로 마주보던 수영은 한숨을 내쉬며 머리를 긁적였다.

"그래, 그건 미안하다. 어쨌든 이제 좀 진정했어?"

대답은 없었다. 하지만 수영은 기준의 눈에서 조금 전에는 찾아볼 수 없었던 이성의 편린을 느꼈다. 더 이상 기준은 공포에 휘둘리지 않고 있었다. 대화를 할 시간이었다.

"일단 너 말야."

"왜?"

"나 믿어줄 수 있겠어?"

그 말에 기준은 잠시 멈칫거렸다. 수영은 그런 기준의 모습에 쓰게 웃었다.

"그래, 뭐 믿든 말든. 그거야 네가 알아서 할 일이니까. 그럼 그냥 듣기만 해."

다리를 꼬고 앉은 수영은 의자의 등받이에 등을 기댔다.

"그러면 뭐부터 이야기할까……. 그래, 일단 너 납치해 온 그 아저씨들 말인데."

닫혀져 있는 문을 살짝 돌아본 수영은 손가락으로 무릎을 가볍게 두드렸다.

"그 아저씨들은 개미라는 놈들이야. 그리고 개미란 게 뭐냐면, 정주신 알지? 킬러J 말야. 옛날에 나 찌른 그 자식. 기억할지 모르겠는데, 옛날에 뉴스에서도 그런 이야기 있었잖아? 정주신이 혼자서 그런 일을 했다고 하기에는 벌여놓은 일이 너무 많다고. 주신이야 결국 끝까지 비밀로 하고 무덤에 들어갔지만."

수영은 깊게 숨을 들이마셨다.

"개미가 바로 그거야. 나도 지금은 개미의 일원이고. 여왕개미라는 놈이 있고, 그놈이 조사하고 상황을 만들면 내가 처리하지. 어쨌든 그냥 간단하게 쓰레기들을 청소하는 조직이라고 생각하면 돼."

"근데 너……."

기준은 마침내 입을 열었다. 그 어깨는 살짝 늘어져 있었다. 약간 긴장이 풀린 듯이.

"너 그놈한테 찔려 죽을 뻔했잖아. 그래서 나쁜 놈들은 죽어야 된다고, 내가 그러면 그 말도 듣기 싫어했었고. 그런데 왜 그놈이 하던 짓이랑 같은 짓을 하는 건데? 대체 언제부터 이런 거야?"

"그건……."

수영은 잠시 말을 멈추고 입을 막듯 양손을 모았다.

"처음에는… 협박을 받았어."

"협박?"

수영은 기준을 넌지시 바라봤다.

“이놈들이 그 비밀을 알아버렸거든.”

“그 비밀? 무슨 비밀?”

“겨울에 있었던 그 일 말야. 내가 주신이랑 친구여서 계속 감시했었대. 그러다가 건수가 걸리니까 그거 가지고 나한테 접근한 거지. 혹시라도 날 못 끌어들여도 협박거리가 있으니까 경찰엔 못 갈 걸 알아서.”

한숨을 내쉰 수영은 얼굴을 문질렀다.

“처음에는 나도 안 한다고 했어. 네 말대로 예전엔 주신이한테 죽을 뻔하기도 했고. 어쨌든 사람을 죽인다는 게 혐오감이 느껴져서.”

그게 일반적이다. 일반적인 사회에서 태어나 일반적인 교육을 받으며 일반적으로 살아온 사람들은 타인을 살해한다는 행위에 알레르기 같은 반응을 보인다. 비록 평소에 입으로 죽인다, 죽는다는 말을 달고 사는 사람이라고 해도 말이다. 죄에 대한 리스크와 혐오감, 죽음이라는 익숙지 않은 현상이 사람을 그렇게 반응하게 하는 것이다.

“그런데.”

잠깐 말을 멈추고 고개를 숙인 수영이 작은 목소리로 말했다.

“눈도 못 돌리게 계속 눈앞에 들이대니까 알겠더라. 너 뉴스 같은 거 보면서 그랬었잖아. 저런 새끼들은 확 죽여 버려야 한다고. 근데 진짜로 세상엔 죽어도 되는 놈들이 있어.”

도덕적으로 인간은 모두 소중하다고, 모든 존재가 존엄하다고 하는 것은 진실이다. 하지만 동시에 그럼에도 불구하고 죽어야 마땅한 인간이 있다는 것 역시 사실.

현실적으로 결코 부정할 수 없는 사실이다.

"네가 하던 말을 이해했다고 해야 되나? 하기야 그렇다고 하기에는 또 오히려 너무 나가 버린 셈이긴 하지만."

쓰게 웃은 수영은 의자에 등을 기댔다.

"예전에 주신이를 말렸던 게 틀렸다… 고 생각하진 않아. 여전히 그래. 사람을 죽이는 건 죄지. 나쁜 짓이야. 그래도 알게 된 거야. 사람끼리 모여서 사람답게 살자고 만든 법이 오히려 사람들의 목을 조르는 거 말야. 힘 있고 죄 지은 놈들은 멀쩡히 돌아다니고. 당장 국회만 봐도 알잖아? 그러니까 이건 누군가가 해야 하는 일이었던 거야. 미친 소리 같겠… 미친 소리지만."

자신의 말을 가볍게 정정한 수영은 얼굴에서 손을 떼며 혼잣말을 중얼거렸다.

"아마 주신이도 그렇게 생각했기 때문에 이 일을 했었겠지. 그래도."

수영은 깍지 낀 손을 부르르 떨었다.

"난 주신이하고는 달라."

그랬다. 주신의 행동이 모두 옳지 않다고 생각했기 때문에, 이 일을 처음 시작하면서부터 반드시 지킬 것이라고 스스로 맹세했던 것이 있었다.

"결국 내가 하는 짓이란 게 사람 죽이는 거야. 죄를 짓는 거지. 악당이라고 불려도 할 말은 없어. 하지만 난 주신이 같은 짓은 안 해. 죄없는 사람은 절대로 안 해칠 거야. 하다못해 누가 날 신고하고 잡아간다고 해도, 절대 거기까지는 타락하지 않을 거야. 진짜 무슨 일이 생겨도 말야."

말을 끝낸 수영은 길고 긴 한숨을 내쉬었다. 이것은 일종의 고해성사다. 그동안 계속 품어왔던 비밀을 풀어놓은 것만으로도 마음이 편해졌다. 그것이 비록 대나무 숲에 임금님 귀는 당나귀 귀라고 외치는 것과 같은 결과를 낳는다고 해도 상관없었다.

무슨 소문이 나든, 내일부터 정수영이라는 인간은 이 세상에서 모습을 감추게 될 테니까.

"끝났어."

"어?"

수영은 의자에서 일어났다. 그리고 당황해하는 기준을 바라봤다.

"끝이라고. 돌려보내 줄게."

"뭐? 진짜?"

"내가 말하는 거 뭐 들었냐. 이 멍청아. 안 죽인다고 했잖아."

기준은 평소처럼 툴툴거리는 수영을 멍하니 바라보다가 도저히 이해가 안 된다는 듯 말했다.

"그 개민가 뭔가 하는 인간들이 나 잡아온 것도 그렇고. 넌 나 그냥 돌려보내 줄 거면 왜 그런 걸 전부 말해준 건데? 이상하잖아. 비밀을 지키라거나 그런 소리는 해야 되는 거 아냐?"

맞는 말이다. 하지만, 동시에 틀린 말이기도 했다.

"그렇긴 한데. 이젠 뭐가 어떻게 되든 상관없게 돼버렸거든."

"상관없다니? 왜?"

"배신자가 나왔어."

기준의 눈이 크게 떠졌다.

"너도 아는 사람이야. 예전에 본 적 있지? 그 여자 말야, 화연 씨.”

“뭐? 그 사람도 개미였어?”

머릿속으로 화연의 만남을 떠올려 보던 기준은 알겠다는 듯 신음을 흘리며 고개를 끄덕였다. 생각해 보면 참으로 어색한 만남이었다. 수영은 그런 기준을 보며 담담히 말했다.

“사실 여왕개미도 너 납치해 온 게 일단 경찰에라도 달려갈까 싶어서 잡아놓고 설득하려고 한 거였다는데, 이젠 상관없지 뭐. 날 못 믿는다고 해도 상관없어. 그래도 되도록이면 그냥 모른 척하고 지내는 게 좋을 거다?”

“그건… 왜?”

“왜라니, 살인 용의자의 친구잖아.”

수영은 기준에게 좀 더 가까이 다가갔다. 그리고 한쪽 무릎을 꿇어 눈높이를 맞췄다. 기준은 그런 수영에게서 도망가려 하지 않았다.

“생각해 봐라. 주변 사람도 그렇고 경찰도 엄청 귀찮게 굴 거란 말야. 그러니까 아무 일도 없었던 것처럼 나랑 싸운 후에 어느 날부터 갑자기 연락이 안 됐고, 갑자기 실종됐다고 해둬.”

화연은 기준이 수영의 친우인 것을 알고 있다. 그걸 경찰에 말했다면, 경찰은 당연히 기준을 압박할 것이다. 수영이 사라진 뒤라고 해도 언젠가 접촉할 거라고 생각해서 말이다.

그 말을 듣고 고개를 끄덕이던 기준은 겨우 뭔가를 눈치챈 듯 고개를 들었다.

“나야 그러면 되지만… 그럼 넌 어쩌려고?”

잠시 침묵을 지키던 수영은 깊게 숨을 들이켰다.

"잠적할 거야."

"잠적?"

"그래, 아마 정수영이라는 신분을 버리겠지. 너 보는 것도 이게 마지막이고."

기준은 입을 딱 벌렸다.

"뭐, 뭐? 신분을 버려?"

"그래."

수영의 굳은 의지를 확인한 기준은 신음을 흘렸다.

"그래도 이렇게 갑자기……."

"그러게 말이다. 나도 설마 갑자기 이렇게 될 거라고는 생각도 못했는데……."

기준은 뭐라고 답해야 할지도 모르겠다는 듯 입을 다물고 있었다. 수영은 그 얼굴을 보며 작게 웃었다. 이제 끝이다. 더 말할 것도, 더 들을 것도 없었다.

수영은 기준에게서 고개를 돌렸다. 그리고 문 쪽으로 다가갔다.

"자, 잠깐만!"

막 문을 두드리려 하던 수영의 손이 멈췄다. 이제는 뭐라고 말해야 할지도 모르겠다는 듯 입을 다물고 있던 기준은 그대로 앞으로 다가가 재빨리 수영의 어깨를 잡았다. 그리고 수영의 등 너머, 문 뒤쪽을 힐끔거리더니 목소리를 죽여 속삭였다.

"그 여왕개민가 뭔가 하는 인간, 믿을 만하냐?"

"믿을 만하진 않은데, 괜찮아. 약속은 잘 지키니까."

"아니, 그게 아니라!"

기준은 고개를 내저었다. 수영은 살인자다. 그리고 그것이 밝혀지는 바람에 정체를 숨기고 어두운 곳으로 숨으려 하고 있다. 하지만, 그런 최악의 상황에서까지 자신을 생각해 준 친우를, 이제는 다시 볼 수 없게 되는 것이다.

"그 화연이란 사람 말야. 그 사람이 널 배신했을 것 같지는 않아서 그래. 그야 난 그 사람 한 번 본 게 다지만……. 너 혹시 뭘 잘못 알고 있거나 그런 건 아냐? 그 여왕개미란 인간이 너 속여서 이 조직에 써먹으려고 하거나 그런 거 아니냐고. 응?"

어깨를 붙잡은 손끝에서 초조함이 느껴진다. 아마도 친구를 영원히 잃어버리는 것이 싫다는 의지의 표현일 것이다. 하지만 수영은 그저 쓰게 웃을 수밖에 없었다. 그건 억지였다. 현실은 현실이다. 뉴스까지 나오지 않았는가. 화연은 체포됐다, 그것도 스스로.

수영은 말없이 기준의 손을 밀어냈다. 그러고는 문을 두드렸다. 그러자 곧 잠겨 있던 문이 열리며 선글라스를 쓴 남자가 모습을 드러냈다.

"가자."

"어, 응."

기준은 머뭇거리면서도 수영의 뒤를 따라 남자를 지나쳐 계단을 올랐다.

지하주차장에 둘의 모습이 나타나자 차 안에 있던 남자가 내렸다. 그러고는 수영과 기준을 번갈아봤다. 수영은 그를 보며 짧게 말했다.

"끝났으니까. 털끝 하나 건드리지 말고 보내줘요."

그 서슬 시퍼런 말에 담겨 있는 살기는 경고였다. 그 남자는 자신도 모르게 마른침을 삼키며 고개를 끄덕였다. 그러더니 손에 들고 있던 두건을 소심스레 앞으로 내밀었다.

"아시겠지만……."

수영은 고개를 끄덕였다. 그리고 그 두건을 받아 기준에게 내밀었다.

"어? 이거 써야 돼?"

"그냥 여기 위치를 비밀로 하려는 것뿐이니까 걱정 안 해도 돼. 너 생채기 하나라도 나면 내가 가만히 안 있을 거니까 쓸데없는 짓은 안 할 거야."

그때 보일러실의 문을 잠그고 올라온 남자가 수영을 향해 조용히 말했다.

"정수영 씨는 이쪽으로 오시죠. 위쪽의 방으로 안내하겠습니다."

고개를 끄덕인 수영은 기준의 손에 두건을 쥐어줬다. 그러고는 어깨를 한 번 툭 친 다음 등을 돌렸다.

"어? 야, 수영아?"

기준이 당황한 듯 수영의 이름을 불렀지만, 수영은 괜찮다는 듯 손을 흔들고는 그대로 계단 쪽을 향해 걸어갔다.

"어디 가는 거야? 너……."

점점 멀어지는 수영의 뒷모습을 바라보던 기준의 눈이 서서히 맑아졌다. 낮은 곳에 고여 있던 질 나쁜 공기 탓에 멍하니 굳어 있던 머리가 깨어나자 비로소 현실감이 들었다.

"어?"

그렇다. 지금 이것은 꿈같은 게 아니다. 이 정체불명의 집단에게 납치당한 것도, 수영이 자신에게 자신이 살인자라고 고백한 것도 사실이다. 그리고 마지막의 마지막까지도 자신을 걱정해 준 친우를 더 이상 볼 수 없게 되는 것 또한 절대 부정할 수 없는 사실이었다.

그리고 기준은 그런 수영의 결심을 막을 수 없었다.

"…잠깐!"

기준의 외침에 수영의 몸이 멈칫거렸다.

"잠깐! 잠깐만!"

목소리를 높여서 수영의 발을 잠시 묶은 기준은 입을 작게 벌렸다가 닫았다.

"솔직히."

무섭다. 하지만 기준은 용기를 냈다.

"수영이 네가 그런 일 했다는 게 무섭기도 하지만."

수영은 이제 영원히 기준의 앞에서 사라진다. 하지만 그 존재가 사라지는 건 아니다. 이름이 어떻게 바뀌든, 얼굴이 어떻게 바뀌든 그 존재는 지금까지 해왔던 것 같은 일을 해나갈 것이다. 소시민을 괴롭히는 악당을 교묘하게 죽이고, 땅에 파묻어 버리는 일을 말이다.

그는 스스로 결국 그것이 죄를 짓는 일이라고 했다. 하지만 기준은 그렇게 생각지 않았다. 사람들을 괴롭히는 악당을 제거하는 인간이 악당이라고? 아니다. 그건 오히려 영웅에 가깝다. 아마 많은 사람이 그렇게 생각할 것이다. 이 세상의 대다수를 차지하고 있는 인간들은 거대한 힘을 가진 놈들에게 당하고도 복수할 힘도 없는 소시민이니까.

"네 말대로라면, 네가 하는 거 뭐라고 하진 못하겠다. 아니, 응원하고 싶기도 하고. 좋은 일이잖아? 그러니까……."

스스로 죄를 짓는다고 자책하면서도 계속 그 일을 해나갈 영웅에게 과연 무슨 말을 해야 할까. 이 마지막 만남에서 무슨 말을 해줄 수 있을까.

기준은 앞으로 한 걸음 내디뎠다. 그리고 자신의 팔을 잡는 남자의 손을 뿌리치며 외쳤다.

"그러니까 믿어. 난 너 믿는다고! 네가 한 말 전부 믿어줄게! 씨발!"

지하 주차장에 기준의 외침이 쩌렁쩌렁 울렸다. 기준은 여전히 뒤를 돌아보지 않는 수영의 등을 바라보며 주먹을 꽉 움켜쥐었다.

"그러니까……."

기준은 말꼬리를 흘렸다.

잘 지내라고?

열심히 하라고?

그것도 아니면 행복하라고?

이 마지막 대화를 대체 뭐라고 끝내야 할지 알 수 없었다.

후우.

그때 깊게 숨을 들이마시고 내쉬는 소리가 앞쪽에서 들려왔다. 기준은 살짝 숙였던 고개를 들었다. 기준을 등지고 있는 수영의 어깨가 크게 올라갔다가 내려가고 있었다.

수영은 손을 흔들었다. 그러고는 잠시 멈췄던 다리를 움직여 그대로 기준의 눈앞에서 사라졌다. 기준은 순식간에 텅 비어버린 그 공간을 멍하니 바라봤다.

그 손짓은 무슨 의미였을까. 신경 쓰지 말란 것일까, 아니면 걱정하지 말란 것일까. 자기 자신을 생각하는 손짓이 아니라는 것만은 분명했다.

정작 자신이 정수영이라는 인간으로서의 삶을 버리는 순간까지 그런 손짓이라니. 기준은 금방이라도 울 것같이 얼굴을 일그러뜨렸다.

"이 멍청한 자식아……."

무거운 중얼거림이 악다문 입 밖으로 흘러나왔다.

챕터11

_관철

"하아."

차가운 공기가 폐 속으로 깊숙이 스며들었다.

길게 삼켰던 숨을 내뱉은 화연은 살며시 눈을 떴다. 맨 먼저 보인 것은 흰 천장. 그리고 귀에 들린 것은 일정하게 들려오는 전자음. 흐릿한 눈을 깜빡이던 화연은 손을 침대에 짚으며 상체를 일으키려 했다.

"악……!"

비명도 지르지 못할 아픔과 함께 몸이 무너졌다. 이를 악물고 몸을 부들부들 떨던 화연은 심호흡을 반복하며 아픔을 삭였다. 죽는 게 아닐까 싶을 정도의 고통에 의식을 뭉툭하게 만들던 진통제의 효과가 일순간에 날아갔다.

아픔이 약간 가라앉자 화연은 누운 채로 머리를 돌렸다.

온통 하얗고 낡은 작은 방. 그리고 머리맡에서 삑삑거리는 소리를 내고 있는 심전도 측정기와 팔에 꽂혀 있는 링거를 눈으로 확인한 화연은 확신했다. 이곳은 병원이다.

'얼마나 지났지?'

팔을 들어 올리려 하던 화연의 시도는 간단히 실패했다. 철컥거리는 소리와 함께 오른팔이 멈췄다. 수갑이었다.

그때였다. 굳게 닫혀 있던 문이 열렸다.

"어, 정신 차렸네?"

"그러게요."

그들이 나누는 대화가 귀를 반쯤 막은 것같이 웅웅거리며 들렸다. 화연은 실눈을 뜨고 그들을 바라봤다. 구분이 잘 가지 않을 정도로 비슷한 행색의 두 남자. 그나마 한쪽은 머리가 벗겨져 있었고 더 나이 먹어 보였기에 대충 구분이 갔다.

"누구……."

품속에서 방 안으로 들어온 두 남자는 각자 품속에서 뭔가를 꺼내 들었다.

"아~ 강력수사 2과의 강해준 형사입니다."

"이명석입니다. 김화연 씨, 나 기억해요? 응?"

명석은 경계하는 기색이 역력한 화연을 보며 조심스레 말했다.

"병원 실려 와서 경찰 부른 거 기억나나요?"

"거 이제 와서 기억 안 난다고 해봤자 소용없으니까 그냥 순순히 말하쇼."

"야."

뒤에 서 있던 해준을 한 번 노려본 명석은 다시 눈을 돌리고 화연의 기색을 살폈다.

일주일 전쯤. 오랜만에 막 퇴근을 해서 집으로 돌아가던 명석에게 어떤 전화가 걸려왔다. 병원이었다. 뺑소니를 당하고 병원에 실려 온 여성이 경찰을 불러달라고 했다는 것이다. 그것도 자신이 김지호 살인사건의 범인이라고 하면서 말이다.

그건 벌써 몇 달 전의 일이지만, 경찰의 입장에서는 몇 년이나 지난 것 같은 사건이었다.

그만큼 실마리는 잡히지 않았고, 수사의 의지는 급속히 빛바랬다. 증거도, 증인도 있었지만 범인은 찾을 수가 없었다. 심지어 범인 중 여성은 얼굴까지 확실히 밝혀졌는데 말이다. 근본적으로 수사의 방향이 뭔가 잘못되었다고밖에는 볼 수 없을 정도였다.

그런데 그 사건의 범인이 차에 치인 채 자수라니. 그야말로 그물을 벗어났던 물고기가 뜰채로 뛰어드는 격이다. 크리스마스 선물과 설날 선물을 끌어다가 미리 받은 것 같았다.

"아……."

그때 화연이 몸을 떨었다. 비로소 뭔가가 기억난 것 같은 기색이었다.

"괜찮아요? 자자, 화연 씨는 지금 안전하니까. 진정하세요."

명석의 말에 화연은 천천히 숨을 골랐다. 그리고 입을 열어 갈라진 목소리로 질문을 던졌다.

"얼마나 지났죠?"

"예?"

"내가 잡힌 지… 사고가 난 지 얼마나 됐죠?"

명석과 해준은 잠시 서로를 마주봤다.

"넌 조용히 하고 가만히 좀 있어. 알았어?"

"알았어요. 알았다고요."

눈짓이 오고간 후 명석은 침대 옆에 있는 의자에 앉아 화연과 눈높이를 맞췄다. 그리고 뜸을 들이듯 잠시 침묵을 흘리다가 입을 열었다.

"일주일쯤 됐습니다. 목격자분들이 있어서 차는 금방 수배했는데, 대포차더군요. 운전자를 찾는 데는 최대한 노력을 기울이고 있으니까 걱정 마세요."

"일주일……."

중얼거림을 내뱉은 화연은 입을 다물었다.

수많은 범죄자를 보아온 명석은 그녀가 지금 필사적으로 기억을 긁어모으려 하고 있다는 것을 알 수 있었다. 아마도 사고의 충격이나 진통제의 효과로 흩어진 기억 속에서 자신이 왜 살해당할 뻔했는지를 떠올리고 있는 것일 것이다.

명석 또한 사건 현장을 훑어봤지만, 화연이 살아난 것은 천운에 가까웠다. 수 톤의 쇳덩어리가 시속 수십 킬로미터의 속력으로 연약한 인간의 몸에 달려들었으니까 말이다.

'대단한 여자야, 여러모로.'

명석은 기막힌 눈으로 화연을 바라봤다. 사고가 난 그날 전화를 받고 병원에 도착했을 때, 화연은 다리와 가슴의 골절과 내상에도 불구하고 진통제까지 거부하며 필사적으로 의식의 끈을 붙잡고 있었다. 화연이 정신을 잃은 것은 명석이 형사란 것을 확인한 후 자신이 누구이며 왜 김지호를 죽였는지에 대해 말한 다음이었다.

"내가 뭘… 말했죠?"

그 말에 명석의 뒤에 서 있던 해준이 피식 웃었다.

"이 아가씨 자수한 것도 기억 못 하나? 이보쇼. 시침 뚝 떼기에는 너무 늦었어. 아가씨가 그러고 있는 사이에 목격자 증언도 끝났고. 현장에서 발견됐던 지문이랑 대조도 끝났다고. 변호사라도 불러줄까?"

"야야. 좀!"

명석은 자신의 파트너의 복부를 팔꿈치로 쿡 찔러 말을 멈추게 했다. 그러고는 화연을 향해 조심스레 말했다.

"저희도 정말 놀랐죠. 뺑소니 당한 피해자가 병원에서 경찰을 찾는다고 해서 갔더니 자수를 해올 줄이야. 기억하실지 모르겠지만, 화연 씨는 자기가 누군지 말했고, 김지호 살인사건의 범인이라고 말했어요."

화연의 존재에 대해서는 명석도 알고 있었다.

사실 화연은 수사 도중에 유력한 용의자 중 하나였다. 하지만 아무도 화연이 성형수술을 했었다는 것은 몰랐고, 옛 사진을 가지고 목격자에게 질문을 했다가 비슷하지만 아니라는 답을 들은 후 용의자 선상에서 제외된 것이다.

"그걸."

그때 화연이 작게 입을 열었다.

"부인할 생각은 없어요. 그런데 내가… 어디까지 말했죠?"

"왜 뭔가 더 말할 거라도 있어? 미안하지만 아가씨, 우리는 그 사건에 공범자가 있는 것도 이미 알고 있거든? 꼭 아가씨가 진술

해서가 아니라 목격자가 여럿 있다고. 이미 아가씨에 대한 기사도 나갔고. 아가씨가 계~ 속 입 다물고 있어도 아가씨를 잡은 이상 공범자는 금방 찾아. 그러니까 우리 수고도 덜 겸 공범자에 대해서 말하는 게 어때? 그러면 아가씨도 형이 좀 가벼워질지도 모르는데."

그 말에 화연은 말없이 해준을 노려봤다. 해준은 그 시선에 움찔거리며 개기름이 번쩍이는 얼굴을 돌렸다.

"악! 아, 왜 때려요?"

명석은 자신에게 뒤통수를 맞고도 억울한 표정을 짓는 해준을 한심하다는 듯 바라봤다.

"그만 안 하면 내쫓는다. 이 새끼가 진짜 말을 안 들어."

사실 해준의 버릇없는 행동은 미리 계획된 것이다. 화연이 해준에게 반감을 가지게 되는 만큼, 명석에게 조금 더 호감을 가지게 말이다. 그만큼 명석은 절실했다. 어떤 방법이든 전부 동원해야 했다. 미제로 남을 수밖에 없었던 사건이 막 풀리려 하고 있지 않은가.

명석은 턱을 긁적이며 화연을 돌아봤다. 그리고 최대한 부드럽게 그 질문에 답했다.

"뭐… 아가씨가 김지호를 죽인 범인이라는 거? 그리고 공범이 있다는 것 정도군요."

그 말을 들은 화연은 고개를 숙였다. 다시 뭔가를 생각하는 얼굴이었다. 명석은 조용히 화연이 입을 열기를 기다렸다.

사실 명석이 이 사고를 조사하면서 수상하게 느낀 것이 있었다. 조사결과 그 차는 브레이크조차 밟지 않았고, 운전자는 화연을 친 다음 사람들이 제대로 보기 전에 도주해 버렸다. 이건 실수나 사고가 아니다. 명백한 살인이다. 누군가가 화연을 죽이려고 한 것이다. 사고를 당한 후 화연이 굳이 경찰에 자수를 한 것도 그것을 뒷받침한다.

어쩌면 지금 화연은 그 공범에게 목숨을 위협받고 있는지도 몰랐다. 만약 그 점을 파고들어서 설득할 수 있다면, 공범까지 알아낼 가능성도 충분했다.

'그렇게 되면 일이 쉽게 풀릴 텐데…….'

그때 마침내 화연이 입을 열었다.

"기회를 주세요."

"기회? 아가씨. 지금 아가씨는 자기가 어떤 상황인지 모르나 본데……."

어이없다는 듯 화연의 말허리를 끊으려 하던 해준은 순간 말꼬리를 삼켰다.

"부탁이에요. 만약 기다려도 그 사람이 자수하지 않으면 모두 말할게요. 그러니까 제발……."

화연의 눈에서 흘러내리는 눈물에 해준 역시 당황했다. 계속 무신경하고 멍청하게 화연의 신경을 건드리는 역을 맡기는 했지만 그 역시 감수성이 있는 인간이었으니까.

"어?"

"그러니까 좀 닥치고 있으라고 했잖아. 멍청아."

해준에게 가볍게 으르렁거린 명석은 화연을 돌아봤다. 그리고 억지로 웃어 보였다.

"공범자가… 아가씨한테도 중요한 사람인가 보군요?"

그 말에 화연은 눈물조차 닦지 않고 고개를 끄덕였다.

그 모습에 명석은 절로 신음 소리가 나올 것 같았다. 지금 화연에게서는 흔히 기둥서방에게 구애되고 발목을 잡히는 여성들의 모습이 겹쳐 보였다. 그런 여자들은 남자가 무슨 짓을 하든 배신하지 못한다. 설사 자신의 목숨이 날아갈 상황이라고 해도 말이다.

"알겠습니다. 그런데 무슨 기회를 달란 말인가요?"

그 말에 화연은 입술을 꾹 깨물며 슬픈 표정을 지었다.

"내가 깨어났다고, 그리고 아직 모든 걸 말하진 않고 있지만 곧 그렇게 될 거라는 소문을 퍼뜨려 주세요. 내가 밀고하기 전에… 그 사람도 나처럼 자수할 수 있게요. 만약 그 사람이 자수하지 않으면 전부 말할게요. 나와 그 사람이 저지른 다른 일도 전부."

"무슨 헛소리를… 윽."

팔꿈치에 배를 찔린 해준은 명석의 눈빛에 입을 다물었다. 이제 그만해도 된다는 눈빛이다.

손을 모아 잡고 상체를 앞으로 숙인 명석은 화연과 눈을 맞췄다. 그러고는 조심스레 질문을 던졌다.

"정말입니까? 약속하실 수 있나요?"

화연은 고개를 끄덕였다. 명석은 안도했다. 화연은 그 공범을 시험하려 하고 있다. 흔들리고 있는 것이다. 그 시험이 빗나갔을 때 화연이 정말로 그 공범을 배신할지 어쩔지는 알 수 없었지만, 적어도 해볼 만한 가치는 있었다. 아니, 따지자면 이것이 최선의 방법이다.

게다가 그냥 흘려들을 뻔했지만, 화연은 자신과 그 공범이 저지른 일 전부라고 했다.

하나의 사건을 가지고 저지른 일 전부라고는 하지 않는다.

어쩌면 화연은 김지호 살인사건 이외의 다른 범죄에도 관여되어 있을지도 모른다. 만약 그렇다면, 그동안 명석에게 스트레스를 쌓이게 만들었던 이 골칫덩어리가, 수많은 미결 사건의 출구로 이어져 있다는 걸 의미하기도 했다.

"뭐하는 겁니까? 지금 그 환자를 심문하는 건가요?"

그때 문이 열리며 의사와 스태프가 급하게 방 안으로 들어왔다.

"아니, 저……."

머뭇거리는 명석의 모습에 의사는 노골적으로 눈을 찡그렸다.

"아니, 당신들이 이 환자가 정신 차리면 곧장 알려준대서 부탁대로 스태프들도 다 철수시켜 놨더니. 이게 대체 무슨 경웁니까? 마침 여기 지나가던 스태프가 말해줬으니 망정이지. 만약 내가 몰랐다면 계속 이러고 있을 생각이었던 거요?"

"미안합니다, 선생님. 저희도 일이 있다 보니……."

"아니, 최소한 내가 동석한 상태에 뭘 해도 해야 할 거 아닙니다. 이러다가 이 환자가 큰일이라도 생기면 어쩔 뻔했습니까? 예?"

명석은 고개를 끄덕이며 슬슬 뒤로 물러났다. 어차피 이야기는 끝난 참이다. 명석은 해준을 향해 나가자는 듯 턱짓을 하며 화연을 향해 말했다.

"김화연 씨? 그렇게 할 수 있을지는 모르지만 최선을 다해보죠. 그럼 편하게 있으세요. 혹시라도 무슨 일 있으시거나 용건 있으면 간호사에게 부탁해서 저희를 부르시고요."

그 말에 화연은 기쁜 표정으로 웃었다. 그 아름다운 미소에 살짝 얼굴을 붉히던 명석은 가볍게 헛기침을 하며 병실 밖으로 나섰다.

"사람들이 정말 경우가 없구만."

병실 밖으로 나간 두 형사의 험담을 작게 늘어놓으며 고개를 돌리던 의사는 묘한 오한을 느꼈다.

그 얼굴에 아직도 남아 있는 눈물 자국과는 대조적으로, 어느새 화연의 얼굴에는 얼음꽃 같은 냉랭한 차가움이 흐르고 있었다. 분명히 그가 이 방에 막 들어왔을 때 화연은 지극히 감정이 풍부하고 불안정한 보통 사람과 같은 얼굴을 하고 있었는데 말이다.

의사는 등골을 흐르는 냉기에 몸을 부르르 떨었다.

"선생님? 왜 그러세요?"

"아, 그래. 음."

간호사의 속삭임에 정신을 차린 의사는 가볍게 헛기침하며 손을 뻗었다.

"그럼 잠시 실례하겠습니다."

화연은 동공 반응 검사를 하는 의사의 손길이나 팔다리에 감각이 있는지 체크하는 간호원들의 손길을 묵묵히 받아 넘겼다. 마치 모든 일이 끝나고 스위치가 내려간 양철인형같이.

"이제 할 수 있는 건 다 했으니까……."

"예?"

그 비인간적이고 기계 같은 섬뜩한 어투의 중얼거림에 간호사는 깜짝 놀라며 고개를 들었다. 하지만 화연은 거기에 답하지 못했다. 맥이 풀린 탓일까. 아니면 단순히 부서진 몸을 치유하기 위한 본능적인 것일까.

화연은 다시 한 번 잠에 빠져들었다. 누구도 깨울 수 없을 것 같은 깊은 잠 속으로.

* * *

눈을 뜬 수영은 천장을 올려다봤다.

"하아."

절로 한숨이 나왔다. 흐릿한 눈에 공사를 하다 만 것 같은 천장에는 온갖 파이프와 골조가 흉물스럽게 뻗어 있는 것이 훤히 보였다. 수영은 다시 한숨을 내쉬며 끼익거리는 낡은 파이프 침대에서 몸을 일으켰다.

곧장 수영의 눈에 도배나 페인트칠을 한 흔적조차 보이지 않는 시멘트벽이 들어왔다. 마치 폐가와 같은 모습이다. 게다가 이 방의 유일한 창문은 검게 선팅이 되어 있는데다가 만에 하나라도 열리지 않게 못질까지 되어 있었다. 감옥이나 다름없다. 절로 얼굴이 일그러지는 것도 당연했다.

그나마 저 앞쪽 벽면에 붙어 있는 작은 TV가 있긴 했지만, 오히려 그 TV의 존재는 수영에게 오래된 영화를 존재를 떠올리게 했다.

"만두만 나오면 딱 올드보인데."

신음과도 같은 중얼거림을 토해낸 수영은 비틀거리며 창문 쪽으로 다가갔다.

"대체 언제까지 여기에 처박혀 있어야 하냐고……."

수영은 창문의 검은 선팅지를 깨작깨작 손톱으로 긁었다. 의미없는 손짓이다. 당연하게도 정말로 선팅지를 긁어낼 생각은 없었다. 하지만 시간이 갈수록 수영의 얼굴은 더더욱 깊게 일그러졌고, 그에 비례하듯 손톱은 점점 선팅지를 깊게 파고들었다.

마침내 한줄기 빛이 들어오자 그쪽으로 눈을 가져다 댄 수영은, 순간 이를 갈며 주먹을 쳐들었다. 이중창이다. 밖의 창은 투과율이 좋지 않은 불투명 유리였다.

그 창을 노려보던 수영은 부들부들 떨던 주먹을 힘없이 늘어뜨렸다.

"하아."

겨우 파괴 욕구를 억누른 수영은 다시 침대 쪽으로 가서 앉아 얼굴을 감쌌다.

"돌아버리겠네."

음식을 골라 먹을 수도 있다. 화장실도 마음대로 갈 수 있다. TV도 볼 수 있다. 심지어 지금 저 문 앞을 지키고 있는 병정개미를 대동한다면 밖에도 나갈 수 있었다.

하지만, 지금 수영은 그 자유를 포기하고 이 주일 동안 이 낡은 방에 스스로를 고립시키고 있었다. 그것은 아이러니컬하게도 바로 자유 때문이었다.

혹시라도 밖에 나갔다가 경찰에 잡히면, 이 작은 자유마저 빼앗겨 버리면 어떻게 될까.

이렇게 자유를 가지고 스스로를 고립시키는 것만으로도 정신이 이상해질 것 같은데, 만약 감옥에 가서 모든 것을 빼앗기게 된다면 어떻게 될까.

이미 그 상상은 공포의 영역에 닿아 있었다. 그리고 이곳에서 하루하루 시간을 보낼 때마다 그 공포는 점점 짙어졌다.

잠시 그렇게 앉아 있던 수영은 침대 옆에 있는 탁자에서 리모컨을 집어 들었다. 그러고는 TV의 전원을 켜고 난 후 자리에서 일어났다.

[…경찰은 이동 도중 사고가 난 틈을 타 사라진 정 모 검사의 자취를 쫓고 있으며, 정 모 검사를 이송하기 위해 사용하던 차가 미리 고장을 일으키도록 되어 있었다는 증거를 포착하여 정 모 검사가 도주를 위해 미리 손을 썼을 가능성도 배제하지 않고 있습니다.]

수영은 허공을 향해 주먹을 뻗었다. 뭔가 무술을 배운 적은 없었다. 당연하게 앞을 향해 내뻗는 주먹은 기예라고 하기에는 부족한, 마구잡이식의 주먹질처럼 보였다. 심지어 약간 우스꽝스러워 보이기도 했다.

하지만 두 주가 넘는 시간 동안 계속 주먹을 휘둘러 온 탓일까. 수영의 앞에는 정말 무언가가 있는 것 같았다. 그 주먹으로 후려갈기고 때려눕혀야 할 대상이 말이다.

[정 모 검사는 지난 3년 동안 지역의 조직폭력배에게 뇌물을

받는 대신 사전에 정보를 흘려 단속을 피하게 하는 이득을 취했으며, 지난 10월 피의자와 성관계를 맺는 등의 물의를 빚은 것이 내부 감찰 결과 드러나 긴급체포된 후 법원에 구속영장이 청구되어 있는 상태였습니다.]

그 뉴스를 듣던 수영은 자신도 모르게 고함을 내지르며 팔을 휘둘렀다.

"우와아아악!"

검은 그림자 같은 것이 주먹에 맞아 산산이 부서지는 것 같은 느낌이 들었다.

어느 뉴스를 보든 죽어도 상관없는 오물들의 이야기가 지치지도 않고 계속 쏟아져 나온다. 지난 일주일 동안은 하루 종일 뉴스만을 볼 수 있었기에 더더욱 그 현실이 피부에 와 닿았다. 세상에는 정말 더러운 존재들이 넘쳐 난다. 응징되어야 할 쓰레기들이 말이다.

[경찰이 음주단속을 거부한 삼십대 남자의 차량에 매달려 끌려간 사건이……]

이런 뉴스를 보고 들을 때마다 저 밑에서부터 악의가, 독기가 차곡차곡 쌓아 올려졌다. 그리고 이 일을 하기로 한 것이 틀리지 않았다는 사실이 가슴 깊숙이 박혀든다.

'언제 나갈 수 있지?'

주먹으로 허공을 후려갈길 때마다 뭔가가 쓰러지고 비명 소리가 귀에 들리는 것 같았다. 그것이 모두 환상이고 환청이라는 건 알지만, 수영은 주먹을 멈추지 못했다. 조금이라도 손을 멈추면 그 환영이 낄낄거리는 소리가 들려왔다.

그렇게 사방을 향해 주먹질을 하던 수영의 시선이 문득 벽에 걸려 있는 거울을 스쳐 지나갔다. 잠시 주먹을 멈춘 수영은 거울 안을 똑바로 바라봤다. 당연하게도 익숙한 얼굴이 비췄다. 하지만 수영은 그 익숙한 얼굴이 마음에 들지 않았다.

'너무 늦잖아. 새로운 신분 만들어준다고 그래놓고.'

경찰은 이 얼굴을 가진 정수영이라는 존재를 쫓고 있다. 자기 자신이라는 존재가 지금 수영을 목조이고 있는 것이다. 그렇다면 버리면 된다. 어차피 애착을 가질 만한 것도 없는 평범하고 의미 없는 과거로 점철된 인생이다.

자기 자신이라는 아이덴티티를 이렇게 쉽게 버리려 한다는 게 스스로도 놀라웠지만, 그 아이덴티티가 발목을 잡고 있는 이상 거기에는 동전 한 닢의 가치도 없다. 오히려 한시라도 빨리 뽑아 버려야 할 썩은 쐐기에 불과하다.

하지만 그것은 수영이 원한다고 해서 무조건 버릴 수 있는 것이 아니다. 다른 인간으로서 살아가기 위한 얼굴을 만들고, 새로운 사회적 신분을 준비할 시간이 필요하다. 그때까지 수영은 불안에 떨며 이 세 평짜리 방에서 몸을 단련하는 것밖에 할 것이 없었다.

[만취한 상태로 취객을 폭행한 이십대 남성들이…….]

"이 더러운 새끼들아!"

수영의 주먹이 또 다른 그림자를 쓰러뜨렸다.

하루라도 빨리 다시 일을 시작하고 싶었다. 이전에 일을 하면서 세상이 바뀌지 않는다고 느꼈던 공허함이나 허무함 따위는, 아무것도 하지 못하고 이렇게 갇혀 있어야 하는 무력감에 비하면 하찮게 느껴질 정도였다.

[다음 뉴스입니다. 지난 3일, 뺑소니 당한 상태에서 자수를 한…….]

한참 동안이나 그렇게 주먹질을 하던 수영의 몸이 뭔가에 맞기라도 한 듯 크게 휘청거렸다.

[…김지호 살인사건의 용의자 A씨의 상태가 안정되었다는 소식입니다.]

수영은 양손으로 바닥을 짚고 가쁘게 숨을 몰아쉬며 TV에 시선을 고정했다. 이상할 정도로 크게 떠진 눈동자에는 더 이상 검은 그림자는 보이지 않았다.

[병원 관계자에 따르면 A씨는 지난 11일에 최초로 혼수상태에서 깨어난 후에도 혼수상태와 깨어남을 반복하는 상태에서 지속적인 치료를 받아왔으며, 현재는 안정된 상태를 유지하고 있다고 합니다. 경찰은 병원 측의 의견에 따라 20일쯤에 가벼운 심문을

시작으로 곧 본격적인 조사에 착수할 것으로 알려졌습니다.]

"뭐……?"

달아올랐던 몸이 한순간 차갑게 식어버렸다. 드라이아이스를 끼얹은 것 같은 싸늘함이 어깨 언저리에서 맴돌았다. 엉거주춤하게 자리에서 일어난 수영은 자신도 모르게 바닥을 기며 TV로 다가갔다.

[아직 경찰은 A씨가 병원에 실려 온 후 한 최초 진술 이외에는 아무 정보도 얻고 있지 못한 상태이며, 현재는 A씨에게 공범이 있다는 정보를 토대로 A씨의 주변 인물을 탐색하고 있습니다.]

TV에서 겨우 50센티미터도 떨어지지 않은 곳. 영상 속으로 뛰어들 것 같은 얼굴로 화면을 노려보던 수영은 손을 천천히 들어 올렸다. 그리고 입 밖으로 쏟아질 것 같은 웃음을 막았다.

"하, 하하하."

그 A씨가 누굴 말하는지 알 수 있었다. 달리 누가 있겠는가. 바로 화연이다.

수영은 화연에 대한 뉴스가 끝난 후에도 그 자리에 앉아 TV에서 눈을 떼지 못했다.

"꼴좋네, 진짜."

뉴스의 내용대로라면 화연은 죽지 않은 게 이상할 정도의 사고를 당했다고 할 수 있다. 그런 몸으로 감옥에 들어가는 것은 얼마나 괴로울까. 나중에라도 출소한다고 할지라도, 사회에 아무런 인연도 가지지 못하고 몸도 멀쩡하지 못한 늙은 전과자가 어떤 꼴을 당할지는 너무나도 뻔했다.

그렇기에 수영은 웃었다.

개미를, 여왕개미를, 그리고 수영을 배신한 자의 말로로서 충분했으니까.

"…하."

그렇게 한참 동안 웃던 수영은 입술을 깨물며 고개를 숙였다. 그리고 가슴을 꾹 눌렀다.

오래전의 흉터. 그날 이후 수개월 동안 조금도 아프지 않았던 가슴 한복판에 있는 칼자국이 다시 파헤쳐지는 듯이 뜨끔거렸다.

"이건 또… 갑자기 왜 이래."

만약 TV 곁에 거울이 있었다면, 수영은 자신의 얼굴이 입에서 흘러나오는 웃음과는 반대로 지독히도 일그러져 있는 것을 봤을 것이다. 하지만 그럴 수 없었기에 수영은 그 영문도 모를 아픔을 억누를 수밖에 없었다.

그렇게 아픔을 삭이며 이를 갈던 수영은 강렬한 진동음에 고개를 들었다. 침대 옆에 있는 탁자에서 들려온 소리였다. 수영은 비틀거리며 일어나 그쪽으로 다가갔다.

"전화… 문잔가?"

수영은 귀찮다는 듯 중얼거리며 탁자 위의 핸드폰을 집어 들었다. 내용을 확인하기도 전에 그 메시지를 보낸 것이 누구인지 알 수 있을 것 같았다. 이 핸드폰은 예전에 쓰던 핸드폰을 없앤 후 만든 대포폰. 당연히 번호를 아는 것은 수영을 제외하면 딱 한 명밖에 없었다.

—이 기사를 보면 전화하세요.

무슨 속셈일까. 잠시 눈을 찡그리고 있던 수영은 손가락으로 액정을 터치했다. 파랗게 물들어 있는 긴 인터넷 주소의 링크 색이 보라색으로 바뀌며 액정 가득히 문자열이 떠올랐다.

"하."

그 내용을 확인한 수영은 그만 헛웃음을 흘리고 말았다. 그건 조금 전 수영이 TV에서 봤던, 화연에 관한 인터넷 뉴스였다. 뉴스 창을 끈 후 기분 나쁜 얼굴로 핸드폰을 내려다보던 수영은 조용히 통화키를 눌렀다.

[빠르군요. 일어나 있었습니까? 자고 있는 줄 알았더니.]

벨이 몇 번 울리기도 전에 기분 나쁜 목소리가 곧장 들려왔다.

"TV 보고 있었어."

[메시지는 확인했습니까?]

"TV 보고 있었다니까. 이건 이미 본 뉴스야. 그런데 이게 뭐?"

[왜라뇨? 난 수영 씨가 오히려 기뻐할 줄 알았습니다만.]

그 말에 어쩐지 가슴이 울컥거렸다. 기분 나쁜 통증이 느껴졌다. 이 이야기는 더 이상 하고 싶지 않았다.

"아아, 그래요. 배신자가 그런 꼴이 되어서 기분 참 좋네요. 할 말은 그게 다야?"

[아뇨, 그 이야기가 아닙니다. 그보다 더 중요한 이야기가 있었잖습니까.]

잔뜩 비비 꼬아서 말하던 수영은 예상외의 대답에 고개를 쳐들었다.

“중요한 이야기?”

[예? 진짜 모릅니까?]

어쩐지 한심하다는 어조다. 수영은 통화 종료를 누르고 싶은 마음을 억누르며 말을 이었다.

“그러니까 뭐가?”

[아직 경찰이 화연 씨에게 아무것도 듣지 못했다는 건 못 봤나요?]

“그래, 치료받느라 그랬다며.”

[봤나 보군요. 그런데 그걸 들었는데도 아직도 모르겠다는 겁니까.]

“짜증나게 하려고 이러는 거 아니면 그냥 말하지 그래?”

수영의 퉁명스러운 답에 여왕개미는 답답하다는 듯이 외쳤다.

[지금 경찰은 수영 씨에 대해서 아무것도 모른다는 거잖습니까.]

“아.”

수영은 무심코 멍청한 감탄사를 흘렸다.

그랬다. 뉴스대로라면 경찰은 아직 화연에게서 정보를 얻지 못했다. 당연하게도 수영에 대해 알 리가 없다. 경찰이 아는 건 화연이 그 사건의 범인이며 공범이 있다는 사실 정도인 것이다.

[참 반응 한번 굉장하군요.]

“아니, 나도 당황해서 그런 거잖아.”

비웃는 것 같은 말에 발끈하던 수영은 곧 진정하고 마른침을 삼켰다.

"그럼 어떻게 하지? 그래, 납치라도 할까?"

[납치요?]

그 되물음에 수영은 고개를 끄덕이며 흥분된 듯 방 안을 걸었다.

"그래, 내 새 신분 만들고 성형수술 하는 것보다 훨씬 간단한 거 아냐? 댁이라면 화연 씨가 입원해 있는 병원 알아내는 건 식은 죽 먹기잖아. 어차피 얼굴도 바꿀 생각이었으니까 만약 걸린다고 해도 밑져봐야 본전인 셈이고."

수영의 말에 수화기 너머에서 여왕개미는 혀를 찼다.

[아직도 그런 약한 소릴 하고 있습니까?]

"약한 소리? 그럼 대체 뭘 어쩌라고. 그냥 얼굴 바꾸고 살란 거야?"

[아니죠. 그게 아니라.]

여왕개미는 말소리를 낮췄다.

[죽이는 겁니다.]

머릿속이 한순간 새하얗게 비워졌다.

"뭐?"

[화연 씨를 죽여야 한단 말입니다.]

여왕개미는 수영이 굳어 있는 사이 태연히 계속 말을 이었다.

[화연 씨는 내 말까지 어기고 이기적인 복수를 위해서 모두를 위험한 상황에 빠뜨렸습니다. 하지만 난 거기에 대해서 책임을 묻지도 않았었죠. 그런데도 불구하고 화연 씨는 내 호의까지 시궁창에 처박았습니다.]

비워졌던 머릿속에 온갖 생각이 몰려들기 시작했다.

"하, 하지만 죽일 필요까지는 없잖아?"

[그럼 납치해 와서 어쩔 겁니까? 설득할까요? 설득한다고 해도 믿을 수 있나요? 이미 우리를 한 번 배신했는데? 믿지 못한다면 어떻게 하겠습니까. 가둬둘까요? 영원히? 우리가 왜 배신자를 살려두기 위해 돈과 시간을 희생해야 하는 거죠?]

수영은 침대에 거칠게 주저앉았다. 침대가 무너질 것 같은 요란한 소리가 났다.

"하지만……."

[화연 씨는 결국 우리가 처단해 왔던 그 악당들과 같은 짓을 했습니다. 무엇이 됐든 자신의 이득을 위해 남을 이용하고, 가차 없이 배신하는 쓰레기 짓을 한 거죠.]

수영은 구역질이 나올 것 같은 기분을 억누르며 몸을 숙였다. 여왕개미는 분노하고 있다. 그 격앙된 목소리를 들으면 확실히 알 수 있다. 여왕개미는 화연이 자신을 배신했다는 그 사실을 용서하지 못하고 있고, 수영도 거기에 동조해 주길 원하고 있다. 어떤 이유가 있든 이건 살인이라기보다는 보복에 가깝다. 수영은 그걸 모를 정도로 바보는 아니었다.

하지만 흔들렸다. 거기에는 분명 진실이 섞여 있었기 때문이다.

[그리고 우리만 피해를 받는 게 아닙니다. 만약 화연 씨가 우리가 이용하던 곳을 말해 버리면 그곳을 관리하던 사람들이 어떤 피해를 받을지 생각해 봤나요? 우리의 일을 도왔던 다른 개미들은요? 그들은 그저 선의로 우리에게 시설을 빌려줬을 뿐인데 말입니다. 대체 그들은 무슨 죄가 있어서 그런 일을 당해야 하는 겁

니까?]

그렇다. 그것 역시 모두 사실이다.

수영은 지끈거리는 머리를 움켜잡으며 하소연하듯 목소리를 쥐어 짜냈다.

"그래도… 다른 방법은 없을까?"

[사람을 통째로 납치하는 것과 그 자리에서 목숨만 빼앗는 것. 어느 쪽이 쉬운지는 수영 씨가 더 잘 알지 않습니까? 수영 씨가 그 배신자를 위해서 거의 100% 성공할 수 있는 기회를 50 대 50으로 낮출 이유가 뭐죠? 다시 한 번 그 평범한 삶을 되찾을 수 있는 둘도 없는 기회인데? 밝은 세상에서 살면서 회사를 다니고 친구를 만나는 그런 삶. 얼굴을 바꿀 필요도 없고 기록을 바꿀 필요도 없이 그런 평범한 삶을 되찾을 수 있다는 겁니다. 수영 씨는 정말 그걸 희생하려는 겁니까? 그 배신자를 위해서?]

가슴 아래부터 강렬한 갈증이 끓어올랐다. 수영은 마른침을 삼켰다.

[게다가 무슨 이유가 있든, 화연 씨는 수영 씨의 인생을 완전히 망가뜨릴 작정이었잖습니까. 수영 씨가 왜 얼굴과 신분을 버릴 상황이 됐는지, 왜 2주 동안 그렇게 갇혀 살았는지 생각해 보세요. 그런데도 화연 씨를 용서할 마음이 듭니까? 예?]

어두운 감정이라고 해도 좋다. 정수영이라는 인간으로서의 삶. 한번 손에서 놓아버릴 수밖에 없었던 것이다. 그것을 다시 되찾을 기회가 생겼다는 사실에 더더욱 강한 집착이 느껴졌다. 되찾고 싶다. 그리고 복수하고 싶다. 자신을 이런 꼴로 만든 그 배신자에게 죗값을 치르게 하고 싶다.

그 이기적이고도 당연한 감정을 떠올리던 수영은 몸을 부르르 떨었다. 더 이상 가슴은 아프지 않았다. 이유를 알 수 없는 불쾌감도 없었다.

[어쨌든, 그렇게 정하기 힘들다면 생각을 시간을 주도록 하죠. 일단…….]

“잠깐.”

수영은 막 전화를 끊으려 하는 여왕개미를 말꼬리를 붙잡았다.

이것을 선택하면 되돌릴 수 없게 된다. 몇 번이나 심호흡을 하던 수영은 낮은 신음 소리와 같은 목소리로 속삭였다.

“내가 어떻게 하면 되는데?”

*　　　*　　　*

만약 범죄 용의자가 쫓기다가 다치거나 해서 체포될 경우 어떻게 되는가.

간단하다. 용의자는 가까운 병원으로 옮겨져 치료를 받게 된다. 만약 치료가 길어질 경우 경찰은 용의자를 개인실에 처넣고 보초를 붙이거나 경찰병원으로 이송해 감시한다. 그리고 회복이 될 무렵 검찰에 사건을 넘겨 잘잘못을 가리고 재판을 받게 할 준비를 한다.

화연의 경우는 치료를 받다가 자수한 조금 특이한 케이스였지만, 어쨌거나 이 범주에 들어간다고 할 수 있다. 그렇기에 치료를 받던 병원에서 그대로 개인실로 옮겨져 감시를 받고 있었다.

여왕개미로서는 화연이 어떤 병원에 있는지, 몇 호실에 있는지 알아내는 것은 너무나도 쉬웠다. 당장 사건이 벌어진 날 빽소니 피해자를 실은 119 앰뷸런스가 이동한 곳을 체크하면 그걸로 끝나는 문제였으니까.

"11시……."

병원의 바로 앞. 수영의 중얼거림에 막 그 앞을 스쳐 지나가던 여성이 수영을 힐끔거렸다.

아직 아주 춥다고는 할 수 없는 날씨에 머리를 가리는 비니, 마스크는 분명 의심을 살 만한 차림이었다. 하지만 수영은 그 여성과 마주보거나 일부러 눈을 피하지도 않았다. 그저 그녀의 시선을 눈치채지 못한 것 같은 모습으로 핸드폰을 만지작거렸다.

결국 그 여성은 수영에게 잠깐 줬던 시선을 거두고 가던 길을 걸어갔다.

"후우."

수영은 여성이 사라지자 안심한 듯 짧게 숨을 내뿜었다.

이렇게 한 장소에 오랫동안 있을 때 타인의 의심을 사게 하는 가장 큰 이유는 바로 태도다. 전봇대에 반쯤 몸을 숨기거나 일부러 시선을 피하는 인간들은 수상쩍게 마련이다. 어색해하며 불안해하는 태도가 의심을 퍼뜨리는 것이다.

그렇기에 수영은 평범함을 가장했다. 차량 진입 방지 말뚝에 엉덩이를 걸치고 느긋하게 앉아 있는 모습은 누구에게도 의심을 사지 않았다. 중간에 별다른 움직임이 있다고 해봤자 간혹 핸드폰을 꺼내 들어 시간을 확인하는 것뿐. 약간 관찰력이 있는 사람들은 수영의 곁을 스쳐 지나가며 힐끔거리기도 했지만, 그들 역시 끝끝내 수영을 의심하진 않았다.

수영은 조바심을 내지 않고 느긋한 모습으로 시간을 체크했다. 이제 2분 전이다. 수영은 여왕개미의 작전이 얼마나 톱니바퀴처럼 딱딱 맞물리는지 그 누구보다도 잘 알고 있었다.

"11시 9분……."

수영은 핸드폰을 주머니에 넣었다. 그리고 손에 끼고 있는 장갑을 쭉 끌어올리며 옷매무새를 점검했다. 옷 위로 몸을 더듬자 왼쪽의 안주머니에서 딱딱한 직사각형의 물건이 두 개 만져졌다. 수영은 고개를 끄덕이며 이번엔 오른쪽 바지 주머니를 만졌다. 타원형의 뭔가가 분명히 거기에 존재했다.

그때 허리춤에서 진동이 느껴졌다. 수영은 핸드폰을 꺼내 액정을 확인했다.

—1분 후에 시작합니다.

그 메시지를 본 수영은 마음속으로 수를 세기 시작했다.

'41, 42, 43, 44…….'

그리고 58쯤을 세었을 때.

갑자기 수영의 등 뒤에서 뜨거운 불길이 일었다.

"어?"

"불이야! 불!"

만약 비니를 쓰고 있지 않았다면 머리가 그을렸을지도 모를 강렬한 불길. 병원 1층 로비와 약국 사이에서 갑자기 터져 나온 불꽃은 순식간에 번져 나갔다. 발을 멈춘 이들이 당황한 듯 우왕좌왕거렸다. 수영 역시 재빨리 말뚝에서 엉덩이를 떼고 당황한 듯 뒤로 물러났다.

"불이야, 불!"

"누가 119에 전화 좀 해봐요!"

불구경, 싸움구경은 누구라도 좋아한다고 하던가. 순식간에 사방에서 몰려든 인파가 불을 보며 웅성거리기 시작했다. 그들이 정말로 불에 다칠 사람을 걱정한 것이든, 아니면 단순히 불구경을 하려 하는 것이든, 그런 건 상관없었다. 중요한 것은 그들의 신경이 한곳에 쏠려 있다는 사실이었다.

"안에 사람 있는 거 아냐?"

"병원이니까……."

"병원 안에 있는 사람들한테 전해야 하는 거 아녜요?"

"아니, 누가 신고 좀 하세요! 핸드폰 있는 사람 없어요?"

누군가의 선동에 사람들의 술렁임이 커지기 시작했다. 그것을 신호로 하듯 수영은 슬그머니 사람들 사이로 말없이 녹아들었다.

"어서 도웁시다! 누가 좀 들어가서 알려 봐요!"

"그래요, 빨리 갑시다!"

그 외침에 사람 중 한 무리가 크게 움직이기 시작했다. 수영은 자연스럽게 그 흐름에 휩쓸리듯 움직였다.

"문 잠겨 있는데?"

"응급실 쪽으로 갑시다! 뒷문이 있어요!"

정문 앞에서 우글거리던 그 무리는 마치 한 생명체처럼 다시 움직이기 시작했다. 그들은 곧장 병원 뒤쪽에 있는 주차장 쪽으로 달려갔다. 그러고는 응급실이라는 표시가 붙어 있는 작은 문을 열고 병원 안으로 뛰어들었다.

"어? 무슨 일이죠?"

응급실을 지키고 있던 의사는 갑자기 응급실로 뛰어든 사람들의 모습에 휘둥그레진 눈으로 그들을 둘러봤다. 사람들은 마치 그 질문을 기다렸다는 듯 앞다투어 급박하게 외쳤다.

"여보쇼! 앞에서 불났어요!"

"빨리 피해요! 아니, 환자들 있지 않아요? 그 사람들 괜찮은 건가?"

"어? 불요? 불?"

그 순간 화재경보기가 요란한 소리를 내기 시작했다. 잠시 멍하게 천장을 올려다보던 의사는 곧바로 정신을 차린 듯 전화를 잡았다.

"119죠? 여기 한사랑 병원입니다! 불났어요! 불! 예!"

전화를 내던진 의사는 당황한 기색이 역력한 얼굴로 응급실의 구석에 놓여 있는 소화기를 집어 들었다.

"어딥니까? 어디에서 불이 났죠?"

"저 앞쪽이요!"

"의사선생님, 뭐 도울 일 없소?"

"여기 몇 층이 입원실이요?"

그 말에 그 젊은 의사는 잠시 머뭇거리는 듯하더니 이내 알겠다는 듯 고개를 끄덕였다.

"4층부터 입원실이 있습니다. 위쪽에 간호사들도 몇 명 있을 테니까. 좀 도와주세요."

"당연히 그래야지!"

"걱정 마쇼!"

훈훈한 광경이었다. 사람들은 일제히 여기저기로 나눠졌다. 누군가는 소화전의 호스를 끌어왔고 여기저기에 있는 소화기를 집어 들고 정문 쪽으로 달려드는 사람도 있었다.

하지만 수영은 불을 끄기 위해 1층에 머물지 않았다. 대신 환자들을 피난시키기 위해 계단을 오르는 사람들 사이로 섞였다. 엘리베이터를 기다리지 않고 위로 올라간 사람들은 곧장 4층의 복도로 뛰어들었다. 요란한 경보음 때문에 잠에서 깬 환자들이 복도 밖을 기웃거리고 있었다.

"불이요! 불!"

"피해야 돼요!"

그 외침에 병실 여기저기서 고함 소리가 터져 나왔다.

"뭐? 불?"

"이봐. 일어나! 불이라잖아!"

아직 상황을 파악하지 못하고 어리둥절해 있던 환자들도 불이라는 말에 당황한 듯했다.

마침 소동이 일어나자 뒤늦게 위로 올라온 당직 간호사들은 머뭇거리며 서 있는 시민들과 환자들을 번갈아보더니 이내 목소리를 높여 외쳤다.

"모두 계단을 이용해 주세요! 엘리베이터는 위험합니다. 그리고 여러분들도 좀 도와주시고요. 자자, 다들 빨리요!"

그 외침에 우왕좌왕하던 사람들은 비로소 목적성을 가지고 움직이기 시작했다.

다소 증상이 가벼운 환자들은 서로를 부축하며 계단을 따라 아래로 내려갔고, 혼자서 움직이지 못하는 환자들은 시민들에게 들쳐 업히기도 하며 피난하기 시작했다.

"응?"

그때 막 환자 중 한 명을 부축해서 계단 쪽으로 나온 남자가 문득 위를 올려다봤다.

"으, 으으, 왜 그러슈?"

"예? 아뇨, 방금 위에 뭐가……."

그때 뒤쪽에서 누군가의 외침이 들려왔다.

"뭐해요? 어서 내려가요! 뒤에 사람들 밀리는데!"

"아, 예. 예."

남자는 다시 위를 힐끔거렸지만 당연하게도 계단 위쪽에는 아무것도 없었다. 남자는 고개를 내저으며 자신의 어깨에 팔을 걸치고 있는 노인의 몸을 부축했다. 그러고는 희뿌연 연기가 살짝 스며 있는 공기를 헤치며 아래쪽을 향해 내려가기 시작했다.

그렇게 사람들이 더 이상 위에 신경을 쓰지 않게 되었을 때. 비상등에 비친 그림자가 살짝 일렁였다.

"후우."

계단에 누워 천장을 바라보고 있던 수영은 안도의 숨을 내쉬며 슬며시 몸을 비틀었다.

몸을 뒤집은 수영은 그림자가 최대한 뻗어 나가지 않게 반쯤 기다시피하며 계단을 마저 오르기 시작했다. 곧 7층과 계단을 가로막고 있는 문 앞에 도착한 수영은 점퍼의 안쪽 주머니에 손을 넣었다. 수영의 손에 들려 있는 것은 두 개의 전기충격기였다.

"7층의… 705호였지."

당연하게도 이 소동은 모두 여왕개미의 계략이었다.

소동을 일으켜 수많은 사람이 병원 안으로 뛰어들어도 어색하지 않은 상황을 만든 것이다. 그것을 위해 병정개미들은 미리 낮에 병원에 침투하여 시한장치를 설치했다. 시간이 되면 연료가 불타오르는 발화장치였다. 시간은 약국이 문을 닫고 병원에서도 방문객이 사라지는 밤 11시 10분. 수영은 여왕개미의 말대로 병원 앞에서 얼쩡거리며 그 시간을 기다리고 있었다. 불이 나기를 기다리면서 말이다.

병정개미들 역시 수영과 마찬가지로 병원 주변에서 대기하고 있었다. 그러고는 불이 날 무렵 주변에서 몰려든 시민들 사이에 섞여 그들을 선동하여 병원 안으로 침입했다. 그들의 목적은 두 가지. 첫 번째는 그 화재가 정말로 넓게 퍼지는 것을 막는 것이고, 두 번째는 수영을 그 인간들 사이에 숨겨 아무도 모르게 목적지까지 갈 수 있게 길을 터는 것이었다.

막 불이 났을 때 응급실로 가자고 한 것도, 사람을 구하자고 한 것도, 그리고 방금 전 위쪽에서 느껴진 기척에 고개를 든 남자의 등을 떠민 것도 모두 병정개미들이었다.

그들은 임무를 훌륭히 수행했다. 이 다음의 일은 수영에게 달려 있었다.

전기충격기를 바깥쪽에 있는 주머니 양쪽에 각각 찔러 넣은 수영은 심호흡을 했다. 그러고는 일부러 발소리를 크게 낸 후 계단과 7층 복도를 가로막고 있는 철문을 열어젖혔다.

“누구 없어요? 아무도 없나요?”

수영은 다급하게 외치면서 눈을 굴렸다. 보였다. 저 앞쪽의 병실. 704호의 앞에는 정복을 입은 두 명의 경찰이 있었다. 한참 서로 뭔가를 말하고 있던 그 경찰들은 그 외침에 수영을 돌아봤다. 그중 한 명은 살짝 당황한 듯 허리춤에 손을 가져가며 멀리 서 있는 수영에게 손을 뻗었다.

"선생님, 이쪽에 오시면 안 됩니다."

그 말에 수영은 확신했다. 여왕개미의 정보대로다. 이 7층에 있는 것은 저 두 명의 경찰과 화연뿐인 것이다.

"어… 경찰이시죠? 왜 경찰이 여기에……."

그 자연스러운 연기에도 불구하고 경찰들 사이에서 수영을 경계하는 기색이 보였다. 하지만 수영은 꿀리는 게 없다는 것을 연기하며 태연하게 그쪽으로 한 걸음씩 걸어갔다.

"아, 저기… 지금 아래에 불났거든요? 피해야 하는 거 아녜요?"

"불?"

깜짝 놀란 두 사람은 서로를 마주봤다. 그러고는 작은 목소리로 속삭였다.

"봐, 이거 화재경보 맞다니까."

"장난인 줄 알았다고. 그러고 보니까 뭐 타는 냄새가 나는 것 같기도 하고……. 그럼 피해?"

"하지만 저 여잔 어쩌고?"

"일단 옮겨야지. 배도 째놨는데 도망갈 리도 없고. 어차피 침대에 수갑 채워놨잖아. 침대째로 밀고 가면 되지 않겠어? 아, 선생님. 거기서 멈추세요."

둘의 말을 들으며 천천히 그쪽으로 걸어가던 수영은 그 제지에 움찔거리며 발을 멈췄다.

"아, 저기. 뭔지는 모르겠는데. 도와드릴까요? 침대 옮길 환자가 있나요?"

"아니요, 괜찮습니다. 저희가 알아서 할 테니 선생님도 피하세요."

대충 일하는 경찰들이라면 좋으련만, 저 두 경찰은 타협할 생각이 없어 보였다.

흐름이 나빴다. 상대는 경찰이다. 사람을 때려눕혀 제압하는 기술을 배우고 그것으로 밥을 벌어먹는 인간들이다. 일대일도 승리를 장담할 수 없었다. 그렇기에 원래대로라면 수영은 슬금슬금 다가가 틈을 노려 전기충격기로 동시에 양쪽을 공격할 셈이었다. 고압전류의 위력은 둘을 한 번에 제압할 정도로 절대적이니까.

그런데 지금 저 둘은 여전히 수영을 경계하고 있었다. 계획이 틀어진 것이다.

'어쩌지?'

거리는 5미터 정도. 뛰어들면 순식간에 가까이 붙을 거리는 된다. 하지만 상대가 이쪽을 경계하고 있는 이상 기습이 성공할지도 의문이다. 운 좋게 기습이 성공한다고 해도 동시에 둘을 무력화할 수 있을지는 더더욱 의문이었다.

"정말 괜찮아요? 아니, 그 윗분에게 야단맞을 것 같아서 그러시는 거면 제가 그냥 안 도왔다고 말해도 되는데요."

하지만 다른 방법은 없다. 수영은 여전히 평범함을 가장하며 신경을 곤두세우며 앞으로 한 발을 더 앞으로 내디뎠다. 그리고 저 둘 중에 조금 더 몸집이 큰 경찰에게 시선을 고정시켰다.

"선생님, 저희는 괜찮습니다. 물러서세요."

"아, 예. 그러시다면 뭐. 알겠습니다."

수영은 그들을 안심시키듯 뒤로 몸을 돌렸다. 그러자 경찰들은 살짝 경계를 풀고 서로 마주보며 대화를 나누기 시작했다.

"냄새 나는 거 보면 불이 어디까지 번졌는지 모르겠는데."

"그래도 별로 심하진 않잖아. 딱히 뜨겁지도 않고 연기도 아직 안 올라오고."

"그럼 일단 내가 내려가서 상황 보고 올까?"

경계가 풀렸다고 판단된 그 순간, 몸을 돌리던 수영은 그대로 몸을 다시 반 바퀴 더 돌렸다. 그리고 자세를 살짝 낮추며 석재 복도를 후벼 파듯 바닥을 찼다.

그렇게 한 걸음.

"어어어?"

그리고 두 걸음째. 바닥을 차는 소리에 반응한 듯 둘의 시선이 다시 수영을 향해 돌아온다.

하지만 이미 늦었다. 곧바로 세 걸음째로 이어졌고, 수영의 몸은 경찰들의 바로 앞까지 도달해 있었다.

"으그그그그그극—!"

반사적으로 수영을 막으려는 듯 손을 내밀었던 경찰의 몸이 막대기처럼 경직하더니, 이내 쌀 포대처럼 옆으로 쓰러졌다. 전기충격기가 손바닥에 닿은 것이다.

"너 이 자식!"

보통 사람이라면 동료가 당할 경우 당황하게 마련이다. 하지만 상대는 역시 이런 경우를 대비해 훈련을 받은 인간. 기습을 받았다는 정신적인 충격을 일순간에 회복한 경찰은 몸을 움직였다. 곧장 뻗어온 손이 그대로 전기충격기를 들고 있는 수영의 팔을 붙잡았다.

"으윽!"

강렬한 아귀힘이 그대로 수영의 팔을 비틀었다. 수영은 고통스러워하며 그대로 전기충격기를 떨어뜨렸다.

"경찰을 이런 걸로 공격하다니 간이 배 밖으로……."

경관의 주의가 일순 바닥에 떨어진 그 전기충격기를 향한 순간, 수영은 재빨리 왼손을 주머니에 찔러 넣어 또 다른 전기충격기를 꺼냈다.

"나온 게 아니고서야… 윽! 이 새끼가!"

하지만 두 번째 기습은 실패였다. 경찰은 소스라치게 놀라며 머리를 옆으로 뺐다. 너무나도 적절한 반응이었다. 수영이 경찰의 옷깃을 스친 또 다른 전기충격기의 모습에 얼굴을 찡그리기도 전에, 경찰은 비어 있는 오른손으로 수영의 왼팔을 마저 붙잡았다.

"이 새끼! 너 뭐하는 놈이야!"

등이 벽에 강렬하게 부딪히는 고통에 일순간 힘이 빠졌다. 수영을 벽으로 밀어붙인 경찰은 그대로 수영의 움직임을 막으려는 듯 팔을 비틀었다. 지금까지 수영이 상대해 왔던 폭력배들에 비해 결코 꿀리지 않을 정도로 강력한 힘이었다. 물론 수영은 그런 조직폭력배와 싸워서 몇 번이나 이긴 적이 있긴 했지만, 그때와 지금의 상황은 달랐다.

왜냐면, 지금 수영이 상대하고 있는 것은 경찰이었으니까.

‘어쩌지?’

이 경찰은 오로지 법에 따라 명령을 수행하고 있는 것뿐이다. 말하자면 정의의 편인 것이다. 그런 상대에게 조직폭력배를 상대할 때처럼 흉기를 써서 목숨을 끊거나 육체에 영구한 피해를 남기고 싶진 않았다.

“크윽!”

하지만 상황은 좋지 않았다. 수영은 지금 간신히 버티고 있을 뿐이다. 시간은 계속 흐르고 있었다. 이제 곧 도착할 119 대원들이나 소방관들은 수영의 아군이 아니었다.

“이제 포기해! 끝났다고!”

그리고 한층 더 불행하게도 시간이 문제가 될 것 같진 않았다. 이미 수영의 팔은 점점 비틀리는 중이었다.

“크윽!”

수영이 더 이상 버티지 못하고 힘을 약간 뺀 그 순간 팔이 완전히 뒤틀렸다. 강렬한 아픔이 뼈를 따라 전신으로 퍼져 나갔다. 하지만 경찰은 사정을 봐주지 않겠다는 듯 그대로 수영의 등에 가슴을 댄 채 무게를 실으며 다리를 걸었다.

“이 망할 놈. 잡았다!”

낙법도 하지 못하고 바닥과 충돌한 얼굴이 멍한 것도 잠시, 수영은 몸을 뒤흔들었지만 이미 팔은 단단히 눌려 있었다. 어떻게 더 할 수도 없는 완벽한 제압이었다.

“이 시간부로 긴급 체포한다. 넌 변호사를 선임할 수 있고, 진술을 거부할 수도 있고, 묵비권…….”

말소리가 점점 멀게 들리는 와중에 차가운 금속질 고리의 느낌이 팔에 와 닿았다.

'이대로 잡힌다고?'

수영은 이를 악물고 눈을 부릅떴다. 눈앞에 주마등 같은 것이 흘렀다.

오래된 일이 아니다. 지난 2주 동안 감금당했던 생활. 그 자유라고는 없는 무의미하고 미칠 것 같은 시간들. 그런데 그것보다 더한 생활을 하게 된단 말인가? 감옥에 들어가서?

"웃기지……."

순간 몸에 열이 끓어올랐다. 강렬한 자유에 대한 욕망과 공포에 머릿속이 미쳐 날뛰었다.

"…마!"

뒤쪽으로 허우적거리던 왼팔이 바닥을 짚었다. 수영은 그대로 바닥을 밀어내며 양다리를 흔들어 몸부림쳤다.

"어? 이놈이?"

수영의 팔에 수갑을 걸려던 경찰의 몸이 흔들렸다. 경찰은 당황했다. 그다지 길지 않은 경찰 생활이긴 했지만, 용의자가 이런 상황이 됐는데도 포기하지 않는 경우는 본 적이 없었다.

"야, 가만히 있어! 그러다가 어깨 나가!"

경찰이 당황한 듯 외쳤다. 하지만 수영은 멈추지 않았다. 머릿속을 어둡게 불태우는 분노는 수영에게 평소라면 하지 못할 일을 하게 했다.

"으으으……!"

뼈가 뒤틀리고 인대가 늘어나는 고통에 눈앞에 불똥이 튀었지만, 살짝 열린 유일한 탈출구를 빠져나가기 위해 바닥에 몸을 문

질러 댔다.

빠득.

어깨뼈가 어긋나는 소리가 오싹하게 울려 퍼짐과 동시에 수영의 얼굴이 위를 향했다. 구속에서 겨우 빠져나온 수영은 비명을 지르거나 하지 않았다. 대신 경악한 얼굴로 자신을 내려다보는 경찰을 올려다봤다.

"이, 이놈……."

수영은 아직 남아 있는 왼팔을 뻗었다. 그러고는 경찰의 멱살을 움켜쥐었다. 조금 전의 전기충격기와는 달리 경찰은 그 손을 피하지 못했다.

"이익!"

당겨진 활대처럼 허리를 젖힌 수영은 곧장 왼손에 힘을 불어넣어 경찰의 멱살을 잡아당겼다. 그러고는 자신 역시 몸을 강렬하게 튕겼다.

"억!"

박치기를 당한 경찰이 코가 뭉개진 아픔에 비틀거리며 뒤로 엉덩방아를 찧었다.

겨우 경찰의 몸 아래에서 벗어난 수영은 눈을 찡그린 경찰이 코에서 피를 흘리는 것을 크게 뜬 눈으로 바라봤다. 이제 무력화된 것일까?

아니, 아니다. 아직 경찰은 멀쩡했다. 그저 얼굴과 코에 약간 충격을 입었을 뿐이다.

하지만 그 덕에 틈이 생겼다. 아주 작은 틈이.

수영은 곧장 경찰에게 달려들었다. 조금 전의 일격으로 생겨

난 작은 틈은 벌써부터 급속히 닫히려 하고 있었다. 그걸 놓칠 수는 없었다. 수영은 그 희미한 틈에 손을 넣듯 몸을 날렸다.

"으억!"

경찰의 가슴 위에 쓰러지듯이 올라탄 수영은 다리로 경찰의 몸통을 졸랐다. 닫힐 뻔한 틈을 겨우 비틀어 열어서 탈출했고, 오히려 역공에 성공했다. 상대방의 진지에 입성한 것이다.

그것은 수영에게서 기회. 처음이자 마지막 기회였다. 수영은 곧장 주먹을 쳐들었다.

경찰은 방어하려고 했지만 박치기 때문에 눈이 흐릿해진 상태였다. 수영은 앞을 가로막는 경찰의 손을 풀 베듯이 치워 버리며 주먹을 휘둘렀다. 그 손은 해머처럼 경찰의 머리와 바닥을 내려쳤다. 그럴 때마다 경찰의 머리는 진자의 추처럼 양옆으로 튕겨졌다.

"컥! 어… 잠……."

경찰의 비명이 점차 잦아들었지만 수영은 멈추지 않았다. 이 기회를 놓쳐서는 안 된다. 여기에서 틈을 줘서 다시 역전당한다면 두 번 다시 기회는 없었다.

'여기서 쓰러뜨려야 해.'

눈앞을 가로막은 방해물을 완벽하게 제거해야 한다.

"죽어!"

그렇다면 죽여 버리면 된다. 방해물을 제거하는 데 그것보다 완벽한 방법은 없다.

움직이지 못하게 생명을 빼앗아 버려야 하는 것이다.

"죽어버……!"

고함을 내지르려 하던 수영은 귀에 들리는 자신의 목소리에 화들짝 놀라며 손을 멈췄다.

"어? 어어?"

수영은 정신을 잃은 듯 머리를 늘어뜨린 경찰의 모습에 마른 침을 삼켰다. 마치 나쁜 짓을 저지르다가 들킨 어린아이처럼. 피가 터져 나온 자신의 양손과 정신을 잃은 경찰을 바라보던 수영은 조심스럽게 손을 뻗었다. 그러고는 경찰의 목에 가져다댔다.

"아아."

맥이 뛰고 있는 것을 확인한 수영은 겨우 안도의 한숨을 내쉬었다. 다행이다. 죽지 않았다.

죽인다니. 그 무슨 끔찍한 생각인가. 이 경찰이 죽을 이유가 어디에 있냔 말이다.

수영은 날뛰는 살기를 갈무리하며 이를 악물었다.

"무슨 생각을 하는 거야. 미쳤냐?"

수영은 자기 자신에게 욕을 퍼부었다. 어떠한 경우에도 일반인. 착한 사람은 죽이지 않는다. 가능하면 상처 입히지도 않는다. 그것은 수영에게 있어서 어떠한 경우에도 버릴 수 없는 근본적인 각오이자 신념이었다. 그리고 이 경찰은 말하자면 자신의 직무를 훌륭히 수행하고자 한 선인이다. 당연하게도 그 기준에 들어가는 사람이었다.

"난 나쁜 놈만 죽이는 거잖아."

이를 악물고 바닥에서 일어난 수영은 품속에서 케이블타이를 꺼냈다. 그러고는 두 경찰의 팔과 다리를 묶어 저 뒤쪽으로 밀어 놓은 다음 삐뚤어진 마스크를 벗어 주머니에 넣으며 중얼거렸다.

"미안해요, 둘 다."

수영은 고개를 돌려 닫혀 있는 문을 바라봤다.

그 소란이 일어났지만 이 안에서는 아무런 소리도 들리지 않았다. 정말 상태가 좋지 않아 계속 잠들어 있거나 하는 것일까. 잠시 그런 생각을 떠올리던 수영은 피식 웃었다. 답은 이미 코앞에 있다. 그런데 이런 곳에 서서 상상해 봤자 무슨 의미가 있겠는가.

이제 모든 장애물은 치웠다. 남아 있는 건 이 문을 열고 들어가는 것뿐.

수영은 바지 주머니에서 조금 전까지만 해도 쓰지 않았던 타원형의 물체를 꺼냈다. 달칵하는 소리와 함께 은색의 칼날이 펴졌다. 날 길이가 6㎝도 되지 않는 산악용 폴딩 나이프. 위험한 흉기로서 판단되지 않기에 도검소지증이 없어도 얼마든지 구입이 가능한 물건이다.

하지만 그 작은 이빨로도 인간의 목숨을 끊는 것은 가능하다.

주먹을 쥐었다 폈다 하던 수영은 손을 뻗어 문고리를 잡았다. 이제 모든 걸 끝낼 시간이었다.

* * *

깊은 잠에 빠져 있던 화연은 눈을 떴다.

코끝에 명백히 이질적인 냄새가 느껴졌다. 소독약과 약품이라는 독특한 냄새가 가득한 병원이었기에 그 이질감은 더더욱 두드러졌다.

그것은 갖가지 것들이 불타는 그을음의 냄새였다.

눈을 깜빡이며 사방을 둘러보던 화연은 곧 요란한 소리가 울리기 시작하자 깊게 숨을 들이켜 잠에 빠져 있는 몸을 각성시켰다. 그 소리가 화재 경보음이라는 건 어렵지 않게 알 수 있었다. 화연은 수갑이 채워져 있지 않은 왼손으로 바닥을 짚으며 상체를 일으켰다.

"윽……."

숨도 쉬지 못할 것 같은 아픔에 화연은 비명 소리를 삼켰다. 몸 상태는 분명 일주일 전에 비하면 낫다. 하지만 혼수상태에서 깨어난 그날 이후로는 진통제의 처방도 거부했기에 고통은 더 심했다. 화연은 흘러내린 시트를 잡아당겨 배를 덮으며 문 쪽을 바라봤다.

"왔어… 드디어."

여자의 직감이라고 해도 좋다. 화연은 그 불과 함께 이 병원에 뭔가가 섞여들었다는 것을 예감했다.

그동안 계속 기다려 왔던 것이 말이다.

"선생님, 이쪽에 오시면 안 됩니다."

그때 복도에서 커다란 목소리가 울렸다. 경고를 위한 외침이다. 그건 이 병실이 있는 7층에 경찰을 제외한, 그리고 형사들이나 병원 관계자를 제외한 제3자가 들어와 있다는 것을 의미했다.

화연은 왠지 소름이 돋는 것을 느꼈다. 공기가 일순 검게 물든 것 같은 숨 막힘에 화연은 작게 숨을 몰아쉬었다.

"너 이 자식!"

잠시 후 요란한 소리와 함께 경찰이 소리를 질렀다. 곧이어 뭔가가 쓰러지고 싸우는 소리가 문틈으로 들려오자 화연은 그쪽으로 온 신경을 기울였다.

경찰은 계속 그 정체불명의 누군가를 향해 얌전히 있으라는 둥, 그만하라는 둥의 외침을 내질렀다. 하지만 그 정체불명의 누군가는 계속 아무 말을 하지 않았다. 그저 둘이 뒤엉켜 싸우는 소리만이 들려올 뿐이었다.

"이 망할 놈. 잡았다!"

화연은 깜짝 놀랐다. 그 목소리는 분명 그 두 경찰 중 하나의 목소리다.

"이 시간부로 긴급 체포한다. 넌 변호사를 선임할 수 있고, 진술을 거부할 수도 있고, 묵비권……."

정말로 잡혀 버린 것인가? 화연은 당황함을 감추지 못했다.

정말 이곳에 찾아온 게 '그'라면 충분히 싸울 수 있었을 텐데. 혹시 그가 아닌 걸까? 그렇다면 이래서는 안 된다. 그건 화연이 예상하지 못했던 일이었다.

"웃기지……!"

자신도 모르게 침대 밖으로 나설듯이 한쪽 발을 바닥에 디뎠던 화연은 순간 움직임을 멈췄다.

"…마!"

그 강렬한 외침에 화연은 몸을 부르르 떨었다.

"아아……."

전율했다. 예상은 빗나가지 않았다.

그 목소리를 직접 듣는 것이 얼마 만인지 모를 정도다.

하지만 그것도 잠시. 곧이어 물기를 품은 고깃덩이가 뭔가에 맞아 으깨지는 것 같은 소리가 연이어 들려와 화연의 어깨를 움츠리게 만들었다. 경찰의 비명이 들리지 않게 되고서도 한참 동안이나 들리던 그 무서운 소리는 이윽고 점차 잦아들었다.

경보벨을 제외하면 더 이상 아무 소리도 들리지 않는 굉음 속의 고요함. 화연은 마른침을 삼켰다. 그리고 소리 없이 열리고 빛이 비춰드는 문을 경계하는 눈으로 바라봤다.

"오랜만이네요."

문을 열고 안으로 들어온 그 발소리의 주인공은 거침없이 화연을 향해 다가왔다.

"그럼 인사는 했고."

오로지 이곳에 찾아온 목적. 그것만이 머릿속에 들어 있는 것 같았다.

"어차피 배신자니까."

화연은 그 어두운 목소리에 자신도 모르게 몸을 떨었다. 어두운 병실의 안. 그동안 보고 싶었던 얼굴이 그곳에 서 있었다.

하지만 그 눈이 너무나 흉흉했다.

서슬 시퍼렇게 빛나는 두 눈동자는 짙은 살기를 품고 화연의 얼굴을 똑바로 바라보고 있었다. 예상은 했지만 보고 싶지 않았던 모습이었다.

"미안하지 않아서……."

그 오른손에는 작은 빛이 복도에서 흘러 들어온 빛을 받아 반짝였다. 작은 날을 가진 나이프였다. 화연은 그 나이프의 용도를 소름 끼칠 정도로 잘 알고 있었다.

"미안하네요."

짧은 칼날이 화연의 목을 노리고 곧장 날아들었다. 살상력은 약하겠지만 화연은 움직일 수 없었다. 저항할 수도 없었다. 그건 약해져 있는 화연의 숨통을 끊기에는 충분했다.

하지만, 화연은 일주일 전부터 이 장면을 머릿속에 그리고 있었다.

"윽……!"

작은 신음 소리와 같은 비명 소리가 나는 순간 반쯤 죽어 있던 수영의 눈에 빛이 돌아왔다. 그 칼날은 분명 화연의 육체를 꿰뚫었다.

하지만 화연은 아직도 살아 있었다.

"제발… 이야기를 들어줘요. 그다음이라면 뭘 어떻게 하든 괜찮으니까."

손을 들어 칼날을 막은 화연이 필사적으로 외쳤다. 수영은 화연의 손바닥을 관통한 폴딩나이프와 화연의 얼굴을 번갈아봤다.

"이야기? 이야기라고?"

수영은 그대로 팔에 힘을 불어넣었다. 그리고 화연을 덮치듯 침대에 쓰러뜨렸다.

"아윽!"

오른손은 여전히 나이프를 잡고 있었고, 그 나이프는 화연의 손바닥을 관통한 상태 그대로였다. 조금 전의 싸움에서 비틀려 다친 오른팔은 화연의 미약한 힘을 밀어내고 그 목에 손째로 칼날을 꽂아 넣을 정도로 강하지 못했다.

이를 갈던 수영은 자유로운 왼손으로 화연의 목을 강하게 틀어잡았다. 화연은 오른손을 뺀으려 했지만 수갑이 덜컥거릴 뿐이었다. 그러는 사이 수영은 화연의 목을 한 손으로 짓누르며 상체를 숙여 화연의 코앞까지 얼굴을 들이댔다.

“당신이 날 이 일에 끌어들였잖아. 당신의 복수를 위해서. 그리고 난 그걸 해줬고! 그런데 날 배신해 놓고, 뭐? 이야기라고? 내가 그래야 할 이유가 뭐야! 뭐냐고!”

2주 동안 수영의 가슴속에 쌓여 있던 악기가 파도처럼 화연을 덮쳤다.

“하아… 악.”

목이 졸리며 숨이 막혀왔다. 산소와 피가 머리로 가지 않자 이대로 그냥 포기하고 싶다는 어두운 욕구가 뇌리를 침범하기 시작했다.

“왜 배신한 거야? 대체 왜!”

의식이 멀어지는 귓가에 목소리가 들려왔다.

원망과 슬픔, 분노가 스며 있는 강렬한 목소리다.

‘안 돼.’

이대로 죽을 순 없다. 화연은 흐려지던 눈을 치켜떴다.

“윽!”

갑작스럽고 날카로운 통증에 수영은 몸을 뒤로 뺐다. 갑작스럽게 머리를 돌린 화연이 수영의 입술을 물어뜯은 것이다. 입술을 핥자 피맛과 아픔이 진하게 느껴졌다.

“이런 씨!”

수영은 화연의 목에서 뗀 손을 휘둘러 그 얼굴을 후려쳤다. 화연은 목이 옆으로 돌아가며 머리가 띵해지는 사이에도 목이 자유로워진 틈을 타 기침을 하며 깊게 숨을 들이켰다. 말을 하기 위해서는 공기가 필요했다.

"다 들은 후에는… 맘대로 해도 좋으니까. 제발!"

막 다시 손을 휘두르려 하던 수영은 손을 멈추고 화연을 내려다봤다.

이 필사적인 외침은 거짓말이 아니다. 수영 자신이 느낀 직감으로서 그것은 진실이었다.

화연은 칼이 관통한 왼손을 누르던 힘이 조금 줄어든 것을 느꼈다.

"…맘대로 해도 좋다고?"

곧장 손등에서 강렬한 아픔이 지나갔다. 손을 꿰뚫었던 칼날이 뼈를 갉고 혈관과 근육을 잘라내며 피부에서 뽑혀 나오는 아픔이다. 당연히 그게 보통 아픔일 리가 없었다.

"그래요. 그럼."

비명 소리조차 내지 않고 그 아픔을 참아낸 화연은 흘러내린 시트로 왼손을 감았다. 그러고는 어느새 자신에게서 몸을 떼고 일어나 내려 보고 있는 수영을 바라봤다.

"수영 씨……."

그 표정과 목소리에 수영은 피에 젖은 나이프를 꽉 움켜쥐었다. 그러고는 화연을 향해 다시 시선을 돌렸다.

"어디 한번 말해 봐요. 마지막으로 변명이라도 들어보죠."

밑도 끝도 없이 흘러나오던 살의가 억눌려지고 있었다.

격한 감정이라는 것은 소모된다. 한바탕 쏟아내고 난 직후에는 다시 그 감정이 충전될 때까지는 평정을 찾게 되는 것이다. 화연의 손을 찌른 것, 목을 조른 것, 뺨을 후려친 것 등 그 행동에 의해 상당량의 살의가 소모됐다. 거기에 화연이 보여준 진심은 수영의 마음속에 살의 이외의 다른 감정이 고개를 들게 했다.

호기심, 궁금하다라는 감정을 말이다.

"난 수영 씨를 배신하려고 한 게 아니에요."

수영의 반응을 보듯 잠시 말을 끊고 입을 다물고 있던 화연은 작게 숨을 들이켰다.

"내가 배신한 건… 여왕개미예요."

"그게 무슨 소리예요? 날 배신한 게 아니고, 여왕개미를 배신한 거라고? 그건 모순이잖아요. 여왕개미를 배신하면 당연히 나도 피해를 받는다는 걸 모를 리가 없는 사람이!"

"그건……."

그때 저 멀리서 소방차의 사이렌이 들려왔다.

빨리 말해야 했다. 어제 정말 시간이 얼마 남지 않았다.

철창이 쳐진 창밖을 살짝 돌아본 화연은 다시 수영을 향해 말했다.

"수영 씨는 내가 왜 경찰에 자수했다고 생각해요?"

"그거야……."

그렇다. 평정을 차리고 보니 그게 가장 큰 의문이었다. 말꼬리를 흐리는 수영의 모습에 화연은 알고 있다는 듯 고개를 끄덕였다.

"맞아요. 모르겠죠. 하지만 내가 그러지 않고 무방비하게 병원에 방치되었다면, 난 확실히 죽었겠죠. 링거에 독약을 섞어도 되고, 암살자를 보내도 되죠. 방법이야 많으니까. 그래서 경찰의 힘을 빌린 거예요. 경찰이 날 보호하게 만들려고."

그 말에 수영은 눈을 찡그렸다.

"죽이다니? 그게 무슨 소리예요, 대체? 누가 화연 씨를 죽여요?"

"생각해 봐요. 뉴스에도 나왔잖아요? 내가 경찰에 자수당하기 전에 뭘 당했는지."

그건 생각하지 않아도 알 수 있다. 당연하지 않은가. 바로 뺑소니를 당했기 때문이다.

문제는 화연이 왜 그런 소리를 굳이 하냐는 것이다. 수영의 머릿속이 굴러가기 시작했다. 뺑소니를 당하자마자 경찰에 자수했다. 그건 누군가에게 목숨을 위협받았다는 소리다.

그럼 대체 화연을 죽이려고 한 것은 누구란 말인가?

"그럴 리가……."

화연은 조금 전 배신했다고 했다. 바로 여왕개미를 말이다.

"여왕개미가… 화연 씨를 죽이려고 했다고?"

"맞아요."

"아니… 대체 왜? 화연 씨가 멋대로 일을 벌였어도 용서해 주기까지 했었잖아요? 그런데 왜? 뭐 때문에?"

전신에 퍼지는 고통에 눈썹을 파르르 떨던 화연은 다시 입을 열었다.

"내가 수영 씨에게 진실을 말하려고 했기 때문이에요."

"진실?"

"기억나나요? 내가 전화했던 것."

정말 화연이었는지도 알 수 없었던 그 정체불명의 전화. 여왕개미가 수영을 속이고 있다고, 믿지 말라고 경고하던 그 전화. 당연히 기억하고 있었다. 벌써 오래전이라고 느껴지긴 했지만 따지자면 겨우 몇 주 전이었으니까.

“하지만 그게 정말 통할 거라고 생각진 않았죠. 수영 씨는 여왕개미를 믿고 있었으니까.”

“믿다니……. 무슨 그런 헛소리를. 내가 그런 놈을 뭘 믿어요?”

“지금 수영 씨는 왜 날 죽이러 왔죠? 누구의 말을 믿고? 게다가 지금도 여왕개미가 날 죽이려 했다는 건 믿지 않고 있잖아요.”

그 말에 수영은 입술을 깨물었다. 분명 그건 부정할 수 없는 사실이었다. 수영은 개인적으로는 여왕개미를 싫어하긴 했지만, 일에 관해서는 분명 신뢰하고 있었다.

수영의 말을 막고 잠시 숨을 몰아쉬던 화연은 고개를 살짝 숙였다.

“난 수영 씨를 직접 만나려고 했어요. 눈앞에서 모든 걸 말하려고 했죠. 전화상으로는 말할 수 없는 자료들과 현실을 보여주면 설득할 수 있을 거라고 생각했으니까요. 하지만 여왕개미가 그걸 가만히 놔둘 리가 없었죠. 그래서 난 내 나름대로 음모를 꾸몄어요.”

“음모?”

“그래요.”

화연의 숨이 조금 더 가빠졌다.

“하지만 실패했어요. 오히려 죽을 뻔했죠. 그래서 마지막으로 도박을 걸었죠. 내가 자수한 후 아무것도 아직 말하지 않았다는 걸 알면, 여왕개미는 내가 말을 하기 전에 입을 막으려 할 테니까 그걸 이용하자고. 그럼 반드시… 수영 씨를 만날 수 있을 거라고."

화연이 입을 열수록 계속 의문이 쌓여간다. 하지만 수영은 이미 나이프를 든 팔을 늘어뜨리고 있었다. 딱히 화연의 말을 가로막지도 않았다. 이야기가 계속되고 대화를 나눌수록 그 마음속에 쌓여 있던 살의가 지저분한 눈처럼 질척질척 녹아내리고 있었다.

"그 진실이란 게 뭔데요? 대체 무슨 비밀이기에 여왕개미가 화연 씨를 죽이려고……."

"이상하다는 생각 안 들어요?"

다시 고개를 든 화연은 수영의 눈을 똑바로 바라봤다.

"개미에서 살인을 하는 사람이 없기 때문에 난 수영 씨를 이 일에 끌어들인 거예요. 그래요. 개미들 중에는 수영 씨를 제외하면 살인을 하는 사람은 거의 없죠. 그럼 대체 누가 날 죽이려고 한 걸까요? 수영 씨는 거기에 대해서 아는 게 없었는데."

맹점에 수영의 눈이 살짝 커졌다. 그 말대로다. 주신이 죽고 나서 이 일을 하는 사람이 없기 때문에, 그래서 많은 약자들이 괴로워하기 때문에 수영은 개미에 끼어든 것이다. 그런데 대체 누가 화연에게 그 일을 하려고 했단 말인가?

"여왕개미에게는 명령을 따르는 부하들이 있어요."

곧장 답을 내뱉은 화연은 잠시 말을 멈추고 가쁘게 숨을 몰아쉬었다.

'부하?'

그 말에 수영의 팔에 소름이 돋았다. 수영도 이젠 알고 있다. 화연은 물론이고 수영에게까지 말하지 않았던 여왕개미 직속의 개미들. 바로 병정개미 말이다. 그들이 화연을 죽이는 일에까지 동원이 됐었단 말인가?

그때 말할 기운을 다시 모은 화연은 생명을 깎아내듯 말을 이어갔다.

"난, 삼류 여배우였지만, 배우였기 때문에 작가의 생각… 작품의 전체적인 흐름을 읽는 걸 중요하게 생각했어요. 작가가 인물을 만들 때 뭘 생각하고 만들었는지, 어떻게 행동해야 하는지에 대해 이해도가 높으면 연기가 잘 풀리기도 하고, 그러면 작가들이나 감독들의 눈에 띄기도 쉬우니까."

또다시 힘든 듯 말을 멈춘 화연은 여전히 수영을 똑바로 바라보려 안간힘을 썼다.

"여왕개미도 작가나 다름없었죠. 일을 설계해서 이야기를 만들고, 그 안에서 연기할 배우를 배치해 계획을 만들잖아요? 난 여왕개미와 오랫동안 일을 했어요. 아주 오랫동안 말이에요. 거기에 수영 씨와 일을 하면서 직접 사건에 관계되자… 여왕개미의 작품세계를 알게 돼버렸죠."

"작품세계?"

화연은 고개를 끄덕였다.

"소설을 보면, 그 소설의 문체나 내용 때문에 누가 그 소설을 썼는지 알게 되는 것처럼요. 난 그래서 뉴스에서 나오는 사건을 보면 어떤 게 여왕개미의 작품인지 알 수 있었어요."

"이게 만화나 영화 같은 게 아니잖아요. 어떻게 그런 걸 알아요?"

의심이 묻어나는 그 말에 화연은 아주 작게 웃었다.

"얼마 전에 조직폭력배가 불타 죽은 사건. 그건 수영 씨가 한 일이 맞죠?"

수영은 답하는 대신 눈을 크게 떴다.

"그리고 그 전에, 또 다른 조직폭력배가 머리가 터져 죽은 사건도."

그 말대로다. 예를 들어 자신의 말이 진실이라는 것을 증명한 화연은 피에 젖은 시트를 꽉 쥐며 입술을 깨물었다.

"언제부턴가 난 뉴스를 볼 때 특이한 사건들이 보이기 시작했어요. 마치 수영 씨가 저지른 일과 같은… 여왕개미의 손이 닿은 게 분명한 사건들. 하지만 그건 수영 씨가 한 게 아니었죠. 수영 씨가 한 일들하고는 분명 달랐으니까."

"다르다뇨. 어떻게요?"

또다시 화연은 말을 멈췄다. 하지만 이번엔 지치거나 아프기 때문이 아니었다. 말 그대로 말하기를 고민하고 있는 것이었다.

그걸 눈치챈 수영은 위협하듯 앞으로 한 걸음을 내딛었다.

"어떻게 다른 거냐고 묻잖아요."

화연은 눈을 꾹 감으며 침대시트를 잡은 손을 떨었다.

"필요하다면 평범한 사람들이 휘말리는 것도 신경 쓰지 않았어요."

수영의 얼굴이 일그러졌다. 하지만 화연은 이번엔 말을 멈추지 않았다.

"대형 화재나 추돌사고……. 매번 그런 건 아니었지만, 그런 패턴이 보였어요. 목표를 위해서는 무슨 짓이라도 하는 패턴. 수많은 일반인이 휘말려서 죽어도 상관하지 않는 것 같은 그런 패턴이 말이에요. 난 그래서 누군가가 수영 씨와는 다르게 여왕개미의 명령을 받아서 사람을 죽이고 있다는 걸 알아차렸죠. 내가 수영 씨에게 전화를 한 후에도 그런 일은 계속됐어요. 얼마 전에 일어난 KTX 사고 같은 것도 그랬죠."

화연은 깊게 숨을 들이켰다.

"난 오래전에 그걸 눈치챘지만… 말하지 않았어요. 말하면 수영 씨는 이 일을 하지 않을 거고, 내 복수도 못하게 될 테니까."

모든 것을 각오한 화연의 얼굴을 본 수영은 문득 오래전의 기억을 떠올렸다.

어째서 화연이 개미를 떠나갈 때 수영에게 몇 번이고 미안하다고 했었는지.

이제야 알 것 같았다. 그것은 이것에 관련된 죄책감이었던 것이다. 수영을 이 일에 끌어들이고, 여왕개미가 수영을 속이는 것을 알면서도 자신의 복수를 위해 그것을 숨긴 사실에 대한 죄책감 말이다.

"어쩌면 여왕개미도 내가 그걸 알고 있다는 걸 눈치챘을지도 몰라요. 내가 개미에서 나간 것도 여왕개미가 꾸민 일일 수도 있어요. 내 복수심을 부채질하고 일을 저지르게 해서 스스로 그렇게 개미에서 나가도록……. 수영 씨에게 이 사실을 전하지 못하게 하도록."

수영은 칼을 떨어뜨렸다. 그리고 그대로 양팔을 뻗어 화연의 어깨를 붙잡았다.

"그걸 알고서도… 나한테 말하지 않았다고?"

처음에는 자신 이외에 누군가가 살인이라는 죄를 저지르는 것을 막기 위해서였다.

하지만 이제 와서는 솔직히 그건 아무래도 상관없었다. 살인에 무감각해지고 현실에 깎여가자 오히려 일을 나눠서 해줄 다른 동료가 있으면 좋겠다는 생각이 들었을 정도였으니까 말이다.

하지만 이건 도저히 용서할 수 없다.

화연이 말하는 그 진실은 수영이 절대 꺾지 않으려 했던 신념을 더럽히고 있었다.

"죄 없는 사람들을 죽이는 걸 알면서도?"

몸이 크게 흔들리며 상처가 벌어지는 것 같았다. 하지만 화연은 고통에 식은땀을 흘리면서도 입을 다물지 않았다.

"그래요, 날 죽여도 괜찮아요."

그 말에 수영은 흔들던 팔을 멈췄다. 그리고 이를 악물었다.

조금 전까지만 해도 수영은 이렇게 생각했다. 화연이 모든 이야기가 끝난 후라면 자신을 죽여도 상관없다고 했던 것은, 모든 진실을 알게 되면 수영이 화연을 죽이지 않을 거라고 장담한 것이라고. 하지만 그게 아니다. 화연은 정말로 모든 게 알려진 후에 죽을 각오를 했던 것이다. 진실을 알게 되어 분노하는 수영에게 말이다.

"하지만… 아직 수영 씨에게 말할 게 더 있어요."

"아직 말할 게 남았다고요? 날 속인 게 또 있었다고?"

수영의 우악스러운 손이 화연의 팔을 뭉갤 듯이 움켜잡았다. 하지만 화연은 더 이상 약한 모습을 보이지 않았다.

"그래요, 아직 남았어요. 이건 내가 알고 있는 진실 중 하나예요. 아직 말할 게 더 있죠. 여왕개미가 수영 씨를 속인 거 말이에요."

그 잔인한 말에 수영은 화연의 팔을 놓고 비틀거리며 물러났다.

온갖 검고 추악한 감정이 위장을 비틀어 끓는 것같이 전신을 기며 머리 위로 올라왔다. 이미 한계다. 지금 들은 이 진실도 도저히 감당이 되지 않는다. 이 진실 하나만 해도 소화해 내는 데 아주 오랜 시간이 걸릴 것이다.

그런데 하나가 더 있다니.

"그만해요."

"안 돼요. 들어줘요. 이것만 들어주면 그다음에는 뭘 어쩌든 상관없으니까."

그 엄격한 말에 수영은 마치 어리광을 부리듯 절망을 담아 외쳤다.

"그만하라고! 더 이상 말하지 마! 아무 말도!"

그 포효에 화연은 잠시 입술을 닫았다. 씩씩거리는 수영을 슬픈 듯 바라보던 화연은 이내 다시 고개를 흔들었다.

"듣지 않아도 말할 거예요. 이건 반드시 들어야 해요. 수영 씨는……."

푸슉—

바람이 새는 소리와 함께 화연의 말소리가 끊겼다. 수영은 놀란 얼굴로 화연을 바라봤다. 시트는 분명 피에 젖어 있었다. 아까 자신이 화연을 찔렀으니까. 하지만 그건 왼손뿐이다. 피에 젖어 있어야 하는 것은 화연의 왼손뿐이어야 했다.

그런데 지금 화연의 복부에서 퍼져 나가는 저 붉은색은 무엇이란 말인가.

화연은 더듬더듬 피가 흘러나오는 복부를 막으려 했다. 하지만 그것이 불가능하다는 것을 금방 눈치챈 듯 태엽이 멈춰가는 장난감 같은 움직임으로 고개를 들었다. 그리고 급속하게 흐려지는 눈으로 수영을 바라봤다.

"수영…… 씨. 집으로… 돌… 택배… 찾… 비밀번… 핸드폰 뒷자리……."

~~푸슉~~

또다시 바람 소리가 울렸다.

수영은 화연의 왼쪽 가슴에 붉은 혈화가 피는 것에서 눈을 떼고 문 쪽을 돌아봤다. 어느새 나타난 것일까. 병실에 몸을 반쯤 들이민 남자가 손에 뭔가를 들고 서 있었다.

그 무뚝뚝한 얼굴을 보니 누군지 알 것 같았다. 병정개미다.

그런데 대체 왜 저 병정개미는 이곳에 온 것일까. 어쩌면 화연을 처리하는 데 너무 시간이 오래 걸려 걱정되어 와본 것일지도 모른다.

그렇다면 손에 들고 있는 저것은 뭘까. 물론 수영도 그게 무엇인지는 안다.

그런데 저런 것을 이런 곳에서 쓸 수 있을까? 여기는 총기 규제가 엄격한 나라인데? 대체 저 병정개미는 소음기가 달린 총이 어디서—

"…으아아아아!"

의미 없는 괴성이 사방에 진동했다. 머릿속에서 자리 잡아가던 잡생각이 새빨간 분노에 침식되어 한 색으로 물들고 눈앞의 시야가 검게 물들었다.

수영은 눈을 굴렸다. 그리고 찾았다.

누구냐. 대체 누구냐.

"아아아아악!"

어깨에 흐르던 통증이 일순간 사라졌다.

수영의 몸은 그 어느 때보다 날렵하게, 그리고 거칠게 움직였다. 수영이 바닥에 떨어뜨렸던 나이프를 집어 드는 것과 화연의 머리에 총구를 막 겨누려는 병정개미의 손에 붉은 긴 줄이 새겨진 것은 거의 동시였다.

"으윽!"

막 한 걸음 더 병실로 들어온 그 병정개미는 당혹감이 스민 신음을 흘리며 수영을 돌아보려 했다. 하지만 그 순간 그가 본 것은 자신을 덮쳐드는 검은 그림자였다.

수영과 마찬가지로 비니에 마스크를 쓰고 있던 그 병정개미는 눈알을 뒤룩거렸다.

빛을 등진 수영은 거대한 그림자처럼 보였다. 그 그림자는 무릎으로 병정개미의 가슴을 부서뜨려 버릴 듯 짓누르고 있었다.

"말해!"

"아아아악!"

수영은 반쯤 잘려 나가 덜렁이는 병정개미의 손을 살짝 들어

올렸다가 다시 바닥에 내리찍었다. 그러고는 그 병정개미의 목에 나이프를 가져다 대고 눈알을 물어 뜯어버릴 듯 얼굴을 가까이 했다.

"저 여자가 말한 건 사실이야?"

대답이 돌아오지 않는다. 수영은 가차 없이 칼끝을 병정개미의 목에 찔러 넣었다.

"여왕개미가, 저 여자를 죽이라고 시켰나?"

병정개미는 목을 파르르 떨었다. 죽음이 몇 밀리미터의 코앞까지 닥쳐왔다는 공포는 아무리 폭력을 행사하고 받는 데 익숙한 자라고 해도 버티기 힘든 압박이었다.

"무슨 말인지……. 저는 수영 씨가 늦는 것 같아서 올라와 본 것뿐입니다!"

수영의 눈이 커졌다. 마치 그 병정개미의 말을 꿰뚫어보듯이.

"다시 묻는다. 짧게 대답해. 여왕개미가 화연 씨를 죽이라고 시켰나?"

"거짓말이라뇨? 제가 무슨 거짓……."

말을 늘어놓던 병정개미의 몸이 일순간 크게 경련했다.

"컥, 컥억억!"

목뼈를 가르지 못했기에 한순간에 절명하지 못한 병정개미는, 심장박동에 맞춰 꿀렁거리며 피가 흘러나오는 경정맥과 잘린 성대를 손으로 막으려 했다. 하지만 그건 헛수고일 뿐이었다.

수영은 허리를 펴고 일어났다. 그리고 이를 악물었다.

"거짓말했어, 너."

수영은 고통스럽게 죽어가는 병정개미를 내버려 두고 화연에게 다가갔다.

시트와 환자복이 복부와 가슴에서 흘러나오는 붉은 것에 점차 물들어가고 있다.

"화연 씨."

당연하게도 대답은 돌아오지 않았다.

수영은 축 늘어진 화연의 몸에 손을 대지 못했다. 지금 자신은 분노하고 있는 것인가, 아니면 슬퍼하고 있는 것인가. 온갖 감정이 뒤섞여 매스꺼웠다.

게다가 이젠 그 감정의 정체를 풀 수도 없다. 수영이 어떤 감정을 가지고 대하든 받아들이겠다고 했던 그녀의 몸은 이미 싸늘하게 식어가고 있었다.

이젠 답을 알고 있는 자가 없는데 어떻게 답을 확인할 수 있단 말인가.

"으윽."

화연을 내려다보던 수영은 가슴을 움켜쥐었다. 지금까지는 겪어보지 못했던 아픔이 그 흉터에서 느껴지고 있었다. 마치 뭔가가 심장을 움켜잡고 쥐어 터뜨리는 것 같은 아픔이었다.

"맘대로 해도 된다고 해놓고."

격렬한 아픔과 반대로 입에서 흘러나온 중얼거림은 작았다. 마치 잠자고 있는 아이에게 속삭이듯 잔잔했다.

"이렇게 다른 놈한테 죽어버리면……."

수영은 떨리는 손을 뻗었다. 화연은 반쯤 입을 벌리고 허공을 바라보고 있었다.

몇 번이나 뻗어 나가길 머뭇거리던 수영의 손은 아직 열려 있는 화연의 눈으로 향했다.

"얼른 와! 이쪽… 어, 뭔 일이야? 피? 경찰은 왜 저러고……."

막 화연의 얼굴에 닿으려 하던 수영의 손이 움츠려들었다. 수영은 밖을 돌아봤다. 조금 전 수영이 걸어 올라온 계단 쪽에서 웅성거리는 소리가 들려왔다. 누군가가 7층에 올라와 열린 문 밖으로 흘러나간 이 병정개미의 피와 밖에 쓰러져 있는 경찰을 본 것이다.

이곳에서 가만히 서 있을 시간은 없다. 그것을 인지한 순간 수영의 몸은 조금도 지체함이 없이 곧장 움직였다.

"누구야? 어이, 당신 뭐요!"

수영은 바닥에 있는 총을 집어 들고 계단이 있는 방향을 향해 겨눴다. 총구를 조금 올려 천장 쪽을 향해 방아쇠를 당기자 고무판을 뚫는 것 같은 뭉툭한 소리와 함께 천장에서 돌 부스러기가 떨어져 내렸다.

"총이다, 총!"

"뭐야? 총?"

막 복도로 뛰어들려 하던 사람들이 다시 계단 쪽으로 몸을 숨겼다.

비록 사회에서 총을 직접 보는 것이 드문 나라긴 해도, 성인남성 중에는 한 번이라도 총을 만져 보지 않은 사람이 훨씬 적다. 당연하게도 그들은 총의 위력을 알고 있었다.

모두가 몸을 숨긴 사이 수영은 곧장 복도 반대편으로 달려갔다.

'어떻게 도망치지?'

목소리로 봐서는 한둘이 아니었다. 그들을 위협하거나 해서 길을 비키게 하는 것도 불가능이다. 엘리베이터는 당연히 안 된다.

계단에서 최대한 떨어져 사방을 두리번거리던 수영은 문득 그 복도의 끝, 7층 구석에 자리 잡은 흡연실로 눈을 돌렸다. 흡연실에 설치된 널찍한 창 옆에는 긴 철봉이 설치되어 있었다.

"이건……."

수영은 일단 계단 쪽을 향해 탄환이 바닥 날 때까지 방아쇠를 당겼다. 그러고는 총을 바닥에 내던지고 곧장 흡연실 안으로 뛰어들었다. 생각대로 그 철봉의 아래에는 어둠 속에서도 빛나는 형광마크가 붙어 있는 커다란 고정 상자가 설치되어 있었다. 수영은 조심스레 상자를 열었다. 내용물은 분명 있었다. 완강기다. 화재 시 고층건물에서 탈출하기 위한 기구였다.

완강기에 대한 지식이 없는 수영은 자신이 이런 걸 어떻게 알고 있는지 의아해했다. TV에서라도 본 것일까. 하지만 이유는 아무래도 상관없었다. 수영은 곧장 기둥을 내리고 완강기를 꺼내 거기에 고리를 걸었다. 그러고는 창문을 열고 밖을 향해 뛰어내렸다.

아래에는 아무도 없었다. 다행히도 완강기는 건물 뒤, 사람들의 눈에 잘 띄지 않는 주차장 쪽으로 설치되어 있었다.

바닥에 발이 닿은 수영은 벨트를 벗었다. 그러고는 재빨리 점퍼를 뒤집어 입은 후 비니를 벗어 주머니에 넣었다. 옷의 색이 바뀌고 착용하고 있던 액세서리가 사라지는 것만으로도 인상은 크게 바뀐다. 목격자의 증언은 이제 아무런 의미도 없을 것이다.

건물의 그림자에 숨어 조용히 병원에서 멀어지던 수영은 발을 멈추고 뒤를 돌아봤다.

"……."

그 입에서는 아무 소리도 나오지 않았다. 하지만 수영은 뭔가를 중얼거리듯 벌린 입을 다시 꽉 깨물었다. 그러고는 주머니에 넣고 있던 핸드폰을 바닥에 내던졌다.

"크! 이런, 씨발!"

뭔가에 홀린 듯 핸드폰이 형체가 으스러질 때까지 발을 멈추지 않던 수영은 갑작스러운 아픔에 몸을 숙이며 가슴을 움켜잡았다.

"…젠장."

잠시 후 아픔이 진정된 수영은 비틀거리며 도시의 어둠 속으로 발을 옮겼다.

지금 수영에게는 당장 가야 할 곳이 있었다.

*　　*　　*

두 남자가 주변을 두리번거리며 불이 꺼진 구멍가게의 문 앞에서 얼쩡거리고 있었다.

오래되어 낡은 슈퍼의 입구 쪽에는 CCTV가 반짝거리는 빛을 내뿜고 있었지만 둘은 그런 것에는 아랑곳하지 않았다. 방범장치가 따로 되어 있지 않는 한 CCTV는 범행의 상황을 찍는 것 이상의 기능은 하지 못한다는 사실을 잘 알고 있는 것 같았다.

"아무도 없어. 빨리 해."

주변을 살피고 있는 남자가 작게 말하자 문 앞에 앉아 있던 남자는 고개를 끄덕이더니 열쇠 구멍에 가느다란 철사 같은 것을 찔러 넣었다.

동료가 주변을 살피는 사이 그 남자는 익숙한 손놀림으로 손을 흔들었다. 그러자 불과 몇 초 만에 실린더가 돌아가는 소리와 함께 문이 슬며시 열렸다.

"됐다."

둘은 서로를 향해 눈짓을 날린 후 조용히 문을 밀고 가게의 안으로 들어갔다. 깔끔하게 획일화된 편의점과는 달리 그 불 꺼진 구멍가게는 오래되고 낡아 심지어 을씨년스럽기까지 했다. 남자들은 주변을 살피더니 조심스레 계산대 쪽으로 돌아가 그 아래를 뒤적거렸다.

하지만 그들은 자신이 찾는 게 뭔지 정확히 알고 있지 못한 듯했다.

"어디지?"

"분명 이 아래에 놔둔다고……."

그때 갑자기 어두운 가게 안에 빛이 비췄다. 둘은 깜짝 놀란 얼굴로 고개를 들었다.

"이, 이 도둑놈들!"

백발이 성성한 노인이 가게의 안쪽에 있는 방에서 막 뛰쳐나오고 있었다. 그 뒤로는 그 노인의 아내로 보이는 늙은 여인이 걱정되는 눈빛으로 전화를 붙잡고 있었다.

"거, 거기 경찰서죠? 여기 도둑이……."

이런 식으로 주택가에 자리 잡은 가게들은 살림집을 겸하곤 한다는 것을 잘 몰랐던 탓일까, 아니면 깜빡 잊고 있었던 것일까.

갑작스러운 노인의 등장에 남자들은 적잖이 당황했지만 곧 상황을 인지하고 곧장 그 노인을 향해 다가갔다.

"이놈들이? 어서 꺼져! 꺼지지 못해?"

노인은 손에 쥔 막대기로 앞을 겨누며 남자들을 위협했지만, 남자들은 코웃음도 치지 않았다. 그들은 더 이상 요란한 소리가 번져 나가기도 전에 재빨리 행동했다.

일단 앞으로 나선 남자가 너무나도 간단히 그 막대기를 한 손으로 잡았다. 그러고는 당황하여 막대기를 잡아 빼려는 듯 힘을 주는 노인의 얼굴을 후려쳤다.

"아이구야!"

그사이 또 다른 남자는 방 쪽으로 다가가 품속에서 회칼을 꺼내 들었다. 늙은 여인이 사시나무 떨듯 몸을 떨며 입을 다물자 그는 왼손의 집게손가락을 입에 가져다 대며 그쪽으로 다가갔다.

[여보세요? 할머니? 여보…….]

일단 늙은 여인이 들고 있는 수화기를 조용히 내려놓은 남자는 뒤를 힐끔거렸다.

"끄응, 어이구, 이놈들……."

이미 너무나도 가볍게 노인을 제압한 남자가 됐다는 듯 고개를 끄덕이자, 그는 다시 늙은 여인을 향해 눈을 돌렸다. 그리고 공포에 질려 굳어버린 그 늙은 여인을 향해 회칼을 흔들어 보이며 조용히 입을 열었다.

"할머니, 2주일 전쯤에 택배 도착한 거 있죠?"

"태, 택배요?"

"그래, 가지고 있잖아요. 그것만 내놓으면 조용히 가줄게요.

만약 안 내놓으면…….”

방 밖에서 남자의 발에 밟힌 노인이 신음 소리를 낮게 흘렸다. 그 신음에 깜짝 놀란 늙은 여인은 손사래를 치며 고개를 끄덕였다.

“아이구, 잠깐만요! 택배요? 2주일, 2주일이라면……”

늙은 여인은 부들부들 떨면서도 곧장 기억을 더듬었다. 이 지역 자체가 원룸촌이다 보니 택배를 맡아주는 일은 자주 하고 있었다. 남의 물건을 대신 받아준다는 게 좀 신경이 쓰이긴 했지만 택배를 찾아가는 손님들이 음료수 하나라도 사가곤 했기에, 마트나 편의점이 널려 있는 요즘에 있어서는 나름대로 쏠쏠한 수입원이기도 했다.

“호, 혹시… 그건가?”

“그거?”

“아이, 예, 그 작은 상자 같은 거였는데…….”

늙은 여인은 혼잣말을 하며 머릿속에서 기억을 뽑아냈다.

나이를 먹어 기억력이 나빠지고는 있었지만, 그 택배는 유난히 신경이 쓰였기에 기억에 남아 있었다. 보통 택배는 아무리 늦어도 이삼 일 안에는 찾아가게 마련이다. 그런데 그 택배는 무려 거의 2주 동안이나 찾아가지 않았다. 심지어 그녀의 남편이 직접 주소에 적힌 집으로 찾아가기도 했지만, 집에는 아무도 없었다. 전화도 꺼져 있었다.

“자, 잠깐만요.”

늙은 여인은 곧장 무릎으로 기어 방구석으로 다가갔다. 그러고는 손을 떨며 거기에 쌓여 있는 상자를 뒤적거렸다. 공포에 질려 있는 탓에 손을 제대로 움직이지는 못했지만, 곧 그녀는 상자 사이에 끼어 있는 손바닥만 한 상자를 찾아내 남자를 돌아봤다.

"여, 여기……."

상자를 낚아챈 남자는 뒤를 힐끔거렸다. 노인의 얼굴을 밟고 있던 남자도 고개를 들어 눈을 마주쳤다. 이제 선택을 해야 할 시간이었다.

'이제 어떻게 하지?'

'우리 얼굴을 봐버렸잖아.'

'그렇지? 경찰에 신고도 해버렸고.'

눈으로 대화를 나누던 둘은 결론을 내린 듯 고개를 끄덕였다. 그들에게 있어서 무엇보다 중요한 것은 목적을 완수하는 것, 그리고 두 번째는 자신들의 정체를 숨기는 것이었다.

"자, 잠깐만요! 찾아줬잖아요!"

그 기색을 느낀 것인지 늙은 여인은 째지는 목소리로 외치며 뒤로 몸을 빼려 했다. 남자는 말없이 칼을 들고 구두를 신은 채 그대로 방 안으로 걸어 올라갔고, 뒤에 있는 남자는 손에 쥐고 있는 막대기를 머리 위로 쳐들었다.

이제 끝을 낼 시간이었다.

"정말로 이렇게까지 할 거라고는……."

순간 두 남자는 목소리가 들려온 쪽으로 고개를 돌리려 했다.

"쿠억!"

하지만 노인을 밟고 있던 남자는 그 행동을 실행하지 못했다. 정확히 얼굴을 노리고 날아든 주먹이 그 남자의 얼굴에 완벽하게 적중했다.

공격이 온다는 걸 인지한 상태에서 날아드는 일격과, 완전히 방심한 상태에서의 일격은 그 효과가 차원이 다르다. 대비하지 않은 인간의 육체와 정신은 마치 두부와 같고, 힘없는 일격에도 뭉그러진다. 하물며 그것이 죽일 기세라면 더 말할 것도 없었다.

"으, 으으으……."

난데없는 공격에 쓰러진 남자는 신음을 흘리며 바닥을 기었다.

갑자기 이 상황에 난입한 그 청년은 남자가 떨어뜨린 막대기를 집어 들었다. 늙은 여인을 찌르기 위해 방 안으로 들어가려던 남자는 몸을 돌려 칼을 그쪽으로 겨눴다.

누구냐, 뭐하는 놈이냐 같은 상투적인 말은 없었다. 뭐가 어쨌든 이 청년은 그에게 있어서 제거해야 할 적, 그 이상도 이하도 아니었다.

"쉿! 쉿!"

남자는 바람 새는 기합과 함께 청년을 위협하듯 칼을 휘둘렀다. 시선을 무기로 모으고 그 틈을 노려 몸을 찌를 생각이었다.

"그래."

하지만 그 청년의 시선은 흔들리는 칼을 향하지 않았다. 그 눈은 소름끼칠 정도로 냉정하게 남자의 전신을 똑바로 바라보고 있었다.

"그 말이 진짜였다 이거지?"

그 빨려 들어갈 것 같은 오싹함이 등골을 스친 순간, 남자는 아려오는 손목에 깜짝 놀라며 팔을 움켜잡았다.

"억?"

남자가 흔들던 회칼이 요란한 소리를 내며 시멘트 바닥에 떨어져 구석으로 굴러갔다. 눈으로 남자의 시선을 모은 후 재빠르고 정확한 일격. 그 군더더기 없고 정확한 공격은 남자를 당황하게 만들었다.

"어? 어어?"

팔목을 얻어맞고 칼을 놓친 남자는 주춤거리며 그 청년을 노려봤다. 마스크와 비니 사이로 보이는 그 얼굴을 바라보던 그는 다시 한 번 놀랐다. 그 좁은 틈으로 보이는 얼굴. 그건 그도 알고 있는 얼굴이었다.

"네가 왜 우릴… 윽!"

"왜냐고?"

청년은 막대기를 남자의 턱 아래에 가져다 댔다.

"가서 물어봐, 너희 사장님한테."

"이 배신자가!"

남자는 손을 뻗어 그 막대기를 잡으려 했다. 하지만 그 순간 청년의 눈에 불꽃이 튕겼다.

"배신자?"

손이 허공을 가로질렀다. 그 손을 피하듯 살짝 뒤로 빠진 막대기는 그대로 야수의 앞발처럼 남자의 정수리를 내려쳤다. 그 정확하고도 파괴적인 일격에 남자는 비명도 지르지 못한 채 그대로 무릎을 꿇더니 죽은 듯이 앞으로 풀썩 쓰러졌다.

"누가 배신자라는 거야, 이 미친 꼭두각시들이!"

이를 갈며 다시 머리 위로 막대기를 쳐들던 그 청년은 문득 눈앞에 겁에 질려 있는 늙은 여인의 모습에 질끈 눈을 감았다. 그러고는 분노로 부들부들 떨리는 팔을 내렸다.

"누가 누구를 배신했는데……."

막대기를 옆으로 던져 버린 청년은 고개를 돌렸다. 남자에게 밟힌 노인은 아직 정신을 제대로 차리지 못한 듯 신음을 흘리고 있었다. 손을 뻗어 노인의 맥을 살핀 청년은 살짝 안도하며 방 안에 앉아 있는 그 늙은 여인을 돌아봤다.

"다시 경찰에 신고하세요. 할아버지도 다치신 것 같으니 119도 부르시고요."

"아, 흐이익! 으악!"

그 늙은 여인은 뭐라는 건지 알 수 없는 울음소리를 흘리며 재빨리 전화기를 붙잡았다.

그 시선이 전화를 향한 그사이, 청년의 눈이 방금 기절시킨 남자의 손을 살폈다. 거기에는 방금 전 그 늙은 여인이 찾아놓은 작은 상자가 들려 있었다. 청년은 마치 사후경직처럼 굳어 있는 손에서 상자를 몰래 빼내 자신의 주머니에 넣었다. 그러고는 뒷걸음질쳤다.

"그럼 수고하세요."

청년은 태연한 인사에 자신을 공포에 질린 눈으로 바라보는 그 늙은 여인에게서 몸을 돌렸다. 그러고는 다시 정신을 차렸는지 고개를 쳐들려 하는 남자의 배와 머리를 있는 힘껏 걷어찬 후 태연히 가게 밖으로 걸어 나갔다.

*　　*　　*

저 멀리에서 벌써부터 요란한 사이렌 소리가 들려오고 있었다. 눈에 띄지 않을 정도의 빠른 걸음으로 가게에서 멀어진 청년은 건물 사이의 좁은 틈에 슬그머니 몸을 숨겼다.

기척이 없는 걸 확인한 청년은 얼굴을 가리고 있던 비니와 마스크를 벗었다.

"후우."

차가운 겨울 공기가 뺨을 얼얼하게 했다. 수영은 얼굴을 문지르며 가벼운 조소를 흘렸다.

"배신자라고? 내가?"

다시 되새김질해 봐도 헛웃음밖에 나오지 않았다.

사실 수영은 병정개미들보다 먼저 이곳에 도착했다. 화연의 말이 뭘 의미하는지는 금방 추리할 수 있었기 때문이다. 그리고 동시에 병정개미가 여왕개미의 명령을 받고 이곳에 올 것도 예측했다.

여왕개미라면 어떻게든 그 상황을 연락받았을 것이다. 어떤 방법일지 상상할 수는 없었지만, 여왕개미라면 기필코 그럴 것이라는 것을 알고 있었다.

그건 화연의 말대로 일종의 신뢰라고 해도 좋았다.

그렇기에 수영은 기다렸다. 정말 자신이 속은 것인지 확인하기 위해서.

그리고 그 결과가 이거다.

"날 속였어."

화연의 말은 진실이었다. 수영은 그 자리에 허물어지듯 주저앉았다.

여왕개미는 수영을 속였고, 화연은 그것을 모른 척했다. 그게 전부다. 이미 화연과 여왕개미에 대한 분노는 느껴지지도 않았다. 지금 느껴지는 건 분노의 불길 속에서 타버리고 남은 자기혐오와 온몸이 녹아 흐를 것 같은 무력감뿐이었다.

"으윽……."

수영은 고개를 푹 꺾으며 신음 소리를 흘렸다.

결국 여왕개미에게 필요했던 것은 도구였고, 수영은 그 도구였을 뿐이다.

약한 이들을 위해서 살인마저 불사한다고 했지만, 그건 그저 여왕개미의 말에 속아서 영웅 놀이를, 그것도 보통 사람은 상상도 하지 못할 그로테스크한 영웅 놀이를 한 것뿐 아닌가.

그렇다고 돌이킬 수도 없다. 비록 배신감 때문이었다고는 하나 병원에서 수영은 자신의 의지로 사람의 목숨을 너무나도 쉽게 끊었다. 사람을 죽이는 일에 익숙한 괴물이 되어버렸다.

수십이 넘는 인간의 피가 묻은 손으로 평범하게 살아갈 방법이 있기나 한 것일까.

그런 현실을 생각하면 머리가 뭉그러질 것 같았다. 그냥 이대로 죽어버리는 게 나을지도 모른다는 자괴감이 온몸을 덮쳤다.

툭.

수영은 온몸을 긴장시키며 고개를 들었다. 공포에 질린 눈으로 주변을 살폈지만 그 좁디좁은 건물 사이의 틈에는 고양이 한 마리도 없었다. 그렇다면 방금 그 소리는 어디서 난 것일까. 몸을 틀기 위해 손을 옆으로 짚던 수영은 뭔가가 손에 걸리는 것을 눈치챘다.

그 상자다. 화연이 마지막에 찾으라고 한 그 물건이었다.

화연은 대체 이 상자로 수영에게 무슨 말을 하려 한 것일까. 상자를 집어 들어 가만히 내려다보던 수영은 이를 악물었다.

"이따위……."

대체 그 여자는 무슨 생각을 한 것일까.

다 꺼져 사라진 줄 알았던 분노가 다시 불타올랐다.

"날 끌어들이고 배신까지 한 주제에 이따위……!"

결국 말하자면 모든 건 화연의 탓이다. 수영은 화연 때문에 살인을 시작했고, 또 화연에 의해 배신당했다. 그런데 이런 걸 남기다니. 그리고 끝까지 말을 들어달라니.

수영의 손안에서 상자가 꾸깃거리며 찢겨졌다.

"윽?"

꽉 쥔 주먹을 부르르 떨던 수영은 당황하며 상자를 떨어뜨렸다. 핏방울이 옷 위로 후두둑 떨어져 내렸다. 수영은 당황하며 그 피가 나오는 자리를 손으로 더듬었다. 입가였다. 살짝 딱지가 졌던 입술이 다시 찢어져 핏방울이 새어 나오고 있었다.

"이야기를 끝까지 들어줘요. 제발!"

환청이 들렸다. 환청인 것이 당연했다. 그 목소리의 주인은 이미 죽었으니까.

수영은 피맛이 느껴지는 입술을 혀로 핥았다. 상처에 혀가 스치자 강렬한 고통이 스며들었다. 분노에 녹아 질척거리던 머릿속이 살며시 굳었다.

"아직 더 말할 게 있단 말이지……."

입 밖으로 중얼거림을 뱉어내던 수영은 뒷말을 삼켰다.

겉으로는 약해 보일지 몰라도 무슨 일이 있든 자신이 하고 싶은 것은 해내고 마는 여자. 복수를 위해 수영과 여왕개미까지 속였던 그런 여자가 죽어서도 전하려고 한 말이 대체 뭘까.

수영은 떨어뜨렸던 상자를 집어 들었다.

"USB?"

상자에 들어 있는 것은 에어캡에 포장된 손가락만 한 USB 메모리였다. 수영은 USB 메모리를 집어 들고 몇 번을 뒤집어 봤지만, 맨눈으로 봐서 그 안의 내용물이 뭔지 알 수 있을 리가 없다. 이 안에 담겨 있는 내용물을 보기 위해서는 컴퓨터가 필요했다.

하지만 PC방 같은 곳에 갈 수는 없었다. 여기에 뭐가 들어 있을지 알 수가 없으니까.

"컴퓨터… 라."

혼잣말을 중얼거리던 수영은 문득 고개를 들었다. 어떤 곳이 떠올랐다. 여왕개미가 경찰의 눈을 피하기 위해 버렸기에 그대로 방치된 곳. 정말 화연이 경찰에 아무 말도 하지 않았다면 지금 이 상황에서 가장 적합한 장소가 말이다.

그렇게 생각하는 사이, 멀리서 들려오던 사이렌 소리는 어느새 확실하게 들릴 만큼 가까워져 있었다. 수영은 USB 메모리를 상자째로 주머니에 넣었다.

"그래, 끝까지 들어주지."

수영은 달도 뜨지 않은 하늘을 올려다보며 중얼거렸다.
"어차피 이제 되돌릴 수도 없으니까."

*　　*　　*

상자가 도착한 것은 아마도 수영이 기준과 결별을 선언한 바로 그다음 날인 듯했다.

택배직원은 아마도 전화를 했겠지만 수영이 받지 않자 항상 하던 대로 이 상자를 구멍가게에 맡겼고, 그 후에 그 물건을 어디에 놔뒀다는 문자를 수영에게 보냈을 것이다. 하지만 수영은 물론이고 여왕개미도 그걸 알지 못했다. 그때 이미 수영은 기존에 쓰던 전화를 추적당하지 않게 부숴 버린 상황이었으니까 말이다.

잘못하면 여왕개미에게 들킬지도 모를 이런 계획을 대충 운에 맡기고 짜놨을 리는 없다. 의도적이라 해야 옳았다. 화연은 어떤 일이 생기면 이 택배 상자가 수영의 손에 들어가게 해둔 것이다.

여왕개미의 수를 한 수 넘어버린 그 영악함은 수영으로서도 놀랄 수밖에 없었다.

물론 아직 그것이 무엇인지는 알 수 없다. 화연이 어떤 의도로 이걸 남겼는지도 말이다.

그리고 그걸 알 수 있는 방법은 하나밖에 없었다.

"아무도 없나?"

온 신경을 귀에 집중하고 벽 너머의 기척을 살피던 수영은 눈을 떴다.

비밀번호를 패드에 입력하자 익숙했던 소리와 함께 자물쇠가 풀렸다. 그 소리를 듣고도 머뭇거리던 수영은 조심스레 문고리를 잡아 비틀었다. 차갑디차가운 기운과 함께 먼지 냄새가 문틈 사이로 풍겨왔다.

그 안으로 들어간 수영은 조용히 문을 닫았다. 그리고 앞을 봤다. 그 눈에 보인 것은 익숙했지만 이젠 어색해져 버린 광경이었다.

"오랜만인데."

감동했다기보다는 형식적인 인사말에 가까운 중얼거림. 그리움의 조각조차 느껴지지 않은 그 혼잣말에 수영은 스스로 놀란 듯 턱을 살짝 쳐들었다가 작게 웃었다.

"벌써 몇 달이나 지난 것 같은데……."

방 안의 물건들은 어지럽게 흩어져 있었다. 격렬하게 싸운 흔적이었다. 아마 이 방에 마지막으로 들어온 기준이 병정개미에게 저항한 흔적일 것이다. 수영은 잠시 고민하는 듯하다가 신발을 신은 채로 방으로 들어섰다. 불도 켜지 않았다. 누군가가 이곳을 감시하고 있을지도 몰랐으니까.

수영은 이상한 곳에 쓰러져 있는 의자를 잡아 세우고 그 위에 앉았다. 그러고는 깊게 숨을 들이켜며 컴퓨터의 전원을 올렸다. 곧 웅웅거리는 소리와 함께 모니터에 불이 들어왔다. 잠시 후 컴퓨터가 완전히 구동을 마치자 수영은 경계하듯 뒤를 한 번 돌아봤다.

"그럼 이제."

그러고는 주머니에서 USB를 꺼냈다.

"무슨 말을 하려고 한 건지 어디 들어보자고."

상자를 바닥에 아무렇게나 던져 버린 수영은 USB 메모리를 컴퓨터의 본체에 꽂았다.

"응?"

컴퓨터는 곧장 USB의 내용물을 읽었지만, 그것을 출력하지는 않았다. 수영은 화면에 떠오른 비밀번호 입력창을 보며 의자에 등을 기댄 채 입가의 상처를 만지작거렸다.

"비밀번호라……."

갑자기 벽이 눈앞을 막아선 것 같았다 하지만 당연하다면 당연하다. 만에 하나 이것이 여왕개미의 손에 넘어갈 경우를 생각했다면 화연 입장에서는 이런 비밀번호 정도는 만들어둬야 했을 것이다.

그렇다면 그 비밀번호는 무엇일까.

수영에게 이 USB 메모리를 찾으라고 한 것이 화연이다. 그렇다는 것은 비밀번호 역시 수영 또한 알고 있을 가능성이 크다는 이야기였다.

수영은 조금 전 병원의 일을 머릿속에 떠올렸다. 너무나도 소름 끼치고 가슴이 욱신거리는 기억이었지만, 수영은 화연의 목소리를 떠올렸다. 그 단말마와도 같은 목소리를 말이다.

"뒷자리라고 했었지……."

그런 짤막한 단어로 수영이 떠올릴 만한 것. 동시에 여왕개미는 단번에 생각하지 못할 만한, 오로지 수영과 화연 사이에만 통할 어떤 것의 뒷자리 번호.

"아."

바닥을 바라보며 곰곰이 생각하던 수영은 손을 쳤다.

"핸드폰 뒷자리?"

화연이 걸어왔던 그 전화. 그것이라면 여왕개미도 모를 만했다. 그건 오로지 수영과 화연 사이에만 있는 기억이었으니까.

수영은 기억 속에 희미하게 남아 있는 그 번호를 머리 밖으로 끄집어냈다.

"0… 419."

정답이었다. 수영이 키보드를 두드리자 순간 화면 가득히 뭔가가 떠올랐다.

수영은 말없이 다시 의자에 등을 기댔다. 모니터에 떠오른 것은 자동으로 재생되는 동영상이었다. 웹캠. 어쩌면 디카 같은 것일지도 모른다. 뭔가에 단단히 고정된 촬영도구가 책상 위에 올려둔 상태로 작은 방을 비추고 있었다.

[아아. 테스트. 테스트.]

그때 목소리가 들려왔다. 그러고는 몇 번 정도 화면이 흔들리나 싶더니, 곧 누군가가 화면의 앞에 나타났다.

"화연 씨?"

익숙하지 않은 얼굴에 위화감마저 들었다. 화장기도 없고, 머리도 뒤로 아무렇게나 묶어 다소 촌스럽게까지 보였다. 이렇게 꾸미지 않은 화연의 얼굴은 수영으로서도 처음이었다.

수영이 입을 벌리고 멍하니 앉아 있는 사이, 화면 안의 화연은 마침내 입을 열었다.

[이것은 만약 내가 죽을 경우. 수영 씨에게 모든 것을 알리기 위해서 미리 기록해 두는 영상입니다. 쓸 일이 없으면 좋겠지만…….]

잠깐 말을 멈춘 화연은 깊게 숨을 들이켰다.

[만약 수영 씨가 이걸 입수한 거라면 아마 난 죽었을 거예요.]

화연은 눈을 질끈 감았다가 다시 카메라를 주시했다.

[아마 수영 씨가 내 말을 듣고도 날 믿지 못하고 죽였을 가능성이 높을 거라고 봐요. 수영 씨는 항상 자기가 죽이는 사람한테 말을 거니까 내가 말을 할 기회는 있을 거고. 난 내가 죽기 전에 이걸 찾아서 보라고 말할 테니까. 수영 씨가 내 말을 듣고 정말 이걸 찾아볼지 어쩔지는 알 수 없지만… 일단 수영 씨가 이걸 보고 있다면, 봐줘서 고마워요.]

마치 생각을 꿰뚫린 것 같은 부끄러움에 수영은 그만 화면에 비쳐지는 화연의 눈을 피했다.

[그러니까 피하지 마세요.]

마치 직접 눈으로 보고 하는 것 같은 말에 수영은 깜짝 놀라며 고개를 들었다.

[날 죽이고도 이걸 보고 있는 거라면 수영 씨는 의심을 품고 있는 거겠죠. 그러니까 이걸 끝까지 봐줘요. 난 수영 씨에게 이 말을 전하려고 목숨을 걸었으니까.]

카메라를 바라보는 화연은 살짝 울먹이고 있었다. 하지만 그 표정은 길지 않았다. 화연은 곧장 손등으로 눈물을 훔치더니 감정을 가라앉히듯 숨을 내쉬었다. 그러고는 평소와 같은 담담한 얼굴로 말을 이었다.

[내가 직접 말을 했다면 좋겠지만. 아마 그렇지 못할 확률이 높다고 생각해요. 일이 아무리 잘 풀려도 반 정도……. 어쩌면 이걸 보라는 말밖에 듣지 못했을 거예요. 이건 예상을 할 수가 없네요. 그러니까 처음부터 설명하겠습니다. 여왕개미가 수영 씨를 속이고 있다는 게 뭔지.]

화면 속의 화연은 수영이 이미 병원에서 들은 것을 말하기 시작했다. 여왕개미가 거느린 부하와 그 부하들이 저지르고 있는 일들에 대해서. 화연은 말하는 와중에 스크랩해 둔 것 같은 신문 기사를 화면 앞에 들어 보이며 이게 그 예라고 설명하기도 했다.

이미 한 번 들은 것이지만 수영은 유심히 그 영상을 봤다. 화연은 필사적이었다. 수영이 믿지 않을 거라고 예상한 듯, 때로는 격렬하게, 그러고는 또 애원하듯 수영을 설득하려 했다.

[여왕개미가 부하들을 부려서 이런 일을 했다는 게 믿기지 않을 거라고 생각해요. 하지만 이건 진짜입니다. 마지막으로 그걸 증명할게요.]

그때 화연이 뭔가를 각오한 얼굴로 책상 아래에서 뭔가를 화면에 비췄다.

"이건……."

그 신문에는 조동일보에서 일어난 폭발사고에 관한 기사가 써져 있었다. 수영은 신문에서 눈을 떼고 화연을 바라봤다.

[봤나요? 알고 있을 거예요. 김도식이 있는 신문사에 대한 기사죠.]

신문을 내려놓은 화연은 약간 머뭇거리며 말을 이어갔다.

[예전에 난 김도식이라는 수영 씨의 옛 친구가 수영 씨를 기사거리로 쫓기 시작한다는 걸 여왕개미에게 보고한 적이 있어요. 내 보고를 들은 여왕개미는 나름대로 손을 써서 김도식이 수영 씨에 대한 자료를 찾을 수 없게 방해했었죠. 하지만 김도식은 계속 포기하지 않고 수영 씨를 쫓았어요.]

화연은 잠시 말을 멈추고 머뭇거렸다.

[내가 이런 이야기를 먼저 하는 이유는 김도식이 인간으로서는 쓰레기일지도 모르지만 기자로서는 일류라고 할 수 있기 때문이에요. 무슨 방해가 있어도 특종이 될 만한 기사는 무조건 쫓았으니까. 그래서 난 얼마 전 김도식을 만났습니다.]

"뭐?"

수영의 눈이 커졌다. 화면 안의 화연은 그런 수영의 반응은 아랑곳하지 않고 계속 말했다.

[그리고 난 김도식에게 개미에 대해 말했어요. 약간뿐이었지만……. 어쨌든 그게 기사로 써지면 개미는 멈출 거고, 그러면 수영 씨와 접촉할 수 있는 기회가 생길 거라고 생각했어요. 하지만… 내가 너무 쉽게 생각했죠. 여왕개미가 이런 일을 저지를 수도 있다는 걸 진작 알았어야 했는데.]

갑자기 숨이 턱 막혔다. 수영은 비틀거리듯 자리에서 일어났다.

도식의 죽음에 화연이 엮여 있다는 것 때문이 아니다. 그런 건 솔직히 어떻게 되든 상관없었다. 수영은 도식의 죽음 자체에 별 감정 자체가 없었기 때문이다. 문제는 다른 것이다.

그러는 사이 화연은 다시 조금 전의 기사를 화면에 비췄다.

[기사에는 조동일보의 테러만 있지만. 아마 김도식은 이미 죽었을 거예요. 시체는 찾을 수 없는 곳에 묻혀 있겠죠. 어쩌면 태웠을 수도 있겠고. 나도 설마 여왕개미가 기자같이 사람들 눈에 잘 띄는 인간을 죽일 거라고는 생각 못했는데…….]

수영은 말꼬리를 흐리고 입을 다문 화연의 얼굴을 보며 확신했다.

거짓말이다.

"뭐야."

이젠 눈빛, 몸짓, 말투, 그 모든 것에서 상대방이 말하는 것의 진의가 전해져 온다. 병원에서 그 병정개미를 죽인 것도 자신의 육감이 완벽하다는 무의식중의 확신이 있었기 때문이다.

이젠 정말 완벽하게 알 수 있다. 상대가 거짓말을 하는지, 진실을 말하는지.

"왜 이렇게까지 했으면서 거짓말을 하는데?"

그렇기에 참을 수 없었다. 수영은 모니터의 바로 앞까지 다가갔다.

"한 번 속인 걸로도 모자라서 또 날 속이려고? 죽어서까지?"

수영은 이를 갈았다. 화가 난다. 이 이상 말을 들을 필요도 없다는 분노가 확 치밀어 올랐다.

"대체 왜 이런……!"

[미안해요. 거짓말이었어요.]

막 모니터를 잡아 내팽개쳐 버릴 듯 양옆을 꽉 움켜잡던 수영은 손을 멈칫거렸다.

[어차피 수영 씨한테 죽을 것도 각오했는데, 미움 받는 거에는 겁을 먹다니. 웃기네요. 대체 왜 이러는 걸까……]

혼잣말을 중얼거리며 쓰게 웃던 화연은 고개를 쳐들었다. 그리고 평소와 같은 냉랭함이 담긴 눈으로 렌즈를 노려봤다.

[그래요. 나는 여왕개미가 협박을 하는 수준에서 끝내지 않게 하기 위해 수영 씨에 대한 것도, 개미에 대한 것도 전부 말해줬어요. 여왕개미가 김도식을 죽이지 않고서는 수습이 불가능하게 하기 위해서. 여왕개미는 내 예상대로 수영 씨 몰래 김도식을 납치해서 묻어버렸고, 그 사실을 아는 인간들이나 내가 넘긴 자료들도 없애 버리기 위해 조동일보까지 폭발시켜 버렸죠.]

화연은 소름끼칠 정도로 짓궂은 미소를 옅게 입에 걸쳤다.

[왜 그런 짓을 했냐고요? 그야 당연하죠. 왜냐면……]

자조하는 웃음과 함께 소리 높여 말하던 화연은 실낱같은 한숨을 내쉬었다.

[이 정도로 피할 수 없는 증거가 있으면 수영 씨가 믿을 테니까.]

말을 멈춘 화연은 서글프게 웃으며 한쪽 손으로 눈을 감쌌다.

[여왕개미가 자신의 목적을 위해서라면 무슨 일이든 하는 걸 보여주기 위해서였는데. 나도 여왕개미와 다를 건 없네요. 수영 씨를 위한 일이라면서 결국 사람의 목숨을 가지고 놀다니.]

그 말에 수영은 자신도 모르게 고개를 내저으며 혼잣말을 흘렸다.

"그건 아냐. 화연 씨는……"

화연의 이름을 내뱉은 수영은 입을 닫았다.

그렇다. 화연이 수영을 속인 건 사실이다. 수영도 그걸 용서할 마음은 없다.

하지만 화연은 복수를 끝내고 평범하게 살 수 있었다. 그런데도 평온한 삶을 깨고 수영에게 진실을 전하기 위해서라며 자신의 모든 걸 걸었다.

목숨을 걸고, 고통을 감수했으며, 새로운 죄를 저지르는 것도 마다하지 않았다.

그리고 죽었다.

죽어버렸단 말이다.

"윽……."

수영이 욱신거리는 가슴을 누르는 사이 화연은 고개를 들었다.

[내가 밉고 싫겠죠. 역겹겠죠. 알아요. 그래도 이것만 알아줘요. 내가 한 일은 이거 하나예요. 하지만 여왕개미는 몇 십, 몇 백 번이나 이런 일을 했고, 그 와중에 수영 씨를 속였어요]

말을 끝낸 화연은 크게 숨을 들이켜고 내쉬며 심호흡했다.

[자, 이제 하나가 끝났네요.]

그 말에 수영은 정신이 번쩍 드는 것과 동시에 등골에 한기가 흐르는 것을 느꼈다.

그렇다, 이제 하나가 끝났을 뿐이다.

수영이 이 동영상을 보려 한 이유가 바로 그거다. 화연이 말하지 못하고 죽어버린 그 나머지를 끝까지 듣기 위해서.

수영은 두근거리는 가슴을 누르며 모니터를 주시했다. 하지만 모니터 안의 화연은 머뭇거리며 쉽사리 말을 꺼내지 못했다.

몇 초쯤일까.

어쩌면 몇 분인지도 모른다.

그렇게 모니터를 뚫어지게 바라보던 수영은 마침내 참지 못하고 동영상을 뒤로 당기기 위해 손을 뻗으려 했다.

[지금부터 이야기할 건.]

수영의 손이 멈췄다.

화연의 얼굴은 침울했고, 동시에 굳어 있었다.

[수영 씨에게 엄청나게 큰 충격일 거라고 생각해요. 앞에 이야기한 것도 충격적이겠지만 이건 훨씬 심각한 문제예요. 수영 씨는 이 이야기를 제대로 받아들이지 못할지도 몰라요. 그냥 부정만 하는 게 아니라, 어쩌면 미쳐 버릴지도 모르죠. 도망치지 말라고 해도 의미가 없을지도 몰라요. 솔직히 이건 수영 씨가 몰라도 되는… 몰라야 되는 이야기예요. 그래서 여왕개미도 지금까지 계속 숨겨온 걸 거고.]

말을 잠시 멈춘 화연은 자리에서 일어났다. 그러고는 팔짱을 끼고 방 안을 맴돌았다.

수영은 의아해했다. 조금 전 말한 그 사실도 결코 가벼운 것이 아니다. 만약 이것이 처음 듣는 소리였다면, 지금 수영은 방구석에 처박혀서 자기부정을 하고 있을지도 모를 정도로 충격적인 이야기다.

그런데 화연은 두 번째 이야기를 꺼내는 건 여전히 망설이고 있었다. 대체 그게 무엇이기에 저렇게 망설이며 동요하고 있단 말인가.

그때 화연이 다시 의자에 앉아 렌즈를 바라봤다.

[하지만 수영 씨는 이걸 알아야 해요. 내가 조금 전에 한 이야

기를 수영 씨에게 전하려고 한 것도 이걸 알고 나서부터였으니까. 왜 여왕개미가 수영 씨를 그렇게 속였어야 했는지. 이건 그 이유기도 해요.]

화연은 깊게 심호흡하며 손을 맞잡았다. 그리고 손으로 이마를 받치고 책상 바닥을 내려다보며 실토하듯 말했다.

[개미를 나가서 살던 난 뉴스에서 여왕개미가 부하들을 써서 저지른 일을 보고 문득 의아하게 생각했어요. 대체 왜 여왕개미는 수영 씨를 개미에 끌어들인 건지. 생각해 보세요. 여왕개미는 부하도 있어요. 여왕개미는 그동안 그들을 써서 살인을 계속해 왔죠. 말하자면 수영 씨를 굳이 끌어들일 이유 같은 건 없어요. 겨우 김주신의… 자기 아들의 원수라면서 수년간 수영 씨를 감시하고, 결국 개미에 끌어들여 개미 전체를 위험하게 할 이유가 없죠. 자기 아들의 복수 같은 걸 생각할 정도로 인간미가 있는 인간이 아니니까. 그건 수영 씨도 잘 알 거예요.]

그 말에 수영은 고개를 끄덕였다. 그렇다. 모든 걸 알게 된 지금은 알 수 있다.

여왕개미가 수영을 개미에 끌어들일 이유는 없다고 봐도 된다. 무엇보다도 비효율적이니까.

그리고 수영이 아는 여왕개미는 그런 비효율적인 짓을 하지 않는다.

[하지만 이게 현실이죠.]

화연은 입술을 잘근잘근 씹었다.

[게다가 내가 아는 한 여왕개미가 수영 씨를 조사하고 감시한 건 몇 년 전부터예요. 계속 기회가 생기기를 엿보고 있었죠. 아마

나보다 더 오래됐을 거예요. 날 받아들이고 나에게 김주신처럼 일을 해줄 사람이 있어야 내 복수도 이뤄진다고 거짓말을 한 것도. 언젠가 그걸 미끼로 내가 수영 씨의 감정에 호소하도록 한 거였겠죠. 난 그 의도대로 수영 씨를 물고 늘어졌으니까. 어쨌든, 그만큼 여왕개미는 오랫동안 수영 씨에게 집착하고 있었던 거예요. 모든 게 **삐**—다 이상하죠.]

화연의 목소리에 기묘한 전자음이 섞인 순간, 수영의 육감이 맹렬히 외쳤다.

위험하다.

수영은 고개를 돌렸다. 최소한 둘, 어쩌면 그 이상일지도 모른다. 만약 이 맨션에 들어섰을 때처럼 신경을 곤두세우고 있었다면 이미 아까 눈치챘을 것이다. 하지만 동영상에 지나치게 신경을 기울이고 있던 탓일까. 수영은 저 문 앞에 서 있는 인간들이 비밀번호를 입력하기 시작한 후에야 겨우 밖의 기척을 눈치챌 수 있었다.

수영은 반사적으로 직감했다. 저 정체불명의 인간들은 문의 비밀번호를 틀리는 일 따위는 하지 않을 것이다.

'병정개미? 어떻게 이렇게 빨리?'

그러는 사이에도 화면 속의 화연은 말을 멈추지 않았다.

[그래서 난 수영 씨의 과거에 대해서 나름대로 조사했어요. 여왕개미가 수영 씨에게 눈독을 들인 이유를 알기 위해서. 그러다 보니 이상하게도 여왕개미의 흔적이 나오더군요. 수영 씨의 과거 행적 같은 것들을 일부러 지운 느낌이 있었어요. 조금 전에 말했지만 난 여왕개미가 어떻게 일을 하는지 잘 알고 있으니까 말이

에요.]

수영이 USB를 뽑기 위해 손을 뻗으려 하는 사이 문이 열렸다. 어둠에 어느 정도 익숙해져 있던 수영의 눈은 방 안으로 들어오는 두 남자와 그 뒤에 서 있는 세 남자를 체크했다.

그리고 그들이 들고 있는 것도.

'총?'

이곳은 아까의 구멍가게에서 멀지 않다. 이미 사이렌이 들리지 않는 걸 보면 경찰들은 구멍가게 앞에 도착해서 상황을 정리하고 있는 중일 것이다. 당연하게도 만약 여기서 총소리가 난다면 그 경찰들이 금방 뛰어올 것이다. 그런데 총이라니? 대체 무슨 생각이란 말인가?

수영이 당황하는 사이에도 총구는 가차 없이 앞을 향했다

"미친놈들!"

수영은 경악하며 USB로 뻗던 손을 당긴 후 반사적으로 의자 뒤에 숨었다. 그 이외에는 숨을 곳이 없었기 때문이다. 하지만 저것이 정말 총이고, 저 총에서 날아오는 것이 총알이라면 겨우 이런 얇은 의자의 등판 정도로 막을 수 있을 리가 없다. 수영은 각오하듯 이를 꽉 악물었다.

투각!

"어?"

마치 단단한 돌덩이를 집어던지는 것 같은 소리와 진동이 느껴졌다. 예상외였다. 요란한 발사음이 들리지 않은 것은 물론이

고, 총알 또한 의자에 간단히 막힌 것이다.

[이상했죠. 그래서 난 추리를 했어요. 여왕개미가 뭘 조작했는지 알아낸다면 뭘 숨기려 하는 건지도 알아낼 수 있을 것 같아서. 내가 할 수 있는 한 자료를 모았고, 그래서 결국 결론을 내렸어요. 이건… 정말 말도 안 되는 일이었죠.]

다음 순간 가스가 새는 것과 같은 소리와 함께 모니터가 날아갔다. 막 뒤를 돌아보려던 수영은 어깨를 움츠렸다. 개조한 모델건 같은 것일까. 저들이 사용하는 총의 정체는 여전히 알 수 없었지만, 적어도 모니터에 구멍을 낼 힘은 있는 것 같았다.

'하지만 그 정도라면…….'

의자의 등판을 관통하지 못하는 수준이라면, 진짜 총알과는 달리 각오하면 버틸 수 있는 수준일지도 모른다. 그렇게 생각하는 사이에도 선두에 선 두 남자는 벌써 문 안으로 들어와서 슬슬 옆으로 퍼지고 있었다. 시간이 흐르면 상황이 악화될 뿐이었다.

[다른 건 확실하지 않지만 이것만큼은 분명해요. 그러니까…….]

"우와아아아악!"

수영은 비명과도 같은 함성을 내질렀다. 이 건물 밖에도 들릴 만큼 크게. 저 밖 어딘가에는 경찰이 있다. 조금이라도 주의를 끌고 싶었다.

"어?"

"뭐하는……."

하지만 그게 전부는 아니었다. 그건 어디까지나 부록. 본론은 지금부터였다.

수영은 그 고함 소리에 당황한 남자들을 향해 의자를 차서 밀어냈다. 슬금슬금 문 안으로 들어오던 두 남자는 그 의자를 피해 재빨리 방 안으로 뛰어들었다. 그리고 곧장 수영이 서 있던 쪽을 향해 총을 겨누려 했다.

"엇?"

"응?"

이미 그 자리에 수영은 없었다. 그들은 곧장 눈을 돌렸다. 수영은 뒤로 날아가는 의자의 바로 뒤에 딱 붙어서 앞으로 달려가고 있었다. 다시 목표를 조준하고 방아쇠를 당기려던 그들은 순간 사격 선상에 동료가 보이자 깜짝 놀라며 손을 멈췄다.

"후읍!"

수영은 문 밖에서 뻗어 나온 총구가 자신을 향하자 온몸을 경직시키며 팔로 얼굴을 막았다. 곧장 통증이 팔에서 느껴졌다. 하지만 마치 주먹질 같다, 총알이라기에는 훨씬 약한 아픔이다. 이 정도라면 충분히 버틸 수 있었다.

'하나, 둘, 셋.'

팔 사이의 틈으로 주변을 살핀 수영은 마른침을 삼켰다. 문 밖에서 의자에 막혀 방아쇠를 당긴 있는 남자는 모두 세 명. 저 셋을 한순간에 뚫을 수 있을까?

답은 쉬웠다. 가능하다.

왠지 모를 근거 없는 자신감이 온몸에 넘쳐흘렀다.

의자를 뛰어넘은 수영은 바닥에 착지함과 동시에 의자 때문에 쓰러져 있는 남자의 가랑이를 걷어찼다.

"커… 억?"

남성에게는 절대적인 위력을 발휘하는 일격이다. 수영은 눈을 뒤집으며 몸을 새우처럼 웅크리는 남자에게서 눈을 돌렸다.

'하나.'

재빨리 다음 타깃을 찾은 수영은 여전히 팔로는 얼굴을 가린 채 좁은 곳에서 몸을 반쯤 회전했다. 그리고 저 옆으로 물러나며 자신을 향해 총을 쏘는 남자를 향해 다리를 뻗었다. 구멍가게에서 병정개미를 일격에 쓰러뜨린 강렬한 옆차기가 남자의 가슴을 밀어냈다.

'둘.'

남자가 비틀거리며 뒤로 물러났다. 첫 번째 남자와는 달리 완전히 무력화된 건 아니지만 이 정도만으로도 충분하다. 수영은 이들을 쓰러뜨리려 하는 것이 아니다. 이곳에서 도주하려 하고 있는 것이다. 앞길을 막는 방해물은 그저 잠깐 치우기만 하면 된다.

수영은 곧장 눈을 돌려 마지막 세 번째 남자를 찾으려 했다.

"어?"

순간 다리가 꼬였다. 발을 헛디딘 것일까.

수영은 손으로 벽을 짚어 균형을 잡았다. 그리고 마지막 목표를 눈에 새긴 후 다시 앞으로 뛰쳐나가려 했다. 아래로 향하는 계단을 막고 있는 그 남자를 향해서 말이다.

하지만, 다리가 펴지지 않았다.

"어어?"

바닥을 박차려던 다리가 굽혀진 채 펴지지 않는 것을 시작으로, 몸이 녹아버린 눈사람처럼 허물어져 내렸다. 수영은 급히 다시 바닥을 짚고 일어나려 했지만 의미가 없었다. 뼈와 뼈 사이에 붙어 관절을 잡아당기는 근육에 전혀 힘이 들어가지 않았다.

"뭐야, 이……."

온몸의 근섬유가 실타래처럼 풀어지며 수영의 의지에 반응하지 않는다. 정상적인 상황이 아니라는 것은 너무나도 분명했다.

"이… 이?"

상황은 점점 심해졌다. 입이 풀리고 말소리도 형태를 잡지 못한다. 눈알을 굴리는 것도 힘들 정도였다. 수영은 억지로 고개를 들어 앞을 바라보려 했다. 그러자 팔에 꽂혀 있는 것이 보였다. 작은 원통형의 주사기와 같은 것이 팔에 무수하게 박혀 있었다.

"아……."

불현듯이 기억났다. 이게 무엇인지.

'마취… 총…….'

그러는 사이에도 수영의 눈은 자신도 모르게 슬며시 뒤집혀졌다. 약품에 의한 화학적인 반응은 고통과는 달리 의지로 저항할 수 있는 영역이 아니었다.

"크… 으……."

수영은 필사적으로 의식의 끈을 잡으려 했지만 의식은 급격하게 멀어져 갔다. 눈꺼풀이 서서히 감기고 의식을 연결하는 신호가 낡아버린 형광등처럼 깜빡였다.

그렇게 의식이 사라져 가는 수영의 귓가에 모니터와는 달리 망가지지 않은 스피커를 통해 나오는 화연의 목소리가 들려왔다.

[…정수영이라는 사람은, 8년 전의 그날, 죽었어요.]

그 말이 뭘 의미하는지 알아차리기도 전에, 수영은 완전히 의식을 잃었다.

Ⅲ부

챕터12
_재생

본 적 없는 어두운 방이었다.

축축하게 젖어 이끼인지 곰팡이인지 알 수 없는 것이 낀 콘크리트가 바닥을 굴러다니는 오래되고 낡은, 방치된 폐허. 그 방 한가운데에서 눈을 뜬 수영은 가만히 팔을 들어 올렸다. 묶여 있는 건 아니다. 그저 의자 위에 앉혀져 있었을 뿐.

영문을 알 수 없어 멍하니 양팔을 내려다보던 수영은 저 앞에서 들려온 숨소리에 자리를 박차고 일어났다.

그리고 저 앞, 해체된 콘크리트 더미에 앉아 있는 남자를 향해 외쳤다.

"누구야, 너?"

대답이 돌아오지 않는다. 수영은 조심스레 주변 상황을 살폈다. 창 밖 너머로 보이는 것은 오직 뻥 뚫린 어둠뿐. 별빛이나 달

빛, 가로등 빛 하나도 보이지 않는 기묘한 광경이었다.

"너 누구냐고. 여긴 어디야, 대체?"

병정개미들이 쏜 마취총을 맞고 기절한 것은 기억이 난다. 그리고 눈을 떠보니 이런 을씨년스러운 폐허 한가운데다. 저 수상쩍은 남자의 정체는 너무나도 뻔하지 않는가.

"네가 날 여기로 데려온 거냐?"

남자는 여전히 말이 없었다. 수영은 눈을 가늘게 뜨고 그 남자를 향해 한 발을 내딛었다. 혹시 인형인가 하는 생각이 스쳐 지나갔지만, 곧 수영은 고개를 저었다. 천장에서 깜빡거리고 있는 희미한 형광등 불빛이 비추고 있는 그 형상은 분명 인간이었다.

"사람이 물으면……."

수영은 곧장 앞으로 뛰어가 그 남자의 멱살을 움켜잡았다.

"대답을 하라고!"

그때 천장에서 깜빡이는 빛이 남자의 얼굴을 비췄다. 그리고 그 순간, 급속도로 무겁게 변질된 공기가 폐를 짓누르기 시작했다. 마치 납과 같은 중량감을 가진 물질처럼.

"어?"

멱살을 잡고 있던 손이 풀어졌다.

"너, 으, 어."

수영은 가슴을 움켜잡으며 뒤로 몇 걸음 물러섰다. 간단한 말조차 형태를 갖춰 입 밖으로 나오지 않았다. 마치 폐 속에 물이 가득 찬 것 같은 갑갑함과 질식하는 것 같은 기분에 얼굴이 새파랗게 질려갔다.

수영은 폭발할 것같이 두근거리는 심장을 움켜잡고 뒤로 물러

날 수밖에 없었다.

그 얼굴. 빛 아래에 드러난 그 남자의 얼굴.

마침내 자신을 똑바로 바라보고 있는 그 얼굴은.

그것은 수영의 얼굴이었다.

"어… 아아아!"

그 남자는 수영이 비명을 지르며 뒤로 물러나자 돌무더기에서 일어났다. 그러고는 오른손을 들어 자신의 얼굴을 잡아 뜯기 시작했다.

"윽, 으윽!"

그로테스크한 모습이라고 해야 할까. 그 남자의 진짜 얼굴이 껍질이 벗겨지는 것처럼 찢겨지는 수영의 얼굴 아래에서 조금씩 드러나기 시작했다.

하지만 수영은 그의 진짜 얼굴을 보지 못했다.

"허억!"

순간 공기가 가벼워졌다.

가쁘게 몰아쉬던 숨이 점차 안정을 되찾고 두근거리던 심장고동 역시 잦아들었다. 멍하니 눈앞에서 뿜어지는 하얀 증기를 바라보던 수영은 흠칫 놀라며 주변을 둘러봤다. 은은한 빛이 천장에서부터 내려쪼여 방 안을 밝게 비추고 있었기에 똑똑히 알 수 있었다.

조금 전의 그 방이 아니었다.

바로 눈앞에는 하얀 증기를 뿜어내는 가습기와 커다란 모니터가 놓여 있는 책상이 보였다.

그 넓은 책상 위에 있는 건 그것뿐만이 아니었다. 군청색 합성 가죽 표지의 책들, 그리고 그 주위로는 뭔지 알 수 없는 종이 뭉치와 쓰레기들이 어지럽게 널려 있다.

수영은 그 책들의 정체를 알 수 있었다. 그것은 처음부터 읽기 위해 만들어지는 목적의 책이 아니다. 누군가가 그 안에 내용물을 채워 넣기 위한 목적으로 만들어지는 스크랩북들이다.

그 책상의 주인이 누구든, 이 스크랩북들이 취미 수준으로 끝나는 것은 아니란 건 분명했다. 살짝 고개를 돌려 옆을 본 순간 눈에 들어온, 마치 벽 그 자체인 마냥 차곡차곡 책장에 들어차 있는 수십, 수백 권의 스크랩북이 그걸 증명했다.

"여긴 어디… 윽?"

반사적으로 팔을 들어 올리려 하던 수영은 강렬한 구속감에 아래를 내려다봤다.

팔이 의자와 연결된 가죽벨트에 단단히 묶여 있었다. 팔뿐만이 아니다. 허리와 가슴, 눈에 보이진 않았지만 다리도 마찬가지였다. 몸을 비틀어 움직이려 해도 전혀 미동조차 하지 않는 이 상황에 수영은 깜짝 놀란 듯 몸부림쳤다.

"윽! 뭐야! 이런……!"

"일어났나 보군요."

잔뜩 비틀어빠진 희미한 목소리가 귓속에 파고들었다. 수영은 흠칫 놀라며 고개를 들었다.

조금 전 맨 처음으로 봤었던 책상. 그 한가운데에 놓여 있는 커다란 모니터와 증기의 너머에 누군가의 인영이 보였다. 그뿐만 아니다. 정신과 오감이 서서히 뚜렷해지자 등 뒤에도 두엇쯤 되는 기척이 느껴졌다.

"여기가 어디냐고 했습니까?"

키보드를 두드리고 책상 위의 종이에 뭔가를 휘갈기는 소리와 함께 또다시 목소리가 들려왔다. 수영은 마른침을 삼켰다. 조금 전 일은 꿈이다. 하지만 지금 이것은 아니다. 뺨을 꼬집거나 하지 않아도 그건 확신할 수 있었다.

꿈에서 그 꿈을 현실로 착각하는 경우는 자주 있지만, 현실에 있을 때 그것이 꿈이라고 착각하는 경우는 드물다. 그만큼 현실감이라는 것은 무겁고 진득한 것이다.

"여기는 개미의 아지트. 그 안에서도 내 방입니다. 사장실이라고 불리죠."

꿈속에서 이미 인지했던 사실이 있다. 그건 자신이 병정개미들에 의해 잡혔다는 것이다. 그렇기에 수영은 그 어투와 말의 내용을 듣고 확신했다. 지금 눈앞에 있는 저 노인의 정체를.

"여왕개미……!"

의자를 박차고 일어나려 하던 수영은 의자째 옆으로 굴렀다. 하지만 수영은 신음 소리조차 흘리지 않았다. 대신 이를 악물고 유일하게 자유로운 부분인 머리를 틀어 위를 향하며 기세 좋게 외쳤다.

"보통 남자라면 자기 별명을 여왕이라고는 짓지 않을 테니까 혹시나 했는데. 진짜 남자였네? 그것도 다 죽어가는 늙은이였고. 응?"

그 도발에도 여왕개미는 반응하지 않았다.

수영은 눈을 살짝 돌렸다. 수영의 등 뒤, 문 바로 앞에는 두 명의 병정개미가 동상같이 앞을 바라보며 가만히 서 있었다. 잠시 그들을 노려보던 수영은 몸을 비틀며 다시 외쳤다.

"왜 날 안 죽였지?"

그 짤막한 외침에는 모든 의문이 함축되어 있었다.

뒤에 있는 병정개미들의 눈에는 분노가 스며 있었다. 수영이 죽인 병정개미가 하나, 그리고 상당한 중상을 입히고 경찰에 잡혀간 자가 둘, 급소를 걷어차인 남자가 하나다. 동료가 그런 꼴을 당했으니 병정개미들의 저 분노는 충분히 납득이 된다.

그럼에도 불구하고 그들은 수영은 죽이지 않았다. 그건 명령이 있었다는 말이다. 병정개미들이 절대적인 충성을 바치는 존재, 여왕개미의 명령이 말이다.

"일으켜 세워주세요."

"옛."

병정개미들이 신음을 흘리는 수영을 일으켜 세우자 여왕개미는 담담히 말을 이었다.

"그럼 나가 있으세요. 조금 있다가 부르겠습니다."

"예? 하지만……."

여왕개미는 수영을 힐끔거리는 병정개미들을 향해 말없이 안광을 번뜩였다. 그 조용한 재촉에 병정개미들은 어깨를 움찔거렸다. 그러고는 고개를 숙여 보인 다음 재빨리 문을 열고 밖으로 사라졌다.

이제 방 안에는 둘뿐이었다.

"화연 씨는……."

낮은 신음을 흘리던 수영은 눈을 들어 모니터에 가려져 있는 여왕개미를 바라봤다.

"아무리 잘 봐줘도 개미 한 마리일 뿐이죠."

그 시선이 느껴졌는지 여왕개미는 다시 입을 열었다.

"한 번 자비를 베풀었는데도 그걸 모르고 또다시 손을 무는 배은망덕한 개미는 살려둘 이유가 없습니다. 물론 당신도 화연 씨에게 선동되긴 했지만 그 가치가 다르죠. 당신은 우리에게 있어서 큰 재산입니다."

그 말에 수영은 코웃음 쳤다.

"어차피 사람을 죽이는 거라면 방금 그 멀대들한테 계속 시켜온 주제에. 내가 큰 재산? 중요하다고? 그 말을 퍽이나 믿겠다."

대답은 돌아오지 않았다.

"왜 날… 윽."

막 다시 말을 내뱉으려 하던 순간 또다시 찌르는 것 같은 두통에 수영은 눈을 질끈 감으며 머리를 흔들었다. 아직 약기운이 남아 있어서 그런 것일까. 눈물이 스며 나올 것 같은 아픔을 참아낸 수영은 다시 앞을 보며 외쳤다.

"왜 날 속이면서까지 이 일에 끌어들였지? 뭐, 아들의 복수라도 하려는 거야? 내가 사실을 알고 미쳐 날뛰는 꼴이라도 보고 싶어서?"

"후계자가 필요했기 때문입니다."

여왕개미는 짧게 수영의 말허리를 끊었다.

"후계… 자?"

너무나도 예상외의 대답. 어안이 벙벙한 얼굴로 여왕개미가 뭔가를 휘갈기던 종이 뭉치 하나를 책상 옆에 툭 던져 놓는 것을 보던 수영은 정신을 차리듯 고개를 흔들었다.

"장난해?"

"어차피 당신은 내 손안에 있습니다. 이제 와서 거짓말을 할 필요는 없죠."

그 말은 맞았다. 칼자루고 뭐고 전부 쥐고 있는 것은 여왕개미 쪽이란 것은 분명했다.

"물론 난 당신을 속이긴 했죠. 우리의 일이 평범한 사람들의 희생도 불러올 수 있다는 걸 숨긴 건 내 잘못입니다. 하지만 그렇게 하지 않았다면 당신은 이 일에 끼지 않았겠죠. 난 이런 위험을 감수하고도 당신을 놓칠 수 없었습니다. 수만 명을 뒤져도 찾을 수 있을까 말까 한 재능의 소유자였으니까."

수영은 조용히 입을 다물었다. 그리고 여왕개미의 말을 경청했다.

"정작 자기는 모르는 것 같지만, 당신은 보기 드문 재능을 가지고 있습니다. 전쟁터에서 태어나서 살아온 인간도 평범한 삶을 맛보면 인간을 죽이는 것에 대한 거부감을 가지고 정신에 상처를 입죠. 그렇지 않은 인간들은 태어날 때부터 돌아버린 사이코패스들 정도입니다. 아까 당신의 뒤에 서 있던 친구들도 살인의 쾌감과 돈, 그리고 약점이 잡혀 있다는 공포 때문에 협조하고 있기에 항상 그걸 신경 써줘야 하죠. 그런데 당신은 살인의 경험이 있지만 불필요하게 평범한 사람을 해칠 정도로 피에 굶주리지 않았죠. 살인의 죄책감 때문에 자기 자신을 자책하거나 하지도 않습니다. 그저 담담하게 할 일을 할 뿐이죠. 그렇기에 내 뒤를 이어이 일을 하기에는 최적의 인재라는 겁니다."

긴 한숨과 함께 등받이가 끼익거리는 소리가 들려왔다. 여왕개미는 손을 들어 주름이 진 이마를 눌렀다.

"난 늙어가고 있습니다. 얼마나 더 이 일을 할 수 있을지도 모릅니다. 당장 내일이라도 무슨 불행한 사고가 일어날지도 모를 일이죠."

진심을 털어놓는 것 같은 약한 소리였다. 수영은 여전히 말을 하지 않고 빠져들듯이 그 목소리에 귀를, 온 신경을 기울였다.

"당신은 병정개미를 힘으로 제압할 수 있는 젊음과 힘이 있고, 언제나 올곧을 수 있는 마음이 있습니다. 모자란 지혜와 지식은 내가 죽을 때까지 가르치면 됩니다. 난 그렇게 당신을 교육시켜 개미의 후계자로 만들려고 했습니다. 하지만……."

여왕개미는 힘이 빠진 듯 목소리를 낮췄다.

"사실 당신에게 이런 이야기를 하는 건 너무 이르죠. 진실을 털어놓는 것도 그렇고. 언젠가 당신이 모든 것을 받아들일 만한 역량을 갖추게 되면 이 일에 대해 말하려고 했건만. 그 여자가 이런 짓까지 할 줄은……."

긴 한숨 소리 후에 침묵이 이어졌다. 오로지 여왕개미와 수영의 낮은 숨소리만이 가습기의 작동음과 함께 낮게 퍼져 나가고 있을 뿐이었다.

"만약."

여왕개미는 자신이 만든 침묵을 깼다.

"당신이 내 후계자가 된다면, 내 모든 걸 배우고 난 후라면, 그때는 당신 맘대로 개미를 써도 됩니다. 원하는 대로. 꿈꾸는 이상대로 말이죠. 그러니 내가 당신을 속인 건 일단 묻어두고. 내 후계자가 되지 않겠습니까? 그리고 이 조직을 물려받지 않겠나요?"

실로 엄청난 제의다. 모든 걸 묻어두고 다시 개미로서 활동하는 것은 물론, 후계자로서 언젠가 개미의 전권을 넘긴다는 이야기니까.

게다가 사실 수영으로서는 다른 선택의 여지가 없는 것이나 마찬가지였다. 이 제의를 거절하면 이미 여왕개미의 손아귀에 완전히 잡혀 있는 수영이 어떻게 될지는 뻔했다.

하지만 수영은 여전히 생각에 잠긴 듯 입을 다물고 있었다. 잠시 기색을 살피듯 입을 다물고 있던 여왕개미는 마치 수영의 등을 떠밀듯 목소리에 힘을 불어넣었다.

"정의를 위해서, 이 세상의 약자들을 위해서 말입니다."

쐐기를 박는 것 같은 그 말에 수영의 고개가 살짝 들어 올려졌다.

"정의를 위해서?"

수영은 모니터에 가려진 여왕개미의 인영을 보며 중얼거렸다.

"이 세상의 약자들을 위해서?"

"그렇습니다. 물론 생각할 시간은 주……."

"풉."

살짝 벌려진 입으로 흘러나온 비웃음에 여왕개미는 말을 삼켰다.

"푸하하하하하하하하!"

여왕개미는 입을 다물 수밖에 없었다. 길게 이어지는 커다란 웃음소리는 순식간에 방 안을 가득 채웠고, 여왕개미의 말문을 단숨에 막아버렸다. 속에 든 모든 것을 쏟아내는 듯한 그 커다란 비웃음에 여왕개미는 불쾌한 듯 팔걸이를 꽉 움켜잡았다.

"뭡니까? 왜 그렇게 웃는 겁니까?"

그 끝도 없이 이어질 것 같은 웃음소리가 그 외침에 멈췄다.

"재능이라고 했지?"

수영은 팔을 묶은 가죽수갑을 팔걸이째로 떼버릴 듯 몸을 앞으로 내밀며 이를 갈았다.

"그래, 그 주둥아리에서 나오는 말대로 내가 재능이 있을지도 모르겠네. 나 말야, 언제부턴지는 모르겠는데, 너 같은 작자한테 써먹기에 딱 좋은 능력이 생겼거든? 응? 그러니까."

사실 능력이라고 해봤자 그건 단순한 육감에 불과하다. 당연히 틀릴 가능성도 높다.

하지만 수영은 더할 것 없이 완벽하게 확신했다.

병원에서 화연을 죽인 병정개미의 목을 따버릴 때처럼.

"거짓말 작작하라고, 이 미친 늙은이야!"

포효인지 절규인지 알 수 없는 외침이 방 안을 쩌렁쩌렁 울렸다.

이야기를 들으면서 느꼈다. 놀랍게도 수영을 후계자로 삼으려 한다는 여왕개미의 말은 사실이다. 하지만 군데군데 거짓말이 섞여 있다. 의아했다. 본론은 진심이면서 왜 거짓말이 섞여 있는가. 어쩌면 단순히 수영의 호의를 사기 위한 띄워주기가 거짓말로 들리는 것일 수도 있다. 그렇기에 수영은 그 말에 곧장 답하지 못하고 귀를 기울였다. 그리고 계속 고민했다. 그 조건을 정말 받아들여도 되는가를.

하지만 여왕개미가 마지막으로 내뱉은 그 말에 모든 고민은 사라졌다.

마지막의 그 말은 분명히. 100% 완벽한 거짓말이었으니까.

"약자들을 돕는다고? 아니겠지. 네가 하려는 건 네 말을 듣는 노예들을 늘이는 수작일 뿐이잖아. 화연 씨처럼! 그리고 나처럼!"

지금 당장은 그 껄끄러움과 구역질을 삼키고 이 자리를 넘어가는 것이 현명할지도 모른다. 아니, 그것이 분명 현명한 방법이다. 그러나 수영은 그 현명함을 택하지 않았다. 택할 수 없었다. 폭발하는 이 감정의 폭풍을 도무지 자제할 수가 없었다.

"어디 할 말 있으면 더 해보시지그래? 들어주기는 할 테니까."

묵묵히 수영의 비난을 듣던 여왕개미는 진심으로 비통함이 묻어나는 한탄을 내뱉었다.

"이럴 수가……."

더 이상 수영을 설득할 방법이 없다는 것을 인정한 것일까. 으르렁거리는 수영에게서 눈을 뗀 여왕개미는 조용히 입가를 손으로 감쌌다.

"내 오만이었나? 완벽하게 모든 걸 다 통제했다고 생각했는데. 하필 그 여자가……. 역시 그때 자비를 베풀 게 아니라 처리해 버렸어야 했나."

수영은 그 중얼거림마저 비웃어주기 위해 막 입을 열려 했다. 하지만 다음 순간, 여왕개미가 꺼낸 말에 수영은 아무 말도 하지 못하고 그대로 굳어버렸다.

"이래서야 7년이라는 시간을 버린 게 되어버렸군."

정수영이라는 사람은
8년 전의 그날
죽었어요.

정신을 잃기 전 들었던 마지막 화연의 말이 여왕개미의 중얼거림에 띄엄띄엄 섞여 들렸다.

그 말은 분명 이상했다. 수영은 지금 여기에 살아 있으니까.

분명 수영은 7년 전의 그날에 죽음을 겪었다. 하지만 결국 살아났다.

막 깨어났을 때 놀란 얼굴로 기적이라고 외치던 의사의 얼굴이 기억난다. 몸이 완전히 치료됐을 때 처음으로 올려다봤던 하늘이 유난히 파랗게 느껴졌던 것도 말이다. 그 후 아무도 모르는 곳에 자리를 잡고 지금까지 살아온 7년은 당연히 현실이다.

그런데도 왜 화연은 그런 말을 했을까.

"8년 전……."

수영은 말을 멈추고 목에 걸린 껄끄러운 뭔가를 삼켰다. 그리고 낮게 말했다.

"8년 전에 무슨 일이 있었지?"

무심결에 말하긴 했지만 대답이 돌아올 거라고는 도무지 생각할 수 없었다. 모든 제의를 걷어차고 자신을 비웃는 수영에게 여왕개미가 무슨 대답을 해줄 리가 없었다.

그리고 그렇기 때문에.

"7년 전, 죽어가는 너를 살린 게 나다."

너무나도 쉽게 돌아온 대답에 수영은 당혹감을 감추지 못했다.

"언론이 뿌려대던 정수영의 사망 소식을 최대한 바닥에 가라앉힌 것도 나다. 그건 별로 힘들진 않았지. 너도 여기저기에 말하고 다니지 않았고. 기자 놈들은 기삿거리가 안 될 것 같은 일에는 전혀 신경을 안 쓰니까."

"어? 어어?"

수영은 당황했다. 여왕개미가 더 이상 존대를 하고 있지 않다는 것을 알아차리지 못할 정도로. 영문을 알 수가 없었다. 대체 왜 여왕개미가 그런 일을 했다는 것일까.

뒤죽박죽 섞여가는 머릿속을 정리하듯 눈을 깜빡이던 수영은 숨을 삼키며 시선을 고정시켰다. 갑자기 몸이 떨려왔다.

"으……."

여왕개미가 움직이고 있었다. 의자에 앉은 채로.

수영은 모니터와 가습기, 쌓여 있는 스크랩북의 사이로 언뜻언뜻 보이는 여왕개미의 옆모습을 보며 마른침을 삼켰다. 그러고 보면 가벼운 모터 소리가 들렸다. 아마도 전동휠체어 같은 것일까. 그렇다면 여왕개미는 어째서 그런 것을 쓰고 있는 것일까.

그에 대한 의문은 금세 풀렸다.

"보통 사회에 적응할 수 있게 공장을 주선해서 일할 수 있게 한 것도 나지. 아무것도 없는 너에게 집을 제공한 것도 나다."

마침내 여왕개미의 전신이 모두 드러났다.

중년과 노인의 경계에 아슬아슬하게 걸친 남자. 화상의 흉터와 부자유스러운 신체는 무력한 존재라는 증거 이상으로는 보이지 않는다. 하지만 조금 전만 해도 앞을 향해 뛰쳐나가려 하던 수영은 마치 도망치려는 듯 의자의 등받이에 몸을 파묻었다. 열린 입은 닫히지 못했다. 알 수 없는 한기에 살짝 벌린 이빨이 서로 부딪히며 따닥거리는 소리를 냈다.

"난 계속 널 지켜보고 네 뒤를 돌봤지. 7년 동안 네가 보지 못하는 곳에서 계속 말이다. 그 전까지 합치면… 14년? 아니지. 15년 동안이구나."

수영은 더 이상 참지 못했다. 마치 비명 같은 외침이 터져 나왔다.

"너, 다, 당신, 누구야? 대체 당신 뭐냐고!"

조금 전 폭발시켰던 분노는 미지의 공포에 순식간에 물들어 지워졌다. 왜인지는 모른다. 단지 어떻게 해서든 이곳에서 벗어나고 싶다는, 아니, 그런 생각조차 들지 못할 정도의 무력감이 전신을 뒤덮고 있을 뿐이었다.

여왕개미가 가까이 다가오자 떨림조차 잦아들었다. 수영은 신체의 자유를 빼앗긴 것처럼 움직이지 못했다. 뱀 앞의 개구리? 아니, 그런 살벌한 것이 아니다.

이것은 마치 주인을 앞에 둔 개와 같은 절망적이고 완벽한 순종에 가깝다.

"넌 예전부터 고집이 센 주제에 마음은 약했지."

여왕개미는 군데군데 화상의 흉터가 남아 있는 팔을 천천히 뻗었다.

"내가 조금만 소리를 쳐도 금방 움츠러들었고……. 그래, 그날도 그랬었지? 어제같이 기억나는구나. 날 죽이고 자기도 죽겠다고 하면서 얼마나 울던지.”

미리카락 사이로 그 비쩍 마른 손가락이 파고들었지만 수영은 목을 움츠리지도 못했다. 여왕개미는 넋이 나간 얼굴로 자신을 똑바로 바라보는 수영을 향해 인자하게 웃었다.

“안 그러냐? 주신아.”

*　　*　　*

사람들은 육체적으로나 정신적으로 더 이상 버틸 수 없을 정도로 괴로워졌을 때, 더 이상 도망갈 곳을 찾지 못했을 때 죽음을 최후의 도피처로 삼기도 한다.

그런데 만약, 인간에게서 그 최후의 도피처마저 빼앗으면 어떻게 될까.

[수영이요? 착한 애였죠. 글쎄요. 저희도 시설을 나가고는 연락을 못 받아서.]

[원래는 친구였다고 하더라고. 아마 어쩌다가 그놈이 하는 일을 알게 됐나 봐. 그래서 경찰을 불러놓고 설득시키려고 했는데 그놈이 배신당했다고 하면서 그대로 찔러 버린 거지. 정신 좀 차리고 있었으면 그렇게까지는 안 당했을지도 모르지만.]

[자신의 친구를 잔인하게 찔러 살해한 십대의 청소년이 체포됐습니다. 경찰은 피의자가 그 이외의 사건에도 연루됐다는 제보를 받아 여죄를 추궁하고 있습니다.]

[아뇨, 즉사는 아니었습니다. 병원에 실려올 때까지는 살아 있

긴 했죠. 하지만 저희로는 어떻게 할 수가 없었습니다.]

[지난달 법정에서 치료감호를 명령받아 정신병원에 격리 수용됐던 희대의 살인범, 킬러J라고 불렸었죠, 정주신이 탈출을 시도했지만, 탈출 후 차사고로 인해 사망했다는 소식입니다. 경찰은 정주신의 탈출에 연루된…….]

[평소 정주신은 교우관계가 좋지 않았지만 피해자인 정수영과는 가깝게 지냈다는 주위의 진술에 따라. 피해자인 정수영이 정주신의 살인행각을 도운 것이 아니냐는 추측 또한 나오고 있습니다.]

오래된 뉴스, 인터뷰, 시사 프로그램의 제작 필름.

벽에 걸려 있는 여섯 개의 모니터에서는 각기 다른 내용의 영상들이 동시에 재생되고 있었다.

당연히 거기에서 정보를 얻는 것은 거의 불가능하다. 보통사람이라면 여섯 개의 제각각 다른 소리를 듣는 것만으로도 머리가 어지럽고 기분이 나빠질 것이다.

하지만 상관없었다. 그것이 바로 이 동영상을 재생시킨 이의 의도였으니까.

"윽, 으으윽."

청년은 신음을 흘렸다. 전신은 물론 머리까지 단단히 고정되고, 심지어는 눈을 감을 수조차 없게 눈꺼풀조차 억지로 잡아 매여 있다. 그런 상태로 벌써 두 시간째. 청년은 연속으로 반복 재생되는 그 영상들을 아무런 저항도 하지 못한 채 계속 듣고 봐야 했다.

그때 등 뒤에서 소음이 들려왔다. 문이 열리는 소리였다. 혼미

할 정도로 쏟아지는 스테레오 사운드 속에서 그 이질적인 소리는 유난히 귀에 잘 들어왔다.

"이게 며칠만이지? 오랜만이구나. 너도 알겠지만 나도 일이 바빠서 말이다."

"으으으으! 어으으!"

청년은 만족스럽게 소리치지도 못했다.

입에는 재갈이 끼워져 있고, 의자에 앉혀지기 전 약물까지 주입당했다. 당연히 몸은 거의 움직이지 않고 정신도 반쯤은 꿈에 빠져 있는 것처럼 흐리멍덩했다.

지금 청년에게는 생각을 할 수 있을 만큼의 최소한의 의식만이 간신히 남아 있을 뿐이었다.

"어디 보자……."

그사이 문을 열고 그 방에 들어온 여왕개미는 청년의 옆에 멈췄다. 청년과 눈을 마주치고 기색을 살피던 여왕개미는 웃으며 등을 돌렸다. 그러고는 모니터 중 하나를 향해 손짓했다.

"그래그래, 저 시사프로그램. 저건 막는 게 힘들었지. 그래서 어쩔 수 없이 담당 PD와 팀원 몇몇을 사고로 위장해서 죽이고 프로젝트를 뒤집었단다. 만약 저게 공중파로 나가면 정수영이 정말로 죽었다는 걸 많은 사람이 알게 될 테니까 말이야. 널 여전히 죽어 있는 걸로 위장시키기 위해서는 어쩔 수 없었지."

"그으으… 으으."

말라붙은 청년의 입에서는 신음 소리만이 흘러나왔다.

전동휠체어에 앉아 있는 여왕개미는 잔잔하면서도 부드러운 어투로 말을 이어갔다.

"저쪽 뉴스는 봤니? 즉사는 아니었지만 살릴 순 없었지. 시체는 내가 빼돌려서 화장시켜서 산에 뿌렸다. 나중에라도 시체가 나오면 무슨 말이 나올지도 모르니까 말이야. 아아, 그래. 수영이의 죽음을 본 인간들이 몇 명 있긴 했었지. 하지만 매수하거나 제거하는 건 어렵지 않았어. 우리가 평소에 하던 대로 하면 됐으니까. 몇 놈은 도망치기도 했다만. 결국 다들 찾아냈지. 응? 우는 거냐? 이 녀석 참. 눈물만 많아서."

여왕개미는 희번덕거리는 청년의 눈에서 흘러내리는 눈물을 닦았다. 그리고 가만히 그 머리에 손을 올렸다. 마른 나뭇가지 같은 손가락이 머리카락 사이로 파고들자 청년은 몸부림치려 했다. 하지만 그러지 못했다.

"으으으으. 으으어."

낮은 비명 소리가 흘러나왔지만 여왕개미는 청년의 머리카락을 쓰다듬는 것을 멈추지 않았다.

"안심해라. 난 네가 기억을 찾길 바라는 게 아니니까. 기억상실증에서 기억이 돌아오는 경우는 사실 드물지. 난 단지 네가 알고 싶어 하는 진실을 알려주기 위해서 이러는 것뿐이란다."

그 잔인한 속삭임에 청년은 눈물을 흘렸다.

며칠 전, 팔다리에 수갑이 채워지고 입에는 재갈이 물려져 자해도 불가능한 상태에서 한 조각의 빛도 없는 방에 처박혀졌을 때는 오히려 정신을 조금 회복했다. 여왕개미가 했던 그 말도 무슨 소린지 알 수 없는 헛소리라고 억지로 부정했다.

적어도, 정체를 알 수 없는 약물을 주입당해 이 의자에 앉혀졌을 때까지만 해도 말이다.

하지만 진실이라는 것을 억지로 보게 됐을 때, 피할 수 없는 진실을 마주했을 때, 머릿속 깊은 곳에서부터 뭔가가 메마른 진흙처럼 부스러져 나가기 시작했다.

청년을 지금까지 버티게 해주던 인생도, 개성도, 그 모든 것이 거짓. 그렇다고 해서 정주신이라고 하는 자의 기억이 돌아오는 것도 아니다. 아무리 기억해 내려 해도 자신은 정수영이다.

하지만 그것을 떠올릴 때마다 눈앞에 보이는 모든 것은 그 기억이 거짓말이라고, 꾸며진 것이라고 말한다.

그 두 개의 상반된 진실은 안쪽으로 돋아난 가시가 되어 청년의 혼을 찢어발겼다.

그리고 그것이 반복된다. 이상한 약에 절여지고, 긴 시간 동안 고통스러운 진실을 주입당하고, 빛도 없는 감옥에 처넣어진다.

그것이 반복된 것이 몇 번. 어쩌면 수십 번일지도 모른다.

게다가 이번에는 듣고 싶지 않은 친절한 해설까지 곁들여지고 있었다.

"오, 그래. 마침 저쪽에서 나오는구나. 저 방송사에서는 너에 대한 다큐멘터리를 만든다고 했었지. 저놈들이 너무 깊이 파고들지 못하게 하는 건 좀 힘들었단다. 결국 네가 어릴 때 부모를 잃고 우리 집에 들어가 생활한 것밖에 취재하지 못하게 막을 수 있었지만 말이야. 정신병원의 인터뷰도 대충 넘길 수 있었고. 아, 맞아. 그래, 저거 보거라. 저 남자. 나 대신에 다른 병정개미를 네 양아버지로 내세웠었지. 이렇게 보니 이런 것도 꽤 그립구나."

청년은 여왕개미가 가리키는 손가락을 따라 반사적으로 눈알을 굴렸다. 그 모니터에서는 정주신이 어떻게 정신병원에서 탈출하고, 또한 사망했는지에 대한 다큐멘터리가 나오고 있었다.

[그 화려하기까지 한 살인행각 때문이었을까요. 킬러J의 추종자는 계속 늘어났고. 그들 중 과격한 부류는 상상을 초월하는 행동을 하기도 했습니다. 그중 하나가 바로 정주신 탈출사건이지요. 청소인력으로 위장한 이들은 당직을 서고 있는 담당 간호사와 의사를 사전에 반입한 총으로 협박했습니다. 그리고 그대로 정주신을 데리고 탈주에 성공했습니다. 다행히 그 탈주는 성공하지 못했습니다. 추종자와 정주신을 싣고 있던 차는 교통사고를 일으켰고, 추종자와 정주신은 불타는 자동차에서 탈출하지 못했죠.]

그것을 보고 있던 여왕개미는 고개를 끄덕였다.

"그래, 나도 저기에 있었지. 왜 그랬는지는 모르겠지만 넌 나와 함께 죽겠다면서 갑자기 차의 핸들을 잡아 돌렸지. 병정개미들이 죽고 난 이런 몸이 됐지만, 신기하게도 넌 거의 다치지 않았었단다. 네가 이 세상에 필요하다는 건 하늘도 알고 있다는 증거겠지."

끔찍한 기억을 태연하게 말하며 청년의 머리를 쓰다듬던 여왕개미는 한숨을 내쉬었다.

"하지만 넌 일어났을 때 자신이 정수영이라고 믿고 있었어. 그리고 네 자신을 증오하고 있었지. 그 상태에서 진실을 알려주는 건 위험한 일이라고 생각했다. 그래서 난 너를 당분간 정수영으로서 살게 하기 위해 성형수술을 시켜선 도시에 홀로 던져놨지. 그러면 언젠가 약자들을 돕는 그 기억과 경험을 다시 떠올릴 거라고 생각하면서. 그리고 저번 겨울에 다행히도 그런 일이 생긴 거란다. 네 친구가 그런 일을 저지른 건 우리도 알 수 없는 우연이었지만, 덕분에 넌 네 본성을 각성했지. 다행이지 않니? 내가 늙어 죽기 전에 이렇게 됐다는 게 말이다."

여왕개미는 청년의 눈앞에 얼굴을 들이밀었다. 청년은 그 끔찍하게 인자한 눈동자와 그 말소리에 몸을 떨었다.

진실.

전부 진실.

모든 것이 진실.

지금 여왕개미가 하는 말은 진실이다.

"우으으으으. 우으으!"

청년이 재갈 사이로 괴로운 신음을 흘리자 여왕개미의 눈이 휘둥그레졌다.

"난 살인자가 아니라고? 이 녀석아, 무슨 소리야. 예전 일은 네가 기억 못하니 그렇다고 쳐도, 네가 일을 다시 시작하고 지금까지 죽인 인간이 몇이나 되는지 알기나 하는 거냐? 그래, 병정개미들이 한 것처럼 말이다."

"우으으!"

그 부드러운 어투가 내장과 영혼을 긁어낸다. 청년은 여왕개미에게서 시선을 돌리기 위해 눈알을 굴렸지만, 가죽끈과 고정기는 청년의 전신과 얼굴을 단단히 옥죄었다.

"생각해 봐라. 벌써 너도 사람을 죽이는 것 자체에는 반감을 가지지 않게 됐었잖니? 이제 1, 2년만 이대로 흘러가면 너도 예전처럼 필요한 희생이라는 것까지 이해하고 예전처럼 일을 할 수 있었을 텐데 말이다. 그 망할 것이 이렇게 일을 크게 저질러 버렸으니 원. 괜히 능력 있는 개미를 하나 만들겠다는 욕심을 부려서 일이 이렇게 됐구나. 미안하다."

청년은 한탄하는 여왕개미를 분한 눈으로 노려봤다.

"아, 그렇지. 오늘은 내가 특별히 찾아온 이유가 있단다."

그때 여왕개미가 뒤쪽으로 사라졌다. 청년은 귀에 들리는 찰칵거리는 소리에 재갈을 꽉 깨물었다. 이번엔 대체 또 무슨 짓을 하려는 것일까.

"네가 아직도 내 말을 믿지 않는 건 알고 있단다. 아마 내가 네 육감을 속이고 있다거나 내가 보여주는 영상들이 모두 내가 꾸민 거라고 생각하고 있겠지. 그래, 이런 상황에서는 그런 거미줄 같은 희망이라도 붙잡는다는 건 나도 알지. 그런데 마침 좋은 게 있더구나."

여섯 개의 모니터의 전원이 잠시 꺼지는 듯하더니 일제히 켜졌다. 각자 다른 영상을 재생하던 여섯 개의 모니터는 이젠 마치 하나의 커다란 모니터처럼 단 하나의 영상을 크게 띄우고 있었다.

[…정수영이라는 사람은. 8년 전의 그날. 죽었어요.]

"우읍……!"

여왕개미는 청년의 신음에 반응하듯 작게 웃었다.

"암호가 있더구나. 해킹해서 암호를 깰 수는 있다지만 프로그램은 내가 모르는 거라 말이다. 다른 개미에게 시켰더니 좀 시간이 걸렸구나. 어떠냐. 그 여자의 마지막 말을 끝까지 볼 수 있게 되어서 다행이지?"

아니다. 보고 싶지 않다. 화면 속의 화연이 무슨 말을 할지 너무나도 뻔했다.

청년은 고개를 저으려 했지만 그렇게 하지 못했다. 그러는 사이 화면 속의 화연은 조용히 말을 이어 나갔다.

[지금 수영 씨는 아마 예전의 정주신… 일 거예요. 7년 전에 사고로 죽었다고 알려진 그 정주신 말이에요.]

지금 청년이 이 세상에서 가장 신뢰할 수 인간의 입에서 확인 사살이 튀어나온다.

청년이 절망하는 것을 본 것같이 화연은 아래를 바라보며 입술을 깨물었다.

[충격이겠죠. 하지만 피하지 마세요. 제발 끝까지 들어줘요. 믿을 수 없는 소리일 거라는 건 알아요. 하지만 그렇게 생각해야지 모든 이야기가 맞아떨어져요. 왜 사람들이 수영 씨가 죽었을 거라고 대충 생각하고 있는 건지, 왜 여왕개미가 수영 씨를 끌어들인 건지, 그리고 수영 씨가 그 일에 어떻게 그렇게까지… 쉽게 적응할 수 있는지.]

듣고 싶지 않다. 보고 싶지 않다.

위액이 끓어오르고 내장이 갈라지는 것 같은 아픔에 청년은 재갈을 자근자근 깨물었다.

[난 수영 씨가 거짓말을 한다고 생각하진 않아요. 아마 수영 씨는 정말로 자신이 정수영이라고 생각하고 있는 거겠죠. 무슨 일이 있었던 건지… 이 이상은 나도 모르겠어요. 여왕개미만 아는 일이겠죠. 하지만, 하나는 확실해요.]

화연은 마치 고해성사라도 하듯 양손을 모아 쥐고 몸을 떨었다.

[수영 씨는 예전의… 기억을 지우고 이 세계를 떠나려고 한 건데, 내가 그런 수영 씨를 다시 이 세계에 끌어들였단 거예요.]

말을 마친 화연은 이마를 모은 손에 가져다 댔다.

[난 이걸 알았기 때문에 수영 씨에게 모든 걸 말할 결심을 했어요. 예전의 수영 씨도 이 일을 원하지도 않았는데, 내가 내 복수를 위해서 지금의 수영 씨를 억지로 끌어들인 거라면… 난 수영 씨에게 용서를 빌어야 하니까.]

그것은 진심으로 괴로워하는 목소리였다. 하지만 곧 화연은 고개를 들었다. 그리고 강렬한 눈빛으로 청년을 똑바로 바라봤다.

[진실은 괴롭겠죠. 하지만 자살 같은 건 생각하지 마요. 살아요. 난 어차피 이제 죽었겠죠. 난 죗값을 치른다고 생각할 테니까. 수영 씨만은 제발 살아요. 싸워서라도 여왕개미에게서 벗어나서 수영 씨가 살려고 했던 것처럼 살아주세요. 제발.]

화연의 어깨가 살짝 처졌다. 마치 무거운 짐을 내려놓은 것 같은 모습이었다.

하지만 화면은 꺼지지 않았다. 모든 말이 끝난 것이 분명한데도 말이다. 청년은 의아할 수밖에 없었다. 하지만 여왕개미 역시 아무 말도 하지 않고 동영상을 멈추지 않고 있었다.

어째서일까. 청년은 그 의문에 신음 소리를 내기 위해 입을 살짝 벌리려 했다.

[대체 왜 이러지.]

그때 막 화면 안의 화연이 작은 목소리로 중얼거리듯 말했다.

[그냥 나만 행복하게 살면 되는데… 미움 받는 것도 지금까지

아무렇지도 않았는데.]

그렇게 중얼거리던 화연은 문득 고개를 들고 깜짝 놀란 듯 숨을 삼켰다. 그러고는 그대로 손을 뻗었다.

마침내 영상이 완전히 끝났다.

하지만 청년은 여전히 화면에서 눈을 떼지 못했다. 자의로든 타의로든.

"마지막에 봤느냐? 마지막에 그년의 얼굴 말이다. 그래. 그년이 화면 꺼버리기 바로 전에 비췄던 그 얼굴. 다시 보여줄까? 응?"

"우으으읍! 읍! 으읍!"

청년은 이곳에 들어와서 고문당하던 시간 중 가장 격렬하게 저항했다.

싫다. 안 돼. 하지 마. 죽여 버릴 거야.

온갖 저주를 내뱉고 싶었지만 목소리는 나오지 않았다. 그리고 여왕개미는 그런 청년의 모습에 만족한 듯 다시 동영상을 되감았다.

[…않았는데.]

"자자, 잘 보렴."

여왕개미는 동영상을 멈췄다. 렌즈의 절반을 손이 뒤덮고 있었지만, 나머지 절반에는 화연의 반쪽짜리 얼굴이 비춰지고 있었다. 어쩐지 묘하게 번져 나간 마스카라와 그 검은색에 물들어 흘러내리는 눈물도.

"우으으으으으으으으!"

"그래, 맞다. 울고 있지. 나도 그다지 눈치는 없다만, 지금 저 여자가 왜 우는지 정도는 알 만큼은 된단다."

의미심장하게 웃은 여왕개미는 가볍게 박수를 쳤다.

"자기 목숨도 내던지는 파멸적인 사랑이라니. 정말 대단하지? 불과 몇 개월 만에 이렇게 타인에게 반하다니 참 헤픈 여자야. 그야 나도 널 구하려고 별의별 짓을 다 했으니 타인에 대한 사랑을 이해 못 할 것도 아니지만 말이다."

박수를 치며 즐거워하던 여왕개미는 청년의 곁으로 다가왔다. 그리고 손톱이 벗겨지도록 팔걸이를 긁고 있는 청년의 손을 토닥이며 낮은 목소리로 속삭였다.

"하지만 네가 말을 좀 더 잘 들어줬으면 이 여자도 죽지 않고 끝났을지도 몰랐는데. 너와 관계된 인간들은 인생이 참 비참하게 끝나는구나."

"으으으?"

그 속삭임에 청년은 여왕개미를 향해 눈을 굴렸다.

"아니지. 비참하게 끝난 것뿐만이 아니지. 수영이는 네 손으로 죽였고, 생각해 보면 결국 이번에도 저 여자는 네 손으로 죽인 거나 다름없지. 그리고 내 형님이나 형수님, 그러니까 네 친부모도 사고에서 널 지키려다가 죽었고 말이다. 아아, 그래. 그 시사프로그램의 PD도 네 행적을 뒤쫓으려고 해서 어쩔 수 없이 죽었지. 그러고 보니 네 일에 대해서 알고 있었던 형사도 있었던가? 허참. 이거 세어보자니 한도 끝도 없는걸?"

고개를 끄덕이던 여왕개미는 청년과 눈을 마주쳤다.

"그래, 이건 전부 네 탓이구나. 네가 죽인 거야. 네가 없었으면 이런 일이 없었을 텐데."

"우으으으으! 으으으읏! 으으!"

청년은 비명을 질렀다.

정신이 쪼개지고 이성이 메마른 먼지처럼 흩어져 간다. 자신을 고민하는 여왕개미에게 표출할 분노조차 이젠 없었다. 그저 죽고 싶다는 자괴감이 머릿속을 가득히 채울 뿐이다.

하지만 청년은 이 지옥과 같이 반복되는 수레바퀴에서 벗어날 죽음조차 박탈당한 상태였다.

"으으으어어어어! 으어어어!"

청년은 움직이지 않는 몸을 억지로 비틀며 비명을 내질렀다.

가죽 끈에 닿은 채 뒤틀린 피부가 벗겨지는 아픔은 느껴지지도 않는다. 눈꺼풀을 고정시켜 놓은 고정구가 피부에 파고들어 눈가를 따라 피가 눈물처럼 흘러내렸다.

이제 싫다. 더 이상 아무것도 보기 싫고, 듣기도 싫다. 육체에 갇혀서 절망하고 괴로워하는 것도 지친다. 생각하는 의지가 남아 있는 것조차 고통일 뿐이다.

"으……."

하지만 청년은 너무나도 당연하게도 그 안식에 닿지 못했다.

버틸 수 있는 한계 이상의 정신적인 고통이나 육체적인 고통이 닥쳤을 때 자동으로 모든 감각과 기능을 차단해 쇼크를 막는 인간 본연의 기능, 그것이 작동한 것이다.

뭔가를 탐색하듯 몸부림을 멈추고 어깨를 늘어뜨린 청년의 얼굴에 손을 가져다댄 여왕개미는 고개를 내저었다.

"기절했나?"

조금 전의, 부드럽게 상처를 헤집는 말투와는 달리 냉랭하고 짜증이 섞인 중얼거림이었다.

“손 많이 가는 녀석 같으니라고.”

여왕개미는 축 늘어져 있는 청년의 팔을 힐끔거렸다. 청년의 팔은 마치 마약중독자처럼 온통 주사 바늘 자국으로 뒤덮여 있었다. 약물을 주사해 온 흔적이었다.

“이거 원. 이러면 정말 몸이 망가질 텐데. 그렇다고 이게 내 마음대로 되는 일도 아니니.”

여왕개미는 짧은 한숨을 내쉬며 고개를 슬쩍 돌렸다.

“밖에 아무도 없습니까?”

그 외침에 문 밖에 서 있던 네 명의 병정개미가 안으로 들어왔다. 여왕개미는 손짓을 하며 그들에게 명령했다.

“둘은 저것들 전부 끄고, 거기 둘은 하던 대로 이 애를 방에 들여다 놓으세요. 가죽끈이 조인 곳이나 손톱에 상처가 났을 테니까 곪지 않게 잘 처치해 두고. 알겠지만 절대 다치게 하면 안 됩니다. 정신 차렸을 때 반응은 확실히 체크해 두고, 뭔가 이상하다면 나에게 연락하세요. 만약 오늘과 같은 반응이라면 또다시 고문하도록 하고. 아, 저 USB에 넣어둔 영상도 재생하는 영상에 포함시키도록 하세요.”

“예, 사장님.”

두 병정개미는 청년을 가죽끈에서 풀어내어 의자에서 내렸다. 그러고는 밀고 들어온 휠체어에 앉혀 문 밖으로 나갔다. 그런 청년의 뒷모습을 보던 여왕개미는 화상 자국이 난 턱을 쓰다듬으며 혼잣말을 중얼거렸다.

“첫날에 곧장 되지 않을까 했는데 생각 외로 너무 잘 버티는

군. 예전엔 안 그랬는데……."

그러는 사이 모든 모니터와 기기를 종료시킨 병정개미들이 여왕개미에게 가까이 다가왔다.

"다 됐습니다, 사장님."

"그렇습니까? 그럼 갑시다.

여왕개미는 전동휠체어를 조작해 고문실의 밖으로 나섰다. 저 뒤쪽에서 청년을 실은 휠체어가 멀어져 가고 있었다. 여왕개미의 얼굴은 고문실의 안에서 청년에게 부드럽게 말을 건넬 때와는 달리 잔뜩 찡그려져 있었다.

"아비를 이렇게 고생시키다니. 불효자식 같으니라고."

여왕개미는 그쪽에서 등을 돌렸다. 그러고는 두 병정개미의 호위를 받으며 조용히 자신의 방을 향해 나아갔다.

그는 이 순간에도 개미들의 톱, 여전히 바쁜 몸이었다.

*　　*　　*

청년은 눈을 떴다.

벽에 걸려 있는 여섯 개의 모니터의 모습을 확인한 청년은 비명 소리조차 내지 못하고 의자를 박차며 일어섰다.

비틀거리며 뒤로 물러나던 청년은 문득 자신의 양다리를 내려다봤다. 묶여 있지도 않고, 몸도 움직인다. 물러나는 것을 멈춘 청년은 조금 전까지 앉아 있던 의자가 사라졌다는 것을 겨우 눈치챘다. 그리고 아무리 뒤로 물러나도 그 모니터는 여전히 눈앞에 있다는 것도.

청년은 지독하게도 몽환적이고 실체감이 느껴지지 않는 이 상황을 단 한마디로 정의했다.

이것은 꿈이다.

그때 꺼져 있던 여섯 개의 모니터가 갑자기 어떤 영상을 비추기 시작했다.

[살려줘!]

[씨발! 내가 뭘 잘못했… 억!]

[개새꺄! 너 뭐하는 새끼야! 이거 안 풀어?]

죽은 것같이 축 늘어져 있는 소년이 난간에서 밀려 야경 속으로 낙하하는 모습. 다리가 잘린 채 절규하며 바닥을 기는 남자의 모습. 의자에 묶인 채 머리가 으스러져 신음을 흘리는 중년 여성의 모습. 누군가가 수십, 수백 명의 인간을 고문하고 죽이는 모습이 일인칭의 시선으로 찍은 지옥도같이 모니터 위에서 펼쳐졌다.

[자, 잘못했어요. 다시는 안 그럴게요. 제발… 제발!]

[돈이야? 돈이 필요한 거야? 그런 거라면 얼마든…….]

인간들은 제각각 다른 모습으로 저항하거나 애원했지만 그 시선의 주인공은 조금의 자비도 베풀지 않았다.

눈을 감는 게 차라리 나을 정도로 끔찍한 장면이었지만, 청년은 뭔가에 홀린 듯 눈알을 굴렸다. 그때 갑자기 모니터가 일제히 꺼졌다.

청년은 깜짝 놀라며 고개를 갸웃거렸다.

그러고는 조심스레 모니터에 더 가까이 다가가려 했다.

[우리 아빠 살려내! 이 씨발놈아!]

[사형시켜! 사형!]

[애라고 용서하는 건 아니겠지? 거기 판사! 말 좀 해보라고!]

갑자기 터져 나오는 외침에 청년은 소스라치게 놀라며 몸을 굳혔다.

모니터에서 비춰지는 그 커다란 영상은 청년에게 있어서 익숙한 것이었다. 다만 청년이 기억하고 있는 것과 이 영상은 다르다. 이 꿈을 꿀 때 청년의 시점은 이 영상에 비춰지고 있는 시선과 반대쪽에 있었다.

청년은 그 흔들리는 모니터의 시선 속에서 울부짖는 사람들 사이를 살폈다. 하지만 아무리 찾아도 보이는 건 유난히 눈에 띄는 빈자리뿐. 청년이 찾는 것은 보이지 않았다.

어깨가 힘없이 늘어졌다.

사실 왜 그런지 그 답은 이미 알고 있다. 여왕개미의 말대로라면 주신이 저 재판을 받고 있었을 때 이미 수영은 시체였다. 당연히 수영이 거기에 있을 리가 없었다.

그때 청년의 귀를 괴롭히듯 요란하게 울리던 소리가 갑자기 사라졌다.

청년은 고개를 들었다.

모니터는 이번엔 또 다른 장면을 비추고 있었다. 온통 흰 방. 시선의 앞에 앉아 있는 건 의사 가운을 걸치고 안경을 쓴 남자였다. 그 남자는 입을 벙긋거리고 있었지만, 조금 전과는 다르게 말소리는 들리지 않았다. 거의 완전한 무음. 그것은 이 시선의 주인공이 저 남자에게 좁쌀 한 톨만큼의 관심도 가지고 있지 않다는 것을 의미했다.

잠시 후 시선의 바로 아래에서 뱉어진 흰색의 알약이 변기 속으로 흘러들었다. 무심히 소용돌이치는 물살이 알약을 삼키고, 그렇게 증거를 인멸한 시선은 자신의 침대로 돌아갔다.

그것이 반복되고 있었다. 몇 번이고 말이다.

청년은 어렵지 않게 알 수 있었다. 이것은 주신이 받았던 정신병원의 치료와 카운슬링이다.

그렇게 반복되던 영상을 멍하니 바라보던 청년은 어느 사이엔가 시선에 이상한 변화가 생긴 것을 눈치챘다.

표정의 변화. 손짓과 몸짓. 침을 삼키는 목. 말을 늘어놓는 입의 모습.

주신의 시선은 그 미묘한 움직임을 살피고 있었다.

일부러 그러는 것이 아니다. 본능적으로, 정확히는 그동안 살인을 해오며 축적되어 쌓인 경험이 어떤 것으로 발현되기 시작한 것이다.

상대방이 거짓말을 하는지, 진실을 말하는지를 구분하는 능력으로서.

청년은 절망하듯 얼굴을 감쌌다.

이 몸에 깃들어 있는 이 능력은 이미 이때부터 발현되고 있었던 것이다. 이 몸에 정주신이라는 인간의 정신이 깃들어 있었을 때 말이다.

그렇게 청년이 또 하나의 증거에 절망할 때 다시 모니터에 비친 광경이 바뀌었다.

처음에는 다시 모니터가 꺼진 것처럼 보였다. 하지만 곧 청년은 그것이 온통 밤의 어둠에 휩싸인 방 안이라는 것을 눈치챘다. 그때 이불을 젖히고 몸을 일으킨 시선이 어떤 기척을 느끼고 주변을 두리번거렸다. 그때 그에 반응하듯 잠겨 있던 문이 조용히 열렸다. 그러자 시선은 곧장 열린 문 쪽으로 향했다.

[빨리 나오렴, 수신아.]

청년은 부서질 듯 이를 깨물었다. 열린 문 앞에 서 있는 그 얼굴. 비록 화상 자국도 없고 더 젊게 보이긴 하지만 분명하다. 그건 분명히 지금 청년이 가장 증오하는 인간의 얼굴이었다.

그러는 사이 아마도 병정개미일 두 남자가 머뭇거리는 주신에게 다가와 그 팔을 잡았다. 침대에서 끌려나온 주신은 반쯤 끌려가듯 복도를 걸었다. 꺼져 있는 CCTV, 열려 있는 철문. 시체가 되어 널브러진 남자 간호사와 의사의 모습이 순식간에 지나갔다.

마침내 건물 밖으로 인도된 주신은 하늘을 올려다볼 틈도 없이 곧장 바로 앞에 주차되어 있는 차량의 뒷좌석에 밀어 넣어졌다. 두 남자와 여왕개미는 곧장 차에 몸을 실었다.

곧 우렁찬 엔진 소리를 내뿜은 차는 정신병원의 부지를 벗어나 넓은 대로를 타고 달리기 시작했다. 백미러에 비추는 병원은 그 시선에 보이지 않게 될 때까지 여전히 아무 일도 없는 듯 불이 꺼져 있었다.

[후우, 잘 지냈니? 주신아, 건강해 보여서 다행이다.]

조수석에서 들려온 목소리였다. 주신은 그 목소리에 고개를 끄덕이는 것 같았다.

[정말 그런 역병 같은 놈 때문에 네가 너무 고생을 했구나. 일도 늦춰져 버렸고……. 힘든 시련이었다만, 다행히 너도 나도 통과한 것 같구나. 정말 수고했다.]

고개를 숙인 듯 주신의 시선이 살짝 내려갔다.

[그래, 피곤한가 보구나. 약 효과도 아직 남아 있을 거고. 돌아가서 얼마간 푹 쉬면서 약기운을 뺀 후에 앞으로의 일을 생각해 보자꾸나.]

주신은 고개를 끄덕이지도 않고 힘없이 창밖을 바라봤다.

이상하게도 주신의 시선에 보이는 야경은 회색빛으로 비춰지고 있었다.

청년은 의아해했다. 어째서일까. 주신은 그동안 계속 참아야 했던 그 일을 다시 시작할 수 있게 됐다. 세상을 떠들썩하게 만들었던 정의살인마가 해방된 것이다.

하지만 정작 그 주인공인 주신은 별다른 감흥이 없는 것 같았다. 오히려 지독히도 우울한 무력감에 휩쓸려 아무런 의욕도 없는 것 같았다.

그때 여왕개미가 앉아 있는 자리에서 작은 속삭임이 들려왔다.

[우리는 착한 사람들의 편이니까 말이지.]

순간 회색빛이 찢어졌다. 그 중얼거림은 마치 물결에 퍼져 나가는 파동처럼 그 메마른 세계를 일순간 옅게 붉은빛으로 물들였다. 심장이 두근거리는 소리가 주신 자신에게도 들릴 정도로 크게 뛰기 시작했다.

[아버지.]

청년은 반사적으로 자신의 목을 감쌌다. 자신과 같은 목소리다. 하지만 그건 청년이 낸 목소리가 아니다. 그건 이 영상을 보며 처음으로 듣는 주신의 목소리였다.

[물을 게 있어요.]

[응? 뭘 말이냐?]

주신은 자신을 돌아보는 여왕개미를 마주봤다.

[우리가 하는 일에… 무고한 사람이 희생되나요?]

[뭐? 무슨 말이냐. 우리는 약한 사람들을 위해서 이 일을 하는 건데.]

마치 적외선 카메라를 통해 보는 것과 같았다. 여왕개미는 태연해하고 있었지만 붉은빛으로 변한 작은 움직임과 기척이 몸 곳곳에서 뿜어져 나오듯 주신의 시선으로 파고들었다.

[그럼…….]

주신은 주먹을 꽉 움켜쥐었다.

[수영이가 정말 현상금 받으려고 날 경찰에 신고한 건가요?]

[그래, 물론이지. 너도 그 녀석이 항상 돈이 부족했다는 건 알잖니? 아마 그것 때문이 아닐까 싶다. 물론 아무리 그렇다고 해도 자기 친구를 팔아먹으려 한 걸 용서할 수 없지만 말이다.]

순간 온 세상이 붉게 물들었다. 여왕개미가 내뱉은 말 한마디 한마디가 붉은색으로 변해 주신을 덮쳤다. 그 붉은빛을 피하기 위해 주신이 질끈 눈을 감은 것일까. 화면은 일순 암흑 속에 파묻혔다.

그러자 목소리가 들려왔다. 조금 전까지 보였던 여왕개미의 붉은 목소리가 아니었다.

[자수… 해, 바보야.]

그것은 주신의 목소리도 아니다. 그리고 지금 그 자리에 있는 그 누구의 목소리도 아니다. 그것은 회상에서 들려온, 주신의 기억에 녹음되어 있던 목소리였다.

[계속 이러면 넌 그냥 살인자로 끝난…….]

말소리가 멈췄다. 청년은 왜 말소리가 멈춘 것인지 알지 못했지만 곧 알 수 있었다.

살짝 떠진 시선이 물속처럼 울렁거렸다. 주신이 울고 있는 것이다. 어째서 주신이 그렇게 슬퍼하는지, 그리고 그 목소리의 내용을 생각해 본다면 답은 하나뿐이다.

그것이 바로 진짜 그의 마지막 유언이었던 것이다.

어쩌면 주신도 어렴풋이 눈치챘을지도 모른다. 카운슬링을 받으며 이 능력이 개화한 후에, 그 이후에 수영에 대한 기억을 떠올릴 때마다 그것이 진실이었다는 것을 어렴풋이 느꼈을지도 모른다.

그런데 어째서 그것을 인정하지 않았을까.

그 기억과 능력, 그리고 눈앞에서 거짓말을 말하는 증인에 의해 애써 외면하고 있던 진실이 까발려진 순간, 지금까지 수백의 인간을 죽이면서도 조금의 가책도 느끼지 않았던 괴물의 정신이 처음으로 흔들렸다.

[괴로운 거냐? 그래, 친구에게 배신당한 게 괴롭겠지. 그래도 어쩔 수 없단다. 우리는 약자들의 대변자로서 계속 이 일을 해나가야 하니까.]

가느다란 손이 뻗어와 주신의 머리를 쓰다듬었다.

[그러니 지금은 울어둬라.]

그 인자한 목소리에 주신은 몸을 떨었다. 그 손짓이, 얼굴이, 목소리가 모두 붉게 보였다.

이 말도, 일을 해왔던 것이 약자를 위해서란 것도, 수영이 주신을 배신했다는 것도, 모두 거짓이다. 주신은 지금껏 그가 말하는 거짓을 진실과 정의라고 생각하여 사람을 죽여온 것이다.

그렇다. 자신이 아버지라고 불렀던 인간에게 속아서, 그에게 사랑받기 위해서.

[아아아아.]

그 죄의 무게를, 그 감당할 수 없는 묵직함을 온 정신으로 체감해 버린 순간, 주신은 진심으로 절망했다. 그 순간 미쳐 버려 정신이 붕괴해도 이상하지 않았다.

하지만 주신은 날뛰거나 소리를 저지르지 않았다.

그 대신 침착하게, 침착하게 미쳐 버린 눈으로 옆을 돌아봤다.

[주신… 주신아? 대체 무……!]

순식간에 옆자리에 앉아 있는 병정개미의 목을 꺾어버린 주신은 그 병정개미의 허리춤에서 아직 피가 묻어 있는 칼을 빼 들었다. 그러고는 운전석에 앉아 있는 병정개미의 머리채를 휘어잡으며 그 칼을 목과 어깨의 사이를 향해 내려찍었다.

일순간 시선이 요동치고 세상이 뒤집혔다.

모니터에 마지막으로 비친 것은 경악해하는 여왕개미의 얼굴이었다.

그리고 그것으로 끝.

전원이 꺼진 것 같은 모니터에서는 이제 아무것도 나오지 않았다.

"아."

청년은 앞을 향해 손을 뻗으려 했다.

이것이 진실인가?

이것이 정말로 청년이 부정하려 했던 그 진실이란 말인가?

"으?"

앞을 향해 손을 뻗으려던 청년은 의아해했다.

팔이 움직이지 않았다. 목에 손을 가져다대려고 했지만 그것 역시 할 수 없었다.

어느새 뭔가가 전신을 꽁꽁 묶어 청년을 구속하고 있었다.

"으……."

청년은 눈을 깜빡이려고 했지만 눈꺼풀조차 반밖에 움직이지 않았다.

그렇게 억지로 몇 번이나 눈을 깜빡이던 청년은 자신이 의자에 앉아 있다는 것을 알아차렸다. 꺼져 있던 모니터도 다시 켜져서 뭔가를 재생하고 있었다.

"이… 어?"

소리를 내보려 했지만 입에서는 이상한 울음소리만이 나왔다.

그와 동시에 강렬한 내장의 쓰림, 그리고 전신을 흐르는 통증이 느껴졌다. 반사적으로 입에 물려 있는 재갈을 몇 번 깨물던 청년은 긴 한숨을 내쉬었다.

"으극."

통증, 모니터의 영상, 귀의 소음, 재갈. 그 모든 상황에 청년은 손쉽게 자각했다.

꿈을 꾼 것이다. 그것도 고문을 받는 도중에 기절한 채로.

"후……."

재갈이 물린 입에서 긴 한숨이 흘러나왔다.

꿈과 현실의 경계에 서 있던 탓일까. 청년은 꿈의 모든 것을 기억하고 있었다. 그리고 그 꿈이 지금까지 청년이 알고 있던 정수영으로서의 왜곡된 기억이 아닌, 지금까지 계속 부정했던 정주신으로서의 진실이라는 것도 확연하게 느낄 수 있었다.

지금까지는 계속 여왕개미의 말은 거짓이라며 부정해 왔지만, 화연의 말은 청년이 의도적으로 외면하고 있던 봉인을 잡아 뜯었다. 그리고 그 결과, 그 봉인 아래에 잠자고 있던 정주신의 기억들은 판도라의 상자에서 풀려난 수많은 죄악처럼 청년에게 스며들었다.

"후욱."

청년은 실소했다. 지금까지 계속 부정해 온 것이 너무나도 허망했고, 동시에 속이 쓰렸다.

이제 분명히 알 수 있었다. 정주신이 죽은 것은 사실이다.

하지만 죽지 않은 것 역시 사실이다.

강력한 기억상실이라고 해야 할까. 사고에서 몸은 살아남았지만 정신이 생전 처음으로 느끼는 무거운 죄책감과 절망에 눌려 완전히 붕괴해 버린 것이다. 심지어는 자기 자신이라는 존재를 완벽하게 잊어버릴 만큼.

그리고 그 후, 머릿속에 남겨진 죄책감과 정수영에 대한 기억의 찌꺼기, 그동안 살아온 인간으로서의 기본이 모여서 한 인격체를 이뤘다. 그리고 그 인격체는 아직 살아 있던 몸에 씌었다.

그것이 바로 지금껏 자신이 정수영이라고 믿고 살아왔던 청년의 정체였다.

"끄으……."

고개를 들자 곧장 여섯 개의 모니터가 시야에 들어왔다.

모든 것이 기억나자 더더욱 무거운 죄책감과 고통이 머리를 짓눌렀다. 지금껏 애써 눈을 돌려 외면하고 있었지만 이젠 인정할 수밖에 없었기에 그것조차 되지 않았다.

눈앞에서 펼쳐지는 저것들은 모두 진실이다. 청년의 죄인 것이다.

"으으으!"

청년은 이를 부서뜨릴 듯 재갈을 깨물었다. 부끄러움과 죄책감이 머릿속을 무겁게 짓눌렀다.

죽고 싶다. 죽어버리고 싶다는 말이 이보다 더 잘 쓰일 수 있는 곳이 또 어디에 있을까. 청년은 자기 자신에 대한 맹렬한 살의를 느꼈다. 예전 주신이었을 때처럼 말이다. 그때처럼 죄를 되새길 수 있는 기억과 정신을 말소시켜 이 고통을 잊어버리고 싶었다.

그런데도 이 빌어먹을 정신은 망가질 생각조차 하지 않는다. 그때처럼 망가지면 좋을 것을, 청년의 정신은 이미 몇 번은 부서져도 이상하지 않을 정도로 지독한 고문을 계속 받으면서도 끈질기게 버티고 있었다.

[정신 좀 차려!]

쓸데없이 튼튼한 자신의 정신을 저주하며 재갈을 잘근잘근 물어뜯던 청년은 귀를 때리는 강렬한 목소리에 깜짝 놀라 눈알을 굴렸다.

"어으? 어어?"

당연히 청년을 부르는 존재는 이 방에 없었다. 병정개미들조차 밖에 있었다.

눈알을 꿈틀거리며 사방을 둘러보던 청년은 모니터의 한쪽 구석에서 시선을 멈췄다.

[…고 있었으면 그렇게까지는 안 당했을지도 모르지만. 친구라고 너무 믿은 거지.]

선명하게 들렸던 그 소리는 방금 모니터 중 하나에서 재생되고 있는 영상에서 들려온 것이었다. 하지만 어째서 그 부분만이 유난히 선명하게 들린 것인지는 알 수 없었다.

[피하지 마!]

또다시 갑자기 커진 것 같은 소리에 청년은 몸을 움찔거렸다. 이번에는 화연이 수영에게 진실을 전하고 있는 모니터에서 들려온 소리였다. 이상했다. 마치 누가 영상에서 쏟아져 나오는 목소리를 빌려 청년에게 뭔가를 말하려는 것 같았다.

하지만 대체 누가? 무엇을 말하려 한단 말인가?

"으?"

그렇게 의아한 듯 모니터를 바라보던 청년은 순간 자신의 눈을 의심했다.

지금 청년은 분명 꿈을 꾸고 있지 않았다. 비록 약과 정신적인 고통, 육체적인 아픔 때문에 약간 몽롱한 느낌이 들긴 했지만, 온몸에서 느껴지는 이 묵직한 현실감은 꿈에서는 도저히 느낄 수 없는 것이다.

그런데 저 앞에, 모니터의 앞에 현실에서는 보이지 않아야 하는 뭔가가 청년의 눈에 보였다.

"으으?"

그것은 마치 희미한 안개처럼 보였다. 하지만 안개가 아니다.

이런 방 안에서 안개가 나올 리도 없거니와 어떤 형태를 이뤄 춤추듯 일렁이고 있을 리도 없었다.

어쩌면 약기운 때문에 일어난 환각일지도 모른다는 생각에 청년은 눈을 몇 번이나 깜빡이려 했다. 하지만 그것은 여전히 청년의 눈앞에서 사라지지 않았다. 오히려 서서히 어떤 모습을 갖춰갔다.

"훅!"

청년은 숨을 들이켜며 어깨를 경직시켰다. 안개 쪽에서 뭔가가 뻗어 나왔다. 손이다. 어느새 이목구비와 사지가 달린 모습이 된 그 안개는 갑자기 손을 뻗어 청년의 얼굴을 잡으려 했다.

그러나 실제로는 아무것도 느껴지지 않았다. 청년은 이것은 약에 절어버린 뇌가 비추는 환각일 뿐이라며 눈앞에서 뭉글거리는 안개를 부정하려 했다.

"으으, 으으으."

하지만 그러는 사이에도 그 안개는 신음하는 청년의 눈앞에서 점점 선명하게 형태를 갖춰갔다. 그 얼굴을, 표정을 볼 수 있을 정도로.

"우우욱욱!"

청년의 어깨가 움찔거리며 경직됐다. 마침내 끝이 보이지 않을 정도로 깊숙이 파여 있는 세 개의 검은 구멍 중 하나가 크게 움직이기 시작했다.

이목구비상 그 움직이고 있는 구멍은 입이었다. 청년의 눈알 바로 앞까지 끔찍한 얼굴을 들이민 그 환각은 뭔가를 말하려 하듯 검은 입을 움직였다. 그 환각이 무엇인지, 어쩐 존재인지는 알 수 없었지만, 현실에까지 튀어나온 그 가상의 존재는 청년에게 뭔가를 전하려 했다.

'싸… 워.'

현실과 섞인 환상은 무서울 정도로 생생했다. 보통 사람이라면, 아니, 타인보다 신경이 굵은 편인 청년이라고 해도 이것은 혼비백산할 정도로 무서운 일임에 틀림없다. 보통 때라면 청년 역시 이 환각에게서 조금이라도 더 멀리 도망치려 했을 것이다.

'내가…….'

그러나 지금은 보통 때가 아니었다. 도망칠 수 있는 상황도 아니었다.

'도… 와…….'

청년은 고정기 때문에 억지로 떠져 있는 눈을 더더욱 커다랗게 떴다.

더 이상 영상에서 나오는 소리를 빈 목소리는 들리지 않았지만, 그것이 무엇을 말하려 하는지 알 수 있을 것 같았다. 그 두루뭉술한 입모양을 읽을 수 있었다.

'줄…….'

그리고 그 검은 구멍에서 한 문장을 완벽하게 읽어낸 순간, 청년의 목이 마른침을 삼키듯 크게 울렁거렸다.

'도와줄게.'

청년이 머릿속으로 마지막 단어를 중얼거린 순간 검은 구멍은 사라졌다. 대신 그 구멍이 있던 자리에 검은 줄이 나타나 반원을 그리듯 양옆으로 길게 늘어났다.

그 얼굴은 마치 웃고 있는 것 같았다.

*　　*　　*

극과 극을 달리는 가치관의 소유자들이 모여 일하며 별다른 충돌을 일으키지 않는 것은 있을 수 없는 일이다. 그것도 그들이 원래 경찰과 조폭, 잡고 잡히는 관계였다면 더더욱 그렇다. 만약 밖에서 개인적인 신분으로 만났다면 그들은 서로 으르렁거리며 물어뜯었을 것이다. 어느 한쪽이 완전히 굴복할 때까지 말이다.

하지만 개미에는 그런 상반된 인간들이 모여 스스로 병정개미라 자처하며 여왕개미를 한마음으로 따르고 있었다. 그 불가능하게 보이는 일을 가능하게 한 것은 복잡하거나 어려운 것이 아닌 아주 간단한 한 공통점이었다.

그것은 바로 도덕이라는 존재를 믿는 것.

정의를 위해 일을 하든, 거기에 등을 돌려 죄를 저지르든, 가치관이나 행동이 다르다 할지라도 어쨌거나 그것은 도덕이란 것에 기초한 행동이다. 모순적이지만 그들은 모두 착하게 사는 것이 세간에서 말하는 옳은 길이라는 것을 알고 있다.

하지만 죄를 짓고도 교묘하게 법을 이용하는 인간들은 널려 있고, 심판받지 않는 범죄자들은 넘쳐 난다. 그렇다고 해서 신과 같은 초자연적 존재가 죄인에게 천벌을 내리지도 않는다. 오히려 이 세상엔 자신이 신의 사자라고 하는 자들이 짓는 죄악이 더 많을 정도다.

도덕이나 정의 같은 말이 재활용 쓰레기보다 낮게 취급되는 세상. 그런 세상에 살아가며 닮아가는 대다수의 인간이 그렇듯, 그들은 그것을 산타클로스와 같은 허구의 존재로 받아들이게 됐다. 그리고 점차 정의라는 단어를 입 밖에 내지도 않게 됐다.

그런 그들의 앞에 중년의 사내가 나타났다.

처음에 그들의 눈에 그 남자는 그저 새로운 악당일 뿐이었다. 남자는 교묘한 방법으로 악당들을 협박했고 이용했다. 기존의 폭력 조직을 말살하고 대신 그들의 구역을 차지해 돈을 벌어들였고, 무관계인 인간이 말려드는 것도 개의치 않고 뭔가를 하려 했다. 당연하게도 법의 집행자들은 남자를 잡기 위해 쫓았고, 범죄를 저지르는 자들은 그를 라이벌로 생각해 경계했다.

그렇게 짧지 않은 시간이 흘러가며 남자의 세는 점점 커져 갔다.

모두가 그 남자의 존재에 위협을 느끼게 되던 어느 때, 그 남자는 자신을 쫓던 이들을 하나둘씩 불러 모았다. 법의 집행자나 범죄자들은 경계하면서도 그 초대에 응했고, 남자는 자신의 앞으로 찾아온 그들에게 그때까지 비밀로 하고 있었던 진정한 목적을 말했다.

그 남자의 목적은 이 세상에서 악을 뿌리 뽑고 약자들을 돕는 것.

허무맹랑한 말이었다. 당연히 그런 어린아이의 꿈이나 머리가 덜 큰 어른의 망상과도 같은 말을 쉽게 믿을 수 있을 리가 없다. 설사 그런 꿈을 가지고 있다고 해도 그게 이 세상에서 가능할 리가 없지 않는가.

하지만 그들은 곧장 그 말을 믿을 수밖에 없었다. 남자가 슬며시 내민 증거는 그만큼 강렬한 것이었다.

그들이 오랫동안 증오하거나 동경했던 괴물. 이 사회의 정점에 가까운 곳에 서서 능글맞은 얼굴로 보통 인간들을 개미처럼 짓밟던 최고 최악의 약탈자 중 한 명. 무궁화 꽃 한가운데 '國'을 새긴 황금 배지를 가슴에 달고 있던 남자의 사망 소식 말이다.

존재하지 않을 것이라 포기하거나 조롱하고 있던 정의. 그것도 강력한 힘을 가진 정의가 눈앞에 나타나자 그들 모두는 진심으로 전율했다. 그리고 뭔가에 홀리기라도 한 듯 그 남자의 앞에 무릎을 꿇었다.

원래 법을 집행하던 자는 그의 앞에 무릎을 꿇고 대의를 위해 쓰임 당하기를 갈구했으며, 정의를 등지고 범죄를 저지르던 자는 공포에 떨며 용서를 빌었다.

남자는 모두를 받아들였다. 그리고 본격적으로 그들을 교육하기 시작했다. 그들 모두가 정의라는 절대적인 가치를 좇는 사도로서 새롭게 태어날 수 있다는 것을, 그리고 자신은 그들을 이끌어서 올바른 길로 가게 할 수 있다는 것을 말이다.

타인에게 옳다고 인정받는 삶이라는 것은 너무나도 매력적이다. 그것이 패자가 아닌 승자 자의 삶이라면 더더욱 그렇다. 그렇기에 병정개미들은 여왕개미의 말에 따랐다. 그것이 진실이든 아니든 그건 이미 아무래도 상관없는 것이었다. 그들 중 누구도 여왕개미를 부정하거나 의심하는 자는 없었다.

그들에게 있어서 이미 정의란 신이며, 여왕개미는 그 신의 사도, 화신과도 같은 존재였다. 그리고 병정개미들은 그 사도의 충실한 종으로서, 어떤 희생이라도 감수해 낼 것을 각오한 신자들이었다.

그렇게 병정개미라는 집단이 탄생했다.

그들은 여왕개미를 위해서는 무엇이든 할 수 있었다.

무슨 일이든지 말이다.

* * *

무거운 철문이 소리 없이 열리고 두 남자가 방 안에 들어섰다.

째진 눈의 남자는 방구석에 설치되어 있는 영상기기에 다가가 가볍게 키보드를 두드렸다. 곧 소음이라고밖에는 생각되지 않는 형태로 섞이던 소리와 어지럽게 방 안을 물들이던 영상이 꺼졌다. 검은 바탕으로 채워진 모니터에서 흘러나오는 백라이트만이 방 안을 희미하게 비추고 있었다.

"어때?"

휠체어를 모니터 앞에 고정되어 있는 의자의 옆까지 밀어둔 배불뚝이는 슬쩍 옆을 돌아봤다.

"뭐, 기절은 안 한 것 같은데요?"

온 사지가 구속된 채로 낮은 신음을 흘리고 있던 청년은 머리를 누르고 있던 구속구가 풀리자 힘없이 고개를 떨어뜨렸다. 세 시간 동안 억지로 뜨고 있어야 했던 눈도 겨우 감겼다.

"정신은 나간 것 같지만……."

배불뚝이는 늘어진 청년의 고개를 들게 하고 눈을 억지로 까뒤집었다.

"어쨌거나 오늘도 별다른 건 없는 것 같네요. 사장님 말씀대로."

"여전하구만."

째진눈은 지겹다는 듯 혀를 찼다.

그들은 벌써 일주일이 넘게 계속 이 임무를 맡고 있었다. 청년에게 약물을 주사하고, 이 고문실에서 묶어놓은 채 영상을 틀어준다. 그리고 시간이 지나면 청년의 상태를 체크한 다음 다시 꽁꽁 묶어 방에 던져 넣는다. 물론 그 사이사이에는 욕창 같은 게 생기지 않도록 청년의 몸을 뒤집어준다든지 더러운 부분을 씻어준다든지 하는 번거로운 일도 있었다. 무슨 의미가 있는지 알 수조차 없는 기괴한 임무였다.

하지만 그들은 한 점의 의심도 없이 충실하게 명령을 수행했다. 그게 임무였으니까.

"어쨌든 사장님에게는 그렇게 보고하면 되겠지. 그럼 빨리 주사나 놔. 얼른 데려가서 묶어놔야지."

배불뚝이는 째진눈의 대답에 고개를 끄덕였다. 그러곤 주머니에서 여왕개미에게 받은 케이스를 꺼내 열었다. 거기에는 그들로서는 알 수 없는 여러 가지 약을 섞은 투명한 액체가 들어 있는 얇은 주사기가 들어 있었다.

"으……."

차가운 주사 바늘이 청년의 팔 혈관에 박혔다. 하지만 청년은 꿈틀거리지도 못했다. 그저 거의 감다시피 한 흐릿한 눈으로 자신의 팔을 찌르는 주사기를 내려다보며 나지막한 신음을 흘릴 뿐이었다.

"됐습니다, 형님."

"잠깐만 기다려 봐. 꺼지는 게 좀 느리네."

짜진눈이 투덜거리며 동영상을 재생하고 있던 컴퓨터를 종료하는 사이, 배불뚝이는 빈 주사기를 성물을 다루듯 조심스레 다시 케이스에 넣었다. 그러고는 한쪽 무릎을 꿇고 청년의 전신을 구속하고 있는 부드러운 가죽띠를 풀기 시작했다.

이제 청년을 이 휠체어에 옮겨서 방으로 가는 작업이 남아 있었다. 지난 일주일 동안 했던 것처럼 말이다. 그때 매번 그랬던 것처럼 모니터가 꺼지고 아주 잠깐 방이 어둠에 휩싸였다.

"어?"

하지만 뭔가 평소와 달랐다. 배불뚝이는 자신의 목을 가볍게 쓰다듬는 것 같은 희미한 감촉에 당황해하며 고개를 틀려 했다.

"됐다. 다 껐어. 컴퓨터가 오래돼서 그런지……."

마침내 컴퓨터를 종료하고 고개를 쳐들던 째진눈은 뒷말을 삼켰다.

인간의 눈은 어둠 속에서 빛을 내지 못한다. 당연하다. 애초에 인간의 눈은 그렇게 디자인되어 있지 않다. 동물과는 그 신체적인 구조 자체가 다르다.

그럼에도 불구하고 째진눈은 지금 저 앞의 의자에 앉은 채 고개를 돌리고 있는 청년의 눈이 시퍼런 빛을 발하고 있다고 느꼈다.

"으으으으!"

반사적으로 신음이 튀어나오긴 했지만 손의 반응은 결코 느리지 않았다.

배불뚝이가 왜 청년이 앉아 있는 의자의 팔걸이에 몸을 걸치고 늘어져 있는지 생각하기도 전에, 째진눈은 허리춤에서 총을 빼 들었다. 마취총이었다. 그들은 언제나 여왕개미의 말대로 이 청년에 관계된 일을 할 때는 마취탄이 장전된 총을 장비하곤 했다.

이렇게 만에 하나 청년이 저항할 때를 위해서 말이다.

경고도, 한마디의 말도 없었다. 남자는 곧장 방아쇠를 당겼다. 여왕개미가 말한 대로 그들은 결코 방심하지 않았다. 이 청년을 다룰 때는 맹수를 상대하는 것처럼 조심하라는 여왕개미의 말대로였다.

단지 문제는, 그들이 지금까지 진짜 괴물을 상대해 본 경험이 없었다는 것이다.

"아야야."

청년은 신음을 흘리며 살에 박혀 있는 마취탄을 물끄러미 내려다봤다.

"으, 겨우 이 정도 움직였다고 이렇게 아파? 몸이 완전 굳었네."

청년은 신음이 스민 혼잣말을 중얼거리며 팔을 늘어뜨렸다. 그러자 그 손에 잡혀 있던 배불뚝이의 팔이 힘없이 늘어졌다.

"너 이……."

청년을 대신해 마취탄이 박힌 채 바닥에 널브러진 배불뚝이의 목은 이상한 각도로 꺾여 있었다. 몸에 잔류한 생명력 때문에 사지가 부들부들 떨리고 있었지만, 이미 그의 죽음은 돌이킬 수 없다는 건 너무나도 쉽게 알 수 있다.

"망할 자으시익?"

동료의 죽음에 분노하며 다시 청년을 향해 마취총을 겨누려하던 째진눈은 급격히 어두워지는 시야에 당황해했다.

"어, 어으? 어?"

눈앞에 검은 안개가 드리우고 온몸에서 힘이 빠졌다. 혀가 꼬여 말이 입 밖으로 나오지도 않았다. 이미 남자는 총을 들어 올리지도 못했다. 흐늘흐늘 늘어진 손에 들려 있는 총구는 바닥을 향한 채 흔들거리고 있었다.

"무기를 가지고 다닐 때는 상대방에게 이용당하는 것도 생각해야지. 아, 맞다. 어차피 무기 가지고 다니라고 한 거 그 아저씨지? 댁들이 뭘 자기 머리로 생각할 리가 없으니까."

급격히 어두워져 가는 시야의 구석에 청년의 손에 뭔가가 들려 있는 것이 보였다. 째진눈은 움찔거리며 동료의 시체를 살폈다. 없다. 동료의 허리춤에도 있어야 할 마취총이 없었다. 그것을 인식하자 비로소 자신의 가슴에 마취탄이 박혀 있는 것이 보였다.

언제였을까. 그 의문도 곧 풀렸다. 뻔하지 않는가. 총을 쏠 때다. 발사음을 듣지 못한 것도 자신이 쏘는 순간 마주 쐈기 때문이리라.

어떻게든 해야 한다는 의지에 째진눈의 손이 움직였다. 하지만 그는 팔을 들어 올리진 못했다. 마취탄은 바닥에 부딪혀 사방으로 튀어 나갈 뿐이었다.

"으그그그그극. 아이고."

청년은 째진눈이 무얼 하든 신경 쓰지 않고 천천히 자리에서 일어났다. 남자들이 청년이 약에 절어 있는 사이에 몸을 움직이게 하고 마사지를 했다지만, 일주일 동안 누워 있기만 했으니 전신이 비명을 질러대는 것은 당연했다. 눈을 찡그리던 청년은 조심스레 다리를 움직여 발끝을 끌었다. 그리고 째진눈을 향해 다가갔다.

"일단 좀 천천히 움직이라고? 알아, 나도. 아파죽겠네. 이래서 운동하란 거구나."

이상한 혼잣말을 중얼거리며 그 짧은 거리를 아주 천천히, 천천히 걸어온 청년은, 무릎을 꿇은 채 쓰러지지 않으려 버티고 있는 째진눈의 머리에 손을 올렸다.

"걱정 마. 당장은 안 죽일 테니까. 알고 싶은 게 좀 있거든."

"으……!"

꺼져 가던 째진눈의 정신에 불이 붙어 올랐다.

죽이지 않는다? 알고 싶은 게 있다고?

"어, 아그아. 아."

째진눈은 억지로 고개를 쳐들어 청년을 올려다보며 얼굴을 씰룩였다.

여왕개미는 그에게 있어 부모이자 신같은 존재다. 신을 배신할 생각은 눈곱만큼도 없다. 차라리 이곳에서 죽는다고 해도 말이다.

단순히 내뱉고 보는 말이 아니다. 진심이었다.

"주… 겨."

째진눈은 이를 악물고 각오했다. 정의를 지키기 위해 죽는다면 그것은 옳은 것이다. 십여 년의 세월 동안 그 사실을 믿으며 살아온 째진눈은, 이미 신념을 위해 죽음에 대한 공포를 뛰어넘을 수 있는 광기에 침식되어 있었다.

"죽이라고? 음, 저기 있잖아. 방금 지금 안 죽인다고 한 거. 그렇다고 나중에 죽인다고 한 건 아니거든? 순순히 말하면 살려줄 수도 있는데. 그래도?"

그 말에 째진눈은 고개를 끄덕였다.

"빠으리… 으?"

째진눈은 말하려 했다. 그러니까 빨리 죽이라고.

하지만 그 어눌한 말을 다 내뱉기도 전, 째진눈은 순간 자신도 모르게 입을 다물었다.

"하, 진짜 대단하시네. 목숨 아까운 줄 모르고."

고개가 억지로 쳐들렸다. 머리채를 잡힌 째진눈의 흐릿한 눈에 가늘게 뜬 청년의 눈이 보였다. 어둠 속에서 희미한 푸른빛을 흘리고 있는 그 눈은 이 세상의 것이 아닌 것처럼 보였다. 마치 그 양 눈에 도깨비불이 깃들어 있는 것 같았다.

째진눈이 눈을 깜빡이는 사이 청년은 다 이해한다는 듯 고개를 끄덕이며 웃었다.

"하긴, 그 아저씨한테 홀렸으니까 당연하기도 하지. 이해해. 그런데 말야. 분명히 말했지만 난 일단 듣고 싶은 게 있고."

째진눈과 마주친 눈을 더욱 가늘게 뜬 청년은 입꼬리를 끌어올렸다.

"댁한테는 좀 안타까운 일일지 모르겠지만."

청년의 손이 째진눈의 머리에서 떨어졌다.

"으, 으으으!"

약에 마비된 몸은 힘없이 바닥에 널브러졌다. 째진눈은 필사적으로 고개를 쳐들었다. 청년의 웃는 얼굴은 어둠 속에서 여전히 째진눈을 내려다보고 있었다.

청년은 이빨을 부딪쳐 턱을 떠는 남자를 보며 싱긋 웃었다.

"내 친구가 그런 거 말하게 만드는 방법은 잘 알고 있다고 그러네?"

째진눈의 눈에 스며 있던 광기가 더 큰 광기에 휘말려 서서히 희미해지고 있었다.

*　　*　　*

여왕개미는 병정개미들의 성실함을 믿고 있었다.

그렇기 때문에 병정개미에게서 오던 보고가 평소보다 5분이 늦은 시점에서 여왕개미는 전화를 들었다. 그리고 이 아지트에 남아 있는 자들을 전부 깨워 긁어모아 무장시켜 일단 밖으로 내보냈다. 무슨 일이 있지 않고서야 정시보고가 늦을 리가 없다는 확신 때문이었다.

모두를 수색에 내보낸 여왕개미는 남아 있는 다섯 명의 병정개미와 함께 고문실로 향했다.

그리고 잠시 후, 여왕개미는 자신이 확신했던 것을 눈으로 직접 확인할 수 있었다.

"이럴 수가."

여왕개미는 한참 동안이나 다물고 있던 입을 열어 탄식했다.

"20분도 되지 않았는데……."

그것은 여왕개미의 입에서 나온 말이었지만, 동시에 병정개미들의 본심이기도 했다.

명령에 따라 의자에 묶여 있는 동료의 시체를 살피던 병정개미는, 여왕개미의 중얼거림에 입술을 깨물었다. 그리고 여왕개미가 삼킨 말을 잇듯 마음속으로 중얼거렸다.

'어떻게 이런 짓을 할 수 있는 거지? 이러고도 인간이야?'

그 병정개미는 저녁 시간만 해도 같이 식사를 했던 동료의 시체를 보며 치를 떨었다.

그렇다. 시체다. 그는 목이 꺾여 즉사했다. 하지만 그들은 정의를 위해 죽음을 각오한 동료들. 죽음은 문제가 되지 않는다. 문제는 죽음이 아닌 다른 것에 있었다.

바로 시체에 남아 있는 처참한 고문의 흔적이었다.

시체의 오른손에는 손톱이 하나도 없었다. 아마도 의자 아래를 적시고 있는 붉은 피 위에서 머리를 내밀고 있는 반투명한 조각이 바로 그것일 것이다.

왼손에는 오른손과는 다르게 손톱이 모두 남아 있었다. 하지만 거기에도 고문의 흔적은 남아 있었다. 손톱 아래였다. 다섯 손가락 모두 뭔가 뾰족하고 얇은 것이 손톱 아래 깊숙이 쑤셔 넣어진 것이다. 그리고 그 상처를 만든 도구였을 주사 바늘은 아직도 새끼손가락에 깊숙이 박혀 있었다.

여기까지만 해도 몸이 떨렸지만 그건 빙산의 일각에 불과했다.

남자의 상체의 일부는 짐승의 가죽을 벗기듯 벗겨져 피하지방과 근육이 드러나 있었고, 아직도 신경이 달려 있는 눈알은 턱 아래에서 대롱거리고 있었다.

보는 것만으로도 몸이 굳어버릴 정도로 처참한 광경. 호러 영화에서나 나올 법한 장면을 직시한 병정개미들은 그 처참함을 일부러 외면하려 했다.

"사장님, 총은 두 개 다 있습니다."

"총알도 몇 발 남아 있습니다."

여왕개미는 바닥을 조사하던 병정개미들이 들어 보이는 마취총과 탄창의 모습에 고개를 끄덕였다. 청년은 이곳에서 탈출했지만, 무기는 챙겨가지 않았다는 소리였다.

"주변을 조사하러 나간 사람들에게 연락해 두세요. 총기류는 가지고 있지 않지만 주의하도록 하라고. 방심하면 이 둘처럼 당해 버릴지도 모릅니다."

"예, 알겠습니다."

병정개미는 곧장 무전기를 빼 들고 동료들과 연락했다.

"수색조에게 알린다. 목표는 총을 가지고 있지 않다. 하지만 위험하니 주의하도록. 이상."

그 병정개미를 바라보고 있던 여왕개미는 재빨리 그 말에 덧붙이듯 말했다.

"그리고 반드시 산 채로 잡아야 합니다."

그 말에 분위기가 술렁였다. 막 무전기를 빼 들려 하던 병정개미도 움찔거리며 손을 멈췄다.

'이런 일을 했는데도?'

'대체 어째서 그렇게까지…….'

말소리는 없었지만 여왕개미는 병정개미들의 눈에 흐르는 분노를 느낄 수 있었다. 당연한 일이었다. 수년간 같이 일해온 동료가 이렇게까지 처참하게 살해당했는데, 그걸 그냥 넘어가는 쪽이 오히려 이상한 것이다.

"흐음."

한숨을 내쉰 여왕개미는 말없이 병정개미가 들고 있는 무전기를 향해 손짓했다.

“여왕개미입니다. 여러분에게 전할 말이 있습니다.”

병정개미에게서 무전기를 받아 든 여왕개미는 자신의 주위에 있는 병정개미들을 쭉 둘러본 후 조용히 다시 말을 이었다.

“여러분은 어째서 내가 그 아이에게 그렇게 집착하는지 이해하지 못할지도 모릅니다. 그 아이에게 살해된 우리의 동료들도 몇 명이나 있으니까 말입니다. 아무래도 납득하기가 어렵겠죠. 그러니 지금 그 이유를 말하도록 하겠습니다.”

주변이 술렁거렸다. 사실 여왕개미는 병정개미에게도 수많은 비밀을 가지고 있었다. 병정개미들도 그 사실을 알고는 있었지만 이해했다. 뭔가를 알고 있으면 경찰에 잡히거나 했을 때 자신도 모르게 정보를 흘려 버릴 가능성이 있기 때문이다.

그런데도 여왕개미는 지금 그런 비밀 중 하나를 말하려 하고 있었다.

“그 아이는 킬러J였습니다. 내가 얼마 전부터 그 아이에게 말하는 것을 듣고 눈치챈 사람도 있겠죠. 악당만을 골라 살해한 그 사냥꾼 말입니다. 그리고 킬러J는… 우리들, 개미 중 한 명이었습니다.”

여왕개미의 주변에 서 있던 병정개미들이 다시 한 번 술렁였다.

“기억하고 있는 사람도 있을 겁니다. 14년 전 맨 처음 내가 개미를 만들 때 모두에게 증거로 보였던 그 일 말입니다. 부패에 얼룩진 국회의원이 정체불명의 살인마에게 살해당한 사건이었지요. 그때도 그 일을 한 것이 바로 그 아이입니다. 겨우 사춘기가 올까 말까 한 어린 나이에 정의를 위해 일했던 겁니다. 그리고 그 후로도 계속 말이죠. 하지만."

잠시 말을 멈춘 여왕개미는 잠시 심호흡했다.

"분하게도 그 아이는 8년 전 악마의 꼬임에 넘어가 버렸습니다. 그리고 날 죽이고 자신도 자살하려 했죠."

여왕개미가 분한 듯 몸을 떠는 모습과 그 목소리는 병정개미 모두에게 보였고, 들렸다.

"나는 그 아이를 원래대로 되돌리려고 하는 겁니다. 그 힘을 정의를 위해서 사용하기를 바라는 거지요. 불가능한 일이 아닙니다. 예전의 여러분이 갱생해서 나를 돕게 됐던 것처럼 말이죠. 만약 그 아이가 다시 예전의 마음을 되찾게 된다면, 어릴 때부터 계속 정의를 위해 그날을 갈아온 세월을 기억하게 된다면, 그 아이는 구원받고 우리의 힘 역시 지금보다도 더욱 커질 겁니다."

여왕개미는 자애로운 미소를 입가에 감고 다시 조용히 말을 이었다.

"그렇기 때문입니다. 그 아이를 보게 되거든 반드시 살려서 잡도록 하세요. 정말 어쩔 수 없는 경우라면 할 수 없겠지만, 그 아이가 죽으면 지금까지 당한 동료들의 죽음은 헛수고가 됩니다. 여러분이라면 반드시 할 수 있을 겁니다. 정의를 위해서 모든 걸 다 내던지고 매달린, 정의의 사자인 여러분이라면 말입니다."

잠시 눈을 감고 심호흡을 하던 여왕개미는 목소리를 낮춰 마지막으로 속삭였다.

"모두들 부탁합니다. 이상."

모든 말이 끝나고 난 후. 무전기 너머에서는 아무 말도 들려오지 않았다. 여왕개미의 곁에 서 있던 병정개미들도 아무 말도 하지 않았다. 그저 벅차오르는 감정을 누르듯 눈을 질끈 감고 있을 뿐이었다. 말은 없었지만 병정개미들은 타오르던 분노를 추슬렀다.

여왕개미의 말대로, 지금은 동료 한둘의 목숨에 흔들릴 때가 아니었다. 이미 오래전에 목숨이나 돈, 시간, 자유는 정의를 위해서 전부 쓰겠다고 맹세하지 않았던가.

지금은 여왕개미를 믿고 따르는 것만이 보람이며 삶의 모든 것이었다.

"자, 그럼."

주먹을 꽉 움켜쥐고 있는 모두를 둘러본 여왕개미는 가볍게 박수를 쳤다.

"우리는 우리대로 움직이도록 하지요. 일단 거기 네 명은 가서 바디백과 트레이를 가져오도록 합시다. 동료들을 시체를 보관해 두는 냉동고로 옮겨두도록 하지요. 악당 놈들에게나 쓰이는 냉동고에 동료의 시신을 안치해야 한다는 게 안타깝긴 하지만, 지금 당장은 어떻게 할 수가 없으니까요."

"예, 사장님."

절도있는 대답과 함께 네 명의 병정개미가 방에서 사라졌다. 이제 방 안에 있는 것은 여왕개미와 시체 두 구. 그리고 마지막까지 방 구석구석을 뒤지고 있는 병정개미 한 명뿐이었다.

"그럼 우리는 위로 돌아가도록 하지요. 따라오도록 하세요."

"잠깐만요, 사장님."

막 휠체어를 돌리려 하던 여왕개미는 움직임을 멈췄다.

"왜 그러죠? 무슨 문제라도 있습니까?"

"그게 말입니다."

그 병정개미는 여왕개미를 향해 뭔가를 보였다.

"아무리 찾아봐도 이게 하나밖에 없습니다."

그것은 무전기였다. 여왕개미도 기억하고 있었다. 여기 죽어 있는 이들에게 핸드폰 대신 무전기를 소지하라고 명령한 것이 여왕개미였으니 말이다. 만에 하나라도 이런 상황이 벌어질 경우 핸드폰이 청년에게 넘어가는 것을 막기 위해서였다.

그리고 당연하게도, 무전기는 여기에 누워 있는 시체의 머릿수대로 두 대가 있어야 한다.

"으음."

여왕개미는 작은 신음을 흘렸다. 한 대밖에 남아 있지 않는 무전기. 병정개미는 그것에 어떤 의미가 있는지 알지 못했지만, 여왕개미는 알 수 있을 것 같았다.

"아, 예."

병정개미는 여왕개미는 말없이 손을 내밀자 재빨리 그 손에 무전기를 올렸다. 마치 무게를 가늠하듯 무전기를 만지작거리던 여왕개미는 고개를 살짝 쳐들었다. 그리고 송신 버튼을 눌렀다.

"주신아?"

이곳에서 이 무전기와 동일한 주파수에 맞춰져 있는 무전기는 단 두 대뿐. 그중 한 대는 이 건물의 꼭대기인 여왕개미의 집무실에 있다. 즉, 만약 누군가가 답을 한다면 그것은…….

[지직… 직…….]

그때 무전기의 너머에서 잡음이 흘러나왔다.

[아, 아아. 여왕개미…….]

여왕개미의 옆에 서 있던 병정개미는 마른침을 삼켰다. 죽어가는 짐승처럼 낮고 거친 목소리와 숨소리가 지직거리는 소리에 섞여 들려오고 있었다.

[아니지, 정영수 씨라고 할까?]

여왕개미는 눈이 꿈틀거렸다.

"내 이름… 을 기억해 냈구나."

[글쎄? 그렇다고 해야 되나, 아니라고 해야 되나.]

애매모호한 대답이었다. 여왕개미, 영수는 입술을 살짝 깨물었다.

"어쨌든 이게 무슨 짓이냐. 왜 이런 짓을 했지?"

[이런 짓이라니. 어떤 걸 말하는 건데? 그 시체? 아니면 의외로 멀리 도망가지 않은 거?]

그 놀리는 것 같은 목소리에 영수는 휠체어의 손잡이를 꽉 잡았다. 그랬다. 이 무전기의 실제 유효거리는 지금 이 장소를 중심으로라면 이삼백 미터 정도일 것이다. 바깥에 따로 중계기를 설치하지 않은데다가 거의 완전히 밀폐된 건물 안이기 때문이다.

그런데도 잡음이 거의 없을 정도로 감도가 좋다는 것은 이 무전이 건물의 안, 그것도 매우 가까운 곳에서 들려오고 있다는 것을 의미했다.

"뭐가 됐든 말이다. 기억이 돌아온 거라면 이야기를 할 수 있겠구나."

[이야기라. 그래, 그럼 아저씨가 거짓말한 것부터 이야기해 보는 건 어때?]

"어쩔 수 없었다는 걸 아직도 모르는 거냐?"

분노와 안타까움이 섞인 목소리가 높아졌다.

"법을 어겨가면서 약한 사람들을 보호하고 악당들과 싸우는 건 장난이 아니다! 우리는 세상과 싸우는 거다. 아무리 적다고 해도 희생은 생길 수밖에 없어. 그걸 각오하지 않으면 이 일을 할 수가 없지. 하지만 넌 그때 어렸다. 그래서 그런 걸 이해하지 못할 거라고 생각했어. 무슨 감정의 변화가 생겨서 폭주할지 알 수 없었지. 그리고 그건 현실이 됐다. 봐라. 네가 그걸 알게 된 결과가 뭐였지? 나와의 동반자살이 아니었느냐."

영수는 송신 버튼은 놓지 않았다.

"그래, 수영이가 현상금 때문에 널 신고했다는 것도 거짓말이었다. 널 보호하기 위해서는 어쩔 수가 없었어. 네 친구도 무고하게 희생된 거지. 하지만 그건 필요한 희생이었다. 아니, 오히려 늦었었어."

잠시 말을 멈춘 영수는 숨을 깊게 들이켰다. 그리고 곧장 외쳤다.

"조금만 더 빨리 수영이가 희생됐다면 넌 그런 일도 겪지 않았을 거야. 그리고 천천히 진실을 알게 됐겠지. 그러면 기억상실에 빠져 7년의 인생을 허비할 일도 없었을 거야. 주신아, 다시 한 번 생각해 봐라. 너도 이 더러운 세상에서 살아봤으니 알 거 아니냐. 이 세상에서 완전무결하게 정의를 행한다는 게 불가능하다는 것 정도는 말이다. 썩은 상처를 도려낼 때는 아무리 적어도 멀쩡한 살이 같이 잘려 나가게 마련이야."

열정적으로 말을 내뱉던 영수는 가쁜 숨을 내쉬었다. 그리고 부들거리는 손가락으로 꾹 누르고 있던 송신 버튼에서 손을 뗐다.

[쓰읍, 후우.]

그러자 곧장 긴 심호흡이 무전기 너머에서 들려왔다.

[나 원 참. 무슨 말을 하는 건지.]

마치 들으라는 듯한 혼잣말이었다.

[난 말야. 아저씨가 말하는 게 다~ 거짓말이라고 하는 거라고. 전부 다. 싸그리. 알겠어?]

말이 잠시 끊기고 키득거리듯 웃는 소리가 들려왔다. 그 음산한 웃음소리에 옆에 서 있던 병정개미는 자신도 모르게 어깨를 떨었다.

[예전에 나한테 그랬었지? 주신이가 국회의원 찔러 죽인 거 보고 개미를 만들었다며. 그것부터가 개소리잖아. 주신이는 아저씨가 개미를 만든 건 그 전이라는데?]

그 말을 듣던 영수는 마른침을 삼켰다. 그리고 목소리를 낮춰 조용히 말했다.

"그래, 네 기억이 맞다. 그 기억도 되찾았나 보구나. 하지만 그건 기억이 돌아오지 않은 널 설득하기 위해서 그랬던 거야. 어쩔 수 없는 일이었다."

[아냐.]

말은 금방 멈췄다. 영수는 그것이 무슨 소린지 묻고 싶었다. 하지만 저쪽에서는 여전히 송신 버튼을 누르고 있었다. 자잘하게 들려오는 잡음이 그것을 증명했다.

[난 내 기억을 되찾은 게 아냐.]

약간 망설이는 것 같은, 길게 숨을 들이켜는 소리가 들려왔다.

[주신이가 말해줬어.]

"뭐라고?"

[주신이는 전부 기억하고 있었어. 전부 말야.]

순간 영수는 혼란을 느꼈다. 그러고 보면 조금 전에도 그랬다. 주신은 계속 자기 자신을 다른 사람처럼 말하고 있었다.

[그리고 주신이가 말해준 걸 생각해 보니까 왜 아저씨가 날 고문한 건지도 알겠더라고.]

그 목소리는 빈정거리듯 말을 이었다.

[내가 죽길 바라는 거지? 8년 전의 주신이가 그랬던 것처럼.]

정곡을 찔린 듯 영수의 울대가 크게 울컥거렸다.

[아, 아니구나. 정확히는…….]

하지만 아직 그 목소리는 말을 끝내지 않았다.

[15년 전에 그랬던 것처럼 말야.]

전동휠체어가 크게 덜컹거리는 소리를 냈다. 무전기 너머의 목소리는 그런 영수의 움직임을 보기라도 한 것같이 키득거리며 말을 이었다.

[그래, 주신이는 다 기억해 냈어. 15년 전에 부모를 잃고 정신이 완전히 나가 버린 주신이를 당신이 친척이랍시고 거둬들여서 자기 입맛에 맞게 세뇌시키고 교육시킨 거 말야. 그래서 자기 꼭두각시로 만들어서 써먹은 것도.]

잠시 낮아졌던 목소리가 점점 높아지고, 말소리도 빨라지기 시작했다.

[나도 그때처럼 충격을 줘서 정신이 나가 버리게 만들려고 한 거지? 그래, 그래서 날 고문한 거잖아. 환각제까지 주사하면서 말야. 하긴, 몇 년이나 고심해서 세뇌시키고 훈련해서 꼭두각시를 만들어놨는데 그걸 버리긴 아까웠겠지. 그런데 어쩌나. 안됐네, 실패해서. 아, 아니다. 반쯤은 성공한 건가? 미치긴 한 것 같으니까. 안 그래? 죽은 주신이가 눈에 보이는 것 자체가 이상한 거잖아!]

고함 소리와 함께 말이 멈추고 송신도 멈췄다. 무전기를 뚫어져라 노려보던 영수는 머뭇거리며 송신 버튼을 눌렀다.

"주신이가 말해줬다고?"

[그래, 주신이가 말해줬지. 주신이가.]

버튼을 놓자마자 순식간에 답이 돌아왔다. 그리고 곧장 말이 이어졌다.

[그리고 뭐? 필요한 희생이라고? 나 여기에 데려올 때 그 구멍가게 할아버지랑 할머니 죽이려고 한 것도 필요한 희생이었다고 말해보시지. 머리 나쁜 내가 당장 대가리를 굴려봐도 그보다 훨씬 희생을 줄일 방법은 널렸는데. 정의? 개뿔이. 아저씨는 그냥 그런 새끼들이 죽일 만큼 싫은 거잖아? 그 결벽증 때문에 더러운 놈들이랑 같이 숨 쉬고 사는 것 자체가 짜증나는데, 혼자서 어떻게 할 수가 없으니까 조직을 만들었겠지. 그리고 그 말재주로 병신들을 긁어모아서 대장 노릇 하고 있는 거고.]

빠르게 들려오는 목소리에서 느껴지는 광기에 영수는 가볍게 온몸을 진저리쳤다.

[아저씨는 말야. 그냥 자기중심적에 법을 좆같이 아는 것뿐이

야. 게다가 도덕심도 없고 양심도 없지. 있는 거라곤 뭐… 권력욕이나 지배욕? 대충 그 정도잖아. 그나저나 끼리끼리 모인다고 그 병신들도 참 대단해. 광신도처럼 홀려서 아저씨가 하는 말은 다 진실이라고 생각하고 이용당하고 있으니.]

순간 옆에서 병정개미가 마른침을 삼키는 소리가 크게 들렸다. 병정개미는 자신을 돌아보는 영수의 눈초리에 움찔거리며 재빨리 고개를 돌렸다. 하지만 영수는 놓치지 않았다. 그 눈에 스며 있는 절대적인 충성심에 금이 간 것을 말이다.

"이놈이 헛소리를……!"

영수는 일부러 혼잣말을 중얼거리며 말을 끊으려 했지만 통하지 않았다. 저쪽은 조금 전 영수가 그랬던 것처럼 송신 버튼을 놓지 않았다.

[거기 옆에 있는 병신들은 자기들이 정의의 사자라고 착각하고 있지만, 이용당하는 거니까 그나마 낫지. 근데 아저씨는 그냥 시꺼먼 악당이야. 정의에 편승해서 자기 계획이 척척 진행되는 거 보면서 지 좆대로 꼴리는 걸 즐기는 탑 오브 쓰레기라고.]

상대의 말이 끊기는 순간, 영수는 재빨리 송신 버튼을 눌렀다.

"너, 넌."

영수는 목이 멘 듯 마른침을 삼켰다. 수십 년의 인생을 살아왔다. 그리고 거기서 또 십여 년 이상을 여왕개미로서 지냈다. 하지만 지금처럼 당황한 적은 없었다.

"넌 대체 누구냐? 수영이… 인 거냐?"

하하하하하하.

커다란 웃음소리가 들려왔다.

하지만 그 웃음소리는 무전기를 통한 것이 아니었다.

[착각하지 말라니까. 난 주신이도 수영이도 아냐.]

“착각하지 말라니까. 난 수신이도 수영이도 아냐.”

무전기를 통해 들려오는 열화된 목소리와 공기를 타고 번지는 육성. 그 두 종류의 소리가 영수와 병정개미에게 들려왔다. 이해를 넘는 상황에 멍하니 굳어 있던 둘은 문이 작게 끼익거리는 소리를 내자 소스라치게 놀라며 그쪽을 돌아봤다.

“그래도 불릴 이름이 없으면 불편하긴 한가? 아, 맞다. 그래.”

어느새 작게 열린 문 옆에 기대 선 청년이 무전기를 늘어뜨린 채 웃고 있었다.

“일단 킬러J라고 부를래?”

챕터13

_선별

시속 10킬로미터. 그것이 실생활에서의 효용성과 안전을 위해 전동휠체어에 설정된 최대 속도다. 평소에는 그 속도에 전혀 불만이 없었을 휠체어의 주인은, 지금은 상체를 앞으로 숙여가면서까지 조금이라도 더 빨리 앞으로 나가려 했다.

"그런 헛소리를! 내가 악당이라고? 내가 그런 놈들이랑 같은 인종이라고?"

끊임없이 혼잣말을 중얼거리던 영수는 뒤를 힐끔거렸다.

"지금까지 내가 복수해 준 사람들이 그 말을 들으면 뭐라고 할 것 같아? 응?"

그러면서도 영수는 전동휠체어의 스틱을 놓지 않았다. 불이 꺼져 있는 복도 저 너머는 마치 거대한 뱀의 위장 같았다. 조금이라도 속도를 늦췄다가는 뭔가가 튀어나와 깊은 어둠 속으로 끌려갈 것 같았다.

영수가 이런 공포를 느낀 적은 과거에도 단 한 번밖에 없었다.

"으윽……."

이 육체를 쓰레기처럼 뭉그러뜨려 버린 8년 전의 그 사건. 그 기억을 떠올리자 전신에 휘감는 것 같은 아픔이 흘렀다. 중얼거림을 멈춘 영수는 이를 악물고 마른침을 삼켰다.

그 후 영수는 화장실을 가는데도 남의 손을 빌려야 했고, 피부를 스치는 잔바람에도 몸을 떨어야 했다. 주변의 병정개미들이 살아남은 것도 다행이라고 말하곤 했지만, 그건 헛소리다.

몸이 단지 뇌를 싣고 다니는 그릇으로 전락해 버린 인간에게 그런 말은 위로가 되지 못한다.

그리고 그런 몸이기에, 그런 상황이기에 주신은 더더욱 영수에게 있어서 필요한 존재가 됐다.

병정개미들이 영수를 믿고 따른다고 해도, 그것은 카리스마나 돈, 거대한 승리에 매혹된 충성심이다. 조금이라도 상처가 나면 본색이 드러나는 도금된 양철그릇 같은 충성심인 것이다. 조금 전의 그 병정개미도 킬러J에게 이런저런 말을 조금 들었다고 금방 흔들리지 않았던가.

영수에게 필요한 것은 돈이나 승리가 없다고 할지라도, 어떠한 상황이라도 자신에게 무조건적으로 충성하는 부하. 긁힌 상처가 나고 찌그러진다고 해도 충성의 빛을 잃지 않는 황금과 같은 분신이었다. 주신은 그 조건에 충분히 부합하는 존재였다.

문제는, 지금 그 몸이 아직도 망령에게 조종당하고 있다는 것이지만 말이다.

"내가 악당? 어떻게 미치면 그딴 소리를 할 수 있지?"

영수는 이를 갈았다. 분함에 저도 모르게 몸이 떨려왔다.

당연하게도 영수는 킬러J가 하는 말을 인정할 수 없었다. 목을 졸라 버리고 싶을 만큼 분노가 치밀어 올랐다. 하지만 영수는 아무 말도 하지 못하고 그 자리를 피해야 했다. 비록 수일간의 고문에 의해 몸 상태가 정상이 아니라고는 하지만, 킬러J는 그 자리에서 영수를 죽일 만한 육체적인 힘이 있는 인간이기 때문이다.

만약 거기에 서 있던 병정개미가 앞을 막아서지 않았다면 영수는 그곳에서 도망쳐 나오지도 못하고 살해당했으리라.

"두 번이나 날 죽이려고 들다니! 한 번도 아니고 두 번이나!"

살아생전 두 번째로 느껴보는 진정한 공포. 그런데 그 두 번이 모두 자신이 거두고 가르친 양아들에 의한 것이라니. 자존심에 입은 상처가 쓰라렸다.

영수는 아드레날린 때문에 온몸이 부들부들 떨리는 것을 억누르며 눈을 부릅떴다.

"킬러J? 킬러J라고? 이놈! 반드시 그 몸에서 끄집어내주마. 반드시!"

그때 저 앞에서 기척이 들려왔다.

"저기다!"

영수는 눈을 크게 떴다. 잔뜩 흥분된 고막에 울린 목소리는 마치 킬러J의 것처럼 들렸다.

하지만 영수는 곧 진정하며 숨을 가다듬었다. 그리고 천천히 휠체어를 멈췄다.

킬러J라고 하기에는 그 기척의 수가 너무나 많았다.

"사장님! 괜찮으십니까?"

저 앞에서 네 명의 병정개미가 달려오고 있었다. 그들의 모습이 시야에 들어오자 떨리는 가슴도 서서히 가라앉았다. 영수는 침착하게 숨을 가다듬었다.

비록 예상하지 못한 상황과 죽음의 공포 때문에 패닉에 빠지긴 했지만, 15년 가까이 개미를 지휘해 온 노련함과 카리스마, 그리고 경험이 사라진 것은 아니다.

잃은 것은 겨우 병사 몇뿐이었다. 아직 영수에게는 수십이 넘는 병사와 그 병사를 지휘할 두뇌가 남아 있었다.

"사장님?"

"괜찮습니다. 다들 돌아왔습니까?"

"모르겠습니다. 아마 복귀하고 있는 중일 겁니다."

"사장님, 대체 무슨 일이 생긴 겁니까?"

그 말에 영수는 자신을 둘러싼 병정개미들을 둘러봤다. 그들은 모두 의아한 얼굴을 하고 있었다. 사실 그럴 만도 하다. 이들은 그저 지금으로부터 몇 분 전쯤, 여왕개미가 무전기에 대고 외친 비명과도 같은 명령에 달려왔을 뿐일 테니까.

"목표가 이 건물 안에 있습니다."

"예? 이 건물에?"

영수는 자신의 말에 놀라는 병정개미들에게 손짓했다.

"남아 있던 동료가 목표를 막는 사이에 도망 나올 수 있었습니다. 일단 거기 둘은 고문실로 가도록 하세요. 아직 동료가 살아 있을지도 모르고, 목표가 거기 남아 있을지도 모릅니다. 가서 상황을 보고하도록 하세요."

"예, 사장님."

두 병정개미가 총을 뽑아 들고 뒤쪽으로 달려갔다. 그 모습을 돌아보던 영수는 자신의 곁에 서 있는 병정개미에게 손을 내밀었다.

"무전기를."

"예, 사장님."

영수는 병정개미가 내미는 무전기를 받아 들었다. 생각을 정리하듯 잠시 시선을 아래로 향하고 있던 영수는 곧 깊게 숨을 들이마시며 무전기를 입에 가져다댔다.

"모두 들으세요. 지금 목표는 이 안에 있습니다. 가장 빨리 돌아온 아홉 명은 각각 세 명씩 짝을 지어 지하 주차장과 정면, 후면 문을 지키세요. 건물 자체를 완전히 봉쇄하고. 나머지는 모두 내 방 앞으로 오세요. 자세한 명령은 그때 내리겠습니다. 이상."

말을 마친 영수는 겨우 긴장이 풀린 듯 휠체어에 등을 기댔다. 그리고 손에 쥐고 있던 무전기를 곁에 서 있는 병정개미에게 건네며 작게 중얼거렸다.

"내 방으로 돌아갑시다. 계획을… 생각해야겠습니다."

*　　*　　*

"뭐야, 이거?"

남자는 자신의 주먹을 내려다보며 마른침을 삼켰다.

조금 전, 그는 기괴한 폭언에 흔들리고 있었다. 킬러J와 영수의 대화는 단단히 굳어 있던 남자의 충성심에 금을 가게 만들었다. 마치 전지전능하다고 믿고 있었던 신이 악마의 교활함에 농락당해 신성함을 잃어버리는 장면을 본 것같이 말이다.

그래서일까. 그는 갑자기 나타난 킬러J가 영수에게 다가가서 그 목을 조르는 것을 보고도 어어 하는 소리를 낼 뿐 움직이지는 못했다.

그때 목이 졸리기 전까지 병정개미들을 부르던 영수가 손에 쥐고 있던 무전기를 휘둘렀다. 머리를 찍힌 킬러J는 비틀거리며 뒤로 물러났다. 그 잠깐의 틈이 생긴 사이, 영수는 뒤를 돌아보며 굳어 있는 남자에게 짧게 명령했다.

"저놈을 잡아!"

그 단순하고도 강렬한 명령에 남자는 반사적으로 움직였다. 그는 아직 병정개미. 개미의 구성원이자 정의의 사도였다. 남자가 킬러J와 영수의 사이를 가로막아 선 사이, 영수는 휠체어를 조작해서 방 밖으로 도주했다. 동료들이 돌아오는 사이에 놈을 잡아두라는 외침과 함께.

영수가 사라진 후에도 이 상황을 받아들이지 못하고 버벅거리던 남자는 킬러J의 손끝이 움직이기 시작하자 겨우 자각했다. 상대는 동료를 둘이나 잔혹하게 살해한 살인자다. 자신은 그런 살인자와 단둘이서 이 방에 남겨진 것이다.

죽지 않으려면 지금 쓰러뜨려야 한다. 마음속에서 뭔가가 그렇게 비명을 내지르는 순간 남자는 움직였다. 그리고 자리에서 막 일어나는 킬러J의 얼굴을 후려갈겼다.

그리고 그 결과가 바로 이것이다.

"이렇게 쉬워?"

킬러J는 대자로 뻗어 일어나지 않고 있었다.

남자는 다시 자신의 주먹을 내려다봤다. 그냥 보통의 주먹이다. 하지만 사실 이게 당연한 것일지도 모른다. 상대는 몇 날 며칠 동안 묶여 약물을 투여받으며 고문을 받은 인간이다. 상식적으로 제대로 싸울 수 있는 힘이 있을 리가 없다.

그러나 남자가 당황하고 있는 이유는 정작 다른 곳에 있었다.

여전히 본능이 비명을 내지르고 있었다. 저것은 이길 수 있는 게 아니라고 말이다, 겨울의 나뭇가지같이 비쩍 말라 버린 저 청년을 말이다.

[모두 들으세요.]

남자가 그 알 수 없는 본능에 당황해하는 사이, 바닥에 떨어져 있던 무전기가 울렸다.

[지금 목표는 이 안에 있습니다. 가장 빨리 돌아온 아홉 명은 각각 세 명씩 짝을 지어 지하 주차장과 정면, 후면 문을…….]

"아아."

무전기 쪽으로 눈을 돌리고 있던 남자는 옆에서 들려온 신음소리에 눈을 크게 떴다.

"너무 느리네, 그 아저씨."

상체를 일으킨 킬러J는 혼잣말을 중얼거렸다. 마치 일부러 그렇게 누워 있었다는 듯, 너무나도 태연하게 말이다.

"근데 댁 말야. 너무 무지막지하게 때리네. 아프잖아."

킬러J는 방금 전 맞은 자리를 매만지며 불만스러운 듯 중얼거렸다.

남자는 진정하려 했다. 이성적으로 생각해야 한다. 상대도 같은 인간인 이상, 이 상황에서 압도적으로 유리한 것은 남자 쪽이다. 남자 자신도 그 사실을 알고 있었다. 그만큼 킬러J의 상태는 절망적이다.

"젠장!"

하지만 마음속의 초조함은 여전히 멈추지 않았다.

이유를 알 수 없는 초조함에 닭살이 돋아나고 등골이 서늘해졌다. 남자는 온몸을 진저리쳤다. 그러고는 발작하듯 허리춤에서 총을 뽑아 들었다.

"움직이지 마!"

얼굴을 매만지던 킬러J는 눈을 들어 남자를 바라봤다.

"응?"

"움직이지 말라고! 가만히 있으란 말이다!"

자신을 향한 총구를 빤히 보던 킬러J는 어깨를 으쓱이며 누군가와 대화하듯 말했다.

"그러게. 어차피 마취총이면서 뭘 움직이지 말라고 그러나. 자기가 경찰도 아니고 보는 눈도 없으니까 그냥 쏘면 되는데."

"입도 다물라고! 확 쏴버린다!"

남자는 소리를 질러 그 입을 막으려 했다. 사실 킬러J의 말대로다. 그냥 쏴버리면 된다. 그리고 마취제에 잠든 킬러J를 묶고, 뒤이어 온 다른 동료들에게 넘기면 되는 것이다.

하지만 남자는 방아쇠를 당기지 못했다. 방아쇠가 너무나 무거웠다.

"왜 그래? 못 쏘겠어?"

마음을 꿰뚫는 것 같은 청년의 말에 남자는 얼굴을 일그러뜨렸다.

"씨발! 닥치라고 했지!"

"하기야. 이미 자기가 따르던 하느님의 얇은 바닥을 봐버렸으니까 말야. 그래, 그쪽 생각이 맞아, 그 아저씨는 그렇게 대단한 인물이 못 돼. 머리는 좀 잘났는데, 그냥 그뿐이야. 그리고 그 아저씨한테 부려먹힌 댁들은 그냥 이용당한 것뿐이고. 정의의 화신? 사도? 개뿔이. 병정개미라는 이름 참 잘 어울리네."

"닥치라고!"

하지만 킬러J는 말을 멈추지 않았다.

"뭐야, 몰랐다고 그쪽이 한 짓이 없어지는 건 아니잖아. 눈에 콩깍지가 벗겨지니까 어때? 지금 생각해 보니까 그 아저씨가 시킨 짓치고……."

"으아아아아악!"

필사적인 비명과 함께 남자는 방아쇠를 당겼다.

"제대로 된 일은 없었던 것 같지?"

총탄이 팔을 스치며 뒤쪽의 벽에 튕겼다. 하지만 킬러J는 조금도 겁먹거나 움찔거리지도 않았다. 마치 그 총탄이 절대로 자신을 맞출 수 없을 것이라 확신하기라도 한 것 같았다.

"그래, 죄책감 좀 느껴봐. 지금까지 너한테 당한 사람들이 얼마나 괴로워했을 것 같아? 응?"

킬러J는 몸을 일으키면서도 그 시선을 정확히 남자의 눈에 고정시키고 있었다. 남자는 눈을 피하지도 못하고 어깨를 움츠렸다. 그 눈동자 안에서 알 수 없는 마력과 바닥이 보이지 않는 시꺼먼 압도감이 느껴진다. 마치 악마와도 같았다.

남자는 자신도 모르게 뒤로 한 걸음 물러났다.

"나, 날 보고 뭘 어쩌란 거야! 나도 피해자라고! 난 그냥 착한 일을 하고 싶었을 뿐인데!"

"개소리 한번 산뜻하게 하네."

그 말을 가볍게 받아넘긴 킬러J는 앞으로 한 걸음 내디뎠다.

"오지 마!"

남자는 방아쇠를 당기는 대신 또다시 한 발 뒤로 물러났다. 킬러J는 웃었다. 그러고는 마취총을 손가락으로 가리켰다.

"그걸로 바로 코앞에 있는 나도 못 맞출 정도로 손을 떨면서 뭔 강한 척이야? 지금이라도 용서받고 싶으면 그거 버리고 여기서 나가라고. 간단하게 경찰서에 찾아가서 자수라도 하면 되잖아."

"자, 자수하라고? 그러면 감옥에 가야 되잖… 야, 오지 말라고 했잖아! 윽?"

또다시 한 걸음 물러나려 하던 남자의 다리가 둔탁하게 가로막혔다.

"윽……! 히익! 힉!"

쓰러지자 반사적으로 손을 짚은 남자는 말랑거리는 감촉에 소스라치게 놀라며 몸을 굴렸다. 그 역시 지금까지 시체는 몇 번이나 만져 본 적이 있었지만, 방금 막 만진 이건 그냥 시체가 아니다. 그와 마찬가지로 여왕개미에게 충성을 맹세하고 따랐던 동료의 시체였다.

"아, 아아."

남자는 이빨을 부딪치며 턱을 떨었다. 자신의 모습이 겹쳐 보였다.

수년간 쌓아왔던 진실이 허구가 되어 통째로 무너지는 상실감에 온 정신이 혼미했다.

그렇다면 대체 어떻게 해야 한단 말인가.

"죄는 지었으면 벌은 받아야지. 더럽게 무책임하네."

다시 앞에서 들려오는 목소리에 고개를 돌린 남자의 얼굴이 경련했다.

킬러J의 손에는 검은 물체가 들려 있었다. 지금 남자가 들고 있는 마취총과 비슷하게 생긴 물건이었다.

아니, 그 역이다. 마취총이 저것과 비슷한 것이다.

"너, 그! 그거! 뭐… …어떻게?"

남자는 그 흉기의 모습에 제대로 말을 하지 못할 정도로 당혹했다.

대체 어디에서, 언제 튀어나온 것일까.

소음기가 장착된 검은색 권총의 싸늘한 총구는 정확히 남자의 머리를 노리고 있었다.

"그거야 댁이 알 바 아니고."

킬러J는 당황과 공포가 어우러진 남자의 얼굴을 보며 어깨를 으쓱였다.

"우리 생각해 보자고. 이런 총이나 칼이야 그냥 도구잖아? 근데 댁은 인간이고 생각할 수 있는 머리가 있잖아. 즉, 자기가 선택을 해서 이런 일을 한 거지. 아무것도 모르는 철부지 어린애도 아니고 말야. 그런데 죗값은 치르기 싫어? 댁이나 그 아저씨나 구제가 불가능할 정도로 나쁜 새끼란 건 똑같네 뭐. 쓰레기지, 쓰레기."

그 말에 남자는 애원하듯, 절규하듯 외쳤다.

"용서받을 수 있다면서! 아, 알았어! 자수할게! 자수한다니까?"

"자수? 뭔 소리야. 댁 같은 악당이 무슨 용서를 받아?"

"방금 그랬잖아! 용서받을 수 있다고 그랬잖아!"

킬러J는 싱긋 웃었다.

"거짓말이야."

"어?"

입을 딱 벌리는 남자의 모습에 킬러J는 키득거리며 웃었다.

"이렇게라도 안 흔들어놓으면 내가 이 상황에서 어떻게 이겨? 나 솔직히 그거 쏘면 피할 힘도 없거든."

"너, 너! 그럼 방금 그게 연기였다고?"

"연기고 뭐고 지랄이고 움찔할 힘도 없었다니까. 맞을까 해서 좀 쫄긴 했는데 빗나가서 잘됐지 뭐야."

악마다. 남자는 그 시꺼먼 검은 구멍 같은 눈을 보며 턱을 떨었다. 하지만 아직 끝난 건 아니다. 넘어지면서 떨어뜨린 마취총을 주워 쏘면 승산이 있을지도 모른다.

하지만 킬러J는 남자가 움직이기를 기다려 주지 않았다.

"어차피 댁 같은 악당한테 거짓말한 거라 별로 미안할 것도 없고. 그러니까."

킬러J가 들고 있는 권총이 살짝 흔들렸다. 그건 망설임 따위에 의한 것이 아니다. 그저 손가락에 힘이 들어가 방아쇠를 당기는 것에 따른 자연적인 미동이었다.

"미안. 잘 죽어."

"으아아아아… 칵!"

비명이 샌드백을 후려갈기는 것 같은 뭉툭한 소리에 꺾였다.

손에 쥔 총을 앞으로 겨누려던 남자는 허우적거리며 동료의 시체 위로 힘없이 쓰러졌다. 남자의 이마 정확히 한가운데에는 구멍이 뚫려 있었다.

"후우."

상황이 정리되자 한숨이 흘러나왔다. 킬러J는 권총을 다시 허리춤에 꽂았다. 킬러J는 자신이 만든 시체에 어떠한 관심도, 연민도 보이지 않는 얼굴로 의자를 돌아봤다. 여왕개미는 병사들을 불렀다. 조금도 어물쩍거릴 시간은 없었다. 움직여야 했다.

"응? 아아, 그래, 알아 알아."

의자의 등받이를 잡은 청년은 허공을 향해 웃어 보였다.

"이제부터가 진짜 시작이라는 거."

* * *

"사장님."

감고 있는 눈을 뜬 영수는 곧장 상황을 파악했다. 깜빡 잠이 든 것일까.

아니, 아니다. 잠이 들었다는 것은 지나칠 정도로 완곡한 표현이다. 기절했다고 하는 편이 옳을 것이다. 이 방으로 돌아오자마자 극도의 안도감에 휩싸여 잠깐 눈을 감은 후부터의 기억이 없으니 말이다.

"사장님?"

영수는 다시 자신을 부르는 목소리에 얼굴을 문지르며 작게 중얼거렸다.

"무슨 일입니까?"

"보고드릴 것이 있어서 무전 드렸는데 답이 없으셔서 부득이하게 실례했습니다. 그런데 괜찮으십니까? 편찮으신 거라면 의사를 부르겠습니다."

병정개미는 걱정하는 기색이 역력해 보였다. 의아해하며 시계를 돌아본 영수는 자신도 모르게 웃고 말았다. 병정개미가 저런 표정을 짓고 있는 것도 이해가 갔다. 눈을 감고 그리 오래된 것 같지 않은데 벌써 세 시간이 지나 있었다.

"괜찮습니다. 조금 지쳤던 것 같군요."

양손으로 얼굴을 가만히 문지르던 영수는 깊게 숨을 들이켜며 병정개미를 힐긋 바라봤다.

"보고 내용은 뭡니까?"

"예, 일단 명령하신 대로 목표를 쫓아서 그 방에 갔지만, 그곳에 있던 병정개미는 죽어 있었고 목표는 사라진 후였습니다. 시체 세 구는 수습해서 냉동고로 옮겨놨습니다."

"그렇군요. 그리고 목표는?"

"3인 1조로 건물 전체를 뒤졌는데 목표는 발견되지 않았습니다. 다음 명령을 내려주십시오."

그 보고에 영수는 미간을 찡그렸다. 세 시간은 결코 짧지 않다. 아무리 짧다고 해도 30명은 될 사람들이 지하 2층, 지상 6층의 건물을 뒤지기에는 충분한 시간이라고 볼 수 있다.

"샅샅이 찾았습니까?"

그 무거운 감정이 담긴 나지막한 중얼거림에 병정개미는 허리를 세웠다.

"예, 문이 열려 있던 방, 보일러실이나 식당, 그리고 창고까지 다 뒤졌습니다. 절대 놓친 곳은 없습니다."

그 자신 있는 보고에 영수는 담담히 고개를 끄덕이며 양손을 책상 위에 올렸다.

하지만 그 마음속에서는 의혹의 소용돌이가 몰아치고 있었다.

'어떻게 이렇게까지 숨어 있을 수가 있지? 다른 곳도 아닌 내 아지트에서.'

동료를 잃어버린 병정개미들의 집요함, 지형의 익숙함, 무엇 하나 이쪽이 불리한 것은 없다. 그런데도 발견되지 않는다는 건 도무지 이해가 가지 않는 일이었다. 투명인간도 아니고 그런 것은 불가능한 일이 아닌가.

"건물을 봉쇄하고 있는 동료들에게서는 딱히 다른 말이 없었나요?"

"예, 그렇습니다. 이 건물을 나가진 못했을 겁니다."

고개를 끄덕이던 영수는 책상 위에서 가늘게 떨리는 손을 재빨리 다른 쪽 손으로 덮었다. 자신은 병정개미의 통솔자다. 그 통솔자가 흔들리는 모습을 보여 모두를 불안하게 만들어서는 안 된다. 위기가 닥친 상황에서는 더더욱 말이다. 지금까지 그랬던 것처럼, 무슨 일이 벌어지더라도 흔들림 없는 카리스마를 보여야 했다.

"좀 더 자세히 수색하도록 합시다."

"자세히요?"

"그래요, 어쩌면 겨우 사람의 몸이 들어갈 수 있는 곳에 숨어 있을지도 모르겠군요. 냉장고나 쌓여 있는 박스. 쓰레기장도 뒤지라고 말해두세요. 환기구나 하수도에도 사람이 들어갈 만한 공간이 있는 곳이라면 모조리 조사하도록 하고. 그리고 수색이 끝난 방은 자물쇠를 채워두세요. 이동하면서 숨어 있을 수도 있습니다."

"이동… 이요?"

"그렇습니다. 이미 한번 뒤진 곳에는 신경을 안 쓴다는 걸 노려서 그런 데에 숨어 있을 수 있지요. 그러니까 그런 일을 막기 위해 한번 찾은 곳은 막아두고, 느리더라도 차근차근 확실히 찾도록 하세요. 알겠습니까?"

멍하니 이야기를 듣던 병정개미는 정신을 차린 듯 고개를 끄덕였다.

"예, 사장님."

"그럼 나가보세요. 무운을 빌겠습니다."

그 말에 병정개미는 깍듯이 고개를 숙여 보인 후 문을 열고 사라졌다.

철컹거리는 소리와 함께 문이 닫히자 영수는 이를 악물며 혼잣말을 중얼거렸다.

"그래, 도망쳤을 리가 없지."

당연했다. 그게 목적이었다면 차라도 훔쳐서 도주하면 됐지 않는가.

그것에게는 지금 이곳에 숨으면서까지 이루려 하는 명백한 목적이 있었다. 그리고 세 시간 전에는 그 목적을 이룰 뻔하기까지 했다.

그의 목적, 그것은 여왕개미의 죽음이다.

"이 배은망덕한 놈."

분노와 공포로 몸이 떨려왔다. 영수는 눈을 질끈 감고 작게 심호흡을 반복했다.

진정해야 했다. 설사 그 목적이 사실이라고 해도 이 방으로 통하는 통로는 저것 하나뿐. 그리고 그 앞에는 병정개미들이 경비를 서고 있다. 이 방은 영수에게 있어서 요람이자 벙커. 이 빈약한 몸이 완벽하게 보호받을 수 있는 공간이다. 이곳을 벗어나지 않는 이상 영수는 무조건적으로 안전했다.

떨리는 몸을 진정하듯 눈을 감은 영수는 혼잣말을 중얼거렸다.

"곤란하게 하는구나. 난 그때 너에게 기회를 줬는데."

벌써 8년 전의 일이다.

기절에서 깨어난 영수의 눈에 맨 처음 들어온 것은 기뻐하는 병정개미들이었다.

대기하고 있던 병정개미들이 사고가 났다는 경찰 무전을 듣고 곧장 뛰어오지 않았다면, 때는 너무 늦었을 것이다. 병정개미들은 그런 사고에서도 영수가 살아난 것은 하늘이 도왔기 때문이라며 기뻐했다.

하지만 당연하게도 영수에게 그건 위로가 되지 못했다.

영수는 분노에 몸을 떨었다. 두 번 다시 두 다리로 걸을 수 없는 몸이 된 것은 둘째치고라도, 온몸의 살갗이 불타 진물이 흐르고 고통이 혈관을 따라 흐르는 것을 둘째로 치고라도, 그동안 병정개미들에게까지 반쯤 비밀로 하고 온갖 노력을 들여 교육했던 주신이 자신을 배신했다는 것이 믿기지 않았다.

하지만 분노에 몸을 맡기고 미쳐 날뛰기에 영수는 너무나도 똑똑했고, 얼음같이 냉정해 질 수 있는 이성 역시 가지고 있었다. 영수는 분노를 씹어 삼키며 상황을 인식했다. 이런 몸이 되어버렸기에 오히려 주신은 더더욱 영수에게 필요한 존재가 됐다. 영수가 아는 한 자신의 대변자이자 완벽한 수족이 될 수 있는 것은 주신밖에 없었다.

병정개미들의 보고에 따르면 영수와 함께 구조된 소년은 얼굴이나 가슴에 외상을 입은 것을 제외하면 다치지 않았고, 혼수상태에 빠져 있었다. 영수는 주신이 깨어나더라도 아무것도 말하지 말고 치료만 하라고 명령한 후, 주신을 설득할 계획을 짜기 시작했다.

어떻게 주신이 영수가 거짓말한 것을 알게 된 것인지는 모른다. 하지만 누가 뭐라 하던 주신은 열두 살 때 사고로 부모를 잃은 후부터 계속 영수에게 교육받아 온 몸이었다. 비록 친구의 죽음으로 인해 마음이 흔들렸다고 해도, 이렇게 만신창이가 된 부모의 모습을 본다면 분명히 후회할 것이다. 그럼 거기서부터 설득을 하면 된다.

영수가 그런 계획을 세우고 얼마 되지 않아 주신은 혼수상태에서 깨어났다.

하지만 계획은 실행되지 못했다. 상황은 영수가 생각하지 못했던 방향으로 흘러가고 있었다.

“그러니까 난 주신이 재판 다녀온 뒤로 기억이 없다고요. 차 사고? 그런 게 났었나? 그런데 주신이는 어떻게 됐죠? 판결 어떻게 났어요?”

영수는 매직미러 너머에서 의사와 대화를 하는 주신의 모습을 보며 좌절했다. 그 몸은 분명 주신이었지만, 그 안에 있는 것은 주신이 아니었다.

열두 살의 주신이 모든 기억을 잃은 후 영수가 새로운 기억을 줬던 것처럼, 사고로 인해 기억이 지워진 채 혼수상태에 빠져 있던 주신의 머리에 엉뚱하게도 수영의 인격이 새겨진 것이다. 왜 그런 일이 생겼는지는 모른다. 중요한 것은 주신은 자신이 수영이라고 굳게 믿고 있다는 것이었다.

세워놨던 계획이 물거품이 된 절망적인 상황에서 영수는 선택을 해야 했다.

“하지만 난 널 포기하지 않았지.”

깍지 낀 영수의 손이 분노로 부르르 떨렸다.

주신을 포기할 수 없었던 영수는 결국 다른 계획을 시도했다. 일단 수영이 된 주신을 풀어주고, 주변 환경을 악화시켜 조금씩 이쪽의 논리에 감화시키는 방법을 말이다.

준비조차도 쉽지 않은 작업이었다. 일단 주신이 수영으로서 살아가게 하기 위해 영수는 사고 때문이라는 핑계로 그 얼굴을 수영과 비슷하게 성형수술을 시켜야 했다. 개미의 인맥을 총동원해 수영의 죽음에 대한 소식 자체를 틀어막고, 남겨진 증거들도 회수해서 파기하거나 조작했다. 호적 또한 새로 만들었다.

그리고 그렇게 1년이, 2년이 지났다. 하지만 주신은 수영 그 자체나 다름없는 삶을 유지했다. 주신에게 살해당할 뻔했다는 꾸며진 기억 탓일지도 모른다. 수영으로 변한 주신은 아무리 더러운 일을 당해도 마지막 한 발을 내디뎌 선을 넘으려 하지 않았다.

그렇게 3년째가 되어 초조함이 한계를 넘었을 때, 영수는 뭔가를 떠올렸다.

영수는 어떻게 해야 정신에 충격을 줘서 기억을 지워 버릴 수 있는지 그 방법을 몰랐다. 만약 그걸 알았다면 수영이 된 주신을 다시 원래대로 되돌릴 수 있었을 것이다.

하지만 모른다면 배우면 된다. 학습하면 되지 않는가.

어차피 모르모트로 쓸 만한 범죄자는 많았다.

얼마나 약물을 투여해야 하는지, 어떻게 해야 식료를 끊어도 몸이 망가지지 않고 최대한 정상을 유지하게 할 수 있는지, 또 어떻게 해야 몸은 건드리지 않고 정신만을 효과적으로 붕괴시키는지. 시체가 쌓이는 만큼 데이터도 쌓여갔다. 그렇게 몇 년이 지나자 영수는 확신했다. 주신의 몸에서 수영의 망령을 떼어낼 수 있는 기술을 손에 넣었다는 것을 말이다.

그런데 마침 사건이 일어났다. 주신은 자신의 친한 친구를 돕기 위해 최악의 범죄 중 하나를 저질렀다. 선을 넘은 것이다. 그건 영수가 오랫동안 기다리고 기다리던 바로 그 기회였다.

거기서 영수는 선택해야 했다. 마침내 온 기회를 잡느냐, 아니면 아직 100%의 확신이 없는 방법을 택하느냐.

"그냥 그때 뜯어내 버려야 했어."

영수의 깍지 낀 손이 부르르 떨렸다.

그때 결국 영수는 좀 더 온건한 방법을 택하기로 했다. 주신의 육체적인 기능에 조금이라도 장애가 생기지 않을까 염려했기 때문이다. 그런데 그 완전한 주신을 얻기 위한 안전한 선택이 설마 이런 결과를 가져올 줄이야. 당연하게도 영수는 그 선택이 실수였다고 생각하고 있었다.

하지만, 아직 모든 게 망쳐진 건 아니었다.

"킬러J라고? 응?"

영수는 작은 웃음을 터뜨리며 고개를 내저었다.

그것은 과거 주신의 것이었던 닉네임이다. 그 몸에 깃들어 있는 인격이 굳이 그런 닉네임을 썼다는 사실, 그리고 무전으로 내뱉었던 건방진 말. 그것만으로도 충분한 정보를 유추해 낼 수 있었다.

"너는 아직 정수영이지. 내 아들의 몸에 들러붙은 망령. 원수 놈."

영수는 확신할 수 있었다. 킬러J는 수영이다. 정확히는 자신이 수영이 아니라는 것을 알게 되었지만, 여전히 수영의 인격을 가지고 있는 주신의 몸이라고 해야 할까. 주신이 말해준다고 하는 건 그저 뇌 속에 잠들어 있던 기억을 환청으로 듣고 있는 것뿐이다.

사실, 그것은 영수에게 불행 중 다행이었다. 아직 주신은 초기화를 겪지 않았다. 지금까지 수많은 모르모트에게 했던 실험의 데이터대로라면, 지금 주신은 단순히 미쳐 가고 있는 와중일 뿐이다. 그리고 조금만 더 압박하면 그 정신을 완전히 무너뜨릴 수 있었다.

"그래, 도망가라. 숨어봐. 넌 어차피 독 안에 든 쥐일 뿐이야."

영수는 감정을 다스리듯 깊게 심호흡을 하며 양손을 팔걸이에 걸쳤다.

이번에 잡으면 단숨에 그 몸을 장악하고 있는 수영의 망령을 뽑아내 지워 버릴 것이다. 혹여 육체적인 후유증이 남는다고 해도, 그 몸에 흠이 생긴다고 해도 그걸 감수하고 말이다.

"조금만 기다려라, 주신아. 난 널 포기하지 않아."

영수는 웃었다. 그리고 보이지 않는 누군가에게 말하듯 중얼거렸다.

"그 망령을 죽여주마. 이번에는 다시는 되살아나지 못하게."

* * *

킬러J는 감고 있던 눈을 떴다.

하지만 눈을 떴을 뿐, 움직이지는 않았다. 손끝 한 마디조차도 말이다.

"대체 어디로 숨은 거야?"

"화장실도 다 뒤져봤는데……."

"이거 계속 움직이고 있을 수도 있지 않나? 망할 새끼 같으니."

저 너머 사각의 틈 사이로 번져 들어오는 희미한 빛과 그림자가 보였다. 오로지 어둠뿐인 방이었기에 그 움직임은 너무나도 눈에 띄었다.

"일단 여긴 없는 건 확실하죠?"

"그래, 방에 쌓여 있는 박스까지 다 뒤집어봤잖아. 아래층 수색하는데 거들까?"

"일층은 딱히 뭐 숨어 있을 만한 곳은 없지 않나? 그냥 로비랑 빈방들만 있잖아"

계속 숨을 죽이고 있던 킬러J는 그림자들이 사라지자 귀에 온 신경을 집중했다. 점점 멀어지던 발소리는 마침내 복도 너머로 사라졌고 곧 아무것도 들리지 않게 됐다.

이제 이층에는 아무도 없다. 거기에 대한 확신이 들자 킬러J는 몸을 덮고 있던 방수포를 걷어냈다. 그리고 잔뜩 쌓여 있는 커다란 나무상자들 뒤편에서 머리를 슬쩍 내밀었다.

"후우."

깊은 숨을 토해낸 킬러J는 손에 쥐고 있던 총을 바닥에 놓고 몸을 일으켰다. 당장 일어나는 것만으로도 전신이 찢기는 것 같은 아픔이 흘렀지만, 킬러J는 고통을 참으며 사지를 천천히 움직였다.

처음에는 팔목, 그다음에는 팔, 허리와 다리. 그렇게 긴 시간을 들여 전신을 꼼꼼히 스트레칭한 킬러J는 몸을 축 늘어뜨렸다. 그러고는 허공을 향해 고개를 돌렸다.

"그러게, 이런 데도 준비해 놓고. 덕분에 숨어서 쉬기 참 좋았어."

빈정거리듯 중얼거린 킬러J는 방 한쪽 벽을 가득 메우고 있는 열 개의 철제 캐비닛 중 하나를 열었다. 그 안에 있는 거치대에는 스무 정의 권총형 마취총이 수납되어 있었다.

"어, 이게 아니었나?"

캐비닛을 위아래로 훑어보던 킬러J는 차례대로 다른 캐비닛들을 열었다.

열린 캐비닛 중 몇 개는 마취총을 수납할 수 있는 수납대만이 덩그러니 남아 있었다. 원래 그 안에 들어 있어야 할 마취총들이 지금 어디에 있는지는 너무나도 뻔히 알 수 있었다. 그나마 다행인 것은 일곱 번째 캐비닛, 그 안에 들어 있는 소음기까지 달린 토카레프만큼은 딱 하나밖에 비어 있지 않다는 점이었다.

차례대로 캐비닛을 열어 그 안의 내용물을 확인하던 킬러J는 마지막에서 두 번째 캐비닛을 열고서야 만족한 듯 고개를 끄덕였다.

"맞아, 여기였지. 응? 아하하, 아냐. 나 건망증 없다고. 그냥 아까는 약 때문에 머리가 너무 흐릿해서 기억을 못한 것뿐이야."

그 캐비닛에는 마취탄들과 더불어 실탄이 들어찬 작은 상자들이 빼곡히 쌓여 있었다.

"이 나라는 치안이 너무 좋지. 아무도 총을 못 가지고 다니잖아. 읏차."

킬러J는 탄약상자와 그 아래에 있던 예비탄창들을 꺼내 바닥에 앉았다. 그리고 탄창에 총알을 한 발 한 발 장전하기 시작했다.

"그러니까 이런 것만 있어도."

여덟 발이 장전된 탄창을 꽉 움켜쥐어 그 묵직함을 확인한 킬러J는 그것을 바지 주머니에 넣었다.

"싸우는 데 압도적으로 유리하잖아?"

킬러J는 탄창에 총알을 장전하고 옷에 달려 있는 주머니들에 찔러 넣는 것을 반복했다.

"이 정도면 경찰을 상대로 하는 것만 아니라면 누구든 이길 수 있을 거야. 그렇지?"

캐비닛에는 총 이외에도 킬러J도 사용했던 전기충격기나 삼단봉 또한 비치되어 있었다. 하지만 그게 끝이 아니다. 세 시간 전 킬러J가 열었던 아홉 번째 캐비닛에는 TNT라는 라벨이 박힌 주먹만 한 상자들도 있었다.

명백히 살육과 파괴를 위한 무기들. 비록 전문적이라고 하기에 조금 빈약한 수준이긴 하지만, 그런 무기들이 한 소대 정도는 무장시킬 수 있을 정도로 쌓여 있다. 그것만을 보더라도 이곳이 어떤 목적으로 준비된 곳인지 너무나도 쉽게 알 수 있었다.

이곳은 바로 적과 싸우기 위해 준비된 개미의 무기고인 것이다.

문제는 대부분의 건물이 다 그렇지만, 이 건물은 애초에 이런 무기고를 설치할 것을 상정하고 건축되지 않았다는 점에 있었다. 고문실이나 병정개미들의 방이 그렇듯, 그저 적당한 위치에 있는 적당한 크기의 방에 무기고라는 용도와 이름을 부여했을 뿐이다.

그리고 이곳은 개미의 비밀 아지트다. 병정개미 중 누구도 이곳이 누군가에게 공격받는다는 것 자체를 생각하지 못했다. 물론 그 병정개미들을 통솔하는 영수조차도 말이다. 그렇다 보니 이 무기고도 다른 방들과 마찬가지로 단순히 자물쇠 하나로 보호받고 있었다. 머리핀이나 철사 하나로도 쉽게 열 수 있는 보통 자물쇠 말이다.

물론, 그 안에 있는 캐비닛들도.

"어쨌든 고마워, 네가 이런저런 말을 해준 덕분에 이런 방법도 생각해 냈네."

킬러J는 방구석 한쪽을 보며 싱긋 웃었다. 이것은 그들의 자만심에 의해 만들어진 짙은 맹점이었다. 그리고 킬러J는 너무나도 당연하게 그 맹점을 이용했다.

병정개미를 고문해 필요한 정보를 확인한 킬러J는 모두가 무기를 받아 사라진 후에 몰래 무기고의 문을 열고 그 안으로 숨어들었다. 이곳의 그 어디보다도 안전할 것이라 장담할 수 있었기 때문이었다.

어쨌든 그 선택은 옳았다. 총을 미리 가지고 있던 덕분에 영수를 놓친 후 상대했던 병정개미도 제압할 수 있었다.

"그나저나."

옷에 달려 있는 모든 주머니에 넣을 수 있을 만큼 탄창을 넣은 킬러J는 몸을 일으켰다.

"이 정도로 사람들을 많이 쓰려면 돈 들잖아. 월급 같은 건 주진 않을 것 같긴 하지만, 밥은 먹여야 할 거고 옷도 사 입혀야 할 거고."

킬러J는 자신이 걸치고 있는 두꺼운 조끼를 손끝으로 잡고 살짝 흔들었다. 이것 역시 저 구석에 쌓여 있던 장비 중 하나였다.

"이런 거 만들든 어쩌든 그것도 돈 상당히 들었을 텐데. 대체 돈이 어디서 난 거지, 이 아저씨는? 어디서 기부라도 해주나?"

자신이 내뱉은 말이 웃기다는 듯 피식 웃음을 흘린 킬러J는 주머니들을 문질러 탄창을 확인했다. 그리고 조금 전 자기가 누워 있던 곳에 있던 물병을 집어 들었다.

"그렇다고 크리스마스나 연말에 불우이웃을 돕자면서 마트 앞에서 성금이라도 모으는 건 아닐 텐데 말야. 대체 뭘로… 응? 아……."

순간 뭔가를 들은 듯 눈을 크게 뜬 킬러J는 연신 고개를 끄덕였다.

"그래, 네 말이 맞는 것 같네. 그 방법이 있구나. 어째 그런 일만 시킨다 싶었더니만."

의미 불명의 혼잣말을 중얼거리며 물을 마시던 킬러J는 얼굴을 급격히 일그러뜨렸다. 물이 메마른 식도를 타고 넘어가 위에 닿자 찢어발기는 것 같은 아픔이 느껴지기 시작한 것이다.

당연했다. 얼마나 오랫동안 비어 있었던 것인지 알 수 없는 내장은 갑작스러운 손님의 방문을 제대로 처리하지 못했다.

"윽."

킬러J는 가슴을 손으로 꾹 눌렀다. 온몸이 울렁거리며 닭살이 돋았다.

"내 몸이 내 몸 같질 않네. 그 빌어먹을 아저씨."

주머니에서 사탕을 꺼낸 킬러J는 고통을 죽이듯 이를 깨물었다. 위가 놀라 날뛰었지만 킬러J는 그 아픔을 이를 악물고 참아냈다. 어쩔 수 없다. 당장 몸을 움직이기 위해서는 수분과 에너지가 필요했다.

"근데 말야."

마저 물병을 비운 킬러J는 구석을 힐끔거렸다.

"좀 자서 그런가? 너 이상하게 희미하게 보여."

킬러J는 벗어놨던 겉옷을 집어 들었다. 맨 처음 목을 비틀어 죽인 병정개미에게 벗겨냈던 것이었다.

"아니, 괜찮아. 목소리는 똑똑히 들리니까. 그리고 목소리도 안 들리게 돼도 말야. 나도 내가 무슨 일을 해야 하는지는 알아."

반대편 손에 들려 있던 빈 물병이 빠직거리는 소리와 함께 찌그러졌다.

"그렇지? 그래, 그거. 안 까먹었다니까."

물병을 바닥에 슬쩍 던진 킬러J는 겉옷을 걸쳐 탄창이 잔뜩 들어 있는 조끼를 가렸다.

"알고 있으니까 그렇게 소리 안 쳐도 돼. 걱정 마. 그건 너만 하고 싶은 게 아냐. 나도 하고 싶은 거라고. 그러니까 이렇게 움직이고 있잖아."

마지막으로 옷매무새를 점검한 킬러J는 조금 전 자신이 등지고 숨어 있던 커다란 나무상자의 뚜껑을 열었다. 거기에는 우윳빛의 흰색 좁쌀 같은 작은 알갱이들이 한가득 담겨 있었다.

"그래, 믿으라니까. 난 할 수 있어."

그 안에 손을 넣어 알갱이들은 쥐어 올리자 손 틈 사이에 마치 모래처럼 흘러내렸다. 마치 모래장난을 하듯 몇 번이나 그 행동을 반복하던 킬러J는 손을 털며 몸을 돌렸다.

"근데 그걸 확실하게 하기 위해서 아이디어가 하나 더 있는데 말야. 좀 들어볼래?"

킬러J는 그 상자에서 몸을 돌려 아직 열지 않았던 아홉 번째 캐비닛으로 다가갔다.

"분명히 여기에 있었던 것 같은데… 맞지?"

아홉 번째 캐비닛을 열자 곧장 TNT라는 라벨이 박혀 있는 주먹만 한 작은 상자가 빼곡히 쌓여 있는 것이 보였다. 킬러J는 그 상자의 모습을 확인하고 웃었다.

"응? 뭘 하려는지 모르겠다고? 그럼 구경이나 해봐. 볼 만할 테니까."

* * *

"가스?"

"예, 뭔가 독한 냄새가 나는 연기가 건물 내의 여기저기 피어 오르고 있다고 합니다."

그 보고에 영수는 고개를 끄덕였다. 생각이 맞았다. 역시 킬러J는 지금까지 이 안 어딘가에 숨어 있던 것이다.

"그것 때문에 수색이 힘들어지고 있습니다. 독가스 같은 게 아닐까 하고 모두 겁을 먹고 있습니다만……."

병정개미의 조심스러운 의문에 영수는 고개를 내저었다.

"아닐 겁니다. 우리 아지트에 있는 물건들로는 독가스를 만들어낼 수는 없어요."

"하지만 사장님."

영수는 손을 들어 병정개미의 말을 막았다.

"아마도 건물 안에서 구할 수 있는 락스와 세제 같은 걸 섞어 만든 거겠죠. 유독한 건 맞지만 생각보다 심각한 물건은 아닙니다."

하지만 이상했다. 영수는 뒷말을 삼키며 턱을 만지작거렸다.

그런 짓을 해봤자 불리한 것은 킬러J 자신이다. 그런 가스를 여기저기에 퍼뜨리는 건 오히려 숨어 있을 수 있는 장소를 줄이는 것이다.

'더 이상 숨어 있을 생각이 아니란 거냐?'

그렇다면 이제 대체 무슨 짓을 하려고 하는 것인가.

아니, 사실 킬러J가 무슨 일을 하려 하는지는 알고 있다. 문제는 어떻게다. 킬러J는 어떻게 자신을 죽이려 하는 것일까.

"사장님?"

잠깐 생각에 잠겨 있던 영수는 고개를 내저었다.

"어쨌든, 그 가스가 있는 쪽에는 목표가 숨어 있을 수 없을 겁니다. 그런 곳은 제외하고 찾도록 하세요. 냄새가 난다 싶으면 일단 피하도록 하고."

"예, 사장님. 그리고……."

잠시 주저하던 병정개미는 머뭇거리며 영수에게 뭔가를 내밀었다.

"보고 드릴 게 하나 더 있습니다. 조금 전 살해당했다는 보고가 올라온 7번 팀입니다만……."

핸드폰의 화면에는 사진이 떠 있었다. 시체들의 사진이다. 불에 그슬린 시체도 있었다.

새로운 희생자에 대한 보고인 것인가. 잠깐 그렇게 생각했던 영수는 곧 사진에서 뭔가 이상한 것을 발견했다. 이 시체들이 죽어 있는 모습. 정확히 말하자면 사인이었다.

"이건……."

휴대폰으로 전송된 사진을 본 영수는 살짝 눈을 굴려 눈앞에서 있는 병정개미의 얼굴을 살폈다. 그건 이미 그 사진이 뭘 의미하는지 알고 있는 얼굴이었다. 모른 척하고 넘길 수 없었다.

"총상이군요. 설마 킬러J가 총을 쓰고 있습니까?"

"예, 사장님. 무전을 듣고 갔던 다른 동료들도 총에 맞을 뻔했다고 합니다."

손가락을 놀려 다음 사진을 보자 벽에 총알이 튄 자국이 찍혀 있는 것이 보였다. 핸드폰을 내려놓은 영수는 휠체어에 등을 기대며 믿을 수 없다는 듯 중얼거렸다.

"총을 구했다는 거군요. 대체 어디서?"

이건 연기가 아니다. 정말로 믿을 수가 없었다.

한국에서 한 개인이 총을 소유하는 건 엄청나게 힘든 일이다. 게다가 고문을 받다가 도망친 인간이라면 더더욱 그렇다. 대체 총을 어떻게 구했단 말인가. 병정개미들에게 노획했다고도 볼 수 없다. 병정개미들을 모두 마취총으로 무장시켰으니 말이다.

혼란스러운 기색을 감추고 생각에 잠겨 있던 영수의 뇌리에 뭔가가 스쳐 지나갔다.

'설마?'

이 건물을 관리하는 것은 모두 병정개미들에게 맡겨두고 있었지만, 영수의 손을 거치지 않고서는 절대로 열 수 없는 방이 있었다. 다른 곳과는 달리 명패조차 붙여놓지 않은 방이었다.

말없이 책상 서랍을 연 영수는 슬그머니 서랍 안으로 손을 넣었다. 작은 금속 조각이 만져졌다. 무기고의 열쇠가 달려 있는 열쇠꾸러미였다. 다행이다. 안도의 한숨을 내쉬던 영수는 순간 뭔가 이상함을 느꼈다. 원래 그 안에서 있어야 할 또 다른 것이 없었다.

호신용으로 숨겨놨던 자신의 총이.

"으음."

게다가 또 다른 문제가 있었다. 손에 잡힌 열쇠 꾸러미를 살핀 영수는 자신도 모르게 가벼운 신음을 흘렸다. 몸이 떨리며 뱃속 깊은 곳에서 공포가 스멀스멀 올라왔다.

놈은 이곳에 들어왔었다. 아마도 자신과 병정개미들이 모두 아래에 있었던 그때에.

"사장님?"

영수는 고개를 들었다. 병정개미는 초조한 얼굴을 하고 있었다.

"호신용 권총이 없군요. 아마 우리가 없을 때 이 방에 잠입했던 것 같습니다."

"예? 그럼 역시 총을 가지고 있다는……. 어떻게 할까요? 저희도 무장해야 되지 않겠습니까?"

영수는 병정개미의 눈을 똑바로 쳐다봤다. 그 눈동자에는 두려움이 어른거리고 있었다.

마취총과 맨손이라는 무력의 차이, 압도적인 숫자의 차이, 익숙한 필드. 그 때문에 병정개미들은 지금 하는 것이 단순한 동물원에서 탈출한 맹수를 사냥하는 것이라고 생각하고 있었다. 그런데 막상 사냥에 뛰어들고 시간이 지나자 그 생각은 바뀔 수밖에 없었다. 적은 무기를 가지고 있고, 동료들 또한 비참하게 살해당하고 있었다.

적은 사냥감이 아니다. 이쪽과 동등한 사냥꾼, 헌터였다.

‘총을 가지게 해달라는 거군.’

그러나 이 병정개미가 겁쟁이라 할 수는 없다. 단지 폭력에 대해 그 누구보다도 익숙하기에 총이 가지는 무서움 또한 잘 알고 있을 뿐이다.

하지만 그건 허락할 수 없다. 마취총도 완전히 안전하다고 볼 수는 없는데, 진짜 총을 사용하면 주신의 몸이 필요 이상으로 다칠 가능성이 높았다.

“우리가 권총을 들 경우 목표를 죽여 버릴 가능성이 커집니다. 잊으면 안 됩니다. 우리의 목적은 목표를 죽이는 게 아니라 사로잡는 것이라는 걸.”

“그건 그렇지만…….”

“목표를 살해하는 걸 피하기 위해 팔다리를 쏘려고 하면 맞추기가 더 힘들게 됩니다. 오히려 이쪽이 불리해지는 결과가 생깁니다. 마취총을 사용하는 편이 몸을 노려 쏠 수 있으니 좋을 겁니다. 무기는 그대로 마취총을 사용하도록 합시다.”

영수는 서랍에서 꺼낸 무기고의 열쇠를 책상 위에 올렸다.

“대신, 방탄조끼를 착용시키도록 하죠. 일단 모두를 무기고 앞으로 모이게 하세요. 문을 지키고 있는 인원들은 잠시 대기하도록 한 후 직접 방탄조끼를 가져가서 전하도록 합시다. 사람들이 비면 그사이에 목표가 밖으로 도망칠 시도를 할 수도 있으니 주의하고.”

잠시 침묵을 지키던 병정개미는 결국 고개를 끄덕이며 열쇠를 집어 들었다.

“예, 사장님.”

평소보다 약간 떨떠름한, 뭔가를 주저하는 것 같은 반응이었지만, 상황이 상황인 만큼 영수는 그걸 지적하진 않았다. 병정개미는 영수를 힐끔거리며 무전기를 들어 올렸다.

"모두에게 알린다. 적의 공격에 대항하기 위해 사장님의 명령대로 방탄조끼를 입는다. 모두 무기고 앞으로 모이도록. 문을 막고 있는 놈들은 방탄조끼를 지급하러 갈 테니 대기해라. 적이 건물 밖으로 나갈 수 있는 절호의 기회이므로 주의하고. 명령을 확인한 팀은 1번부터 대답하도록."

무전기 너머에서 치직거리는 소리가 들렸다.

[1번, 알겠습니다. 정문 대기하겠습니다.]

[2번 지하주차장. 대기합니다.]

[3번 뒷문 대기하겠습니다.]

현재 같은 채널로 이어진 무전기는 총 열한 대. 지금 영수의 방 앞에서 경비를 서고 있는 넷에게 주어진 것을 제외한다면 세 명에 하나씩을 들고 있는 셈이었다.

"그럼 방탄조끼를 지급하고 오겠습니다."

"그러도록 하세요. 이 앞에 있는 세 명 것은 직접 들고 오도록 하고."

"예, 사장님."

살해된 7번팀을 제외한 나머지 아홉 팀에게서 전부 답이 돌아오자 병정개미는 열쇠를 집어 들고 막 문 밖으로 나가려 했다.

[무슨 군대놀이 하는 것 같네.]

갑자기 무전기에서 들려온 나지막한 목소리에 병정개미는 발을 멈췄다.

[방금 맨 처음에 무전한 놈. 그래그래, 눈 크게 뜬 너. 방금 그 아저씨한테 명령받았잖아. 두리번거려 봤자 나 없으니까 쓸데없는 짓 하지 말고 얼른 그 아저씨한테 무전기 좀 줘봐.]

주변을 두리번거리던 병정개미는 크게 뜬 눈으로 영수를 돌아봤다.

"행동을 예측해서 말하는 것뿐입니다. 놈이 이곳에 있을 리가 없지요. 겁먹지 마세요."

"예, 예."

짐짓 의연한 척 말하긴 했지만 영수도 당황하긴 마찬가지였다.

'대체 이게 무슨 짓이지?'

아마도 자기가 살해한 7번 팀의 무전기를 들고 있었던 것 같았다. 사실 영수 역시 킬러J가 어떤 방법을 사용하든 이쪽의 명령을 엿듣고 있을 것임을 어렴풋이 알고 있었다. 그렇기에 그걸 감안해서 엿들어도 상관없는, 빈틈을 내지 않는 명령을 내린 것이다.

하지만 그렇다면 그냥 듣고 있으면 되지 않는가. 킬러J의 목적은 분명 영수의 목숨이다. 그런데 이런 명령을 들었다면, 조용히 입을 다물고 있다가 모두가 방탄조끼를 가지러 간 사이 이쪽을 덮치는 것이 가장 논리적인 행동인 것이다. 영수 역시 이 문을 뚫지 못할 것이라 생각했기에 그런 명령을 내린 것이긴 하지만.

그런데 이런 돌발행동이라니. 무슨 생각인지 도저히 알 수 없었다.

[이거 듣고 있는 거 맞지? 아저씨? 대답 좀 해봐. 말 안 하면

그냥 나 혼자 막 말한다?]

이미 외통수였다. 무시하든 혹은 받아들이든, 이 대화는 다른 병정개미 모두가 듣게 된다. 심지어 송신 버튼을 계속 눌러 통신을 무시하는 방법을 쓸 수도 없었다. 병정개미들이 영수가 동요해 대화를 회피한다고 생각할 것이기 때문이다.

그 증거로 병정개미 중 누구도 이 무선에 끼어드는 이는 없었다. 모두가 이 대화에 조용히 귀를 기울이고 있을 뿐이었다.

"사장님?"

병정개미는 다시 한 번 영수를 불렀다. 병정개미와 눈을 마주친 영수는 주름이 깊게 새겨진 얼굴로 손짓했다. 그가 쥐고 있는 무전기를 향해서 말이다.

"무슨 말을 하고 싶은 거냐."

영수는 받아 든 무전기를 입에 가져다 댔다. 독약인 것을 알면서도 마셔야 하는 것이 이런 기분일까. 하지만 부하들의 앞에서 약한 모습을 보일 수 없었다.

[그냥 여러 가지. 예를 들자면 내가 아저씨나 지금 이거 듣고 있는 병신들이 없었을 때 그 방에 들어간 적이 있다는 거?]

"그래, 내가 없는 사이에 침투한 것 같더군. 그게 뭐 어떻다는 거지?"

[이 머저리들 밖으로 수색 보낸 거 아저씨지? 그때 밖으로 보낼 게 아니라 건물 안을 수색시켰다면 난 금방 잡혔을 텐데. 그러니까 아저씨가 실수했다는 거야.]

부서지지 않았을까 의심될 정도로 강하게 이를 갈던 영수는 숨을 작게 나눠 쉬며 목소리의 떨림을 억눌렀다. 조용히 그 목소리를 듣는 병정개미의 시선은 영수를 향하고 있었다.

"나는 만에 하나라도 네가 도망쳤을 가능성을 배제하려고 했을 뿐이다. 네가 도망가서 경찰에 신고라도 하면 모든 게 끝이니까 말이지. 난 내 선택이 틀렸다고 보진 않는다. 결국 넌 밖으로 도망갈 기회를 영원히 잃고 말았잖느냐?"

[그래, 그리고 덕분에 쓸데없이 네 명이 더 죽었고? 아, 애초에 날 잡아서 엄한 짓 하려다가 고문당하고 죽은 두 명까지 포함하면 여섯이네. 하다못해 내가 총을 가지고 있다는 사실이라도 알고 있었으면 뒤의 세 명은 안 죽었을지도 모르는데 말야.]

"말장난을 하는 거냐? 그들을 죽인 건 바로 너다. 내가 비난받을 이유는 없어."

[그래, 내가 죽였다고. 언제 내가 안 죽였다고 했어?]

조금의 눌림도 없는 대답이 곧장 돌아왔다. 너무나도 당연하다는 어투에 영수는 순간 말문이 막히고 말았다.

[근데 내가 죽인 건 죽인 거고. 아저씨가 삽질한 건 삽질한 거지. 아, 근데 이 병신들은 아저씨가 왜 날 잡으려고 하는지 알기나 한대? 뭐, 모르겠지. 어차피 이 병신들은 아저씨가 시키는 대로만 움직이니까. 자자, 이거 듣고 있는 병신들. 잘 들어. 이 아저씨한테 나는 댁들보다 중요한 말이래.]

영수는 당황해하며 수신 버튼을 마구 눌렀지만 무전기의 구조상 킬러J가 하는 말을 막을 수 없었다. 그사이 킬러J는 말의 주도권을 놓지 않고 계속 말을 이어갔다.

[그러니까 장기로 치자면 댁들은 졸이고 나는 포나 차 같은 거지. 그래서 이 아저씨는 댁들 같은 졸이 얼마든지 죽든 나를 자기

노예로 만들고 싶어 하는 거고.]

"아니야!"

영수는 격앙된 얼굴로 책상을 내려쳤다. 그리고 송신 버튼을 누른 채 외쳤다.

"졸이라고? 그런 게 아니다. 그런 게 아니야! 이들 모두는 하나하나 나에게 소중해. 대의를 이해하고, 그 대의를 위해 모든 것을 바친 진짜 정의의 전사들이란 말이다. 그런데 이들을 해친 것을 물론이고 이제 그 마음까지 왜곡해? 나를 무시하는 건 용서할 수 있지만 이들을 그런 식으로 매도하는 건 용서할 수 없다!"

그 말을 마지막으로 정적이 흘렀다. 영수 앞에 서 있던 병정개미는 그 정적의 어색함을 참지 못한 듯 마른침을 삼켰다.

바로 그때, 저 너머에서 킬러J의 목소리가 속삭이듯 들려왔다.

[그럼 날 죽여봐. 이 병신들에게 총을 나눠주고 날 죽이라고 해보라고.]

그 말에 영수는 눈을 꿈틀거렸다.

"그럴 순 없지."

격앙된 듯 숨을 몰아쉬던 영수는 조금 진정한 듯 목소리를 낮췄다.

"그렇게 된다면 그들의 죽음은 그야말로 개죽음이 돼버리니까. 반드시 널 잡아서 희생된 동료들이 해야 했던 일을 대신하게 할 거다. 그래서 죗값을 치르게 해주마. 넌 적조차도 아니야. 그저 우리의 그 정의를 이해하지 못하고 멋대로 날뛰는 불쌍한 어린 양에 불과하지. 알겠느냐? 우리가 옳은 거다! 바로 우리가!"

열변을 토하는 영수를 바라보던 병정개미는 몸을 부르르 떨었다. 그 얼굴에는 작은 감동 같은 것이 어려 있었다. 지금 영수가 한 말은 세 시간 전의 연설 때와는 비슷했지만 다르기도 했다. 세 시간 전의 연설이 단순히 병정개미들의 사기를 올려주기 위한 것이었다면, 이번엔 적을 직접 상대하고 부정하며 이쪽이 옳다는 것을 보여준 것이니까.

[알아.]

그때, 병정개미들의 기분에 찬물을 끼얹는 것 같은 낮은 목소리가 무전기에서 흘러나왔다.

[아저씨가 날 잡아서 뭘 하려고 하는지는 아주 자알 안다고. 아마 두 번째는 없겠지. 이번에 잡히면 가능하면 머리에 뭐라도 박아서 두 번 다시 이런 일이 일어나지 않게 할 테니까. 난 아마 죽을 때까지 댁을 아버지 아버지 하고 따르면서 시키는 대로 하는 노예가 될 거고. 하하하하…….]

말끝에 텅 빈 것 같은 웃음소리가 들렸다.

[그래서 처음엔 말야. 내가 여기서 도망가는 건 힘들 것 같더라고. 그래서 기왕 자유로운 몸이 됐으니까 그냥 자살할까도 생각해 봤어. 그때 주신이는 실패했지만 지금 나라면 100% 실패할 일 없을 거고. 머리에 대고 총이라도 갈겨서 뇌가 곤죽이 되면 100% 죽을 테니까. 근데 말야, 주신이가 그때 그러더라고.]

킬러J는 숨을 깊게 들이켰다.

[아저씨가 하는 말은 옳았다고.]

모두는 당황했다. 그건 너무나도 예상외의 말이었다.

이건 마치 패배선언과도 같지 않는가.

모두가 굳어 있는 사이, 잠시 말이 끊긴 틈을 타 영수는 재빨리 송신 버튼을 눌렀다.

"그래, 너도 알고 있다면 지금이라도 항복하고 용서를 빌어라. 비록 네가 우리의 동료를 죽이긴 했지만, 우리는 그런 사사로운 감정으로 움직이는 게 아니니까 말이다. 우리는 널 용서하고 동료로 받아들일 수 있단다."

송신 버튼을 놓고 목소리를 기다리기를 잠시. 곧 작은 웃음소리가 들려왔다.

[아저씨가 했던 말… 기억 못 하나 봐? 나한테도 똑같은 소리 했었는데.]

대체 무슨 말을 하려는 것일까. 영수는 초조함을 감추며 그 뒷말을 기다렸다.

[아무 힘도 없는 약자들은 강자들에게 휘둘리고 이용당하다가 짜부라진다고 했었잖아. 그런 약자를 돕기 위해서 우리 같은 사람들이 필요하다고. 주신이한테도 그랬고 나한테도 그랬으면서 기억 못 해? 그래, 맞아. 그게 현실이지.]

갑자기 킬러J의 목소리가 커졌다.

[당신들이 바로 그거야. 다른 약자들을, 나를, 자기네들 사정이라면서 마음껏 짓밟는 악당들이라고. 쓰레기들이란 말이야!]

등골의 가운데로 차가운 뭔가가 관통하는 것 같았다. 영수는 병정개미가 아주 약간이지만 비틀거리는 모습에 이를 악물었다.

"무슨 헛소리냐. 아직도 우리를 인정하지 못하겠다는 거냐? 넌 지금 자기가 무슨 소리를 하는지도……."

[알아. 아주 자알 안다고. 그래, 맞다. 내가 왜 아저씨한테 이런 말을 걸었는지 궁금하지? 말해줄게. 일단 거기 병신 새끼들.

그래, 댁들한테 하는 말이니까 잘 들어.]

킬러J는 영수에게 발언권을 넘기지 않은 채로 계속 외쳤다.

[댁들은 날 잡으려고 하겠지. 근데 그거 알아? 댁들은 날 죽이면 안 되지만, 난 댁들을 죽일 수 있거든. 근데 가능한 한 그냥은 안 죽일 거야. 만약 총 맞고도 살아서 내 손에 잡히면 손톱을 뽑고 눈알을 후벼 파버릴 거라고. 댁들은 지금까지 너무너무 나쁜 짓을 해왔거든. 거기에 대해서 심판을 받는 거라고 생각해. 지금까지 세상에서 맛본 적이 없는 고통을 맛보면서 죽게 해줄게. 알았지? 그러니까 말야.]

살짝 숨을 들이켠 킬러J는 자신의 말을 듣고 있는 병정개미들에게 조언을 하듯 속삭였다.

[자기 명대로 곱게 살다 죽고 싶으면 내 눈에는 띄지 마. 도망쳐. 죗값 치른다고 생각하고 죽은 듯 숨도 쉬지 말고 살아. 혹시라도 오늘 이후라도 내 눈에 띄면, 뒈진다. 그리고 아저씨.]

모골이 송연해지는 협박에 병정개미는 마른침을 삼켰다.

[알지? 아저씨는 뭘 하든 봐주는 거 제외야.]

킬러J는 어쩐지 즐거운 듯 들뜬 목소리로 말했다.

[그러니까 거기서 꼼짝 말고 기다려. 금방 갈게.]

통신은 끝났다. 아무리 기다려도 무전기에선 더 이상 아무 목소리도 들려오지 않았다.

영수는 무전기를 쥔 손을 부르르 떨며 고개를 들었다. 지금 눈앞에 서 있는 병정개미에게서도 넘쳐 나는 불안감이 노골적으로 보였다.

"저, 사장님."

막 말을 꺼낸 병정개미는 자신을 말없이 바라보는 영수의 눈초리에 잠시 움찔했지만, 곧 용기를 낸 듯 말했다.

"이렇게 나오는데도 꼭 목표를 생포해야 하는 겁니까? 저런 미친놈을 상대하는데 이대로라면 방탄조끼를 입히든 어쩌든 저희 쪽 희생이 커질 겁니다."

병정개미가 이런 식으로 자기 의견을 내는 건 드문 일이다. 이건 그들이 얼마나 불안해하는지에 대한 반증이기도 했다.

입을 꽉 다문 영수의 목이 가볍게 일그러졌다.

"방금 말하는 걸 들었잖습니까. 반드시 생포해야 합니다. 그렇지 않으면……."

"하지만 저희가 이 이상으로 죽으면 더 문제잖습니까."

병정개미가 영수의 말을 끊었다.

영수는 지금까지 한 번도 겪어보지 못한 이 현실을 믿을 수 없다는 듯 눈을 크게 떴다.

무심결에 영수의 말을 끊은 병정개미는 조금 시간이 지난 후에야 자신이 어떤 행동을 한 것인지 눈치챈 듯 눈을 크게 당황했다.

"죄, 죄송합니다, 사장님. 저도 모르게 그만……."

"괜찮습니다. 나도 여러분이 얼마나 불안한지 잘 알고 있습니다."

영수는 가볍게 웃으며 답했다. 하지만 그 속은 결코 웃고 있지 않았다.

어렴풋이 킬러J의 목적이 보이는 것 같았다.

킬러J가 보통 사람보다 뛰어난 실력을 가지고 있다고는 하나, 혼자서 43명을 정면에서 상대하는 건 힘들다. 시간을 두고 43명

개개인을 전부 암살하는 것이라면 불가능하지 않겠지만 말이다. 게다가 킬러J는 수일 동안의 고문 때문에 그 체력 또한 온전치 않다. 총이 있긴 하지만 탄약에도 한계가 있다.

하지만 병정개미들에게 어떤 문제가 생긴다면 어떨까.

영수는 몇 시간 전 자신과 킬러J의 대화를 들은 후 살해당할 위협에서도 당황하며 버벅거리던 병정개미를 떠올렸다. 이 무전을 들은 다른 병정개미들 또한 그렇게 되지 말란 법은 없었다.

여기서 자신이 뭔가 말을 해서 모두를 진정시킨다고 해도, 한 번 금이 간 흉터는 계속 남는다. 병정개미들이 제대로 된 기량을 발휘하지는 못하리라는 것은 너무나도 명백했다.

"어쩔 수 없군요. 목표가 저런 식으로 나온 이상, 나도 나름대로의 각오를 해야겠습니다."

"예? 사장님. 그게 무슨 소리십니까?"

지금은 말처럼 눈에 보이지 않는 것보다 더 무거운 것을, 좀 더 현실감이 있는 무언가를 보여줘야 할 필요가 있다.

"일단 조금 전의 내가 말한 대로 동료들을 무기고에 불러 모아 방탄복을 지급하세요. 그리고, 지금부터 내가 하는 말은 동료들에게 직접 말로 전해야 합니다. 무전으로 하지 말고."

"무전기를 쓰지 말고 말입니까?"

영수는 고개를 끄덕였다.

"목표가 무전을 들으면 안 되니까요. 이 작전에 관한 것만 그렇게 하면 됩니다. 이게 마지막 작전입니다. 만약 이 작전이 실패한다면, 여러분의 뜻대로 그 목표를 생포하는 걸 포기하죠. 나도 우리의 동료들이 의미 없이 피해를 입는 걸 원하진 않으니까요."

그 말에 병정개미는 안도의 한숨을 내쉬었다.

"저, 그런데 어떤 작전입니까?"

그 조심스러운 질문에 영수는 웃었다.

"예로부터 사냥감을 잡을 때 가장 좋은 방법은……."

이 조직을 만들 때부터 그렇게 생각했었다. 목적을 위해서라면 무엇이든 해야 한다고. 어떤 희생을 치르든 감수해야 한다고 말이다.

"미끼를 세우는 거죠."

설사 그 희생이 자기 자신이라고 해도.

* * *

"항복하시지. 이러고 있어봤자 넌 독 안에 든 쥐라고!"

턱수염이 길게 난 남자가 호기롭게 외치자 곧장 샌드백을 갈기는 소리와 함께 벽에 구멍이 생겼다. 계단 뒤에 몸을 숨기고 있던 이들은 곧장 몸을 움츠렸다.

"지금 4층과 5층 사이 중앙계단에서 적과 대치 중이다! 빨리 와!"

동료와 눈을 마주치고 고개를 끄덕인 턱수염은, 혹시라도 도탄에 상처라도 입을까 움츠리고 있던 몸을 펴고 다시 외쳤다.

"네가 우리 전부를 죽이고 사장님한테 갈 수 있을 것 같아? 포기해!"

이번엔 총알이 날아오지 않았다. 대신 한마디 말이 들려왔다.

"죽을 준비는 됐지?"

"죽, 죽어? 지랄하네. 너나 각오해!"

턱수염은 몸을 떨면서도 호기롭게 소리치며 아래쪽을 향해 방아쇠를 당겼다.

"이제 곧 애들이 오면 넌 멀쩡할 것 같냐? 응?"

그 말은 사실이었다. 조금 전 무전으로 명령을 받은 병정개미들은 사장실의 근처로 모여들고 있었다. 두말할 것도 없이 킬러J를 막기 위해서다. 그런 의미에서 6번 팀은 조금 운이 없었을지도 모른다. 비상계단 쪽으로 올라오고 있던 킬러J와 딱 마주치고 말았으니까.

곧장 한 명의 동료가 살해당하는 사이 나머지 둘은 곧장 계단 쪽으로 몸을 피했다. 최대한 침착하게 행동했기에 둘은 킬러J와 계단을 사이에 두고 겨우 대치중인 상황을 만들어낼 수 있었다. 이쪽에 멀리 있는 적을 직접 공격할 수 있는 수단이 있는 이상, 킬러J가 이 계단을 뚫고 올라오는 것은 사실상 불가능했다.

라고, 턱수염과 그의 동료는 생각했다.

"어?"

뭔가가 천천히 날아들었다. 둘은 곡선으로 날아드는 그것을 무의식중에 눈으로 좇았다. 그것은 페트병이었다.

그리고 그 끝에는 불이 붙어 있는 심지가 꽂혀져 있었다.

"우왁!"

페트병이 벽에 부딪힌 충격으로 심지가 빠지자, 그 안에 들어 있던 가연물질이 확 퍼지며 불길이 솟아올랐다. 둘은 기겁하며 몸을 살짝 뒤로 뺐다.

"화염병? 이런 건 또 언제… 윽! 윽!"

턱수염은 놀란 얼굴로 옷에 옮겨 붙은 작은 불똥을 재빨리 털어냈다.

병정개미들에게는 다행히도, 그 화염병은 그다지 성공작은 아니었다. 유리병이 아니라 병정개미에게도 파편이 튕기지 않았을 뿐더러, 폭발력 자체도 약했다. 오히려 그 불이 붙은 기름은 계단을 따라 슬슬 흘러 내려가며 올라올 수 있는 길을 반쯤 막으려 하고 있었다.

"아무도 안 당했는데 어쩔래? 한번 또 던져보던가! 그래 봤자 우리한테는 안 맞겠지만! 이 씹새끼야!"

욕지거리를 외치던 턱수염은 입을 다물었다. 타오르는 불길 사이로 목소리가 들려왔다.

"다시 한 번 물을게."

타오르는 불을 확인하듯 머리를 살짝 내밀었던 킬러J는 턱수염과 눈이 마주치자 다시 몸을 숨기고 느긋한 목소리로 말을 이었다.

"죽을 준비 됐지?"

그 평안한 질문에 턱수염은 마취총을 꾹 움켜쥐었다. 저 목소리를 듣자니 묘하게 초조해졌지만 턱수염은 스스로를 다잡기 위해 마음속으로 중얼거렸다. 놈은 악마나 괴물 같은 게 아니다. 이쪽과 똑같은 인간이다. 그리고 인간인 이상 이런 상황에서 뭘 어떻게 할 수는 없다.

"무슨 병신 같은 소릴……."

팝!

턱수염이 막 거기에 맞받아치듯 외치려 하는 것을 막듯, 갑자기 뭔가가 터지는 소리가 들렸다. 그건 마치 총을 쏘는 것과 같은 소리였다. 반사적으로 몸을 움츠린 턱수염은 계단에 몸을 숨긴 채 킬러J를 향해 외쳤다.

"쏴봤자 안 맞는다고 했잖아!"

"난 안 쐈는데?"

"개소리 하고 지랄이네! 방금 분명 총소리가 났……."

그것은 정말로 총소리였던가? 턱수염의 머릿속에 의문이 들었다. 조금 전 킬러J가 총을 쐈던 때 났던 소리는 방금 전과는 달랐던 것 같았다.

"야! 뭐하는 거야? 저 새끼 말 듣고 있을 때야? 정신 차려!"

동료의 외침에 턱수염은 겨우 정신을 차렸다. 이런 상황에서 이런 무슨 헛생각인 것인가. 중요한 것은 킬러J가 총을 쐈느냐 쏘지 않았느냐가 아니었다.

"다른 사람들도 곧 온다고! 찌질한 짓거리 하지 말고 항복이나 해!"

파바바바바바밥!

마치 그 목소리에 반응하기라도 하듯, 조금 전 들었던 작고 경쾌한 파열음이 연속적으로 울렸다. 하지만 이번엔 턱수염은 그 소리의 정체가 무엇인지 궁금해할 수 없었다.

"흐극!"

"억!"

갑작스럽게 다리와 복부를 찔러드는 강렬한 고통에 머릿속에 있던 생각들이 일순간 지워졌다. 당황한 턱수염은 아픔이 느껴진 자리에 손을 가져갔다. 복부는 괜찮았지만 다리에서 뜨뜻한 것이 흘러나오고 있었다.

피다. 그것도 어디에서 묻은 것이 아닌, 막 상처에서 흘러나오고 있는 신선한 피.

그것을 인식하자 턱수염의 얼굴은 당혹감에 얼룩졌다.

"뭐야. 씨발? 야, 방금……"

옆에 앉아 있던 동료는 턱수염의 손에 밀리자 그대로 옆으로 푹 쓰러졌다.

얼굴과 목에 손가락만 한 구멍이 뚫린 채로, 피를 흘리면서 말이다.

"어? 어어?"

대체 무슨 일이 벌어진 것인가. 대체 왜 갑자기 자신은 상처를 입고 동료는 죽은 것인가.

너무나도 예상을 뛰어넘는 상황에 턱수염의 사고가 멈췄다. 그랬기에 턱수염은 날아갔던 영혼이 무릎이 꺾이는 아픔에 돌아올 때까지 주변 상황을 조금도 인지하지 못했다.

"끄아아아악!"

반사적으로 팔을 뒤쪽으로 뻗었지만 그 팔마저 너무나도 쉽게 잡혔다. 다음 순간 어깨가 빠지는 고통이 무릎이 꺾이는 고통을 지웠고, 또다시 반대편 무릎이 꺾이는 고통이 어깨가 빠진 고통을 지웠다.

"아, 거참. 더럽게 버둥거리네."

남은 팔 하나를 필사적으로 휘두르는 중 목소리가 들려왔다. 그리고 곧장 피부가 뚫리고 근육이 찢겨지는 강렬한 고통이 돌아왔던 혼을 다시 빼냈다.

"아아아아! 아아아아악!"

마치 옷을 정리하는 것같이 평온한 움직임으로 어깨를 빼고,

무릎을 꺾고, 한쪽 어깨에는 총알 두 발을 선물해 준 킬러J는 턱수염의 뒤통수를 잡아끌었다. 하지만 관절이 부서진 턱수염은 지금껏 느껴보지 못한 고통에 전신을 꿈틀거리며 눈물과 비명을 흘릴 뿐, 아무런 저항도 하지 못했다.

“자, 그럼 예고한 대로 보내버리기 전에 좀 물을 게 있는데.”

30센티 정도의 앞에 지글지글 타오르는 불이 있었다. 턱수염은 얼굴을 후끈하게 달구는 불의 모습에 눈을 꿈틀거렸다. 킬러J는 엎드린 턱수염의 허리를 밟고 얼굴을 불 가까이에 가져다 댄 채 말했다.

“아저씨 아직 자기 방에 있는 거 맞아?”

“마, 맞아. 맞다고! 사장님은 방에 계셔!”

“그래? 그럼 다른 사람들은?”

답이 돌아오지 않자 턱수염의 얼굴이 불에 좀 더 가까워졌다. 수염이 지글거리는 소리를 내며 흉흉한 냄새를 뿜기 시작했다.

“그으윽! 으엑!”

킬러J는 비명도 지르지 못하는 턱수염의 얼굴을 다시 뒤로 조금 당겼다.

“편히 가고 싶으면 빨리 말해봐. 자, 다른 병신들은 뭐해?”

가쁘게 숨을 몰아쉬던 턱수염은 킬러J가 손에 힘을 조금 빼자 필사적으로 외쳤다.

“너, 너 잡으려고 다 튀어나왔어!! 사장님은 문 잠그고 그 안에 계시고! 그 방은 문 빼면 들어갈 데가 아무 데도 없다고. 열쇠가 없으면 못 들어가! 아무도!”

무력하게 몸을 떠는 턱수염의 모습에 킬러J는 빙긋 웃었다.

"그건 나도 알아. 어쨌든 그럼 지금은 위쪽에 몇 명 없겠네?"

"그, 그래. 그러니까. 그러니까 이것 좀……."

그 말에 킬러J는 어리둥절한 표정을 지었다.

"응? 뭐가?"

"제발, 제발 살려줘. 응? 다 말해줬잖아."

필사적으로 애원하는 턱수염의 말에 킬러J는 어리둥절한 표정을 거뒀다.

"뭔 헛소리야? 내가 언제 살려준대?"

"흐이야아가악!"

불길 한가운데에 얼굴이 처박힌 턱수염은 몸을 필사적으로 꿈틀거렸지만, 팔다리가 제대로 움직이지 못하는 상황에서 머리를 그 안에서 꺼낼 수 있을 리가 없었다.

"아, 말하면 편하게 보내준다고 했었지."

한발의 총성과 함께 턱수염의 움직임이 멈췄다. 킬러J는 뒤통수에 구멍이 난 채 얼굴이 타오르는 턱수염을 무심히 바라봤다.

"저기다!"

"불? 불이야!"

그때 계단 아래에서 외침이 들려왔다. 아마도 통신을 들은 다른 병정개미들이 쫓아온 것 같았다. 킬러J는 말없이 재빨리 그 자리를 피했다.

"어디 갔지? 여기 있다고 안 했어?"

"윽, 이, 이게 뭐야?"

뒤늦게 그곳에 도착한 병정개미들은 눈앞에 벌어져 있는 참상에 몸을 떨었다.

영수와 무전을 하며 뭘 할지 밝히긴 했지만, 킬러J는 곧장 위로 올라가 영수의 목숨을 노리진 않았다. 처음에는 영수의 방으로 향하는 통로에 모여 킬러J의 습격에 대비하고 있던 병정개미들은 아무리 기다려도 오지 않는 킬러J를 찾아 다시 건물 안으로 흩어졌다.

그때부터 킬러J는 움직이기 시작했다.

이상하게도 킬러J는 위로 가는 것이 아니라 건물 안을 여기저기 맴돌았다. 모두 그런 킬러J를 필사적으로 쫓았지만, 결코 잡히지 않았다.

"으아아, 씨발!"

입고 있던 옷으로 턱수염의 얼굴에 붙은 불을 끈 병정개미가 일갈했다.

"망할 새끼! 대체 몇 명이나 죽여야!"

"이놈은."

옆에 주위를 경계하며 서 있던 병정개미는 말을 잠깐 멈추고 마른침을 삼켰다.

"사장님뿐만이 아니야. 우, 우리도 죽일 생각인 거야."

모두가 생각하긴 했지만 입 밖으로 꺼내지 않았던 말이었다.

다시 수색을 시작했을 때, 또다시 사망자가 생기자 병정개미들은 비로소 깨달았다. 분명 킬러J의 목표는 영수일지 모르지만 자신들 역시 킬러J의 목표라는 것을.

적어도 이곳에서 계속 그를 쫓고 있는 한은 말이다.

[이거 듣고 있지? 우, 우리는 도망칠 거야! 그러니까 쫓아오지 마. 제발 살려줘!]

그때 무전기에서 누군가의 겁먹은 외침이 들려왔다. 무전기를 허리에 메고 있던 병정개미는 재빨리 송신 버튼을 누르고 외쳤다.

"이 미친놈이 무슨 소리야? 뭘 도망쳐? 야, 너 누구야? 몇 번 팀이냐고!"

치익거리는 소리와 함께 정적이 흘렀다.

[…아, 안 속나? 킥킥킥.]

소름이 끼친다는 말로는 부족하다. 이어지는 그 음흉한 웃음소리에 병정개미들은 몸을 떨며 자신도 모르게 뒤로 한 걸음 물러섰다.

"씨발! 뭐야, 이 새끼!"

그는 무전기를 내던지고 싶은 기분을 억누르며 비명과도 같은 욕지거리를 내뱉었다.

수색을 재개하고 난 후로 새로 생긴 시체만 벌써 네 구, 부상자가 다섯 명이다.

서른한 명이라는 사람의 수 자체는 결코 적지 않다. 오히려 많다. 오랫동안 고문받아서 몸 상태가 정상이 아닌 인간을 사냥하기에는 충분하다 못해 넘치는 수다.

하지만 킬러J는 금이 간 병정개미들의 심리적 빈틈을 정확하고 세밀하게 파고들었다. 병정개미들은 어째서 영수가 킬러J를 원하는지 어렴풋이 알 것 같다고 생각하면서도 동시에 증오와 공포 역시 쌓여가는 것을 느꼈다.

지금 킬러J는 그야말로 악마. 이야기 속에 나오는 괴물 같았다.

"새끼들아 정신 차려."

그때 무전기를 들고 있던 병정개미가 숨을 고르며 나머지 둘을 돌아봤다.

"우리는 명령받은 대로만 움직이면 돼. 명령받은 대로만. 일단 쫓자고."

"아, 씨발, 진짜 미치겠네!"

명령. 방탄조끼를 지급받을 때 들었던 그 명령. 들을 때 당시에는 쉬울 것 같은 명령이었다. 하지만 이젠 그렇지 않다는 건 너무나도 잘 알고 있었다.

셋은 시체를 내버려 두고 계단을 뛰어오르기 시작했다. 한시라도 빨리 일단 그 무시무시한 야수를 잡아야 했다.

*　　*　　*

이 건물에서 가장 높은 층. 그곳의 모든 방은 다른 층과는 달리 이용할 수 없게 모두 폐쇄되어 있었다.

하지만 그중에도 유일하게 이용되고 있는 방이 있었다. 7층의 긴 복도를 지나 다다를 수 있는 막다른 곳에 있는 방. 병정개미들이 사장실이라고 부르는 곳이었다.

그리고 지금, 바로 그 사장실의 문 앞에는 다섯 명의 병정개미가 서서 복도의 저 너머를 경계하고 있었다. 무전을 받자마자 엘리베이터를 타고 위로 올라온 이들이었다.

"아래쪽은 난리 난 것 같은데. 이상한 무전도 들리고."

무전기를 들고 있던 병정개미가 욕지거리를 내뱉었다.

"빌어먹을. 대체 무슨 일이 일어나고 있는 거야? 우리 이래도 괜찮은 건가?"

"시끄럽고, 경계나 똑바로 서."

전경방패를 앞에 세우고 복도 저 너머를 바라보던 병정개미가 짧게 답했다.

병정개미들의 손에는 마취총이 쥐어져 있었다. 언제라도 킬러J가 나타나면 곧장 손을 들어 쏘기 위한 것이었다. 싫든 좋든, 그들은 사장실과 킬러J 사이의 마지막 벽이었으니까.

사장실로 가기 위해서는 엘리베이터와 비상계단 둘 중 하나를 사용해야 하지만, 어느 쪽을 고르든 무조건 통과해야 하는 곳이 있었다. 바로 이 복도다. 몸을 숨기거나 할 틈조차도 없이 20m나 쭉 뻗어 있는 이 복도는 무슨 일이 있어도 우회할 수 없다.

엘리베이터를 사용한다면 그 거리를 반 정도로 줄이는 것도 가능할지도 모르지만, 엘리베이터는 영수의 명령대로 작동이 중지된 상태였다. 그럼에도 불구하고 킬러J가 어떤 기발한 방법을 쓸지 모른다는 불안감에, 그들은 굳이 비상계단으로 통하는 문 앞이 아닌 사장실의 문 바로 앞에 서서 엘리베이터와 비상계단을 동시에 감시하고 있었다.

그들의 목적은 킬러J가 시야에 들어오면 곧장 사격으로 제압하고, 무전으로 다른 병정개미를 호출해서 포위하는 것.

끼익—

그 목적 하나를 위해 신경을 최대한 날카롭게 세우고 복도 전체를 바라보고 있었기 때문일까. 비상계단으로 향하는 녹슨 문에서 길게 끌리는 작은 소리가 났을 때, 아무 말도 하지 않고 앞쪽을 집중해서 바라보고 있던 병정개미는 조금의 틈도 없이 마취총을 앞으로 겨눠 방아쇠를 당겼다.

"왔다!"

마취탄이 문에 부딪혀 튕겨나자 살짝 열리던 문이 멈췄다. 그 틈 사이로 뭔가가 보이는 것 같기도 했지만 병정개미들은 그걸 확인하기 위해 손을 늦추거나 하지도 않았다. 그저 조금 전 동료가 외친 것에 반응하듯 곧장 방아쇠를 당길 뿐이었다.

"씨발, 이거 안 맞잖아!"

"어이, 가까이 가! 붙어!"

그 외침에 앞에 서 있던 두 병정개미는 총알을 막기 위해 준비한 무거운 전경방패를 두 손으로 잡았다. 그리고 앞으로 슬금슬금 전진하기 시작했다.

방패를 든 둘은 앞을 막은 채 전방으로 이동을 하고, 나머지 셋은 무차별적으로 마취탄을 난사하며 그 뒤를 따른다. 실로 심플하고 바보 같은 모습이긴 했지만, 어쨌거나 그건 먹혔다. 상대는 살짝 열린 문 뒤로 손을 내밀 엄두도 내지 못하는 듯했다.

"우와아아악!"

겁을 잊기 위한 비명을 지르며 방아쇠를 당기던 병정개미는 문 틈 사이로 뭔가가 삐져나오자 눈을 크게 떴다. 마치 붕대라도 두른 것처럼 두꺼워 보이긴 했지만, 저건 분명 손이다. 그리고 그 손에는 뭔가가 들려 있었다.

"뭐야, 저거? 쏴! 빨리!"

마취총을 든 병정개미들은 그 팔을 노려 방아쇠를 당겼고, 그 중 몇 발은 그 팔에 맞기까지 했다. 하지만 그 팔은 잠시 움찔거리기만 했을 뿐, 그대로 손에 들고 있던 것을 병정개미들을 향해 내던졌다.

"으악, 씨발!"

병정개미들은 온몸의 털을 곧추세우며 재빨리 몸을 피했다. 하지만 막상 공중을 천천히 날아오던 것이 땅에 떨어지자 모두 약속이라도 한 듯 멍한 표정을 지었다.

그건 300㎖ 정도밖에 되지 않을 것 같은 페트병이었다.

"어, 뭐, 뭐야?"

"이걸 지금 화염병이라고… 윽!"

그쪽에 신경을 빼앗기자 곧장 앞쪽에서 총소리가 들려왔다. 모두 다시 방패 뒤로 몸을 숨기고 앞을 향해 마취총을 쏘기 시작했다. 뒤에 떨어진 페트병은 전혀 위험해 보이지 않았다. 오히려 지금 킬러J가 쏘기 시작한 총이 수십 배는 더 위험한 것 같았다.

만약 저 화염병이 바닥에 격돌하는 순간 내용물이 터져 몸에 옮겨 붙었다면 위협적일 수도 있었을지도 모른다. 하지만, 그 화염병은 바닥에 떨어진 순간 심지가 빠져 100㎖ 정도의 가연성 물질을 바닥에 토해낸 것을 빼면 아무런 효과도 발휘하지 못했다. 그 화염병은 직경 1m 정도도 안 될 좁은 공간을 태우고 있을 뿐이었다.

"뭐야, 저거? 팔 뭘로 감은 거야?"

"옷 같은 걸 말고 있는 것 같은데. 음?"

뒤에 떨어진 페트병을 무시하고 전진하려던 꺽다리는 갑자기 멈춰 선, 방패를 든 자신의 동료의 종아리를 발로 툭툭 찼다.

"뭐해? 가까이 안 가?"

"더 가까이 가면 저 새끼도 정확하게 쏠 거 아냐! 총알 처먹고 뒈지고 싶어?"

날아온 총알은 겨우 몇 발 정도였고 그것 역시 방패에 맞고 튕겨져 나갔지만, 방패에 총알이 맞는 느낌은 손을 타고 몸에 흘렀다. 그걸 몸에 맞을 경우 심각한 중상을 입는다는 것을 알고 있는 병정개미들로서는 더 이상 쉽사리 가까이 갈 수가 없었다.

"하지만 이러면 우리도 못 맞춰!"

"아니, 잠깐. 좀 있어봐."

옆의 동료가 발을 멈추자 같이 멈췄던 병정개미는 급히 자신의 총을 들고 있는 동료의 허리를 더듬었다. 그리고 무전기를 빼들어 입에 가져다 댔다.

"7층이다. 놈이 7층의 비상계단에 있다. 가까이 있는 놈 있으면 빨리 올라와! 다른 층에 있는 놈들은 놈이 나오지 못하게 비상계단 문 전부 밖에서 잠그고. 문 지키고 있는 놈들도 전부 올라오라고, 이제 이 자식이 어디 있는지는 알잖아!"

통신을 끊은 병정개미는 뒤쪽을 향해 말했다.

"야, 총알 아껴. 이제 우리도 기다리자. 놈이 나올 것 같으면 쏘자고."

그 마음을 읽은 다른 병정개미들은 알겠다는 듯 고개를 끄덕였다.

협공이다. 아니, 함정이라고 해야 맞을까. 들어올 때는 마음대로 들어와도 나갈 때는 마음대로 나가지 못하는 통발과도 같이 말이다. 이대로라면 놈은 도망칠 곳도 찾지 못하고 저곳에 묶여버리는 것이다.

"기다리려고?"

목소리가 들려왔다. 병정개미들은 순간 몸을 부르르 떨면서

방패 뒤에 몸을 숨겼다.

"그래! 넌 잡히면 뒈졌어!"

"죽인다니 뭔 소리야. 아저씨가 나 사로잡으라고 했잖아?"

그 말에 병정개미는 안전한 방패 뒤에서 웃었다.

"좀 패는 것 정도는 허락해 주실걸? 우리 동료가 몇 명이나 죽였는데?"

"꿈이 크네. 그래, 뭐, 꿈이 큰 건 좋지. 근데 말야, 그거 알아?"

병정개미들 중 누구도 그 말에 대답하지 않았지만, 곧 말소리는 이어졌다.

"무슨 꿈이든 이루려면 일단 살고 봐야 하는 거."

대체 무슨 소리를 하는 것일까. 이 상황에서 불리한 건 누가 봐도 킬러J다.

병정개미는 고개를 저었다. 휘말려선 안 된다. 지금 킬러J는 지금껏 했던 것처럼 말로 이쪽을 흔들어 틈을 노리려는 것뿐이다. 저 아래에서 다른 동료들에게 했던 것처럼 말이다. 지금 해야 하는 건 단지 이 자리를 지키고 놈이 아무것도 못하도록—

"끄아아아악?"

라고 생각하던 병정개미는 갑자기 등짝에 뭔가 틀어박히는 아픔에 소스라치게 놀라며 몸을 비틀었다. 온몸에 닭살이 돋았다. 그 병정개미는 일순간 공포에 질린 얼굴로 양팔을 등 뒤로 돌려 등을 더듬으려 했다.

"악!"

순간 손등에 뭔가가 파고들었다. 등에 대고 있던 손을 앞으로 당기자 손등에 뭔가가 박혀 있는 것이 보였다. 작은 금속덩어리가 말이다. 그다지 크진 않았지만 깊게 파인 그 상처는 마치 성흔처럼 피를 줄줄 쏟아내고 있었다.

"억!"

"어? 뭐이… 악!"

"컥! 억?"

마치 송곳으로 몸 여기저기를 찔리는 것 같은 아픔. 다섯 명의 병정개미는 갑작스러운 아픔에 몸부림을 쳤다. 그 아픔 뒤에는 마치 팝콘이 튀는 것 같은 소리가 울려 퍼지고 있었다.

대체 무엇일까. 뒤로 고개를 돌린 병정개미는 조금 전 그 화염병이 있는 자리에서 불꽃이 크게 일렁이는 것을 보았다. 벽에 뭔가가 튕기는 먼지와 함께, 작은 것이 터지는 것 같은 소리와 함께 말이다.

"컥!"

그 뒤를 바라본 병정개미는 순간 뒤통수를 강하게 후려갈기는 것과 같은 아픔과 함께 모든 의식을 잃었다. 그들이 한순간이나마 그쪽으로 신경을 쏟은 것은 정말로 최악의 한 수였다.

"아, 아! 이런 씨……!"

"늦었어."

곧장 문 안으로 뛰어 들어온 킬러J는 느슨하게 벌어진 방패 사이로 나와 있는 병정개미들의 머리와 가슴, 다리 등을 노려 침착하게 방아쇠를 당겼다. 뒤늦게야 다시 킬러J 쪽으로 고개를 돌린 병정개미들이 방아쇠를 당기려 했지만, 반대편에서 또다시 날아드는 공격에 정신을 빼앗길 수밖에 없었다.

"씨발, 대체 뭐야!"

방패를 잡고 패닉에서 빠져나오려 하던 병정개미는 머리 위가 어두워지자 멍한 얼굴로 고개를 들었다. 킬러J가 강철방패를 손으로 짚으며 그 너머에 움츠려 있는 병정개미의 머리를 내려다보고 있었다. 마치 먹잇감을 찾은 것 같은 무덤덤한 얼굴의 킬러J는, 자신을 올려다보는 병정개미의 미간을 총구로 눌렀다.

푸슉.

그렇게, 비명조차 내지 못하고 마지막 병정개미가 쓰러졌다.

"으윽, 알아, 아직 안 끝난 거."

팔에 두껍게 감고 있던 옷과 보호패드를 거기에 박힌 마취탄째로 바닥에 흘린 킬러J는 재빨리 뒤로 달려가 비상계단의 문을 잠갔다. 그러고는 다시 병정개미들의 시체가 쌓여 있는 곳으로 다가가 시체 위로 쓰러져 있던 방패 중 하나를 질질 끌고 앞으로 걸어갔다.

"후우."

열려 있는 엘리베이터의 문에 방패를 걸친 다음 만에 하나라도 빠지지 않게 밟아둔 킬러J는 겨우 됐다는 듯 짧은 한숨을 내쉬었다.

이제 놈들은 문을 부수거나 어떻게 하지 않는 이상 7층으로는 오지 못한다. 엘리베이터를 다시 작동시킨다고 해도 문이 닫히지 않으니 이용하는 것도 불가능할 것이다.

"참 쉽게 당한다고? 너무 그러지 마. 이런 걸 언제 당해봤겠어. 나도 TV에서 본 기억이 있어서 한번 해본 건데."

환상을 향해 혼잣말을 중얼거린 킬러J는 조금 전 자신이 던졌던 화염병을 바라봤다. 이미 불에 녹아 붙어 있는 페트병 안에는 멋대로 터져 나간 금속조각 같은 것이 널려 있었다.

사실 그것은 화염병이 아니었다. 일종의 사제 산탄 수류탄이라고 해야 할까.

원래 탄환은 공이가 뒷부분을 치면 안쪽의 화약이 격발해서 총알이 발사되는 식이다. 하지만 화약은 당연하게도 뜨거운 열에 의해서도 폭발한다. 불같은 것 말이다. 물론 그런 경우에는 방향성조차 가지지 않고 제멋대로 폭발하는 것이기에 탄두가 어디로 튈지도 알 수 없는데다가, 그 위력도 총에 넣고 쏘는 것보다 훨씬 약해지지만 말이다.

그때 뒤쪽에서 문이 덜컹거리는 소리가 들렸다.

"뭐야, 잠겼어?"

"야! 거기! 뭐하는 거야? 문 잠겼다고! 빨리 열어!"

병정개미들의 외침에 킬러J는 무심히 고개를 돌렸다. 그들은 동료들이 아직 살아 있는 걸로 알고 있는 것 같았다. 막 입을 열어 그들의 환상을 깨볼까 하던 킬러J는 입술을 꼭 다물었다. 이제 적을 도발할 이유는 없다. 이미 원하는 상태가 만들어졌으니까.

남은 건 저들이 이 문을 부수고 들어오기 전에, 원하는 것을 하는 것뿐.

킬러J는 주머니에 손을 넣은 채 복도를 걸었다. 빠르지도, 늦지도 않은 걸음걸이로.

막다른 곳에 도달한 킬러J는 발을 멈추고 고개를 들었다. 용과 그것을 무찌르는 용사의 모습이 금속 양각으로 새겨져 있는 문. 이 건물의 어디와도 어울리지 않은 서양식의 고풍스러운 장식이다. 아마도 이것은 원래부터 있었던 것이 아닌, 영수의 취미일 것이다.

손끝으로 그 양각을 살짝 훑던 킬러J는 목소리를 냈다.

"아저씨, 그 안에 있지?"

말은 없다. 하지만 기척은 느껴진다. 킬러J는 웃었다.

"거기 있으면 내가 못 들어갈 거라고 생각하는 거지? 하긴, 이거 단단하네. 보강했나 봐? 폭탄 터뜨려도 안 열리겠어."

역시 대답은 없다. 당연하다라면 당연할까.

"근데 아까 말했잖아."

킬러J는 주머니에 넣고 있던 손을 뺐다.

"금방 온다고."

문이 끼긱거리는 소리를 냈다. 복제가 불가능한 열쇠를 사용하는 자물쇠의 금속 부품이 문 속에서 어지럽게 움직이나 싶더니, 마지막으로 뭔가가 떨어지는 소리가 났다.

요란한 소리를 내며 열린 투박하며 무겁고 단단한 문. 너무나도 쉽게 뚫려 버린 마지막 방어선의 뒤쪽 넓은 방 한가운데에는 등을 돌리고 앉아 있는 남자가 있었다.

"왔구나."

"응, 왔어."

킬러J는 손에 들고 있던 열쇠를 바닥에 슬쩍 던졌다. 네 시간 전쯤. 이 방에 왔을 때 열쇠 꾸러미에서 빼내 챙겨둔 열쇠였다.

"결국 날 죽이겠다는 거냐, 주신아?"

"난 주신이가 아니라니까."

뒤돌아 앉아 있는 영수의 어깨가 가볍게 오르내렸다. 마치 웃는 것처럼.

"정수영, 킬러J, 정주신. 뭐라 부르든 그건 말장난일 뿐이지. 어떤 이름이든 넌 너다. 개미의 암살자로서 빌어먹을 악당을 살해하는 삶을 살아온 약자들의 화신, 분노의 화신이지."

영수는 천천히 몸을 돌렸다. 절체절명의 순간이었지만 마침내 드러난 그 표정은 놀랄 정도로 평안했다.

"네 이름이 뭐든, 생각해 봐라. 수영으로서 살아온 네 삶은 어땠지? 만족스러웠나?"

킬러J는 말없이 총을 앞으로 겨눴다. 하지만 영수는 킬러J와 눈을 마주치고 조금도 겁먹지 않은 얼굴로 말을 이었다.

"그래, 난 널 속였다. 거짓말을 하고 무수한 희생을 낳기도 했지. 하지만 그건 필요한 일이었다. 생각해 봐라. 네 손과 네 의지로 이 일을 하면서 그게 악이라고 생각이 들더냐? 누구에게도 심판받지 않는 악당들을 심판하고 약자들을 구하는 것이? 너 역시도 알고 있지 않느냐. 결국 넌 정수영이란 이름으로 이 일을 하면서 스스로 증명했어. 너와 내가 해온 이 일은 옳은 일이라고. 진정한 선행이란 말이다."

잠시 말을 끊은 영수는 휠체어에 등을 기댔다.

"너는 내가 이걸 즐긴다고 했지만, 그건 아니야. 나 역시 나 스스로를 희생했다. 나도 돈을 벌고 편하게 살고 싶은 마음이 있다. 내 몸을 이렇게 만든 널 벌하고 싶은 마음도 있었지. 하지만 난 그 마음을 억누르고, 내 자신을 희생하고, 내 주위의 모든 것도 희생하며 이 일을 하려고 했다. 그런데 넌 지금 단지 내가 너에게 거짓말을 했다는 이유로, 아무런 힘도 없는 이 늙은이를 쏴죽이고, 평범한 인간들의 희망을 빼앗는 건 물론, 네 자신이 했던 일마저도 부정하려고 하는 거냐?"

그 처연하고 담담한 말 탓일까. 킬러J의 손이 조금씩 떨렸다.

마치 방아쇠를 당길 것처럼 그 손은 크게 신동했다.

"그래. 수영이로 살아오면서 느꼈지."

마지막 순간, 방아쇠에서 손가락을 뗀 킬러J는 손을 내렸다.

"아저씨 말대로야. 이 세상은 불공정하고, 법마저도 약한 사람들을 차별해. 아저씨가 무조건 악이라고 할 순 없겠지. 그것만큼은 나도 인정해."

"그럼 너도 이런 짓은 이제 그만두고……."

킬러J는 고개를 내저었다.

"하지만 이제 아저씨는 아무 힘도 없는 늙은이가 아냐. 스스로도 알 거 아냐? 많은 사람에게 피해를 끼친 악당이 됐어. 게다가 수영이를, 화연 씨를 죽인 건 당신이 한 짓이나 다름없다고!

한 차례 소리를 내지른 킬러J는 몸을 부르르 떨며 이를 악물었다.

"지금이라도 자수해. 죗값을 치르고 주신이에게 말했던 그 이상을 다시 한 번 좇아봐. 그렇게 하겠다면 난 아저씨를 해치지 않을 거야. 알고 있지? 나한테 거짓말은 안 통한다는 거. 그러니까 약속해. 지금 이 자리에서."

킬러J의 애원하는 것 같은 말에 영수는 깊게 숨을 내쉬었다.

그리고 고개를 내저었다.

"역시 이렇게 할 수밖에 없구나."

뭔가가 이상하다는 건 너무나도 쉽게 느낄 수 있었다. 공기가 새빨갛게 물드는 악의가 느껴졌다. 킬러J는 영수를 향해 겨누고 있던 총을 기척이 느껴진 옆쪽으로 돌렸다. 그리고 곧장 방아쇠를 당겼다.

그러나 조준은커녕 대상이 무엇인지조차 알지 못한 상태에서 날린 그 총탄이, 적에게 명중할 확률은 한없이 낮았다.

"윽!"

킬러J가 또다시 방아쇠를 당겼지만 총성은 울리지 않았다,

"불발? 하필 지금?"

그 당황한 한순간, 커튼 뒤에서 튀어나온 꺽다리는 긴 팔로 킬러J의 손을 후려쳤다.

"윽!"

킬러J는 느꼈다. 지금껏 상대해 본 그 어떤 병정개미보다 위험하다. 육체적인 문제는 둘째다. 그 꺽다리는 킬러J라는 존재에게 겁을 먹고 있지 않았다.

킬러J가 그렇게 꺽다리를 경계하며 몸을 돌리는 사이, 갑자기 등 뒤쪽에서 또 다른 기척이 나타났다.

"커헉!"

이번엔 피하지도 못했다. 허리가 부러질 것 같은 태클. 킬러J의 고막에 몸을 따라 뼈가 삐걱대는 소리가 울렸다. 킬러J는 이를 악물고 겨우 쓰러지지 않게 버티며 자신을 등 뒤에서 밀어붙이고 있는 덩치의 머리를 팔꿈치로 내려찍었다.

"사장님! 피하십시오!"

덩치가 비틀거리는 사이 꺽다리는 킬러J에게 달려들며 외쳤다. 킬러J는 재빨리 영수를 눈으로 쫓았다. 어느새 영수는 휠체어를 조작해 이 방을 빠져나가려는 듯이 움직이고 있었다.

"어딜 도망… 윽!"

꺽다리의 주먹이 날아들자 킬러J는 재빨리 그 주먹을 밀어내며 겨드랑이 아래로 몸을 뺐다. 아직 영수는 탁상을 돌아서 나오고 있는 중이다. 아직, 아직은 잡을 수 있었다.

"거기 멈춰! 서라고!"

순간 킬러J의 몸이 휘청거렸다. 뒤를 돌아볼 틈도 없이 팔을 움켜잡고 있는 악력이 느껴졌다. 그리고 다음 순간, 어느샌가 정신을 차린 덩치는 킬러J의 오른팔을 잡아당기며 팔꿈치로 그 어깨를 눌렀다. 그리고 킬러J의 반항에도 아랑곳하지 않고 그대로 바닥에 넘어뜨리며 팔꿈치에 체중을 실었다.

"크……!"

몸 안의 뭔가가 부러지는 감각이 전신을 타고 들었다. 강렬한 고통에 비명이 절로 나왔지만, 킬러J는 그 고통을 입안에서 씹어 터뜨리며 비명 대신 다른 것을 내뱉었다.

"정영수우우우!"

휠체어에 탄 채로 문을 막 빠져나가며 킬러J를 돌아보는 영수의 웃는 얼굴이 보였다. 그 얼굴에는 승리의 미소가 흐르고 있었다.

철컹—

문이 닫혔다.

이 방은 엄청나게 튼튼하고 독립적으로 만들어져 있었다. 거의 패닉룸에 맞먹을 정도로 말이다. 그 말은 이곳이 말 그대로 무적의 성채이기도 하지만, 정반대의 용도로도 사용할 수 있다는 것을 의미하기도 한다.

그 안에 있는 누구도 밖으로 나갈 수 없게 하는 곳. 감옥으로.

"그렇게 설쳐대더니 겨우 이 정도였어?"

"사장님 말대로 애들이 쫀 것 때문에 피해가 더 커진 것 같…구만!"

엎드려 있다가 꺽다리에게 허리를 걷어차인 킬러J는 비명을 참으며 바닥을 나뒹굴었다. 덩치는 팔짱을 끼고 턱을 치켜들며 킬러J를 오만하게 내려다봤다.

"생각해 보면 당연하지. 그냥 사람 좀 죽여본 양아치 새끼잖아."

"뭐, 일은 잘하는 것 같지만. 우리같이 전문적으로 뭘 배우진 않았으니까."

한쪽 손으로 바닥을 짚고 겨우 고개를 쳐든 킬러J는 단단히 닫힌 문을 바라봤다. 이미 영수는 저기 없다. 이를 악물고 부르르 몸을 떤 킬러J는 그 둘을 향해 눈을 돌렸다.

"함정이었냐."

그 말에 덩치는 진중한 태도로 고개를 끄덕였다.

"그렇다. 사장님은 스스로를 미끼로 삼으셨지. 널 잡기 위해서 말이다."

"머리는 잘 돌아가는구만. 근데 그 잘 돌아가는 머리로 이런 짓을 해?"

또다시 워커가 날아들었다. 가슴뼈와 근육이 뭉개지는 아픔에 킬러J는 신음과 위액을 토해내며 바닥을 나뒹굴었다.

"어차피 이제 사장님이 널 우리 편으로 만든다고는 들었지만. 그래도 일단 좀 처맞아라!"

꺽다리는 목소리를 높이며 구석까지 굴러간 킬러J를 연속으로 걷어찼다.

"헛소리나 지껄여대고. 너 때문에! 대체! 몇 명이! 죽은 줄 알아? 엉?"

몇 번이나 꺽다리에게 걷어차이는 킬러J를 내려다보던 덩치는 그의 등을 툭툭 건드렸다. 거칠게 숨을 몰아쉬던 꺽다리는 덩치를 한번 바라보더니 씩씩거리며 비로소 뒤로 물러났다.

킬러J는 가쁘게 숨을 몰아쉬며 흐릿한 눈을 뜨려 애썼다.

이제 정말로 남은 게 없었다.

아무리 초현실적이고 신비로운 존재라도, 빛 아래로 끌려나와 그 정체가 밝혀지면 현실적인 존재가 되어 신비를 잃는다. 그리고 그것은 인간에게 정복된 존재가 되어 공포조차 사라진다. 과거 한국인들에게는 산신령으로까지 불리던 호랑이가 단순한 맹수로까지 격하되고, 인간들에 의해 동물원에 갇혀 구경거리가 되는 것처럼 말이다.

그렇기에 킬러J는 자신이 무력하게 유린당하는 이 현실을 담담히 받아들였다. 지금까지 병정개미들을 상대로 압도할 수 있었던 것은, 어디까지나 한쪽은 죽일 수 있지만 한쪽은 죽일 수 없는 입장의 차이. 그리고 총이라는 압도적인 무력. 마지막으로 상대가 이쪽을 이해할 수 없는 미친놈, 괴물, 악마로 생각하여 멋대로 겁을 먹은 것 때문이다.

그것이 다 까발려진 이상, 킬러J는 그저 오랫동안 갇혀 고문당한 끝에 몸이 상하고 손톱이 뽑혀 죽어가는 맹수일 뿐이다.

"진짜 너희가 정의의 용사니 뭐니 그런 거라면 말야. 퉤엣."

킬러J는 입에 고인 피를 토해내며 고개를 살짝 쳐들었다.
"이럴 때 나를 패는 것보다 용서해 주는 뜨거운 모습을 보여줘야 하는 게 아냐? 이건 그냥 조폭들이나 하는 짓인데."
"이 새끼가 아직도 입이 살았어?"
꺽다리가 얼굴을 씰룩이며 킬러J에게 다가가려 하자 덩치가 재빨리 막았다.
"그만해. 잘못하면 진짜 죽이겠네."
"죽이면 죽이는 거지, 뭐. 사장님한테야 이놈이 막 저항해서 그랬다고 말하면 되잖아?"
"하하하하……."
바닥에 얼굴을 붙인 채 웃는 킬러J의 모습에 꺽다리는 욕지거리를 내뱉었다.
"뭐가 좋아서 웃어, 이 새꺄!"
"아니, 대충 상황 판단이 돼서. 크윽."
꺽다리의 윽박지름에 킬러J는 겨우 몸을 일으켜 무릎을 꿇어 앉았다. 아직 부러지지 않은 한쪽 손으로 발목 옆쪽의 땅을 짚은 채로 말이다.
"열쇠를 빼낸 건 옛날에 눈치챘었다 이거구만. 그래서 덫을 파놓고… 일부러 자기를 미끼로 세워서 댁들한테 자기가 얼마나 진지한지 보여준 거군. 킥킥킥."
영수는 자기 자신을 미끼로 삼고 그것을 병정개미들에게 직접 보여 킬러J가 흔들어놓은 주도권을 다시 잡으려 한 것이다. 그래서 자신의 진심을, 자기도 목숨을 걸고 킬러J를 잡으려 한다는 것을 알림과 동시에, 그 희생정신을 모두에게 보임으로써 정의의 화신인 여왕개미라는 존재로서의 위대함을 가까스로 회복했다.

"역시 쉽게는 안 당해, 그 아저씨. 그런데."

한숨을 내쉬고 겨우 고개를 든 킬러J는 덩치와 꺽다리를 바라봤다.

"아마… 그 아저씨라면 말야. 여유 생기면 마취총으로 쏘라고 했지, 패라고 하진 않았을 것 같은데? 나 산 채로 잡는 게 목적이잖아."

"그래, 그러셨지."

꺽다리는 킬러J를 보며 이죽거렸다.

"우리가 널 죽일까 봐서 그러셨는지 모르겠지만, 우리는 애새끼들을 많이 패봐서 말야. 어느 정도 패도 안 죽는지는 잘 알고… 있거든!"

워커가 날아든다. 이번엔 덩치도 말리지 못했다. 킬러J는 또다시 그대로 당할 수밖에 없었다.

힘없이 뒤로 나가떨어지는 킬러J의 모습에 꺽다리는 웃었다.

킬러J를 걷어찬 다리를 거둬들여서 바닥에 짚는 순간, 몸이 버티지 못하고 쓰러지는 그 순간까지.

"어어어어어?"

꺽다리의 얼굴에서 웃음이 사라지며 얼굴 근육이 씰룩거렸다.

뼈와 근육을 잇는 힘줄이 절단되면, 근육이 아무리 힘을 쓴들 그 힘은 관절을 움직이지 못한다. 마치 줄이 끊어진 꼭두각시와도 같다.

거기에, 한순간 세상의 모든 것을 잃는 것 같은 고통은 덤이다.

"끄아아아아아아아악!"

"뭐야? 왜 그래?"

꺽다리가 다리를 잡고 뒹굴자 깜짝 놀라던 덩치는 킬러J가 상체를 일으키자 눈을 크게 떴다.

"아, 되로 주고 말로 받는 게 될까 봐 좀 겁먹었는데."

킬러J의 부러지지 않은 왼손에는 날카로운 나이프가 들려 있었다.

"그나마 손해는 안 봐서 다행이네."

"너, 너! 그 칼은?"

킬러J는 칼을 들고 있는 왼손을 살짝 들어 올렸다.

"숨기고 있었지. 당연한 거 아냐? 설마 내가 총 하나만 달랑 들고 왔겠어?"

덩치는 동료를 봤다. 꺽다리가 손으로 감싸고 있는 곳은 아킬레스건이다. 앞이 아닌, 뒤에 있는 급소였다. 정면에서는 공격이 불가능한 곳이란 말이다. 걷어차이는 순간 나이프로 발목 뒤를 긋지 않고서야 저런 모양이 나올 리가 없다. 보통 정신으로 할 수 있는 짓이 아니다.

일반적인 경우라면 공격이 날아드는 순간 적의 정강이를 찌른다거나 하는 것이 고작.

아니, 그 정도가 최선이다. 굳이 목숨을 위협받을 공격을 허용하면서까지 적에게 치명적인 피해를 주려고 할 이유는 없는 것이다.

"이 미친놈!"

덩치가 자세를 잡는 사이, 킬러J는 벽에 등을 기대고 비틀거리며 겨우 눈높이를 평소만큼 올렸다. 이제 킬러J는 더 이상 덩치와 꺽다리를 올려다보지 않고 있었다.

"푸흡, 커헉! 아, 아저씨가 그런 말을 한 건 댁들이 날 해칠까 봐 그런 게 아니라, 내가 댁들을 해칠까 봐 그런 거야……. 어쨌든 자기 맘대로 움직여 주는 말은 소중하게 쓰니까. 그 아저씨."

"웃기지 마라! 어차피 그런 몸으로 어딜!"

덩치는 그대로 달려들어 킬러J의 왼팔을 잡았다. 오른팔이 부러진 이상 지금 킬러J에게 왼팔은 유일한 무기. 뽑힌 줄 알았던 발톱이 달려 있는 앞발과 같다. 그 무기를 완전히 제압하면, 이 야수는 다시 아무런 힘도 없어진다.

"이런 팔을 가지고 버텨서 뭘 어쩌겠다고? 날 이겨보겠다는 거냐!"

덩치는 쓰러지지 않으려 버티는 킬러J의 부러진 팔을 으스러뜨려 버릴 듯 움켜잡았다.

"아아아아윽!"

"아프냐? 응? 아프냐고! 이 미친놈아! 대체 왜 이런 짓을 하는 거야! 그냥 얌전히 우리랑 같이 일하면 되잖아! 대체 뭐가 불만이야?"

킬러J는 고통에 일그러진 얼굴로 덩치의 얼굴을 바라봤다.

"크으으으으… 하……."

비명이 이상하게 변해가자 덩치는 당황해하며 킬러J의 부러진 팔을 짓눌렀다.

하지만 그 바뀐 비명은 덩치가 원하는 대로 다시 변하진 않았다.

"하하하하하하하! 아하하하!"

덩치는 킬러J의 부러진 팔을 잡아 벽에 찍으며 킬러J의 코앞까지 얼굴을 들이대며 외쳤다.

"뭐? 뭐? 왜 웃는 거야! 왜 웃어!"

"하하하하. 아, 아아. 왜 웃냐고?"

킬러J는 자신의 코앞까지 얼굴을 들이대고 소리를 지르는 덩치를 향해 묘하게 즐거운 듯 대답했다. 그리고 한순간,

"그래야 네가 내 앞까지 얼굴을 들이댈 테니까."

표정을 지웠다.

"윽? 으어? 억! 어으아아악! 아악!"

인간의 기준으로 산신령이니 영물이니 하는 이미지를 멋대로 씌운다고 해도.

또는 그것을 멋대로 벗겨 간다고 해도.

호랑이가 호랑이라는 사실은, 맹수라는 본질은 결코 변하지 않는다.

"으가아아악! 아악! 끄아아아아악!

필사적으로 뒷걸음치던 덩치는 바닥에 쓰러졌다. 이미 그 팔은 킬러J의 팔 따위는 잡고 있지 않았다. 오히려 필사적으로 팔을 휘두르며 자신의 위에 올라탄 킬러J를 밀어내려 했다.

"끄아아아! 아아아아악!"

"억!"

마침내 아무렇게나 휘둘러지는 팔에 갈비뼈를 맞은 킬러J는 비틀거리며 뒤로 물러났다.

"끄으으아아! 으아가!"

얼굴을 감싸고 바닥을 구르는 덩치의 모습을 보며 가쁜 숨을 몰아쉬던 킬러J는 입에서 뭔가를 토해냈다. 그것은 조금 전까지

만 해도 덩치의 얼굴에 붙어 있던 입술과 코, 혹은 뺨이라고 불리는 것이었다.

"하아, 하아… 왜 그래? 끝이야?"

그때 바닥에 쓰러져 발목을 감싸고 있던 꺽다리가 킬러J를 향해 총을 겨눴다.

"으, 으! 너 이놈!"

이미 그 얼굴은 공포에 질려 있었다. 그것은 킬러J에게 다행이었다. 원래 강력했던 적이 공포에 질려 판단력을 잃고 그저 병정개미 한 마리로 돌아간 것이니까.

"죽엇!"

자신이 들고 있는 것이 마취총이라는 것마저 잊어버린 듯한 외침이었다. 킬러J는 서 있던 몸을 굽혀 거의 쓰러지다시피 굴렀다. 그리고 반원형 탁상의 아래로 기어 들어갔다. 조금 전 영수가 앉아 있었던 바로 거기였다.

"이, 이 자식!"

마취탄이 빗나가고 킬러J의 모습이 감춰지자 꺽다리는 당황해했다. 하지만 무언가를 본 꺽다리는 한쪽 다리를 끌고 그쪽으로 필사적으로 기어갔다. 조금 전 킬러J가 떨어뜨린 총이 있는 쪽으로.

"진짜 총알이라면 맞으면 죽겠지? 응?"

슬라이드를 젖혀 걸려 있는 총알을 빼낸 꺽다리는 총구를 책상에 향했다. 정확히는 그 뒤에 숨어 있을 킬러J에게로.

"너, 너 같은 건, 우리 동료가 될 자격이 없어! 이 괴물 새끼야!"

그 역시 전 군인으로서 비정상적인 폭력성 때문에 불명예제대를 당한 몸이었다. 하지만 그렇다고 해도 킬러J는 뭔가 이상했다. 미친 것 같으면서도 미치지 않은 것처럼 광기를 조절하고 내뱉는 그 모습은 그의 머리로서는 도저히 이해가 가지 않았다.

대체 저 자기파괴적인, 뭐라고 해야 할까, 그렇다, 그냥 미쳤다고밖에는 표현할 수 없는 저 모습은 대체 무어냔 말이다.

"이 자식, 언제까지 거기 숨어 있을래? 엉?"

절뚝거리며 일어난 꺽다리는 책상 쪽으로 다가갔다. 그리고 고개를 살짝 빼 킬러J가 숨어 있을 뒤쪽을 보려 했다. 어차피 이쪽엔 총이 있다. 적에게는 없다. 머리카락 끝만 보이기만 하면 쏴 버리면 된다.

그렇게 생각한 순간 꺽다리의 턱에 뭔가가 틀어박혔다.

"어극?"

비명을 지를 틈도 없었다. 그 충격은 한 번에 끝나지 않았다.

하지만 이미 꺽다리의 의식은 사라졌고, 그 충격과 함께 울려 퍼지는 소리도 듣지 못했다.

푸슉! 푸슉! 푸슉! 푸슉! 푸슉!

얼굴이 형체를 잃을 정도의 총알을 처먹은 꺽다리의 무릎이 힘없이 꺾였다. 한순간 영혼이 떠나 버린 고깃덩이는 기분 나쁜 소리를 내며 책상에 머리를 박은 후 바닥에 널브러졌다.

"후우."

책상 아래에서 모습을 드러낸 킬러J의 손에는 또 다른 총이 들려 있었다.

책상에 손을 짚으며 앞으로 걸어간 킬러J는, 엎드린 채 비명을 지르고 있는 덩치의 뒤통수에 무심하게 총알 두 방을 선물했다.

그러고는 앞으로 걸어 나가 문고리를 잡았다.

막 문을 열려 하던 킬러J는 두꺼운 문 뒤쪽에서 웅성거리는 소리가 나자 혀를 찼다.

"혹시나 했더니 역시나군."

손이 재빨리 움직였다. 킬러J가 자물쇠를 잠그는 순간, 커다란 소리와 함께 문이 가볍게 흔들렸다. 누군가가 밖에서 문을 걷어 찬 것 같았다.

"문 잠겼어!"

"이 새끼! 언제까지 그러고 있을 수 있나 보자고!"

어차피 더 이상 움직일 힘도 없었다. 킬러J는 비틀거리며 물러났다.

"윽."

책상의 앞부분에 부딪히자 미끄러지듯 바닥에 주저앉은 킬러J는 문 밖에서 수많은 기척이 느껴지는 문 너머에 시선의 초점을 두고 한숨을 내쉬었다.

[…내 동지들을 어떻게 한 거냐.]

머리 위에서 화이트 노이즈가 섞인 목소리가 들려왔다. 킬러J는 고개를 돌렸다. 그리고 몸을 비틀고 손을 머리 위로 뻗어 올려 책상 위를 더듬었다. 그러자 영수가 방금 탈출하기 전에 놓아둔 것 같은 무전기가 손에 잡혔다.

손끝으로 끌어온 무전기를 잡은 킬러J는 꺽다리와 덩치를 바라본 후 말했다.

"뭘 묻고 그래. 뻔히 알면서."

[그 둘은 매우 아까운 인재였는데.]

"그러게, 군인 출신은 드물잖아? 양아치물 제법 먹긴 했는데 대충 티는 나더라고. 아저씨 말만 잘 들었으면 이 둘도 살았을 텐데 말야."

킬러J가 통증을 억누르듯 깊게 숨을 들이켜는 사이 다시 말소리가 들려왔다.

[어쨌든 이제 도망칠 길은 없다. 그 방에서 밖으로 나가는 길은 오직 그 문뿐이니까.]

그 말대로다. 이 방은 창문이 보강 정도가 아니라 아예 철판과 벽돌로 막혀 있었다. 이대로 있으면 숨이 막혀 죽지 않을까 하는 생각이 들 정도였다. 만에 하나의 위험한 상황이 닥쳤을 때 몸을 피하는 방법을 만드는 대신, 그 상황 자체가 생기지 않도록 철저히 막은 느낌이었다.

킬러J는 주위를 둘러보며 말했다.

"그래서 이제 어쩌려고? 마취가스 같은 거라도 부어서 잡으려고? 여긴 그런 거 없잖아. 다른 데서 가져올 수야 있겠지만, 그러는 사이에 내가 여기 있는 스크랩북들. 이거 다 뭔지 모르겠지만 자료 같은 거 작성해 둔거지? 이거 다 찢고 불태워 버리면 어쩔 건데?"

무전기 너머에서 웃는 소리가 들렸다.

[협박을 하겠다는 거냐? 귀엽군. 자료는 따로 백업해 놓고 있다. 너도 알고 있지 않느냐. 거기에 있는 종이들은 모두 내 취미일 뿐이다. 사라진다면 아깝긴 하겠지만, 그렇게 치명적인 위협은 되지 않아.]

그 말에 킬러J는 고개를 푹 숙였다. 어느새 저 앞에 있는 환영이 말해주고 있었다. 그 말이 맞다고. 사실 주신이 만들었던 스크랩북도 영수가 만들어보길 권했던 것이라고 말이다. 건망증이 심한 수신에게 뭔가를 잊어버리지 않게 하며 기억시키기 위해서.

"하긴, 건망증이 얼마나 심하면 자기 자신까지 까먹고 다니겠어."

킬러J는 혼잣말을 중얼거리며 등 뒤의 책상에 뒷머리를 댔다. 그렇게 천장을 바라보고 있자 난폭하게 뛰던 심장도 천천히 진정되어 갔다. 사실, 지나치게 진정되고 있는 것 같은 기분이 들기까지 했다.

[열쇠 꾸러미 자체는 그냥 놔둔 건 머리를 좀 굴렸다만. 이 방의 열쇠는 특별하지. 꾸러미 중에 그게 없다면 금방 눈치채고 만다. 애초에, 총과 탄창이 사라졌는데 내가 직접 손과 눈으로 서랍 안을 확인하지 않을 거라고 생각한 거냐?]

그 말에 킬러J는 아무 말도 하지 않았다. 대신 손에 쥐고 있던 총을 들어 올려 정면을 향해 방아쇠를 당겼다.

"억!"

"방금 무슨 소리지? 총 소리? 총 소리지?"

문에 총탄이 맞고 튕겨나는 소리에 문 너머의 개미들이 웅성거렸다.

[그 벽은 총알로 뚫릴 만큼 얇지 않다. 너도 알고 있을 텐데?]

그 말에도 상관하지 않고 입을 다문 채 잠시 눈을 감고 있던 킬러J는 싱긋 웃었다.

"반응을 보아하니 다 있네. 도망 간 놈은 하나도 없고."

킬러J는 무전기를 들어 올렸다. 그리고 송신 버튼을 누르지 않은 채 가만히 웃으며 혼잣말을 흘렸다.

"하긴, 기대도 안 했지만."

그 웃음에는 묘한 씁쓸함이 담겨 있었다.

*　　*　　*

'이겼다.'

엄청난 희생자와 피해가 있었지만, 어쨌든 승리했다.

상처뿐인 승리라고는 하지만 정말로 상처뿐인 건 아니다. 수많은 동료들을 잃었지만, 그들 이상으로 잘 싸워줄 수 있는 말을 손에 넣었으니까. 지금껏 계속 원해왔던 그 최강의 말을.

비록 다른 자잘한 말들을 잃은 것은 큰 손해였지만, 그 손해도 곧 메울 수 있을 것이다.

"사장님, 직접 가실 필요는……. 이런 잡일 정도는 저희가 하겠습니다."

옆에서 들려온 병정개미의 말에 영수는 빙긋 웃었다.

"이 일이 끝날 때까지. 나도 여러분과 함께하고 싶군요."

"예, 옙!"

지금 정지시켜 둔 엘리베이터의 작동명령을 내린 영수는, 스무 명은 될 병정개미들이 사장실 앞의 복도에 서 있는 것을 돌아보고 있었다.

사실 세상에서 가장 안전하게 있을 수 있는 곳을 킬러J에게 내준 이상, 영수가 안전하기 위해서는 오히려 병정개미들과 같이 있는 것이 좋았다. 게다가 정말로, 정말로 만에 하나 생길 문제를 대비하자면 오히려 그 방에서 최대한 멀리 떨어지는 것이 차라리 나았다.

지금 영수는 세 명의 병정개미와 함께 마취가스를 얻기 위해 조직에 빚을 진 개미 의사가 있는 병원으로 향하려 하고 있었다. 영수의 방은 환기를 위한 공조기가 설치되어 있다. 그 공조기에 가스를 부어넣어 킬러J를 무력화시킨다면, 이번에야말로 완벽하게 주신의 육체로부터 킬러J를 제거해 버릴 수 있었다.

[아저씨.]

그때 무전기에서 소리가 났다.

[그래서 날 어쩔 거야? 또 고문이라도 하려고?]

잠시 주위를 둘러보던 영수는 무전기를 집어 들었다.

"아니, 좀 더 직접적인 방법을 쓸 거다. 걱정 마라. 너는 지금까지 해왔던 것처럼 계속 옳은 일을 하게 될 거다. 약자를 돕고 악당들을 처분하는 일을 말이다."

잠시 동안의 침묵이 흐르더니 목소리가 돌아왔다.

[악당 처분이란 말이지.]

그 목소리는 어쩐지 웃고 있는 듯했다.

[이 총이나 건물 같은 거 말야. 돈 엄청 들었지? 그 병신들도 공짜로 일하지는 않을 거고. 하다못해 밥이라도 먹일 거 아냐. 난 대체 그게 어디서 나온 돈인가 했어. 음식점이나 서비스업 같은 걸 하진 않을 거 아냐. 그런데 그 병신들 잡으러 다니다 보니 문득 생각나더라고. 아저씨가 나한테 조폭들 잡으러 다니게 한 거.]

어느새 떠들던 병정개미들은 소리를 낮추기 시작했다. 그 목소리는 모두가 듣고 있었다.

[이걸 생각해 내니까 왜 그런 짓을 했는지가 다 이해되더라고.]

"이해라니? 또 무슨 헛소리를 하려는 거냐?"

[아저씨.]

마치 뱀과 같은 속삭임이 들려왔다.

[그 조폭들이 죽고 난 뒤에 그 자식들이 먹고 있던 구역은 어떻게 됐어?]

순간 말문이 막혔다. 무전기에서는 킥킥거리는 웃음소리가 들려왔다.

[구역 가로채기. 아마 아주 오래전부터 그래왔겠지? 전국에서 말야.]

영수가 아무 말도 하지 않자 킬러J는 투덜거리듯 말했다.

[근데 말야. 아무리 그래도 나에 대한 소문을 퍼뜨리게 한 건 너무하잖아? 그 새끼들이 겁먹어서 도망치면 빈 구역 차지하긴 좋겠지만, 경찰이 조사라도 하면 어쩌려고? 아, 경찰에도 돈 주면서 입 막고 있으니까 상관없나?]

"그래서 어쨌다는 거냐?"

그 말에 영수는 분노하듯 몸을 부르르 떨었다.

"우리가 이 일을 하는 데는 돈이 필요하다. 당연한 일이지. 우리를 돕는 경찰들을 보호하고, 알리바이를 만들기 위해 여러 가지 일을 한다. 개미들이 피해를 입지 않게 하기 위해 노력하기도 하지. 하지만 우리는 죄를 저지를 순 없었다. 그 때문에 조폭들에게 시민들을 보호해 주는 대신 기부금을 받은 것뿐이야. 그런데 그걸 매도하겠다고?"

그때 멈춰 있던 엘리베이터의 안에 불이 켜지며 웅웅거리는 소리가 잠깐 울렸다.

"불 들어왔다."

영수가 킬러J와 이야기하는 사이, 뒤로 물러서 작은 목소리로 다른 채널의 무전기와 통신을 하고 있던 병정개미는 문을 막고 있던 방패를 빼내 뒤로 집어던졌다.

"그래, 다 됐으니까 이제 내려와. 가시죠, 사장님."

제어반이 있는 최상부로 올라간 병정개미가 멈춰뒀던 엘리베이터를 다시 작동시킨 듯했다. 영수는 불편한 얼굴로 고개를 끄덕였다.

"으음."

막 엘리베이터에 올라타던 영수는 무전기에서 소리가 나자 멈칫거렸다.

[돈이 필요해서 삥을 뜯는다고? 결국 그거 조폭들 논리잖아.]

"이놈이!"

영수는 자기도 모르게 저 멀리에 닫혀 있는 사장실의 문을 돌아봤다.

"어디서 감히 그런 소리를 하는 거냐!"

똑같다. 킬러J의 비꼬는 어투는 지금까지 도발을 걸어왔던 것과 똑같았다. 그렇다면 조금 전에 직접 얼굴을 봤을 때 개미를 인정하는 것 같은 그 태도는 뭐란 말인가. 킬러J의 그런 태도의 온도차는 영수로서는 도저히 이해가 가지 않았다.

"그래, 어디 계속 말해봐라. 어차피 넌 내 손안에 들어왔으니까!"

문 앞에 서 있던 병정개미들이 그 격한 외침에 약간 놀란 듯 얼굴을 굳혔다. 영수는 병정개미들의 동요에 잠시 아차 하는 기분이 들었지만, 일부러 이제 전혀 신경 쓰지 않는 듯 혀 차는 소리를 내며 휠체어를 조작했다.

지금은 다소 병정개미들이 흔들려도 상관없다. 어차피 킬러J는 잡았고, 앞으로 일만 잘 처리된다면 병정개미들을 다시 한 뜻으로 모을 수 있을 테니까 말이다.

[어쨌든 말야. 내가 이 이야기를 한 건 입 아프게 댁이나 저 병신들이 악당이니 뭐니 하는 소리를 또 하려고 한 건 아냐.]

영수와 세 명의 병정개미가 엘리베이터에 올라타고 닫침 버튼을 누르는 순간, 킬러J의 목소리가 이어졌다.

[그냥 댁들이 쓰는 장비가 너무 좋아서 한 소리야. 총에 방탄조끼니 뭐니… 폭약도 있더라? TNT 말야.]

B1이라는 숫자가 새겨진 버튼을 누르던 병정개미는 살짝 놀란 듯 영수가 들고 있는 무전기를 돌아봤다.

[사실 그래봤자 국가를 상대로 싸우려고 했다가는 처참하게 발리는 정도겠지만 양아치들 상대로는 그 정도로도 충분할 테니까. 암흑가의 보스라도 되려고 한 거야? 그래서 이 나라를 손안에 두고 굴리려고? 하기야. 댁이 받는 사례금 받는 거 정도는 티도 안 날 테니까. 경찰들도 눈에 띄는 병신 짓만 안 하면 안 건드릴 테고. 서로서로 윈윈이겠네.]

"사장님? 어떻게 이놈이 폭약에 대해서……."

병정개미의 말에 영수는 가볍게 손을 들었다.

"나도 듣고 있습니다. 가만히 있으세요."

분노를 가라앉히기 위해 입을 다물고 바뀌는 층수 표시등을 바라보던 영수도 금방 눈치챘다. 지금 킬러J의 말 중에는 뭔가 이상한 게 있었다.

병정개미가 말한 대로 바로 폭약에 대한 서술이다. 저건 예상이나 생각 같은 것이 아닌, 그 폭약 자체를 눈앞에서 보지 않고서야 나올 수 없는 말이었다.

영수가 그 이상함을 눈치채고 당혹감을 감추는 사이에도 킬러J는 계속 말을 이었다.

[여기 죽은 뚱뚱이와 홀쭉이는 나보고 그냥 양아치라고 했었지만… 하긴, 얘네들이 어떻게 알겠어, 내가 어릴 때부터 아저씨한테 훈련받은 거. 아저씨, 기억해? 나 아저씨한테 세뇌받은 날부터 사고 날 때까지 정말 끊임없이 이것저것 배웠잖아. 몸도 단련했고, 총 쏘는 거나, 칼 쓰는 거나. 지금 생각하면 교재랑 영상 같은 것만 보고도 참 잘도 훈련했다 싶어. 덕분에 이런저런 살인도 쉽게 할 수 있었고.]

그때까지 침묵을 지키던 영수는 무전기를 집어 들고 외쳤다.

“살인이 아니라 정의의 임무다. 그래, 내가 널 훈련시켰지. 그래서 정의로운 일을 하게 해줬다. 정의로는 삶을 살게 해줬단 말이다. 그런데 넌 그 은혜를 다 기억해 냈는데도 이런 짓을 한 거냐?”

[맞아, 아저씨한테 직접 배운 게 있었지? 한국에서는 아는 사람도 쓰는 사람도 거의 없는 사제폭탄 만드는 법이나 폭약 다루는 거. 핸드폰으로 기폭장치 만드는 것도. 참 그때 생각하면 좀 웃겨. 폭탄 같은 걸 쓰면 바로 경찰이 달려올 텐데 무슨 폭탄 쓰는 법을 배우나 했었거든. 그때는 아저씨가 경찰에 끄나풀들 심

어둔지 몰랐었으니까 당연했지만.]

끊임없이 들려오는 그 목소리에 영수는 이를 갈았다.

"이익! 이놈, 송신 버튼도 놓지 않고 계속 말을……!"

역정을 내던 영수는 말꼬리를 흘렸다. 킬러J의 말이나 행동에 말문이 막힌 게 아니다.

지금 킬러J가 한 말과 조금 전 느꼈던 의문이 합쳐져서 어떤 답을 만들어냈기 때문이다.

"설마?"

[이제 슬슬 알아차렸을 것 같은데.]

킬러J는 송신 버튼을 놓지 않았기에 영수의 말을 조금도 듣지 못했고, 그 모습도 당연히 보지 못했다. 하지만 마치 영수의 중얼거림을 듣기라도 한 듯 웃었다.

[그래. 나 무기고를 봤어. 그 안에 있는 폭약들도. 심지어 애들이 나 찾는 도중에는 그 안에 숨어 있었기도 했고. 하지만 내 계획상 아저씨가 그걸 눈치채면 안 될 것 같아서 머리를 좀 굴린 거야. 그래서 일부러 아저씨가 눈치채게 호신용 총을 숨겼지. 맨 처음에. 무슨 일이 생긴 거 눈치채고 아저씨가 이 방 비웠을 때 말야. 그럼 내가 총을 쓰더라도 그게 설마 무기고에서 빼낸 거라는 생각은 하지 못할 테니까. 이 방 열쇠를 일부러 훔친 것도 무기고에 대해서는 생각하지 못하게 하기 위해서였어. 아, 그래도 애들한테 방탄조끼 나눠줄 때, 마취총이 아니라 진짜 총으로 무장시켰으면 총 개수가 부족하다는 건 알 수 있었을 텐데. 예상대로 날 끝까지 죽이려고 하지 않아서 고마워. 만약 아저씨가 지금 내 눈앞에 있었으면 정말로 절을 하면서 인사했을 텐데.]

피가 식는다. 심장이 멈추고 피의 흐름이 굳는 것 같았다.

"설마 그럴 수가. 그럴 수가? 내가, 속았다고? 내가?"

바로 옆에 서 있는 병정개미들은 그런 영수의 중얼거림도 눈치채지 못할 정도로 패닉에 빠져 있었다. 그나마 영수는 가까스로 팔걸이를 움켜잡고 이성의 끈을 놓지 않았다. 아직 패배는 아니다. 아직 킬러J는 저 안에 갇혀 있고, 그 안에서 나올 방법은 전무하다.

하지만 영수는 승리와 패배에 집착하느라 이미 뭔가를 놓치고 있었다.

[그럼 내가 왜 그걸 굳이 비밀로 하려고 했을까?]

어째서 킬러J가 굳이 폭약에 대한 이야기를 했는가, 라는 사실을.

[일단 이것부터 말할게. 이 건물, 당연하지만 도시가스는 안 쓸 것 같더라? 여기가 어딘지는 모르겠지만 외딴곳일 거 아냐. 도시가스관이 들어올 리가 없지. 그래서 돌아다녀 봤는데 역시나더라고. LPG 가스통이 여기저기에 있지 뭐야. 그래서 부엌이나 탕비실이었나? 거기에 있는 가스통들 호스 전부 잘라놨어. 기폭장치도 만들어서 숨겨두고. 아, 그리고 아저씨는 애들한테 아무것도 아닐 거라고 말했을 텐데, 그 세제로 만든 유독가스 말야. 그거 LPG 냄새 가리려고 그런 거야. 돌아다니다가 가스냄새 나면 금방 눈치챌 거 아냐. 이제 왜 굳이 내가 숨을 곳을 줄이면서까지 그런 일을 했는지 의문이 좀 풀리지? 아, 맞다. LPG는 공기보다 무거운데 말야, 되도록이면 지하 쪽에 깔렸으면 좋겠네. 지금쯤이면 아저씨 거기에 있을 것 같은데. 어때?]

그때 엘리베이터가 멈췄다. 엘리베이터에 타고 있던 영수와 세 명의 병정개미는 동시에 고개를 들어 층수를 표시해 주는 창을 봤다. B1. 지하 1층이다.

띵—

"헉!"

문이 열리며 지하의 공기가 안에 들어오자 코를 벌렁거리던 병정개미가 미친 듯이 닫힘 버튼을 눌렀다. 그런 병정개미의 행동에 영수는 소스라치게 놀라며 그의 팔을 후려쳤다. 그리고 휠체어를 문에 걸쳐 닫히지 못하게 했다.

"무슨 짓입니까!"

"하지만 사장님. 가, 가스냄새가……."

그 말에 영수는 얼굴을 일그러뜨렸다.

아무리 LPG가 공기보다 무겁다지만, LPG 가스통의 호스를 몇 개 잘라놨다고 건물 구석구석까지 스며들어 지하실까지 내려와 고였을 리가 없지 않는가. 지하에 고이기 전에 1층의 문을 통해 밖으로 흘러나갔을 가능성이 오히려 높다.

그 증거로 영수의 코에서는 아무런 냄새도 나지 않았다. 냄새가 난다는 건 그저 공포에 의한 착각일 뿐이다.

"착각입니다. 아니, 그게 착각이 아니라고 해도 지금 상황에 위로 돌아갈 생각입니까? 빨리 나갑시다. 지금 우리는 여기에서 나가야 합니다. 어서 가서 차를 준비하세요!"

"하지만 가스가 차 있으면 차를 사용하는 건 위험하지 않을까요? 아무래도 전…….”

명령을 듣지 않고 머뭇거리는 병정개미의 모습에 이가 갈렸다.

‘마음을 놓는 게 아니었는데.’

사실 위험한 건 LPG가 아니다. 만약 LPG로 인한 폭발이 일어난다고 해도, 그것이 비록 치명적인 피해를 준다고 해도 LPG 가스통은 몇 개 되지 않는다. 건물이 주저앉을 리는 없고, 기껏해야 대량의 사상자가 생기는 정도다.

문제는 다른 것에 있었다. LPG에 의한 폭발에 반응할, 그 무언가가.

[그리고 이번엔 아저씨는 알겠지만 멍청한 너희를 위해 설명 하나 해줄게. 너희들 무기고에 가면 있는 그 커다란 나무박스 말야, 거기에 뭐가 들어 있는지 알고 있어? 그게 뭐냐면 말야…….]

“이놈, 이노오오오오옴!”

[하하하하하.]

마치 영수의 외침이 들리기라도 한 듯 웃던 킬러J는 목소리를 가다듬었다.

[화학비료야. 비료. 근데 그 아저씨가 야채 기르려고 그런 걸 거기 놔뒀을 리는 없겠지? 그럼 당연히 다른 용도일 거고. 혹시 화학비료가 뭐에 어떻게 쓰이는지 아는 놈 있어? 하, 밖이 소란스러워지는 걸 보니까 아는 놈도 있는 것 같네.]

화학비료의 원료 중 가장 중요한 요소인 질산암모늄. 그것 때문에 화학비료는 테러리스트들이나 범죄자들에게 사용되기도 한다. 인류를 먹여 살리기 위해 존재한다는 긍정적인 이유와는 정반대의 이유.

바로 폭탄으로서 말이다.

[그래, 너희가 도식이네 신문사를 날려 버린 그거야. 그런 거 수십 배의 위력을 가진 폭탄이 발밑에서 터지는 거지. LPG는 사실 그냥 보조적인 역할이야. 아래까지 내려간 아저씨가 차 못 쓰게 하려고 한 것뿐이거든. LPG가 가득 차 있는 데서 차 움직이려고 했다가는 잘못하면 터지니까. 아, 물론 아저씨도 알지?]

그 말을 듣는 순간 영수는 몸을 떨었다.

'정말인가?'

자기 자신의 감각에 대한 신뢰가 흔들렸다.

킬러J는 모든 것을 용의주도하게 준비했다. 그렇다면 가스가 지하에 차고 있는 것도 사실이 아닐까? 그저 자신이 냄새를 못 맡은 게 아닐까?

그렇게 생각한 순간 영수는 역겨운 냄새가 코끝을 스쳐 가는 것 같은 감각을 느꼈다.

"윽!"

소스라치게 놀란 영수는 눈을 크게 뜨고 밖을 향해 외쳤다.

"멈추세요!"

"예? 하지만 사장님. 조금 전에는 빨리 이곳에서 벗어나야 한다고……."

막 차를 열고 시동을 걸려 하던 병정개미가 멈칫거렸다.

"닥치고 멈추란 말입니다! 위험하다고 하지 않았습니까! 어서 이쪽으로 와서 휠체어를 미세요. 뛰어서 이곳에서 도망칩시다!"

만약 가스가 찬 게 사실이라면, 전동휠체어도 함부로 쓸 수 없다. 자그마한 스파크가 어떻게 가스를 인화시킬지 알 수 없다. 게

다가 그게 아니라고 해도 가스가 함유된 공기를 마시는 것 자체도 위험했다. 한시라도 빨리 이곳에서 도망가야 했다.

[그래그래, 다들 도망쳐 봐. 계단으로 뛰는 게 좋겠지? 발 빠르면 살아남을 수 있을지도 모르고. 혹시 터지기 전에 밖에 도망친 놈 있으면 구경 잘해. 멋진 불꽃놀이가 펼쳐질 거야. 불구경이 세상에서 제일 재미있다고 하잖아?]

그사이 불만이 가득한 얼굴의 병정개미들이 오더니 영수의 휠체어를 뒤에서 잡았다. 보통 휠체어와는 달리 전자장치가 잔뜩 붙어 있는 영수의 휠체어를 수동으로 미는 것은 상당한 중노동이었지만, 그들은 입을 단단히 다물고 영수를 문 밖으로 밀고 나가기 시작했다.

그때 무전기에서 다시 소리가 나기 시작했다.

[그럼 이쯤에서 나를 괴물로 만들어줘서 고맙다는 감사의 인사와 함께 마이크를 넘길게. 혹시 하고 싶은 말 있으면 해봐. 질문을 해도 좋고.]

수십 년이라고 해도 좋다.

지금까지 영수는 이성을 잃은 적이 없었다. 딱히 영수가 냉정한 성격을 가진 것은 아니다. 단지 어떠한 경우에도 냉정을 유지하는 것으로 타인보다 우위를 점할 수 있기에, 의도적으로 그렇게 단련해 온 탓이었다.

그리고 그 결과 지금까지 수많은 적이 영수가 냉정한 이성을 가지고 짠 계획 아래에서 사라져 갔다. 개미라는 조직을 수면 위로 드러내지 않고도 이렇게 몸집을 크게 불려 전국적으로 움직일 수 있었던 것도 그 얼음과도 같이 차갑고 날카롭게 다듬은 이성 때문이었다.

"대체 무슨 짓이냐……."

하지만 지금 이 순간, 영수의 머릿속에서 뭔가가 부서졌다.

"넌 내가 일궈놓은걸 모두 파멸시킬 셈이냐!"

심지어 몸이 불구가 되고 모든 것이 부스러질 것 같은 괴멸적인 상황에서도 지켜냈던 이성이 무너져 내렸다.

"거기 있는 내 병정개미들을, 이 모든 걸 전부 죽일 셈이냔 말이다! 넌 지금 네가 얼마나 큰 죄를 지으려고 하는지 알고 있기나 한 거냐? 이 빌어먹을 놈, 너 같은 건 그때 죽여 버렸어야 했어! 듣고 있냐? 듣고 있냔 말이다! 이 불효막심한 놈 같으니라고!"

그 절규는 지하를 가득히 울렸다. 그리고 전파를 따라, 반대편에 있는 모든 무전기에 닿았다.

* * *

킬러J는 웃었다.

그 분노가 담긴 외침은 밖에 있는 병정개미도 들었을 것이다. 자신들의 보스가 처음으로 완전히 망가지는 외침을 들은 병정개미들이 우왕좌왕하는 것이 문 밖으로 느껴졌다.

"하하하하하, 하, 켁. 쿨럭."

온몸으로 웃어대던 킬러J는 피를 한 움큼 토해낸 다음 옷깃으로 입가를 닦아냈다. 그리고는 느긋한 얼굴로 무전기를 내려다봤다. 잠시 그렇게 있자 씩씩거리던 숨소리도 더 이상 들리지 않았다. 영수가 송신 버튼을 놓은 것이다.

"아아, 그러니까 내가 뭘 하는지 알고 있냐는 질문이시군요. 하하하."

비꼬는 존댓말과 잠깐의 웃음소리.

"당연하지, 이 멍청한 아저씨야."

그리고 갑자기 정색한 중얼거림이 입에서 토해져 나왔다. 지금까지 킬러J에게 보였던 기분 나쁜 유쾌함은 없었다. 분노에 불타는 괴로운 목소리는 마치 다른 사람의 목소리 같았다.

"내가 처음에 아저씨를 안 죽이고 살려 보낸 게 진짜 내가 목을 조를 힘이 없어서였다고 생각해? 진심으로? 그렇게 판단할 거라고 생각해서 세운 계획이긴 해. 자기가 졌다는 걸 인정하기 싫으니 그렇게밖에 생각하지 못하겠지."

[뭐라고? 그럼 처음 탈출했을 때부터? 대체 왜… 대체 왜냐. 왜 이런 짓을 하는 거야? 뭣 때문에! 대체 뭣 때문에 우리를 다 없애려는 거냐. 넌, 넌 지금 네가 무슨 짓을 하고 있는 줄이나 알아? 네가 지금 얼마나 많은 희망을 없애는 줄 아냔 말이다]

"안다고 했잖아!"

킬러J는 머리가 부르르 떨릴 정도로 이를 갈며 외쳤다. 그 외침이 상대방에게 들렸는지는 이제 어찌 되든 상관없다는 듯이.

"당신은 아무 힘도 없는 늙은이가 아냐. 악마지. 그리고 당신이 싸질러 놓은 저 병신들도 똑같아. 그래, 밖에서 듣고 있는 너희들! 이 뇌를 머리카락 비료로밖에 못 쓰는 병신 새끼들, 마귀 새끼들아! 정의니 뭐니 하니까 멋있어 보여? 그러고 있으면 뭐라도 된 것같이 느끼냔 말이다. 마지막으로 기회를 줘도 참회할 줄도 모르는 씨발 좆같은 거지 새끼들아!"

분노로 몸을 떨던 킬러J는 바닥을 짚었다. 어딘가 정신이 나간 것 같은 유쾌한 광기는 더 이상 없었다. 거기에 있는 것은 괴로움에 몸부림치는 절망뿐. 그 몸 전체를 소리로 쥐어짜서 외치는 것 같은 처절함뿐이었다.

"하악, 으윽, 윽!"

킬러J는 가쁜 숨을 몰아쉬며 등을 책상에 기대며 몸을 일으켰다. 기어코 몸을 일으킨 킬러J는 문 밖을 향해 피를 토하듯 절규했다.

"약자들의 미래? 희망? 그딴 걸 내가 알 게 뭐야! 그거 때문에 내 인생이 망가졌는데, 이런 일밖에 할 줄 모르는 인간이 됐는데! 내 삶을 잃고, 소중한 것도 전부 잃고! 내가 왜 자기 앞가림 정도도 못하는 새끼들 때문에 이렇게 돼야 되는데!"

잠시 말을 멈춘 킬러J는 피 끓은 소리를 내며 깊게 숨을 들이켰다.

"기준이도 그 죗값을 나한테 떠넘기려고 하진 않았어! 그 새가슴 새끼도 그랬단 말야. 화연도, 그 여자도 그랬어. 그래, 복수를 하려고 너희를 이용했지. 나도 속였어. 그런 쓰레기 같은 짓을 했지만, 그래도 자기 손으로 복수를 하려고 그랬어. 그러고도 그걸 잘했니 어쩌니 하는 행동으로 포장하지도 않았다고!"

무전기를 잡고 있는 손이 떨렸다.

"그래, 그냥 다 잊어버리고 그렇게 행복하게 살면 되잖아. 그런데 왜."

목소리를 낮춘 킬러J는 혼잣말을 중얼거렸다.

"그 멍청이는 왜……."

왜였을까. 은혜 갚음 같은 건 아닐 것이다. 그런 기특한 생각을 하는 여자가 아니라는 것만은 분명하니까. 그렇다면 양심의 문제였던 걸까? 자기가 속여서 이용한 남자가 멍청하게 이용당하는 것이 양심에 걸려서? 아니면, 어쩌면 단순히 누군가에게 이용당하는 동병상련의 설움을 알고 있었기 때문일지도 모른다.

어쨌거나 킬러J는 이해하지 못했다. 왜 화연이 수영에게 진실을 알려주기 위해 결국엔 목숨까지 내던졌는지. 마지막 순간에서 끝까지 살라고 외쳤는지를.

"근데 뭐? 자기 손이 더러워지는 걸 못 참겠다고?"

킬러J는 다시 목소리를 높이며 이를 갈았다.

"평생 착하게 살아왔기 때문에 죄책감에 시달려? 원수를 갚고 싶다면 자기 손이 그 정도로 더러워질 각오는 해야 할 거 아냐! 그 정도 깡은 부려야 할 거 아니냐고! 화를 내란 말야! 그런데 자기 손은 깨끗하길 바라면서, 입으로만 분노하는 척 나불거리면서 남이 그걸 떠맡아주길 바래?"

몸을 부르르 떨던 킬러J는 무전기를 들어 올렸다.

"난 너희 모두를 증오해!"

단단히 송신 버튼을 누른 킬러J는, 지금 이 무전기를 듣고 있는 모든 이에게 들릴 정도로 크게, 마치 이 세상의 모든 이에게 선언하듯 똑똑히 외쳤다.

"누가 허락해 주지도 않으면 화조차 내지 못하는 무력한 개미새끼들도! 가식에 위선에 절어서 영웅놀이하고 있는 너희 병신새끼들도! 그 병신들을 데리고 지금까지 이 빌어먹을 짓을 해온 당신도!"

눈을 질끈 감은 채 이를 악물고 있던 킬러J는 힘없이 마지막 말을 내뱉었다.

"…그리고 자기도 똑같은 짓 하던 주제에 심판한다고 설치고 있는 병신 새끼도."

억지로 세웠던 몸이 눈물처럼 주르륵 흘러내렸다.

위급한 상황이라는 건 모두가 알고 있을 것이다. 이 건물의 1층에는 몇 백 킬로그램짜리 폭탄이 언제 터질지 모를 상태로 쌓여 있었다. 지금 당장에라도 계단을 뛰어 내려가 이 건물을 탈출해야 했다. 하지만 그 광기 어린 외침에 병정개미들은 어떻게 행동해야 할지 머뭇거렸다.

그들의 발을 움직이게 한 것은 모든 독기를 토해낸 것 같은 킬러J의 힘없는 중얼거림이었다.

"심판? 하, 아니야, 내 목적은 말야. 원래 이거였어. 복수. 그래. 복수지. 누구에 대한 복수인지는 모르겠는데. 어쨌든 복수야."

씨익거리는 숨을 내뱉은 킬러J는 차분히 말을 끝맺었다.

"그러니까 난 여기 있는 놈들을 전부 죽일 거야."

그 나지막한 선언에 모두 자신도 모르게 발을 움직이기 시작했다.

"도망쳐!"

"씨발, 이게 뭐야, 대체!"

"계단 막지 마, 병신 새끼들아!"

문 앞을 막고 있던 병정개미들이 계단으로 몰려가기 시작한 듯 순식간에 문 앞이 조용해졌다.

잠시 그쪽을 멍하니 바라보던 킬러J는 입가에 다시 희미한 웃음을 띄웠다.

“응? 아아, 그래. 이건 정말 안 부서지게 잘 보관했지. 이게 부서지면 진짜 끝장이니까.”

주머니에서 꺼낸 무선 기폭장치를 부러진 손의 네 손가락으로 단단히 감아쥔 킬러J는, 유난히 빨간색으로 빛나 보이는 버튼 위에 엄지를 올렸다. 그러곤 아무것도 없는 허공을 향해 고개를 끄덕였다.

“뭐야, 가는 거야? 그래. 잘 가. 나도 곧 따라가겠지만.”

눈은 감은 킬러J는 옆에 떨어져 있는 무전기를 집어 들었다.

“근데 아저씨, 아직 지하지? 밖으로는 못 나갔을 텐데. 사실 가스에 대한 건 거짓말이야. 원래 그러려고 했는데 너무 빨리 들통이 나서 가스관 찢어 놓은 거는 두 개밖에 안 돼. 아마 거긴 멀쩡할걸? 근데 내가 그런 것처럼 아저씨를 속인 건, 아저씨가 차나 그 전동휠체어 못 쓰게 하려고 한 거야. 그래야 내가 하는 말다 들을 때까지 지하에서 벗어나지 못할 테니까.”

분노하며 날뛸 영수를 상상하며 뒷머리를 책상에 대고 낄낄거리던 킬러J는 무전기에 대고 말을 이었다.

“마지막으로, 내가 굳이 아저씨를 여기에서 나오게 해서 지하로 내려보낸 이유는 말야. 건물이 무너지면 지하는 기둥이 받쳐줘서 무너지기보다는 매몰될 가능성이 높거든. 이것도 아저씨가 가르쳐 준 거였지?”

킬러J는 목소리를 낮춰 속삭였다.

“아저씨 같은 악마가 한 번에 죽으면 안 되지. 부디 매몰되어서 천천히, 그 옆에 있는 신자들한테 배교당하고 저주받으면서 찢겨죽길 바래. 마지막의 마지막까지 절망을 느껴보라고. 아, 그래도 희망은 버리지 마. 혹시 알아? 또 하늘이 우리 둘을 살려줄지도 모르잖아. 응?"

[너 이—!]

킬러J가 내던진 무전기는 문에 부딪혀 부서졌다. 일방적인 폭언에 돌아버린 영수가 마지막으로 내뱉은 말은 킬러J에게 전해지지 않았다.

"하아."

드디어 세웠던 계획의 모든 게 끝났다. 이제 버튼을 누를 시간이었다.

킬러J의 눈빛이 희미하게 흐려졌다.

"읏."

그 얼굴이 점차 일그러지기 시작했다. 하지만 그건 고통에 의한 것이 아니었다.

웃고 있는 가면 안에 갇혀 있던 감정이 일그러진 얼굴을 뒤덮었고, 그 일그러짐이 극에 달했을 때 얼굴이 부들부들 떨리며 입에서는 작은 소리가 흘러나오기 시작했다.

"크읏! 흑, 읏!"

그는 얼굴을 어깨에 비볐지만 눈물은 끊임없이 쏟아져 나왔다. 노저히 억제할 수 없을 정도로. 마치 둑이 터져 버린 것처럼.

"큭, 읏. 잘 가라고? 흑."

대체 누구에게 한 말인가. 저기에는 원래 아무것도 없었는데.

모든 게 끝났다. 그렇기에 마침내 인정할 수 있었다.

최초에 나타났던 환상은 그를 돕지 않았다. 그저 모든 것을 말해줬을 뿐, 그가 기억해 내지 못했던 모든 진실과 사실을 말해줬을 뿐이다.

환상이 사라진 후. 모든 것을 기억해 낸 그는 그렇게 방치됐다. 진실을 알게 된 고통과 앞으로 펼쳐질 일에 대한 두려움을 껴안은 채 말이다.

하지만 절망하진 않았다. 분노가 타올랐다, 이 세상의 모든 것에 대한 분노가. 조금 전 내뱉었던 만인에 대한 절규가 가슴속에서 미친 듯이 맴돌았다.

그는 그 분노를 참을 수도, 그들을 용서할 수도 없었다.

때문에 그는 연기하기로 했다. 연기해야 했다. 자신이 알고 있는 한 가장 악독한 악마를 흉내 내고 있는 그 존재를. 광기의 결정체인 킬러J를 말이다.

목적은 단순했다. 자신이 저주하는 모두에게 복수를, 그리고 심판을.

그리고 이제 원했던 대로 모든 게 끝났다. 남은 건 화려한 피날레로 막을 내리는 것뿐.

"하아, 하아."

그런데 이게 대체 무슨 일이란 말인가.

부러진 팔로 잡고 있는 폭파장치를 내려다보는 킬러J의 숨소리가 점차 거칠게 변했다.

"윽, 윽!"

버튼을 누르기만 하면 되는데 손가락이 움직이지 않았다.

힘이 들어가지 않기 때문이 아니다. 손은 움직인다. 버튼을 살짝 누르는 데는 큰 힘이 필요하지도 않다. 그런데 어째서 그런 것일까. 한참을 당황해하던 그는 곧 웃는 것과 비슷한 표정을 얼굴에 씌웠다.

"하, 그래. 겁먹었다 이거지. 이제 와서 살고 싶다고?"

분노에 손이 떨렸다. 혐오감에 이가 갈렸다.

"자기 죄를 잊겠답시고 기억까지 날렸으면서. 그래놓고도 결국 이 길로 되돌아왔잖아. 계속 꿈으로 자기합리화 같은 개짓거리나 해대면서. 그런데 이제 와서 살고 싶어? 개소리 작작해라, 진짜. 따지고 보면 지금 이 건물에 있는 개새끼들 중에서 내가 제일 질이 나빠."

혼잣말을 중얼거리던 그는 쿵쾅거리는 심장을 정리하듯 심호흡했다.

"그래, 빨리 누르라니까. 이러고 있으면 다 끝장이잖아. 그 아저씨나 병신들 다 도망가겠다. 아니면 뭐야, 사랑하는 사람들의 환영이라도 보이길 기다려? 응? 마지막 순간에는 좀 마음 편히 가고 싶어서? 나한테 그런 게 있긴 해?"

누구에게 말하는 건지 모를 중얼거림을 흘리며 천장을 올려다보던 그는 순간 깜짝 놀라며 고개를 돌렸다. 그리고 아무것도 없는 벽 한쪽 면을 바라봤다.

잠시 멍한 얼굴로 벽을 바라보던 그는 웃기 시작했다.

"하하하……. 하, 하하… 흐, 흐아, 흐, 흑. 크흑."

하지만 실없이 흘리던 웃음은 순식간에 다시 울음에 뒤덮였다.

그의 눈에는 아무것도 보이지 않았다. 아무것도.

심지어, 흔히 죽기 직전에 보인다는 주마등 따위도 없다. 거기에 있는 건 그저 벽일 뿐이다.

당연했다. 아니, 그래야 옳다. 마지막 순간에 마음이 편해지려 하다니, 그건 너무나도 과분한 일이다. 지금 이곳에서 심판받아야 할 죄인들에게 그럴 자격 따위는 없다.

떨림과 울음이 잠시 잦아들자 그는 입술을 깨물며 깊게 숨을 들이켰다.

"그래, 그래도 살고 싶겠지. 내 맘이니까 내가 제일 잘 알아."

마치 상대를 비웃듯 중얼거리던 그는 부들부들 떨리는 손을 보며 입꼬리를 끌어올렸다. 그러면서 마치 아이를 가르치는 것 같은 부드러운 어투로 말했다.

"그런데 말야. 조금 전에 말한 거 못 들었어?"

그는 양손으로 장치를 고쳐 잡았다. 그리고 이를 악물었다.

"난 너희 모두를 증오한다고."

달칵.

일순간 천지를 뒤흔드는 것 같은 뇌명이 울렸다.

그 울림과 열기가 수십의 비명을 집어삼키며 코앞에 당도하기 전, 그는 공포에 부들부들 떨리는 자신의 몸이 역겹다는 듯 외면하며 고개를 쳐들었다. 그리고 일갈했다.

"지옥에서도 영원히 고통받아라, 용서받지 못할 새끼들아!"

그것이 정주신, 정수영, 혹은 킬러J라고 불리던 인간이.

이 세상에서 마지막으로 내뱉은 말이었다.

에필로그

_이 세상 무엇 하나 끝나는 것은 없다

불과 세 평 정도밖에 안 될 좁은 방 안은 온통 질릴 정도로 흰색뿐이었다.

벽은 마치 화장실같이 흰색의 타일이 붙어 있고, 낮은 벽이 깔려 있는 뒤쪽에는 흰색의 변기가 있다. 한쪽 벽을 차지하고 있는 파이프 침대는 잘 세탁된 흰색 시트가 깔려 있었다. 그 침대 위에 앉아 있는 여성의 옷조차 새하얀 옷이었다. 그 때문일까. 낮은 책장 위의 꽃병에 꽂혀 있는 분홍빛 꽃가지가 유난히 눈에 띄었다.

무심한 표정으로 무릎 위에 올려놓고 있는 그 짧은 곱슬머리의 여성은, 철컥거리는 소리가 나도 전혀 눈치채지 못한 듯 또 책 한 페이지를 넘겼다.

"면회는 10분입니다. 폭력적인 모습은 보이지 않고 있지만 조심하세요."

"예. 알겠습니다."

그 순순한 대답과 함께 문이 닫혔다. 방에 들어온 남자는 그 덩치에 맞지 않게 머뭇거리며 그 여성의 앞으로 걸어가 쪼그리고 앉아 눈높이를 맞췄다.

"나 기억하세요, 화연 씨? 저 김기준인데."

화연은 대답을 하지 않았다. 대답은커녕, 기준과 눈조차 마주치지 않았다. 그저 멍한 눈으로 책을 한 장씩 넘기고 있을 뿐이었다.

"이번에 네 번째던가요? 다섯 번째던가. 하하."

멋쩍게 웃던 기준은 가볍게 헛기침을 했다. 그리고 지금껏 여기에 들렀을 때마다 계속 해왔던 질문을 다시 한 번 내뱉었다.

"혹시, 수영이에 대해 기억나는 거 있나요?"

막 넘어가려 하던 책장이 멈칫거렸다. 화연은 흐릿한 눈을 들어 기준을 바라봤다.

"수… 영 씨?"

"그래요, 수영이. 기억하는 거 있어요?"

멍하니 기준을 바라보던 화연은 고개를 푹 숙였다.

"수영… 씨, 살아요. 살아야 해… 요."

기준은 그런 화연의 모습에 한숨을 푹 내쉬었다. 그게 전부다. 화연은 지난 몇 개월간 했던 것과 마찬가지로 그 의미 불명의 말을 더듬거리며 뱉어내는 것을 반복했다.

사실, 그나마도 화연이 수영의 이름에 반응한다는 것을 알아낸 것은 큰 성과였다.

기준이 처음 이곳에 찾아와 화연과 대화를 시도했을 때, 수영의 이름이 나오자 반응하는 화연의 모습에 밖에서 지키고 서 있던 교도관은 깜짝 놀라는 것 같았다. 그 후 이 감호소에서 근무하던 의사가 대체 그게 누구냐며, 화연과 수영이라는 사람이 무슨 관계냐며 기준을 닦달했을 정도였다.

하지만 기준으로도서도 아는 건 없었다. 기준은 화연과 수영이 무슨 관계였는지 잘 알지 못한다. 그저 회사의 동료 같은 게 아닌, 더 깊고 어두운 관계였을 것이라는 사실밖에는 말이다.

사실 기준이 화연을 찾은 것은 우연이었다. 김지호 살인사건의 용의자가 습격을 당해 사경을 헤매고 있다는 TV 뉴스를 보다가. 문득 과거에 셋이서 술을 먹었던 기억과 함께 화연의 얼굴을 알아본 것이다.

어쩌면 화연은 수영의 행방에 대해 알지도 모른다. 그걸 깨달은 순간 기준은 움직였다. 물론 자신을 납치했던 조직이 배신자에게 그렇게 쉽사리 단서를 흘릴 것 같지도 않았지만, 그래도 그것은 기준이 잡을 수 있는 유일한 단서이자 마지막 희망이기도 했다.

하지만 기준이 찾은 단서는 막다른 길이었다.

현대의학은 한번 죽은 화연을 죽음에서 억지로 끌어올렸지만, 대가는 치러야 했다. 오랫동안 지속된 심폐정지 상태와 대량의 출혈이 뇌의 기능을 다소 망가뜨려 버린 것이다. 화연은 어떻게든 의식은 차렸지만, 그 머릿속에는 더 이상 제대로 된 지성은 존재하지 않았다. 재판을 받고 징역을 산다는 것은 불가능할 정도로.

그래도 기준은 일말의 희망을 버리지 않았다. 기준은 치료감호 판정을 받고 수용된 화연을 찾았다. 그리고 정상적인 대화가 불가능해졌다고 판단이 선 후에도 몇 달에 한 번씩 면회를 갔다. 혹시라도 화연이 기적적으로 회복된다면, 그렇게 된다면 수영에 대한 소식을 조금이라도 더 알 수 있지 않을까 하는 생각에 말이다.

"대체 두 사람 무슨 관계였어요?"

측은하게 화연을 바라보던 기준은 한숨을 내쉬며 지금까지 몇 번이나 했던 중얼거림을 내뱉었다.

"그놈. 그때 분명히 화연 씨 앞에서는 묘하게 불편한 심기를 드러냈거든요. 근데 그놈이 다른 사람 앞에서 그렇게 노골적으로 감정 드러내는 건 처음 봤었단 말입니다. 뭔일이 생겨도 어지간하면 그냥 웃고 넘기고 하던 놈이. 그래서 난… 그 녀석이 화연 씨랑 무슨 관계가 있는 줄 알았는데 말이죠."

그 말이 이해가 가지 않는 듯 고개를 갸웃거리던 화연은 다시 우울한 얼굴로 중얼거렸다.

"수영 씨… 미안해요."

그 말에 기준은 한숨을 푹 내쉬며 고개를 숙였다.

"그놈은 대체 어디서 뭘 하는 건지."

사실 기준이 그것을 안다고 해도 의미는 없다. 지금 수영이 무슨 일을 하든 그것은 기준으로선 어떻게 할 수 없는 세계의 일일 것이다.

하지만 그래도 알고 싶었다. 친구니까. 수영이 지금 어디에서 무얼 하는지, 최소한 잘살고는 있는지만이라도.

그것이 결국 아무것도 얻지 못할 자기만족이라고 할지라도 말이다.

"살아야 돼요, 수영 씨."

이어지지 않는 대화에 기준은 웃으며 고개를 끄덕였다.

"그렇죠? 어딘가 잘살고 있겠죠?"

사실 기준도 이제 포기를 하고 싶었다. 화연은 여전히 아무것도 기억해내지 못했고, 유부남이 다른 여자를. 그것도 범죄자를 만나러 간다는 것에 대한 주변인들의 시선도 신경이 쓰였다.

"이게 마지막이려나."

한숨을 내쉰 기준은 자리에서 일어나 꽃가지가 꽂혀 있는 꽃병으로 다가갔다. 그러고는 이 방에 들어올 때부터 손에 들고 있던 꽃다발을 잠시 꽃병 옆에 내려놨다.

"뭐지, 이거? 진달래··· 비슷하게 생겼는데 그건 아니고."

기준은 혼잣말을 흘리며 고개를 갸웃거렸다. 꽃술은 마치 진달래나 철쭉 같았지만, 십여 개쯤 되는 꽃잎은 하나하나가 작게 물결치는 분홍 프릴의 모습을 하고 있었다. 그렇다고 해서 벚꽃 같아 보이지도 않았다. 벚꽃이라기에는 그 꽃잎이 컸다.

"나 말고 올 사람도 없을 텐데. 간호사가 꽂아뒀나? 근데 왜 꽃다발도 아니고 굳이 나뭇가지 같은 걸······."

혼잣말을 중얼거리며 막 그 가지를 꽃병에서 뽑아내려 하던 기준은 손을 멈췄다.

"응?"

뒤에서 뭔가가 당기는 것 같은 느낌이 들었다. 기준은 몸을 돌렸다. 놀랍게도 책에서 눈을 뗀 화연이 기준의 바짓가랑이를 가만히 잡고 있었다.

"어? 화연 씨?"

처음 보는 그 놀라운 반응에 기준은 크게 눈을 떴다.

"아. 안, 안 돼요."

"예? 이거요?"

화연은 꽃가지를 가리키는 기준의 바짓가랑이를 좀 더 강하게 움켜잡았다. 그리고 똑바로 기준과 눈을 마주쳤다.

"복숭아, 안 돼요."

지금껏 보지 못했던 총기가 그 눈에 담겨 있었다. 기준은 화연이 이 정도로 명백히 자신의 의사를 드러내는 것을 본 적이 없었다.

"아, 알았어요."

기준이 꽃병을 내려놓자 화연은 바짓가랑이를 놓았다. 그러곤 아무 일도 없었다는 듯 다시 무릎 위의 책에 시선을 고정시켰다.

"저기, 화연 씨?"

평소와 같은 모습이 된 화연과 눈높이를 맞춘 기준은 다시 주의를 끌어보려 했다.

"복숭아라고 했죠? 이거 복숭아꽃이에요? 어, 복숭아 좋아하나……. 그럼 다음에 올 때 복숭아 좀 사올까요? 어, 그건 반입이 안 되나? 사식으로 되던가?"

기준이 몇 번이나 이런저런 말을 던졌지만, 화연의 반응은 여전했다. 그저 평소처럼 책에 시선을 고정시키고 조용히 책장을 한 장 한 장 넘길 뿐이었다.

"뭐였지……."

그 모습에 기준은 고심했다. 저 꽃병의 복숭아꽃을 건드리면 다시 그런 반응이 나올 수도 있겠지만, 그렇다고 화연이 싫어한다는 감정을 드러냈던 일을 하는 건 내키지 않았다.

그때 문이 소름끼치는 쇳소리를 내며 열렸다. 교도관은 여전히 책을 보고 있는 화연과 자신을 돌아보는 기준을 번갈아본 후 무뚝뚝한 목소리로 말했다.

"시간 다 됐습니다."

안타깝다. 화연이 수영이라는 이름 이외의 다른 것에도 반응한다는 것을 알아냈는데, 정확히 무엇에 왜 반응하는지는 알 수가 없었다. 하지만 면회 시간이 넘었다면 기준은 이 이상 이곳에 있을 순 없다. 그것이 룰이고, 법이니까.

"예, 알겠습니다."

기준은 못내 안타까운 듯 허리를 펴고 일어났다. 그리고 자신을 돌아보지도 않는 화연을 향해 조심스레 인사를 던졌다.

"잘 있으세요, 화연 씨. 다음에 또 올게요."

못내 아쉬운 듯 몇 번이나 뒤를 돌아보던 기준은 문 밖으로 나갔다. 철문은 요란한 소리를 내며 닫혔고, 잠겼다. 마지막으로 문에 달려 있는 작은 창으로 방 안에 얌전히 앉아 있는 화연을 체크한 교도관은 기준을 에스코트해 병동에서 내보내기 위해 그 뒤에 섰다.

곧 두 개의 발소리가 멀어졌다. 이제 이 방에는 다시 화연 혼자뿐이었다.

여전히 흐릿한 눈으로 책장을 넘기던 화연은, 갑자기 손을 멈췄다. 그리고는 작게 입을 열어 아무도 듣지 않는 혼잣말을 띄엄

띄엄 내뱉었다.

"살아야… 해요, 반드시."

작은 물방울이 타닥거리는 소리를 내며 무릎 위의 책으로 떨어져 내렸다.

*　　*　　*

폭력행위 등 처벌에 관한 법률 제4조 위반.

총포도검류 화약법 등 단속법 위반.

그리고 다섯 건의 살인사건.

검사가 기소한 수많은 사건 중 사실이 인정되어 유죄 판결이 내려진 수였다.

전체의 몇 퍼센트나 될까 말까 한 정도였지만 검사는 그 판결에 항소하지 않았다. 이미 그것만으로도 피고인이 사형을 구형받기에는 충분했다. 실속을 챙긴 것이다. 괜히 더 이상 사건을 길게 끌기에는 언론의 관심과 상층부의 압박이 너무나도 컸다.

하지만 사실 그 결과는 치욕적인 것이었다. 반신불수의 장애인이면서도 극악한 범죄가 인정되어 사형을 언도받은 살인범, 정영수 본인에게는 말이다.

영수는 근 15년 동안 이 일을 해오면서 단 한 번도 유죄 판결을 받은 적은 없었다. 아니, 애초에 법정에 섰던 일 자체가 없었다. 전부 미해결로 남았으니 말이다. 모두 자신의 뜻대로. 그것이 그의 인생에서 옳은 것이었다.

그런데 기껏해야 장기판 위의 말이라고 생각했던 존재에게 모든 걸 잃고 이런 꼴을 당하다니.

'그래도 난 살아남았다.'

영수는 앞쪽으로 모아 묶인 양손을 꽉 맞잡았다.

모두를 죽인다는 말이 들렸을 때, 영수의 휠체어를 밀던 병정 개미들의 표정은 지독히도 일그러져 있었다. 그들은 잠시 머뭇거렸지만 이내 영수를 내버려 둔 채 입구를 향해 뛰었다. 영수는 배신감을 느꼈지만 그들에게 돌아오라고 외치는 대신 전동휠체어를 작동시켰다. 그리고 왔던 길을 뒤로 돌아가며 눈을 돌려 찾았다. 최대한 폭심지에서 멀리 떨어져 있고, 가장 튼튼해 보이는 천장과 기둥이 있는 곳을 말이다.

곧이어 일순간 숨이 막히고 온몸이 짓눌리는 것과 같은 파동이 번져 나가나 싶더니 전동휠체어가 바닥을 굴렀다. 세상이 뒤집히며 돌들과 먼지가 사방을 날아다니는 가운데, 영수는 머리에 강렬한 충격을 받고 정신을 잃었다.

겨우 눈을 떴을 때 영수는 기둥을 중심으로 사방 1m 정도의 좁은 공간에 절묘하게 누워 있었다. 이미 움직이지 않는 양다리가 뭉개진 채로.

만약 조금만 더 빠르게 폭발이 일어났으면 죽었을지도 모른다. 일단 상처투성이가 될지라도 살았다는 것은 죽은 것보다는 나았기에 영수는 잠시 안도했다. 하지만 탈출할 방법이 없다는 건 분명했다. 원래대로라면 영수는 그곳에서 오랫동안 매몰되어 있다가 다가오는 죽음을 두려워하며 서서히 죽어갔을 것이다. 킬러J의 의도대로 말이다.

그러나 우습게도 영수는 그곳에 오랫동안 갇혀 있지 않았다.

영수가 한 차례 더 정신을 잃었다가 다시 눈을 떴을 때, 영수는 병원의 침대 위에 누워 있었다. 그것도 왼손에는 수갑이 채워진 채로 말이다.

폭발이 생각 외로 엄청났기 때문일까. 아니면 도망치는 데 성공한 이들이 신고를 한 것일까. 구조대와 소방대가 현장에 도달한 것은 폭발이 일어나고 불과 한 시간도 되지 못해서였다. 하지만 현장에 도착해 처참한 건물의 모습을 본 그들은 곧장 경찰에 도움을 요청했다. 건물이 거의 완전히 날아간 그 모습이 일반적인 사고에 의한 것이 아니라는 것이 너무나도 뻔했기 때문이다.

그렇게 조사가 시작되자, 영수는 구조와 동시에 구금되고 말았다.

잔해에서 발견된 시신들의 수, 그들이 가지고 있는 무기. 다소 양호한 모습으로 남아 있던 컴퓨터의 하드 디스크에서 뽑아낸 정보. 대부분이 불타거나 물에 젖었지만 그중에서도 남아 있는 수많은 사건의 편린은 엄청난 것들이었다. 경찰의 입장에서는 그야말로 대박, 숨겨진 해적의 보물을 찾아낸 것이나 다름없었다.

그 후 유일한 생존자인 영수에 대한 조사가 시작되었다. 영수는 묵비권을 행사하며 모든 증언을 거부했다. 아무리 그라고 해도 그런 상황에서 무죄를 만들어낼 가능성은 제로였으니까.

그렇게 어느 정도 시간이 지났을 때, 영수는 마침내 닫고 있던 입을 열었다.

그 내용은 너무나도 간단한 것이었다.

"내 죄를 모두 인정하고, 협력한 자에 대한 것 역시 증언하겠다."

이 발언은 그대로 기사를 타고 전국에 퍼져 나갔고, 드디어 수수께끼의 조직폭력배와 그들이 저지른 범죄에 대한 본격적인 수사가 시작될 것이라 생각됐다.

하지만, 이때부터 일이 이상하게 흘러갔다.

그 충격적인 선언에도 불구하고, 영수에 관련된 사건은 기사를 타지 않게 됐고, 오히려 실제보다 사건 규모를 축소시키는 등의 기사들이 드문드문 나왔다. 사건을 맡은 검사에게도 최대한 일을 빨리 종료시키라는 압력이 가해지는 것은 물론, 영수 역시 자신이 했던 말과는 달리 계속 침묵을 지켰다.

결국 조사가 급히 종료된 상태에서 재판이 시작되었다. 사실 피고인의 특수한 상태나 사건의 심각성 등을 고려해 새로운 판례가 만들어져야 할 정도의 사안이었다. 당연히 오랫동안 고심해야 할 문제였다. 하지만 재판은 예상외로 너무나도 빠르게 거침없이 진행되었고, 순식간에 판결이 내려졌다.

제일심의 판결 결과는 사형. 그리고 검사, 피고인 양쪽 모두 거기에 항소를 포기했다.

이상한 것은 거기에서 그치지 않았다. 영수가 사형 선고를 받고 교도소에 들어간 지 몇 달도 채 되지 않아, 한국에서 수십 년이 되도록 실행되지 않았던 사형 집행이 재개되었다.

그리고 그렇게 재개된 사형 집행의 첫 번째 대상자가, 바로 영수였다.

끼릭— 끼릭—

교도관이 미는 낡은 휠체어 소리가 음산하게 울려 퍼졌다.

그들이 가는 길에 있는 문을 지키고 있던 교도관은, 영수의 뒤에 서 있는 두 교도관의 모습에 아무 말도 하지 않고 고개를 끄덕이며 조용히 문을 열고 닫았다. 그들의 표정이 어두운 것을 이해한다는 듯한 모습이었다.

사실 사람을 직접 죽이는 데 가담한다는 것에 대한 부담이 있을 수밖에 없었다. 아무리 그 대상이 흉악범이고, 그 살인이 국가에서 허용한 것이라도 말이다.

게다가 거기엔 흉흉한 소문이 있었다. 마치 보이지 않는 손이 영수가 품고 있는 비밀이 표면에 드러나기 전에 처리해 버리려 한다는 소문이다. 그 때문에 어떤 언론들은 상상을 초월하는 사건의 마무리라며 음모론적인 기사를 써내렸고, 네티즌들에게 많은 지지를 받기도 했다.

하지만, 그 둘의 표정이 어두운 것은 그런 소문 때문이 아니었다.

"걱정 마세요. 준비는 다 됐으니까."

건물을 나와 두 명 외에 다른 사람이 없는 길에 이르렀을 때, 영수가 작은 목소리로 입을 열며 가슴을 가볍게 두드렸다.

"두 분은 제가 말했던 대로만 하면 됩니다. 그리고 이 일은 잊어버리면 되는 겁니다."

그 말에 두 교도관은 아무런 대답도 하지 않았지만 영수는 묶여 있는 손을 마주잡으며 작은 웃음을 흘렸다. 그렇게 알 수 없는 중얼거림과 침묵으로 대화를 마친 셋은 교도소 본관에서 좀 떨어진 작은 건물의 앞에 당도했다. 그 앞을 지키고 있던 교도관은 셋의 모습을 확인하고 재빨리 문을 열었다.

그 안에 들어가자 곧장 보였다. 아래로 내려진 밧줄이, 교수대가 말이다.

이제부터 영수는 저 밧줄에 목을 매달게 된다.

"갑시다."

영수를 교수대까지 데리고 온 두 교도관은 서로를 잠시 마주 봤다. 그러고는 영수를 부축해 교수대에 올려 의자에 앉혔다.

교수대 앞의 정면의 의자에는 교도소장, 검사, 수행원 등 몇 명의 인간이 앉아 있었다. 보통은 있어야 할 종교인조차 없다. 영수가 가능한 한 자신이 죽는 걸 볼 만한 인간들을 거부했기 때문이다.

"본명 정영수. 나이 59세. 본적지 서울……."

따분한 이야기가 대기하고 있던 교도관에게서 흘러나왔다. 그렇다. 따분할 뿐이다. 이미 정영수라는 이름에는 아무런 의미도 없다. 여왕개미로서의 삶이 진짜이며, 여왕개미라는 가명과도 같은 이름이 진짜 영수의 이름이다.

영수의 신상을 다 읊고 난 후, 교도관은 의자에 앉아 있는 영수의 무릎과 발목을 단단히 묶었다. 그리고 머리에 두건을 씌웠다. 앞이 보이지 않게 됐지만 영수는 태연했다. 아무 말도 하지 않았다. 모든 게 수순일 뿐이었다.

그때 앞쪽에서 목소리가 들려왔다.

"정영수 씨, 마지막으로 할 말은 있습니까?"

그 목소리에 웃음이 절로 나왔다.

"없습니다."

마지막이라고? 그럴 리가 있나. 죽지 않는다. 나는 죽지 않는다.

그렇게 말하고 싶었지만 영수는 입술을 꽉 깨물어 참으며 눈을 감았다.

모든 것이 계획대로였다.

영수는 웃음을 참았다. 마침 씌워진 복면이 씰룩거리는 영수의 표정조차 감춰주고 있었다.

'난 죽지 않아. 암. 그래, 죽지 않지.'

이 모든 건 사실 쇼였다.

영수가 이 계획을 세운 건 이 상황에서 벗어날 수 없다는 걸 스스로 인정했을 때부터였다.

병정개미들 모두에게 비밀로 하고 있었지만, 개미에 협력하거나 연관이 있는 인간들은 다양했다. 대부분은 힘없는 일반 시민들이지만, 힘 있는 자들 역시 존재했다. 국회의원같이 권력의 중추에 손을 뻗고 있는 자들도 말이다.

하지만 갇혀 있는 상태로는 그들에게 아무런 영향력을 발휘할 수 없었다. 그렇기에 영수는 역으로 그들을 불안하게 만들었다. 그리고 그들이 품은 불안감에 의한 결과가 자신의 죽음으로 흘러가도록 방치했다.

죄수의 죽음을 판별하는 것은 의사. 그 후에 죄수의 시신은 가족에게 돌아가며, 가족이 없을 경우 화장된다. 그 시스템에서 자신의 편으로 만들어야 하는 것은 자신의 사인을 꾸미고 가사상태로 만들 약물을 주사해 줄 의사와 자신의 뒤를 돕고 직접 목줄에 손을 댈 교도관들, 그리고 그 교도관들을 눈감아 줄 다른 교도관 서넛 명 정도.

언변만으로 의사는 물론 교도관들을 병정개미처럼 개미의 논리에 찬동시키게 만드는 건 쉽지 않았다. 하지만 그 고비는 숨겨놨던 재산을 그들에게 찾게 하고 그걸 사용하게 함으로써 해결됐다. 결국 인간은 돈과 자신이 하는 것이 자신이 옳다는 믿음만 있으면 어디까지라도 타락할 수 있는 존재니까 말이다.

그리고 모든 것이 완벽하게 조절된 지금 이 상황이 그 결과다.

영수는 살았고, 앞으로도 살 것이다.

'공포? 절망에 물들어 죽으라고? 나는 평생 동안 그런 걸 다뤄온 인간이야. 그런데 내가 그런 감정에 빠져서 순순히 죽어줄 것 같았냐? 하찮은 복수심 때문에 나를 죽일 수 있을 때 죽이지 않은 건 네 실수다, 킬러J. 주신아, 넌 나에 대해서 아무것도 몰랐지. 그래서 넌 죽고 난 살아남은 거란다.'

영수가 자신을 본 따 만들려 했던 괴물은 결국 현실을 이기지 못하고 미쳐 날뛴 끝에 자멸하고 말았다. 역으로 말하자면 이제 영수를 위협할 만한 존재는 없다. 영수 역시 이 괴멸적인 실패를 거름 삼아 두 번 다시는 이런 일이 일어나지 않게 할 것이다. 이 위기만 벗어난다면 이제 영수를 건드릴 인간은 아무도 없었다.

담담히 자신이 저지른 최대의 과오에 대해서 떠올리던 영수는, 뭔가가 목을 감는 것 같은 느낌이 나자 살짝 고개를 앞으로 숙였다. 그런 영수의 몸짓에 잠시 손을 멈췄던 교도관은 곧 다시 조심스레 밧줄을 영수의 목에 걸었다.

"음."

영수는 목에 감기는 밧줄의 불쾌한 감촉에 잠깐 어깨를 움츠렸다.

한국에서의 사형 방식은 교수형이다. 그것도 사형수의 목에 줄을 조인 채 아래로 떨어뜨려 목을 한순간에 부러뜨려 버리는 방법을 사용한다. 만에 하나 거기에서 살아남더라도 목의 혈관이 막혀 기절하고 죽게 된다.

하지만 영수의 목뼈는 부러지지 않을 것이다. 목의 혈관이 막힐 일도 없을 것이다.

지금 영수는 죄수복의 안에 특수한 가죽재킷 같은 것을 입고 있었다. 물론 교도소에서 지급해 준 물건은 아니다. 등 뒤쪽으로 부딪혀도 소리가 나지 않게 고무가 덧대진 카라비너가 달려 있고, 가슴을 단단히 감싸는 끈이 넣어진 특제품이었다. 그리고 지금 영수의 목을 감고 있는 밧줄의 안에는 카라비너와 결합될 수 있는 고리가 숨겨져 있었다.

영수가 교수대에 매달린다고 해도 카라비너는 목이 졸리지 않게 영수의 몸을 잡아줄 것이고, 가죽조끼는 떨어지는 충격을 전신으로 분산해 줄 것이다. 그다음은 간단하다. 아래로 떨어진 후 의사에게 몸을 가사상태로 만드는 약을 주사받고 기절했다가 일어나면 끝이다.

목 뒤에서 고리와 카라비너가 결합되는 것 같은 느낌이 들며 밧줄이 목을 꽉 죄었다.

"윽."

"어, 미안합니다."

영수는 신음에 교도관은 당황한 듯 중얼거렸다. 그 사과에 영수는 가만히 웃었다.

그 간수는 영수가 이곳에서 가장 처음으로 포섭한 인물이었다. 말하자면 충실한 영수의 심복이기도 했다. 이제 이 간수는 영수가 이곳에서 탈출한 이후에도 개미로서 살아가게 될 것이다. 영수가 말하는 것이라면 무조건 듣는 그런 개미 말이다. 그렇지 않고서야 영수의 말에 홀려 이런 범죄를 저지른 자신을 합리화할 수 없을 테니까.

밧줄이 목에 걸리고 나자 영수의 곁에 있던 교도관들은 옆으로 물러났다. 곧이어 발소리가 났다. 세 명의 교도관이 구석에 설치되어 있는 버튼의 앞에 선 것 같았다.

이제 곧 사형은 절정에 이른다. 알 수 없는 타이밍에 벨이 울리면 저 셋은 버튼을 누를 것이다. 그러면 이 의자의 아래에 밑판이 떨어져 아래로 낙하하며 정영수라는 살인자는 죽는다.

물론 호적상으로만. 그것은 여왕개미로서 이상적인 결말이다.

'여기에서 벗어나면 개미를 재건해야겠지. 그리고 그다음은 네놈들이다. 두고 봐라. 새로운 개미가 만들어지면 모조리 목을 매달아줄 테니. 날 여기에 가둔 놈, 날 외면했던 놈들, 하나도 빠짐없이.'

그때 앞으로의 생각에 빠져 있던 영수의 귓가에 어떤 중얼거림이 들렸다.

"정말 미안합니다. 미안해요."

방금 전 자신의 목을 졸랐던 그 간수인 것 같았다.

"괜찮습니다."

"아뇨, 실수를 해서요. 정말로 미안합니다."

영수의 말에도 거듭 몇 번이나 미안하다는 말을 던지던 그 간수는 한숨을 깊게 내쉬며 아주 작게, 영수에게만 들릴 정도로 아주 작게 중얼거렸다.

"미안하지 않아서요."

영수는 두건 속에서 감고 있던 눈을 부릅떴다. 이상한 어순. 게다가 명백히 불쾌한 말이었다.

"뭐라고?"

영수는 순간 치밀어 오르는 화를 견디지 못하고 고개를 옆으로 돌렸다.

"어?"

그렇다. 머리를 돌렸다. 그것을 자각하자 영수의 머릿속에서 순간 어떤 의문이 스쳐 지나갔다.

저 말을 중얼거린 교도관의 얼굴을 오늘 한 번이라도 본 적이 있던가? 어째서 저자는 오늘 하루 종일 영수의 등 뒤에서만 있었던 것일까?

그것뿐만이 아니다. 그 교도관은 오늘 하루 종일 말을 하지 않았다. 영수를 감옥에서 빼낼 때도, 이곳에까지 휠체어를 밀어올 때도 말이다. 평소에도 말수가 적었기에 그 가래 끓는 거친 목소리를 자주 듣지도 못했지만, 오늘은 더더욱 그랬다.

그런데 막상 목소리를 들으니 뭔가가 이상했다.

그 거칠고 가래가 끓는 특징적인 목소리는 평소와는 다르다.

그것은 마치.

마치 누군가가 그 목소리를.

흉내 내는 것처럼—

"너, 너! 설마?"

삐익!

교도관들이 버튼을 눌렀다.

무저갱으로 떨어져 내리는 두건 안의 얼굴이 공포, 절망, 분노로 물들고 있었다.

『개미들』 완결